Affaires privées

Projet dirigé par Myriam Caron Belzile, éditrice

Conception graphique : Louise Laberge
Photo en couverture : © Louise Laberge

Toute ressemblance avec des personnes ou des faits réels ne peut être que fortuite.

Québec Amérique
7240, rue Saint-Hubert
Montréal (Québec) Canada H2R 2N1
Téléphone : 514 499-3000, télécopieur : 514 499-3010

Nous reconnaissons l'aide financière du gouvernement du Canada par l'entremise du Fonds du livre du Canada pour nos activités d'édition.

Nous remercions le Conseil des arts du Canada de son soutien. L'an dernier, le Conseil a investi 157 millions de dollars pour mettre de l'art dans la vie des Canadiennes et des Canadiens de tout le pays.

Nous tenons également à remercier la SODEC pour son appui financier. Gouvernement du Québec — Programme de crédit d'impôt pour l'édition de livres — Gestion SODEC.

Canada   Conseil des arts   Canada Council   SODEC
           du Canada   for the Arts   Québec

Catalogage avant publication de Bibliothèque et Archives nationales du Québec et Bibliothèque et Archives Canada

Laberge, Marie
Affaires privées
(Tous continents)
ISBN 978-2-7644-3533-5
I. Titre. II. Collection : Tous continents.
PS8573.A168A62 2017   C843'.54   C2017-941649-9
PS9573.A168A62 2017

Dépôt légal, Bibliothèque et Archives nationales du Québec, 2017
Dépôt légal, Bibliothèque et Archives du Canada, 2017

Imprimé au Canada

Marie Laberge

Affaires privées

roman

QuébecAmérique

Est-ce ainsi que les hommes vivent
Et leurs baisers au loin les suivent

Ferré, d'après Aragon

Aux bébés que j'ai bercés il y a si peu de temps et qui passeront ce cap crucial de l'adolescence, mes petits-neveux et petites-nièces Clovis, Héloïse, Chloé, Charlotte, Alice, Clara, Mara, Samuel et Rosalie

Remerciements

Dire merci dès le début me semble important. J'ai tellement appelé certains « aidants naturels » que j'ai dû
les rendre surnaturels ! Écrire un roman à saveur policière,
c'est comme une course à obstacles : ils se soulèvent l'un
derrière l'autre. Il faut s'appuyer sur le réel et non sur l'ima-
ginaire pour les franchir. Sans ceux qui m'ont apporté leur
science, leur expérience et leur soutien, ce roman serait une
succession d'éléments bien improbables, pour ne pas dire
carrément saugrenus.

Plusieurs personnes parmi celles qui m'ont éclairée
tiennent à garder l'anonymat. Je respecterai scrupuleusement ce désir, mais je veux leur dire que ma gratitude est
totalement proportionnelle à leur discrétion. Sans le soutien
de ces personnes, ce roman aurait des allures de science-
fiction sans aucune science.

Frédérick Laberge, Anne-Marie Faucher, François
Longpré, Héloïse Lachance, Catherine Laberge et Robert
Claing m'ont renseignée sur des éléments qui vont du glossaire à l'adolescence en passant par tout ce que vous pouvez
imaginer qui touche à une mort suspecte.

Parlant glossaire, même s'il s'agit toujours de la même langue, mon enquêteur français aurait perdu en fluidité et en justesse sans l'apport généreux de mes soutiens parisiens Éric Brûlant et Françoise Baldassari-Segall.

Enfin, sans qu'elle soit directement liée à l'écriture de ce roman, je voudrais remercier celle qui, depuis plus de quinze ans, fait la promotion de toutes mes activités artistiques avec une ardeur et un enthousiasme dont je ne pourrais me passer. Patricia Huot est une alliée indéfectible de mes mots et je la remercie de savoir porter ce que j'écris à la connaissance du lectorat. Elle sait que c'est utile, mais sait-elle que j'ai besoin de sa ferveur si amicale?

Enfin, je dois le spécifier, si des erreurs ont subsisté malgré tout ce soutien, la faute m'en incombe totalement.

Bonne lecture!

ML

« Tu n'y songes pas ? Sérieusement ? »

Une subtile envie de tuer envahit Patrice Durand. La ravissante jeune femme assise devant lui touille son café d'un geste délicat, les yeux rivés aux siens, railleurs : « Qu'y aurait-il de mal à cela ? Du reste, elle est ravie. Tu n'as quand même pas l'intention de la priver de cette joie pour une vétille administrative ?

— Tu lui en as parlé, de surcroît ? Avant même de me consulter ?

— Bien évidemment ! Je n'entreprendrais aucune démarche avec toi si l'idée ne l'avait pas d'abord emballée. J'ai appris à me préserver. Un peu tard, peut-être, mais j'ai appris. »

Ces yeux verts de chatte satisfaite ont-ils déjà eu un effet séducteur sur lui ? Patrice n'arrive pas à s'en souvenir. Il se retient pour ne pas sauter sur elle et la secouer jusqu'à ce qu'elle renonce à son projet. Si au moins elle se montrait fair-play ! Si elle l'attaquait directement au lieu de passer par leur fille, il pourrait se défendre. Mais ce mélange des territoires est la grande réussite de Delphine depuis leur divorce : ce n'est pas à se préserver qu'elle a appris, mais plutôt comment procéder pour gagner. Et passer des jérémiades au contrôle de ses rencontres avec leur fille est vite devenu le nerf de la guerre.

Il sait qu'il devrait se taire, affecter une sagesse dont il se sent totalement incapable. Il boùt intérieurement, et Delphine savoure sa victoire en dégustant son expresso.

Les dents serrées, il fait signe au serveur. Il se concentre sur son portefeuille en évitant soigneusement de lever les yeux sur son ex qui abat sa dernière carte.

« Je t'en prie, ne fais pas cette tête, Patrice. C'est l'affaire d'une dizaine de jours et tu viens de l'avoir pour les vacances de la Toussaint. Avoue que c'est fort peu de chose ce que je te demande…

— Ce qui ne serait pas mal, c'est que tu me consultes avant de lui en parler.

— Bien sûr… si tu avais été à Paris, je l'aurais fait volontiers. Mais tu es revenu tout juste d'une mission au Canada si tu te rappelles… j'ai même cru que tu n'y serais pas pour prendre Amélie le jour convenu.

— Mais c'est du grand n'importe quoi ! Mon portable n'est jamais coupé. Je suis joignable en permanence, où que ce soit. Tu étais en mesure d'appeler, non ?

— Tu me vois t'annoncer mes fiançailles au téléphone ? Ou par mail ? Ça ne se fait pas !

— Ça ne se fait pas quand l'ex éprouve encore le moindre sentiment… ce qui est loin d'être le cas entre nous. »

Il voudrait tordre ce joli cou et en finir avec cette discussion inutile. Il est si furieux que ça lui enlève l'envie de se battre. Il ne désire rien d'autre que partir et l'envoyer au diable.

Delphine pose une carte de visite devant lui : « Pour ne pas que tu m'accuses de kidnapping, ce sont les coordonnées de Didier à New York. Et je t'en prie, essaie de ne pas gâcher la fête en sermonnant Amélie. Sa présence compte énormément pour nous. Et je promets de t'avertir des mois à l'avance pour la date du mariage… en priorité absolue. »

Et elle se trouve drôle ! Patrice la regarde partir en tripotant la carte. Tribeca… l'endroit à la mode, bien évidemment. *What else ?* comme disait cet acteur dont toutes les femmes sont folles. Il range l'adresse méticuleusement : si Delphine s'imagine qu'il va laisser sa petite fille de cinq ans partir à New York sans fouiller le passé du mec fantastique qui invite, elle se goure. Qu'il soit friqué, qu'il baise comme un dieu, il s'en tape. Mais qu'il ne débusque aucune tache au passé de cet homme, sinon il bloque le projet.

Patrice ne s'illusionne pas : il sait déjà que la fiche d'un type qui s'appelle Didier de Brabant, un Français dont les parents gèrent une fortune en terre bordelaise, sera nickel.

Il s'apprête à passer un Noël seul et à ronger son frein.

* * *

Il est quatre heures du matin quand Vicky ouvre les yeux. Il fait encore nuit noire : les joies du décalage. Elle suit l'odeur de café et le rai de lumière qui éclaire le corridor. Martin lève la tête de son écran : « Chanceuse ! Je me suis réveillé à trois heures. »

Elle enlace son amoureux et se penche vers l'écran : 119 messages ! Elle recule vivement : impossible de penser à ce qui l'attend sans avaler un café. Ils ont bien fait de revenir le samedi pour se garder une zone tampon. Elle ne veut pas imaginer ce qui sera empilé sur son bureau lundi matin.

Elle s'installe dans le confort moelleux de la causeuse pour boire son café. Dire qu'il y a deux jours, ils étaient à Venise à célébrer son anniversaire dans un climat beaucoup plus généreux que celui de Montréal en novembre. Tout, absolument tout était parfait. Elle trouve franchement difficile de revenir à la réalité quotidienne après cet intermède idyllique.

« Va falloir qu'on planifie un autre voyage, Martin, sinon l'hiver va être long. »

Il la rejoint en souriant : rien ne lui plaît davantage que ces échappées. S'il n'en tenait qu'à lui, ils seraient sur la route six mois par année. C'est plutôt Vicky et son travail à la Sûreté du Québec qui posent problème.

« Tes *cold cases* vont te reprendre dès demain matin et on pourra pas partir avant longtemps. À moins que... tu sais qu'on est déjà à un mois de Noël ?

— Tu sais que t'as une famille, Martin ? Tu sais que j'ai encore une mère qui compte sur moi ? On a privé tout le monde de mes cinquante ans, je pense pas qu'on réussisse à se sauver pour Noël. Surtout que ta mère aurait bien voulu souligner les années qui nous séparent. Je parlais d'un voyage, pas d'une révolution.

— Dommage !

— Je sais bien... on pense pas à Noël, O.K. ? C'est notre dernière journée de congé, on fait du lavage et on pense à rien de plate, O.K. ?

— Tu te souviens qu'on a dit oui à l'invitation à souper de maman ?

— On a dit oui ? T'es sûr ? »

— On était assommés à cause du retard de l'avion… pis on a dit oui.

— Tu sais que ça se peut que je me sente malade dans… cinq ou six heures ? »

Martin grimace : l'idée de manger seul avec sa mère le ravit. Il prend sa tasse vide et va se verser du café à la cuisine. « Écoute tes messages sur ton cell. Je pense que Brisson a une urgence.

— Brisson ? De quoi tu parles ? »

Elle ne voit pas comment Martin pourrait deviner que son patron a laissé un message, surtout que son cellulaire est resté avec tout ce qui concerne le bureau dans son porte-document de l'Unité.

Martin lui tend une liste : « J'ai écouté nos messages et j'ai rien effacé parce que c'était tout le temps pour te souhaiter bonne fête… sauf Brisson qui m'a l'air d'avoir un beau gros cas à te mettre sur les bras.

— Ouais, ben ça va attendre à demain.

— Écoute-le, ça avait l'air ben spécial. Pis pressant. »

***

Rémy Brisson s'assoit gauchement et, après s'être de nouveau excusé de son insistance, il plonge : « C'est un service que je veux te demander. Si tu peux pas, tu le dis et on en reste là. Aucune obligation de ta part. Y a personne au bureau qui sait ça… pis personne le saura. Mais j'ai besoin de toi.

— J'ai compris, Rémy. Sinon pourquoi vous seriez ici un dimanche ? C'est quoi ?

— Une de mes connaissances… de mes bonnes connaissances en fait, a perdu sa fille. Un suicide, apparemment. La petite avait quinze ans. T'imagines dans quel état sont ses parents. Fille unique. Aucun, mais aucun problème avec elle. Bon rendement scolaire, toujours dans les trois premières, une belle fille qui faisait du sport, du théâtre, qui avait des amis. Bref, on comprend pas. On comprend rien.

— Elle a laissé un mot?

— Pas de mot. Mais sur son compte Facebook, elle a écrit: *Des fois, c'est trop. Tellement trop.*

— Ça référait à quoi?

— Aucune idée!

— Ben voyons! Y avait pas une photo, un autre message?

— Non. Comprenne qui pourra.

— Les parents ont rien vu venir?

— Rien… à part qu'une fille de sa classe s'est tuée il y a un peu plus que deux ans.

— Quand même! Les deux étaient proches?

— Pas vraiment, non. Pas particulièrement. Mais ça a pu semer l'idée, non?

— Le suicide, Rémy, ça se sème pas de même. C'est pas le genre d'affaires qui s'attrape comme un rhume. Faut souffrir pour se tuer. À quinze ans comme à soixante. Comment elle a fait ça?

— C'est un peu spécial… Elle a dit à ses parents qu'elle allait avec des amis. Elle a été retrouvée dans un boisé sous une couverture. Pas de tente ou de projet de camping évident. Intoxication médicamenteuse, c'est ce qu'on pense.

— Comment ça, ce que vous pensez? Le rapport de toxico, lui?

— On l'attend. Le pathologiste a trouvé aucun traumatisme à l'autopsie. Je fais pression pour obtenir un rapport préliminaire de toxico. Tu sais comme c'est long… Mais ça s'enligne vers le suicide.

— Ah bon… C'est arrivé quand?

— Il y a une semaine, ou huit jours. La nuit du 17 au 18 novembre. C'est un marcheur qui l'a trouvée au matin. Je… j'ai contacté l'enquêteur pour savoir… je le connais. Il m'a confirmé que ça serait classé comme un suicide. Bref, ça se rend au coroner et on cherche plus rien. »

Vicky le considère en silence. Rémy Brisson a bien des défauts, mais il est précis. Il faut qu'il soit vraiment troublé pour faire abstraction du temps nécessaire pour obtenir toutes les données avant de décider si oui ou non on poursuit une enquête. Elle le connaît depuis assez longtemps pour voir que le coup est extrêmement pénible à encaisser. Il ne s'est jamais montré aussi vulnérable.

« Qu'est-ce que je peux faire, Rémy? Vous ne pensez tout de même pas que c'est un meurtre déguisé en suicide?

— Non… non. Sa mère le pense. J'veux dire… elle pense qu'on l'a poussée à… Que jamais sa fille aurait fait une chose pareille si on l'avait pas… poussée, entraînée…

— Ça ressemble à une réaction émotive, non? C'est du déni avant de pouvoir l'accepter. Ça prend du temps à digérer, un drame pareil. Même pour vous c'est dur, si vous la connaissiez.

— Je sais ben… »

Il se lève, fait les cent pas. Vicky se dit qu'il cherche ses mots pour la convaincre de travailler avec lui sur ce cas... qui ne lui en semble pas un.

Il revient vers elle : « Pourrais-tu la rencontrer ? Juste la rencontrer et l'écouter ? Moi, j'ai aucune objectivité. Elle passerait au bureau demain. Après, tu me diras ce que tu en penses. Et on décidera de ce qu'on fait.

— Attendez, Rémy : vous voulez dire que vous la croyez ? Que vous avez des doutes ? Celui qui a enquêté là-dessus n'en a pas, lui ! Pourquoi fouiller ?

— Je suis pas objectif. Quand Isabelle me parle, je perds mes moyens.

— Pourquoi ? Elle est si convaincante que ça ? Vous me cachez des éléments ? Pourquoi ?

— Parce que cette femme, c'est le grand amour de ma vie. »

***

Isabelle Gosselin n'a plus le magnétisme que lui prête Brisson, ou alors, c'est celui de l'intensité de sa tristesse. Complètement défaite, frêle, elle fixe Vicky de ses yeux sombres. Son énergie semble entièrement investie à ne pas éclater en sanglots. Elle parle si bas que Vicky doit se pencher pour l'entendre.

« Ariel n'avait aucun penchant dépressif. Elle dort bien, mange bien. Elle a... elle avait des émotions, évidemment, des récriminations aussi... comme n'importe quelle adolescente. Rien pour m'alerter, je veux dire, rien pour s'inquiéter. Je disais justement à une de mes amies qui a de gros problèmes avec ses jumeaux adolescents qu'Ariel ne me fait jamais ce genre de crises où tout le monde en prend pour son rhume, les parents en premier. C'est une moqueuse, d'accord... c'était. »

Elle s'arrête brusquement, comme au bord de l'abîme. Vicky saisit que sa tâche sera celle d'une thérapeute davantage que celle d'une détective. « Quelque chose avait changé dernièrement ? Dans ses manières ?

— Non. Justement, rien ! Elle sortait autant. Elle passait autant de temps devant l'écran de son ordinateur... et je criais autant après elle pour qu'elle sorte de sa chambre.

— Elle avait un petit ami ? Un amoureux ?

— Plus qu'un ! Ariel avait beaucoup de succès. Beaucoup d'amis.

— Je parle d'un amoureux. Est-ce qu'elle était amoureuse ?

— Je pense pas, non. Je voudrais être sûre de ce que je vous dis, mais je me pose tellement de questions depuis... excusez-moi. »

Elle se mouche discrètement, alors que c'est sa voix qui casse. Vicky comprend l'inquiétude de Brisson : cette femme incarne le mot « dévastée », elle tient à peine debout.

« On en parlait, bien sûr. Je faisais des hypothèses et elle riait de moi. Elle m'a même dit que le jour où elle tomberait vraiment amoureuse, je serais la première à le savoir. Que je le saurais avant elle tellement je la connais. J'ai vu pas mal de garçons intéressés, je l'ai vue sortir avec quelques-uns, mais rien de sérieux. Son cœur était pas pris. Je l'aurais su.

— Est-ce qu'il y a quelque chose qui vous a échappé ? Vous savez bien ce que je veux dire : on pense après coup "ah ! c'est ça qu'elle voulait dire" ! Ou c'est le sens d'une réaction qu'on ne comprenait pas qui devient clair.

— J'arrête pas de fouiller, de chercher ce qui est arrivé, ce qu'elle nous a caché. Tout était tellement pareil que ça devient fou : je me dis que j'étais probablement rendue sourde ou aveugle.

— Vous savez, ça arrive… On est débordés, on a des soucis qui nous empêchent d'être aussi attentifs. Vous travaillez ?

— De chez moi. Je suis traductrice. Et vraiment, tout était normal. Du travail, mais rien pour me lever à cinq heures du matin comme j'ai déjà fait. La routine… Maintenant, je voudrais bien être en mesure de la retrouver, cette routine dont on se plaint tant.

— Vous étiez tannée ? À plat ?

— Non, c'est maintenant que je suis à plat. Maintenant que je n'arrive plus à rien.

— Donnez-vous du temps, c'est trop récent.

— Vous savez à qui j'ai pensé ? Aux parents de cette fille de l'école d'Ariel qui s'est tuée y a quelques années. Y s'en sont jamais remis. Je ne vois pas comment on s'en remet, d'ailleurs. Mais ça, c'est pas votre problème. Voyez-vous comme c'est bizarre : de tout ce qui est arrivé à ma fille dans sa vie, le seul moment où j'ai vraiment dû me battre pour l'aider, la consoler, c'est à ce moment-là, il y a quoi, presque trois ans, quand cette petite s'est tuée. Vous me demandiez

si quelque chose avait changé, l'avait affectée, eh bien ce suicide il y a trois ans, c'est tout ce que je vois. Mais c'était du
passé. Elle a eu du mal sur le coup, mais c'était fini.

— Elle a réagi comment ?

— Ariel ? Elle s'est fermée. Elle a arrêté le sport, elle étudiait moins bien, elle voulait plus sortir. Elle restait collée
sur moi, mais on parlait pas beaucoup. Pas grand-chose de
dit, mais beaucoup d'affection.

— Elle était proche d'elle ? C'était son amie ?

— Pas tant que ça, non. Elles étaient dans la même classe.
Elles avaient des activités parascolaires ensemble. Je cherche
son nom, c'est fou… ça m'échappe complètement. Sirois…
mais son prénom… Ariel sera pas contente que j'aie… »

Elle s'arrête, court-circuitée par son lapsus, comme épuisée
de devoir toujours ramener ses verbes au passé.

« Ça va vous revenir, c'est pas urgent. Vous vous souvenez
sûrement des circonstances, de comment elle s'est tuée.

— Ça ne s'oublie pas, en effet. Elle a sauté. Du haut de
cinq étages. C'est affreux… Le pire, c'est que c'est pour une
niaiserie qu'elle a fait ça. Une participation dans un spectacle. Elle avait pas eu le rôle. Un geste démesuré pour une
déception qui aurait tellement peu compté si elle avait laissé
passer du temps.

— C'est peut-être ce qui est arrivé à Ariel ? Une déception
momentanée qui a pris une importance démesurée ?

— Si vous saviez comme je cherche. Tous ceux qui la
connaissent, je les ai appelés, interrogés. J'ai appris pas mal

de choses qu'Ariel faisait, des choses drôles, des choses géné-
reuses, mais rien qui aurait pu s'apparenter à une déception.
Rien. Et j'ai cherché, j'ai rien négligé.

— Des fois, les jeunes sont mal à l'aise de parler aux
parents.

— Je le sais bien… »

Elle sort une feuille de son sac, la tend à Vicky : « J'ai inscrit
tous ceux à qui j'ai parlé. Leurs coordonnées et ce qu'ils
m'ont dit à propos d'Ariel. Ça pourrait peut-être vous être
utile ? »

Prudente, Vicky prend la feuille. Elle sait pertinemment
qu'elle n'ira pas rencontrer ces gens. Le suicide de cette
jeune fille est peut-être un mystère aux yeux de sa mère,
mais ce n'est certainement pas un meurtre.

« Madame Barbeau, je sais que j'ai l'air d'une mère qui
refuse la réalité, qui cherche des raisons en dehors de sa
volonté pour un drame. Je sais que ça a l'air du coup classique
de la mère qui veut trouver un responsable. Mais vraiment,
sans que ce soit un meurtre, sans qu'il y ait quelqu'un à accuser
formellement, ça se pourrait qu'on ait mal agi envers ma
fille, non ? Qu'on l'ait poussée à commettre… je sais pas
comment dire, manipulée, qu'on l'ait comme hypnotisée…
forcée…

— Il faudrait que ce soit quelqu'un de très fort, de très
puissant psychologiquement, quelqu'un qui aurait eu un
ascendant sur votre fille. Et encore, ce ne serait pas cette
personne qui aurait commis le geste. Ça demeurerait votre
fille. Je ne me souviens d'aucun cas criminel qui ressemble
à ça. Je suis désolée.

— Je sais que j'ai l'air pathétique à vouloir un coupable, mais comment est-ce que je peux vivre si je ne sais pas ce qui est arrivé à Ariel? Même si quelqu'un lui avait fait assez de peine pour qu'elle aille jusque-là, je veux le savoir. Je veux qu'on m'explique comment une enfant aussi équilibrée en est venue là. Je veux pas accuser ou faire enfermer ou condamner, je veux comprendre. Je veux même qu'on me dise ce que j'ai fait de mal, si c'est moi la responsable. Mais pas le vide, pas le rien qu'est devenue ma vie. Je veux savoir, je veux comprendre! Je ne m'en remettrai jamais sans ça. »

Vicky ne dit rien parce qu'elle est persuadée qu'Isabelle Gosselin ne s'en remettra pas. Quelle que soit la cause du geste désespéré de sa fille, même si quelqu'un avait mis les médicaments dans sa main, ça ne calmera jamais l'immense culpabilité que cette femme ressent. À la limite, il lui aurait été plus facile de fouiller le suicide de l'autre jeune fille pour prétendre que quelqu'un l'avait poussée.

Vicky prend son courage à deux mains en maudissant intérieurement Brisson et ses missions impossibles : « Vous savez, quelquefois, souvent même, c'est une décision pré-cipitée et un geste commis sous l'impact d'une déception, un peu comme cette amie d'Ariel. Vous ne saurez peut-être jamais la cause véritable de cette mort tragique. Même si j'y travaillais pendant un an, je pourrais arriver avec mille explications plausibles, mais aucune certitude. Je ne suis pas du tout certaine de pouvoir vous aider. Même si je com-prends votre peine. Et que j'y compatis.

— Mais vous allez essayer?

— Je vais discuter avec Rémy Brisson. Il va vous tenir au courant. — Elle agite la feuille — Je peux la photocopier?

25

— Non. C'est déjà fait. Qu'est-ce que je peux dire pour vous convaincre d'essayer?

— Vous êtes convaincante, ce n'est pas la question…

— Vous pensez que je résiste, que je n'admets pas que ma fille ait fait ça?

— Je le comprendrais, vous savez. Ça doit être une torture. Mais ça vient d'arriver, laissez passer…

— … Dites-moi pas ça! Parlez-moi pas du temps qui va tout calmer. Les Sirois, ça fait presque trois ans que leur fille est morte et je peux vous garantir qu'y dure, leur enfer. Andréane! C'est ça, son prénom! Andréane Sirois.»

Elle prend la feuille des mains de Vicky et inscrit le nom tout en bas.

Le plus gentiment qu'elle peut, Vicky pose sa dernière question, par curiosité davantage que par nécessité. «Votre mari, madame Gosselin, qu'est-ce qu'il pense de votre démarche?»

Le regard fuyant vers le sol, Isabelle Gosselin murmure un «Rien… Il n'est pas au courant» qui en dit long sur le désastre conjugal qu'elle traverse.

«Il ne serait pas d'accord? Il n'a pas de doutes? Pourquoi ne pas lui en avoir parlé?»

Cette fois, les yeux noirs se plantent dans ceux de Vicky: «Parce qu'il n'a pas dessoûlé depuis la mort de notre fille.»

***

Vicky connaît Rémy Brisson depuis près de vingt ans. Elle a travaillé avec lui avant que la Section des crimes non résolus soit mise sur pied. Avec Poupart pour compléter l'équipe, ils ont défini tout ce qu'est devenue l'escouade par la suite. Elle sait à qui elle a affaire, ils ont traversé pas mal de tempêtes sur le même bateau et si elle le vouvoie, c'est pour lui rappeler que son poste de directeur est dû à une manœuvre douteuse de sa part. Du jour où il est devenu directeur de l'escouade, en 1997, Vicky est passée du « tu » au « vous » et n'a jamais voulu en démordre. Elle ne lui garde aucune rancœur, mais ce « vous » lui convient et la réjouit… ce que son collègue Poupart n'a jamais ni compris ni adopté.

Elle connaît la femme de Rémy, ses enfants, mais jamais il ne lui avait fait de confidences sur sa vie privée. Pas plus qu'elle, d'ailleurs. Ce n'est pas le genre de rapports qu'ils entretiennent. C'est donc en marchant sur des œufs qu'elle s'apprête à le décevoir.

Quand elle entre dans son bureau, il la fixe avec tant d'anxiété qu'elle a envie de ressortir aussitôt.

« Alors ? Comment tu l'as trouvée ? Assieds-toi. Est-ce qu'on peut l'aider ?

— Non. Je veux dire, pas l'escouade, c'est sûr. Je connais pas votre relation, mais elle a besoin de soutien, c'est évident. Elle va mal, votre amie.

— Tu vois rien de bizarre, d'anormal ?

— Qu'une fille de quinze ans enjouée, dynamique et qui n'a aucun problème apparent décide d'aller avaler des somnifères à la belle étoile au mois de novembre, disons que c'est pas normal. Mais c'est pas un *cold case*, Rémy. C'est même pas un meurtre, c'est un suicide. Et je peux rien faire pour changer ça. Rien. Désolée. »

Brisson la regarde, dépité. Elle le voit chercher un argument, une réplique et elle ne veut pas l'accabler, mais elle estime nécessaire de mettre les points sur les « i ».

« Rémy, y a rien à faire. On pourra pas lui épargner le calvaire qu'elle traverse. Vous la connaissez, aidez-la, aidez son mari qui a l'air sur une très mauvaise pente, mais demandez-moi pas de chercher une responsabilité criminelle quand y en a pas.

— Mais si quelqu'un est responsable de son geste ?

— Comme qui ? Comme quoi ? L'intimidation ? Le chantage ? Sa mère a interrogé tous ses copains et personne n'a parlé d'une campagne de salissage ou d'acharnement négatif. Rémy… on a eu de la misère à faire reconnaître criminel le fait de coucher avec quelqu'un sans se protéger ou sans en informer le partenaire quand on a le sida. Et ça, c'est un acte direct. Imaginez ce que ça serait de prouver qu'une rumeur a poussé une fille de quinze ans à se tuer.

— Justement ! Y faut que ça cesse ! C'est à nous de mettre fin à ça en poursuivant les responsables.

— O.K., mon exemple est pas bon. Supposons — je dis bien : supposons — qu'elle a été victime d'inceste et que sa mère n'a pas vu que papa abusait… est-ce que ce serait assez pour l'accuser de meurtre ? Non. D'inceste, oui. Pas de meurtre. C'est ce que je veux dire. Son geste est probablement le résultat d'une situation intenable dont quelqu'un est peut-être responsable, mais c'est son geste et sa responsabilité à elle.

— À quinze ans ?

— Oui, Rémy. Et vous le savez aussi bien que moi. Notre métier, c'est pas d'enquêter sur les mobiles secrets d'un suicide.

À ce compte-là, on va accuser le monde entier pis personne. En 1929, au krach de New York, y en a eu des suicides et c'était lié à des évènements précis : on n'a pas poursuivi Wall Street pour autant. Le seul conseil, la seule recommandation que je peux faire, c'est de surveiller votre amie et l'empêcher d'empirer l'affaire en se rendant coupable de ne pas avoir protégé sa fille. C'est déjà assez difficile de même.

— J'ai peur qu'elle ne s'en remette jamais.

— Occupez-vous d'elle, entourez-la, mais encouragez pas une enquête pareille. C'est peine perdue.

— Ouais… je vois pas comment je vais pouvoir lui présenter ça… Tu pourrais pas faire une sorte de mini enquête ? Juste collecter des renseignements… Deux, trois téléphones que je puisse lui dire qu'on a essayé au moins ? »

Elle reconnaît tout le courage défaillant de Brisson dans cette proposition insensée. Et elle est persuadée que si elle refuse, il va aller demander à quelqu'un d'autre de s'y mettre. Elle hoche la tête en soupirant : « Rémy, cette femme-là s'est tournée vers vous parce qu'elle est désespérée et qu'elle a un urgent besoin d'explications. Mais sa fille a rien dit. C'est pas en enquêtant qu'on va trouver ce qui s'est passé. Ni surtout si quelqu'un est à blâmer. Depuis la mort de leur fille, le mari est soûl… ça en dit long sur l'harmonie familiale, ça !

— J'ai peur qu'elle se tue. Je ne me le pardonnerais pas. »

Le visage défait de Brisson est un argument de poids. Il se tait en luttant contre son angoisse.

Vicky se lève, elle veut partir avant de céder.

Elle est rendue à la porte quand l'idée lui vient : « Dites-lui que c'est fort probablement inutile d'enquêter, mais que vous attendez le rapport final du coroner avant de fermer le dossier. C'est le protocole de toute façon. Ça va vous faire gagner un peu de temps. »

L'éclair d'espoir qui traverse le visage désolé n'est pas du tout de bon augure pour Vicky.

* * *

Calée dans les coussins du sofa, Vicky est en train de céder à la somnolence quand son portable sonne.

C'est Patrice Durand.

Depuis leur dernière enquête, il l'appelle comme ça, à l'occasion, histoire d'entretenir leur bonne entente, comme il le prétend.

Vicky n'est pas dupe : il appelle toujours quand la journée est terminée, donc au début de la nuit à Paris. Elle parierait qu'il fait de l'insomnie, mais le lui dire serait très mal reçu. Il a toujours une anecdote à raconter et il pose ensuite des questions sur ses enquêtes en cours.

Pour une fois, Vicky ne démontre aucun enthousiasme : elle fait du surplace et les enquêtes vont demeurer non résolues. « Ce qui va faire baisser la fameuse moyenne de Brisson. Vous ?

— On patauge et c'est assez démoralisant, à vrai dire. Encore heureux que nos budgets ne soient pas tributaires de nos succès.

— Ça devrait pas l'être ici non plus. C'est la manière de Brisson de négocier avec les gouvernements.

— Ce cher directeur ! Rassurez-moi, votre salaire de misère n'est quand même pas soumis à votre taux de réussite ?

— Quand même pas ! Avec ou sans résultat, je suis payée.

— Vous m'avez fait une jolie infidélité récemment. Quand allez-vous vous décider à m'en parler ?

— Une infidélité ? Je nous savais pas aussi liés, Patrice.

— N'êtes-vous pas passée sur le continent sans prendre la peine de venir me saluer ?

— Qui vous a dit ça ? Venise, c'est pas la porte à côté de Paris !

— Ne faites pas diversion. J'ai mes sources…

— J'vois ça ! Vous en perdez du temps à enquêter sur des niaiseries !

— C'était bien ? Venise ?

— Absolument. C'était parfait.

— Vous avez célébré votre anniversaire de mariage ? »

« Pas si informé », se dit Vicky qui préfère laisser l'objet de la célébration dans le vague.

« Vous m'appelez pour savoir ça ou pour me faire des reproches ?

— Vous n'y êtes pas du tout. Vous qui voyagez sans cesse, vous connaissez Boston et son Musée des sciences ?

— Je connais Boston, mais pas ce musée-là. Martin, par contre, c'est en plein dans ses goûts. Vous voulez que je lui demande quoi, exactement ?

— Si leur expo permanente sur les dinosaures vaut le détour. »

Vicky éclate de rire, elle ne lui connaissait pas cette passion : « Et s'il dit "oui, c'est super", vous prenez l'avion, c'est ça ? Grosse responsabilité ! »

C'est la première fois que Patrice lui parle de sa fille et de sa passion pour les gros reptiles. Il est plutôt fier de lui donner les détails, la petite étant plus savante que lui sur le sujet : « Entre une poupée Barbie et un diplodocus, Amélie n'hésite pas. Au grand dam de sa mère, d'ailleurs… »

Vicky voit très bien pourquoi Patrice tient à entretenir cette passion enfantine, mais de là à imposer un décalage horaire de six heures à une enfant…

« Non coupable, Vicky. Sa délicieuse maman a décidé de l'emmener en Amérique à Noël. Alors, ou je l'attends patiemment à Paris, ou je fricote un projet qui me permettra de voir ma fille quelques jours pendant mes vacances. Que faites-vous, à Noël ? »

***

Une copie du rapport de pathologie d'Ariel Crête, fille de Jean Crête et d'Isabelle Gosselin, a été déposée sur son bureau. Le seul fait que Rémy l'ait laissée sans lui parler est un indice de ce qu'il contient… et elle sait que ce sera sans surprise.

Elle le parcourt rapidement et souligne trois éléments. Le premier la rend tellement furieuse qu'elle préfère attendre avant de parler à son patron : le district où a eu lieu le suicide est Québec et non pas Montréal, comme elle le croyait. Brisson était prêt à l'envoyer à Québec, tous frais payés par le contribuable, comme le dirait Patrice, pour fouiller une mort même pas suspecte. Indécent et indéfendable aux yeux de Vicky. Entre donner une heure pour réconforter un parent endeuillé et se déplacer sans aucune raison valable, il y a une marge qu'elle va lui expliquer. Le premier enquêteur a même ajouté une note pour Brisson : *Si la toxico confirme après analyses complètes, il s'agirait d'une dose létale de Diazépam. J'envoie le tout au coroner. Pas de mystère et pas de doute : c'est un suicide. Inutile d'insister, on a fait le tour.*

En lisant cette prose plutôt catégorique, Vicky peut imaginer le nombre d'appels faits par Brisson pour obtenir des détails. Ça devait friser le harcèlement.

Elle s'absorbe dans la rédaction d'un rapport et entend à peine le coup discret frappé à la porte. Robert Poupart glisse une tête échevelée dans l'entrebâillement de la porte : « Je peux te déranger ? »

Soulagée que ce ne soit pas Brisson, elle l'invite à s'asseoir. En vieillissant, il a pris du poids, son collègue. Et sa coupe de cheveux laisse autant à désirer que son pantalon défraîchi. Vicky se dit que sa fréquentation de Patrice Durand, toujours tiré à quatre épingles, a relevé ses normes d'élégance vestimentaire.

Poupart se gratte consciencieusement le crâne : « Brisson m'a demandé de quoi… »

Vicky sent que la conversation qu'elle repoussait devient urgente.

« Y me demande d'aller à Québec trois jours pour vérifier si y aurait pas du harcèlement dans une école privée. Je comprends même pas ce que je suis supposé chercher exactement. Y a pas eu de meurtre. »

Vicky attend que Poupe se décide à lui demander ce qu'il veut, mais il se tait.

Finalement, il soupire et va se poster à la fenêtre d'où il regarde la neige tomber.

« Ma femme va pas bien. Je peux pas partir.

— Quoi ? Ginette ? Qu'est-ce qu'elle a ? C'est grave ?

— Son employeur l'a fortement encouragée à prendre une retraite anticipée, tu vois le genre ? Ça fait qu'elle déprime. Je suis même pas sûr que c'est pas moi qui la déprime... »

Son sourire est aussi forcé que son humour. Vicky le regarde s'écraser dans la chaise et elle se dit qu'effectivement il doit être un peu lourd à vivre. Elle n'envisagerait certainement pas de passer le reste de ses jours avec un homme si mollasson.

« Quel âge elle a, Ginette ?

— Mon âge... en janvier, elle va avoir soixante et un ans.

— Pas si anticipée, la retraite, quand même ?

— Elle veut pas. C'est pas sa décision, tu comprends ? Ginette, c'est pas le genre à se faire imposer quelque chose.

— Je comprends.

— Peux-tu y aller ? À Québec ? J'ai même pas de dossier à te donner. J'ai rien. Le nom de l'école, l'adresse pis une douzaine de noms sur une feuille lousse.

— Ça ressemble à ça ? »

Elle sort la feuille d'Isabelle Gosselin. Il la regarde, éberlué : « Ben là...

— Je m'organise avec le problème, Poupe. Prends soin de Ginette. »

Elle s'empare du rapport et se dirige vers le bureau de Brisson.

***

La discussion est loin d'être aussi tumultueuse qu'elle l'envisageait. Rémy met fin à ses arguments en avouant que sa demande à Poupart visait effectivement à contourner le bon sens. Tout ce qu'elle pourra dire, il pourrait le lui servir si c'était elle qui essayait de persister dans un pareil cas. Là-dessus, elle le voit retirer ses lunettes, les jeter sur son bureau et se cacher le visage dans ses mains : « Je peux pas y aller, Vicky. Si je vais à Québec, c'est mon mariage qui prend le bord. »

Mais qu'est-ce qu'ils ont tous avec leurs problèmes conjugaux ? Exaspérée, sentant venir la confidence, Vicky arrête Brisson : « Je veux pas le savoir, Rémy. On travaille ensemble, on n'est pas obligés de tout se dire. Poupe peut pas, tu peux pas et je veux pas. Vas-tu faire le tour de l'escouade ? »

Il lève la tête, les yeux pleins d'eau : « Tu l'as faite ! Tu viens enfin de me tutoyer comme avant ! »

Elle ne s'en était pas rendu compte.

Elle se rassoit, ébranlée : « Pourquoi ça vous réjouit tant que ça ?

— Parce qu'on était amis, Vicky. Et que ça comptait pour moi. Attends ! Je veux m'excuser. Y a dix ans, quand j'ai été nommé directeur à ta place, j'ai manigancé pour avoir le poste. Je t'ai joué dans le dos. Je pensais gagner quelque chose de ben important, pis je perdais gros, je perdais une amie. J'ai été stupide pis je peux pas te dire à quel point je le regrette. Je voudrais que tu me pardonnes. Si tu peux… »

Vicky ne dit rien. Elle s'en fout un peu de cette vieille histoire, mais elle est sensible à la sincérité et aux regrets qu'il exprime.

« Ça fait longtemps, Rémy.

— Sais-tu quoi ? En te voyant aller, en te regardant travailler, résoudre des affaires compliquées, j'ai compris que malgré tout — et ça n'enlève rien au fait que j'ai mal agi — le résultat était parfait. T'aimerais pas ça du tout, être directrice. Tu te ferais chier comme c'est pas possible. Et je serais probablement pourri sur le terrain.

— Probablement…

— Tu m'en as voulu, non ?

— Je t'ai trouvé cheap.

— J'ai été cheap.

— C'est Isabelle Gosselin qui te met à l'envers de même ?

— Elle, sa fille… j'ai deux filles, moi, difficile de pas penser à ce que…

— Attends. Tes excuses, c'est pas pour m'amadouer et me faire changer d'idée ?

— Tu folle ? Je suis cheap, mais quand même pas à ce point-là ! »

Ça fait longtemps qu'ils n'ont pas ri ensemble. Comme Rémy est pointilleux, ça ne lui suffit pas. Il la fixe droit dans les yeux : « Alors ? Tu me pardonnes ?

— C'est effacé, Rémy. Et je t'en voulais pas tant que ça, dans le fond. Manger avec des fonctionnaires pour les persuader de pas couper dans mes budgets, ça m'a jamais tenté.

— T'aimes mieux manger avec des arrivistes ?

— Non. Avec des amis. »

Ils se regardent avec plaisir. Le soulagement de Brisson est palpable et Vicky se demande s'ils ne sont pas tous en train de ramollir.

Elle agite le rapport : « Ça confirme mon hypothèse, non ? Rien à fouiller. Rien à questionner.

— Tu fais quoi des marques d'automutilation ? C'est quand même surprenant.

— Ça confirme une souffrance morale qui a mené cette Ariel à avaler une dose létale de barbituriques que le toxico va identifier, mais ça changera rien à la conclusion.

— Sa mère savait pas pour les mutilations.

— Et c'est malheureusement la preuve qu'elle ne savait pas tout de sa fille… contrairement à ce qu'elle croyait.

— Selon le rapport, les marques anciennes remontent à plus de six mois. "Âge obscur" qui est écrit…

— Encore la preuve que le problème était là depuis longtemps. Les marques, c'est l'expression de quelque chose qui l'étouffait. C'est une façon de crier. Et ça faisait plus qu'un an qu'elle criait.

— Sans que personne l'entende.

— Même pas sa mère qui se sentait si proche d'elle. Et si sa fille a réussi à lui cacher ça, c'est parce qu'elle ne voulait absolument pas parler de ce qui la faisait souffrir... Et ça l'a tuée.

— Mais quoi ? Qu'est-ce que ça peut être ?

— Ça peut être aussi simple que le prix qu'elle payait pour avoir l'air d'une fille parfaite et parfaitement heureuse. Si tes filles t'énervent en faisant des niaiseries, réjouis-toi, ça veut dire qu'elles sont normales. Pour ce qui est d'Ariel Crête...

— Oui ?

— Tu le connais, le père, toi ?

— Je l'ai déjà vu... mais disons que j'ai pas insisté. Isabelle m'a quitté pour lui. J'étais pas tellement disposé à le trouver sympathique.

— Ça a l'air qu'y dessoûle pas.

— Ça arrive souvent dans ces cas-là. Ça fait pas de lui un ivrogne fini.

— Non. Mais ça fait de lui quelqu'un qui parle pas, qui exprime pas sa peine... comme sa fille. Isabelle lui a pas dit ce qu'elle essayait de son côté, ses pressions pour qu'on ouvre une enquête. Encore du silence. Vois-tu si c'est fou : tu envoyais Poupe à l'école interroger les jeunes, moi j'aurais plutôt demandé au père ce qu'il pensait de tout ça.

— Ça a du bon sens et c'est exactement le genre de réflexions que je suis incapable d'avoir parce que je suis trop impliqué dans cette histoire. J'ai aucune objectivité, Vicky. Aucune.

— Cout donc, toi, je vais finir par penser qu'une révolution a eu lieu ! T'admets que t'es pas objectif ?

— Une bombe m'est tombée sur la tête et oui, j'admets. Et je vais même jusqu'à dire que j'ai besoin de toi parce que moi, je peux rien faire. J'me sens comme un chirurgien qui peut pas opérer sa femme.

— Mmm ! Ta femme aimerait beaucoup ta comparaison ! »

***

C'est en voyant entrer Jean Crête dans la salle de conférences de l'escouade que Vicky se rend compte qu'elle l'a déjà vu. C'est un personnage public, l'attaché de presse du ministre de la Culture, et elle l'a entrevu à plusieurs occasions à la télé, en retrait derrière son patron.

Hirsute, mal rasé, il s'assoit sans dire un mot. Il ne répond rien à Vicky qui le remercie de s'être déplacé.

« Je peux vous offrir un café ? »

Le regard de cet homme est comme une lame. L'agressivité exsude de toute sa personne. Vicky n'attend pas sa réponse : « C'est à la demande de votre femme que j'essaie de savoir ce qui a pu pousser votre fille… »

Il l'interrompt brutalement : « Si vous trouvez un autre coupable que nous, ça va sans doute lui faire beaucoup de bien. Je suis venu vous dire que je ne me mêlerai pas de ça. Je suis contre. On sait très bien que personne est en arrière de ça. Si Brisson veut encourager Isa, c'est parce que c'est un épais. Ou un incompétent. »

Il se tait, contemple le plafond et conclut : « Ou les deux. »

C'est tellement clair que Vicky change de tactique : « Voulez-vous me parler d'elle un peu ? »

Les yeux de Jean Crête doivent être gris ou verts, mais ce matin, ils sont tellement rouges et bouffis qu'elle ne pourrait pas les qualifier.

« Je peux pas, non. »

Il se lève, se dirige vers la sortie. Il se ravise soudainement : « Voulez-vous savoir ce que je faisais quand ma fille est morte dehors dans le froid ? Je dormais. Je dormais devant l'écran géant du cinéma maison ! Dans le confort de mon foyer, comme y disent dans les publicités de meubles. Je dormais comme l'hostie de cave que je suis. »

Tout à coup, il recule jusqu'au mur sur lequel il s'appuie, vacillant. Vicky se précipite, certaine qu'il va s'effondrer. Il la repousse durement en grondant un « non » rageur, le visage inondé de larmes. Elle le regarde se laisser glisser jusqu'au sol. Il émet un son rauque qui n'est pas un sanglot mais une sourde plainte animale. La douleur d'Isabelle Gosselin était difficile à voir, mais cet arrachement est insupportable. Cet homme n'a plus aucune défense. Il est tellement ravagé que toute son énergie sert à reproduire la violence que le suicide de sa fille lui inflige.

Vicky s'assoit près de lui, par terre, et ne dit plus rien. Elle est incapable de penser à une phrase qui atténuerait ou soulagerait une telle souffrance.

Après un long temps, il se mouche et Vicky croit entendre qu'il s'excuse.

« C'est quand la dernière fois que vous avez mangé ? C'est le genre de questions que ma mère vous poserait. Comme je sais pas quoi dire, je pense que je vais vous la poser. »

Sa bouche tremble dans un sourire écorché en se tournant vers elle. Les larmes continuent de ruisseler sur son visage.

Vicky se lève, prend des kleenex dans son sac, les lui tend ; « On peut rester assis là, mais y a des chaises... »

Il se mouche, appuie la tête contre le mur. Il est épuisé, vulnérable. Les yeux fermés, il murmure : « C'était un bébé joyeux, adorable. Une fillette curieuse et appliquée. Et une jeune fille silencieuse et... pas pareille.

— Pas pareille en quoi ?

— Plus fermée, moins joueuse... On aurait dû voir. On aurait dû... C'est ce qu'on dit toujours, han ? Quand y est trop tard... Aidez-moi. »

Il tend la main et elle l'aide à se relever. Il est étourdi, ou alors trop secoué pour trouver son équilibre.

Elle s'assoit à la table et fouille encore dans son sac dont elle sort des clémentines qu'elle se met à éplucher.

En temps normal, cet homme doit avoir beaucoup d'humour parce qu'il s'assoit et la regarde avec admiration : « On vous prend jamais au dépourvu, vous ! Qu'est-ce que vous avez d'autre dans votre grand sac ? Un lapin ?

— Des noix. Mais j'aime mieux les clémentines.

— Moi aussi. »

Il mange lentement. Vicky ne se sent absolument pas déconcertée. Elle supporte très bien leur silence, comme s'ils se connaissaient. Il y a quelque chose de si authentique chez cet homme et de si désespéré qu'elle décide de suivre son rythme, même si elle doit y passer la journée. De toute façon, elle n'est pas devant un témoin récalcitrant ou une affaire criminelle. Elle est devant un deuil impossible et destructeur.

« Dites-moi, madame Vicky — excusez-moi, je ne me souviens pas de votre nom — faites-vous ça souvent, nourrir le témoin ?

— D'habitude, je le cuisine. Je m'appelle Barbeau. Mais vous pouvez m'appeler Vicky. »

Elle allait enchaîner avec une question, mais elle se retient. Dans son intense vulnérabilité, cet homme perçoit tout : « Quoi ? Qu'est-ce que vous voulez savoir, Vicky ?

— Depuis combien de temps elle n'était plus pareille ?

— Deux… trois ans ? Les débuts de l'adolescence. C'est ce que je me disais. Elle n'était pas totalement différente, c'était des détails… Je suppose que toutes les filles veulent maigrir, mais elle était grosse comme rien ! »

Il considère le morceau de clémentine qu'il tient : « Et maintenant, je fais comme elle, je mange plus. Comme si ça l'aidait !

— Pensez-vous aller jusqu'à vous tuer, comme elle ? »

Le regard est vif et admiratif : « Pas trop de détours, han ? Peut-être…

— Vous y pensez ?

— Bien sûr. Le soir surtout… la nuit, quand je dors pas, et le matin quand je me rappelle qu'elle ne sera plus là. On arrive à ma meilleure heure de la journée, profitez-en.

— Elle avait des amis ? De bons amis ?

— Je le pensais. Mais pas assez bons pour la garder en vie. Comme ses parents, quoi !

— Bon, on a le choix : ou on s'apitoie pendant deux heures ou vous essayez de me faire comprendre qui était votre fille. »

Elle ne sait pas si c'est le sucre des clémentines ou son approche radicale, mais Jean Crête se redresse et décrit sa fille. Le portrait est beaucoup moins idyllique que celui esquissé par Isabelle, mais plus humain. Ariel Crête chantait, dansait, jouait du violon, bref, elle avait tous les talents. Elle inventait des sketches depuis sa plus tendre enfance, son succès le plus retentissant étant une parodie de sa marraine et de sa grand-mère. La sœur d'Isabelle, marraine d'Ariel, avait en horreur le double discours de sa mère, ce qui donnait lieu à des prises de bec qu'adorait Ariel. Elle les imitait parfaitement et c'était à mourir de rire. Dès qu'elle en avait eu la possibilité, Ariel avait suivi des ateliers de théâtre. Dans les quatre pièces auxquelles elle avait participé, ses progrès étaient remarquables. Elle parlait de faire du cinéma, pas seulement comme actrice, mais comme réalisatrice. Même s'il était un peu tôt pour décider d'une carrière, Jean Crête était convaincu que ce serait une carrière artistique. Probablement parce que cela lui plaisait. Il ajoute que la dernière année, sa fille a aussi évoqué la possibilité de devenir traductrice, comme sa mère. Elle avait une facilité avec les langues. À part les sciences pures, tout l'attirait. Elle avait abandonné le violon parce que le théâtre lui demandait beaucoup de temps. C'était une bûcheuse et il se demande maintenant s'il n'aurait pas dû la forcer à ralentir : elle s'épuisait. Le volley-ball, le théâtre, les études, c'était trop.

« Elle se plaignait ?

— Jamais ! Quand elle a été choisie pour jouer Juliette dans la pièce cette année, elle a parlé de refuser. J'étais tellement surpris, j'en revenais pas ! Ça a pas duré, elle a lâché le volley à la place… Je sais pas qui y vont prendre maintenant. Peut-être qu'y vont annuler le spectacle. Elle savait déjà tout son texte.

— Roméo ? Qui le jouait ? Un de ses amis ?

— Un petit Marocain… Assam quelque chose.

— Est-ce qu'il l'intéressait ?

— Vous voulez dire… amoureusement ?

— Des fois, à force de dire "je t'aime" sur scène, on finit par le croire dans la vie. »

Il la considère, un peu dérouté. Il hausse les épaules : « Je sais pas. Si c'était le cas, elle a rien dit et rien a paru.

— C'était qui, son amoureux ?

— Ariel avait pas d'amoureux. Un kik au mieux… pis ça fait longtemps. Guillaume, qu'y s'appelait. Isa vous a parlé d'un amoureux ? J'en savais rien.

— Non. Guillaume, c'était quand ?

— Au début du secondaire. Il jouait au basket. Immense. Un géant… pis y avait pas fini de grandir. Y pleurait tellement aux funérailles, y était comme cassé en deux. »

Il se tait, récupéré par une tristesse poignante.

Vicky ne voit pas de raison de le torturer davantage. Elle est convaincue d'une chose : cet homme aimait sa fille et il n'a pas vu le coup arriver, même s'il a senti qu'elle changeait.

Comme elle n'a que les photos d'autopsie pour s'imaginer Ariel, elle lui demande s'il peut lui en montrer une.

Le iPhone s'ouvre sur le visage rieur, les yeux brillants d'intelligence d'une préado au sourire bardé de broches.

« Elle haïssait cette photo à cause des broches. Moi, je disais qu'un dentier en béton arriverait pas à l'enlaidir. »

Il fouille l'écran d'un pouce agile et lui montre la jeune fille à différents moments. Vicky voit le joli visage aux joues rondes s'allonger et se creuser. Elle l'interrompt alors qu'il manœuvrait pour changer de photo : « Ça, c'était quand ?

— Il y a une dizaine de jours, à mon souper d'anniversaire. Un *surprise party* pour mes cinquante ans. Ils l'ont fait d'avance pour que je ne devine rien. Je les ai eus le 23 novembre, le jour le plus triste de ma vie, le jour de ses funérailles. C'est la dernière photo que j'ai d'elle. »

Il éteint le téléphone, incapable de continuer.

« Je vais y aller, si vous me permettez. »

C'est le vrai roi de la fausse sortie : il revient à table et écrit son numéro de téléphone cellulaire sur sa carte avant de la lui tendre : « Finalement, je vais rester à Montréal un peu. »

Elle lui tend sa carte à son tour et ajoute un numéro : « C'est chez moi. »

Il la considère un long moment, puis lit la carte : « Crimes non résolus... dans le cas d'Ariel, c'est fait. C'est résolu.

— Vous n'attendrez pas le rapport final du coroner ? »

Il est traversé d'un frisson de dégoût et il lève la main : « Pas de détails ! S'il vous plaît ! Gardez ça pour Isa. Merci pour le lunch. »

Cette fois, sa sortie est complète. Vicky ramasse les pelures de clémentines qui embaument la pièce. Jamais elle n'aurait pu demander à cet homme s'il avait eu des gestes inconvenants envers sa fille. Ariel Crête a enduré un tourment, mais une chose est sûre, le bourreau n'était pas son père.

* * *

Elle refermait la porte du four quand elle entend Martin arriver.

« Ça sent les biscuits ! »

Il la rejoint, l'enlace en posant ses joues froides contre son cou : « Journée difficile à ce que je vois. T'as tout fait ? »

Pour la connaître, il la connaît ! Quand elle se met aux fourneaux, c'est que la réflexion ou la déception est grande.

Elle le pousse gentiment : « Pas si dure. J'ai pas fait la vinaigrette. »

C'est sa spécialité ! Le jour où Vicky fera la vinaigrette, ils en seront au divorce… parce que son travail l'obsède.

Ce n'est que plus tard qu'elle parle de sa journée, alors qu'ils sont de retour d'une longue promenade « de santé » comme la qualifie Martin.

« J'ai rencontré un jumeau, aujourd'hui. Né le même jour et la même année que moi.

— Y était pas à Venise, quand même ?

— Non. Sa famille lui a organisé un *surprise party* une semaine d'avance et le jour de ses cinquante ans, c'était les funérailles de sa fille. Suicide.

— Crisse! Qu'est-ce que tu viens faire là-dedans? C'est pas un meurtre. Pis c'est pas non résolu.

— La mère... C'est l'ex de Brisson.

— Oh boy! L'armistice va coûter cher. C'est ça le prix de votre nouvelle alliance? Tu trouves un assassin parce que le suicide est impossible à avaler?

— Pour la mère, oui. Pas le père.

— Évidemment. Si c'est ton jumeau...

— La différence entre les deux, c'est qu'elle refuse encore et que lui est à moitié mort de peine. Je suis pas sûre qu'il la suivra pas, sa fille. Et là, je te donne pas cher de la mère.

— Tu peux ben faire des biscuits! Mais tu peux pas changer un suicide en meurtre pour leur faire du bien. »

En se laissant envelopper dans les bras réconfortants de Martin, elle a une dernière pensée pour ces gens qu'elle ne pourra pas aider.

***

« C'est pas possible, Vicky! Isabelle le jure sur la tête de sa fille : Ariel était vierge! Pas d'amoureux. Pas de relations.

— Ben voyons donc! Depuis quand les mères savent ça? Penses-tu que la mienne l'a su quand j'ai baisé la première fois? Ariel Crête était pas vierge, c'est un fait, pas une opinion. C'est écrit noir sur blanc dans le rapport du pathologiste.

— Qu'est-ce qu'y dit, le père?

— J'y en ai pas parlé. Pis y veut rien savoir de ces histoires-là. Pas son trip, le post-mortem.

— Tu sais de quoi je parle… un abus…

— Regarde, si tu veux le rejoindre, j'ai son numéro, mais moi j'y demande pas ça.

— Pourquoi?

— Y va me tuer. Pis je le crois pas embarqué dans ce genre de sexualité là.

— Ah non? Y l'ont écrit dans le front, d'abord, les pédophiles? Cette fille-là était pas vierge. Y faut savoir si on en a abusé ou pas.

— Tu sais que ça se perd aussi sur une barre de vélo? Qu'y a toutes sortes de façons? Tu sais qu'y a aucune trace de violence sexuelle, pas de bleus, pas de meurtrissures? Viens pas me dire qu'on va chercher un violeur pour faire plaisir à sa mère?

— Vicky, cette enfant-là avait pas d'amoureux. Le viol peut remonter à six mois, un an…

— Et ça se peut aussi qu'elle ait eu quelqu'un sans le dire à ses parents. Comme la plupart des filles, Rémy!

— Est-ce qu'on peut procéder professionnellement et écarter l'hypothèse en vérifiant ce qu'en dit le père? Juste te renseigner. Je te demande rien d'autre.

— Faux! Tu me demandes autre chose parce que Jean Crête saura rien et qu'après, pour être très professionnelle, comme tu dis, je vais me retrouver à Québec pour interroger la liste d'Isabelle au grand complet.

— Si ça prend ça, on va le faire. On va aller au bout de la question.

— Rémy ! C'est pas notre job ! C'est pas du tout, mais pas du tout notre mandat. J'peux pas croire que c'est moi qui t'explique ça. Tout est dans le rapport. On a rien à ajouter ! Tu peux pas comprendre ça ?

— Qui donne les assignements ici, Vicky ?

— D'abord, ça se dit pas. C'est un anglicisme, pis après… »

C'est Mathieu Laplante qui frappe et entre sans attendre, interrompant les hostilités : « Vous savez qu'on vous entend sur tout l'étage ? Moi, ça me fait rien, mais… Y a quelqu'un qui te demande, Vicky. »

Il lui tend une carte de visite.

Elle la lit et fixe Brisson, mécontente : « Vous allez être heureux : monsieur Crête est venu se faire demander s'il était incestueux. Je vous ferai un rapport, évidemment. En trois copies. »

Elle sort avec Mathieu, laissant Brisson déconcerté par le retour subit du « vous ».

* * *

« J'ai un aveu à vous faire. »

Jean Crête s'est rasé, mais là s'arrête l'amélioration. Les yeux cernés ne laissent pas encore deviner leur vraie couleur. Vicky se demande s'il a mangé depuis les clémentines de la veille. Cette pensée l'étonne : elle ne se croyait pas si « maternante ».

« Le samedi matin, le dernier jour d'Ariel, je travaillais à la rédaction d'un communiqué de presse. Mon ordinateur a planté. J'ai emprunté la tablette de ma fille pour vérifier des infos. C'était pas facile de lui arracher ça des mains ! En tout cas. Quand Isabelle s'est mis en tête de chercher un assassin, elle a tout ramassé dans la chambre d'Ariel. Ses devoirs, ses notes, ses textes, son iPod… et elle a cherché le iPad et l'ordi. J'ai caché la tablette. Je lui ai rien dit. Elle a cherché partout pour les trouver, chez ses amis, à l'école… J'étais pas capable de la laisser prendre la vie privée d'Ariel en otage. Son enquête, ses appels à Brisson, ça a commencé une heure après le départ des policiers venus nous dire comment ils l'ont trouvée. Une heure ! Si c'est pas de la panique, ça… Je pense qu'Isa est devenue folle et que c'est sa manière d'encaisser. Hier… Vous êtes quelqu'un de sérieux, vous êtes… la première personne qui a l'air de comprendre quelque chose à ce qui est arrivé. Sans jugement… Mon genre, ce serait de ne jamais revoir quelqu'un devant qui j'ai craqué comme je l'ai fait hier devant vous. Faut que vous soyez pas mal forte pour que je revienne vous voir. Mais si Isa veut qu'on fouille la vie de notre fille, elle va le faire. Je peux pas l'empêcher. J'ai essayé, mais elle est obsédée. — Il sourit — Vous êtes pognée avec elle pis elle vous lâchera pas, je vous avertis. Je voudrais vous demander de ne pas lui dire. Si quelqu'un ouvre les secrets d'Ariel, ce sera vous. On sait tous les deux que sa mort va rester sa mort. Qu'y a pas de raisons ou de causes qui vont jamais changer le résultat. Même si quelqu'un lui a fait assez de mal pour qu'elle… trouve ça trop dur… »

Il se mord les lèvres pour ne pas éclater encore en sanglots. Après deux bonnes inspirations, il la regarde en hochant la tête, dépassé par l'ampleur de la douleur.

Il tire la tablette de son attaché-case, la lui tend d'une main tremblante : « Je n'ai pas son ordinateur, mais elle faisait surtout des travaux dessus. Ça, c'était son jouet préféré. »

Vicky le rassure : « Ça sortira pas d'ici. Si j'ai pas de raison valable, même Brisson ne le saura pas.

— Merci. Je ne me suis pas trompé sur vous. Ça fait du bien. Merci.

— Y a un code ? »

Une petite agonie traverse le regard de Jean : « Pour le iPad, son âge et le mien 1550, et Facebook, monpapou, en un seul mot. »

***

Il avait raison, Jean Crête, toute l'intimité d'Ariel est sur sa tablette. Très active sur Facebook, elle n'avait pas de compte Twitter. Les photos, les commentaires, les échanges donnent un portrait assez joyeux de cette belle fille de quinze ans. Les messages Facebook qui ont suivi sa mort sont carrément déchirants. Personne n'a fermé la page et ça continue à entrer. Les « Tu me manques », les « T'es où ? », les « J't'en veux pis j't'aime » sont légion.

Pendant des heures, Vicky épluche chaque page, note les noms dans un carnet, et met des points d'interrogation avec la référence pour tout ce qui lui semble non pas suspect, mais particulièrement digne d'intérêt. Les SMS sont tellement abondants qu'elle devra y mettre une journée entière. Ariel archivait beaucoup, ce qui ne facilite pas la tâche.

Les échanges avec ses parents étaient différents et de ton et de lien : SMS pour papa et courriels pour maman. Les textos sont hilarants, truffés d'icônes qui n'ont aucun rapport avec les propos et, là-dessus, Jean a autant de plaisir et d'imagination que sa fille. Vicky n'arrive même pas à tout décoder tellement les raccourcis sont particuliers. Le texto du 16 novembre qui suit les remerciements de Jean à sa fille pour le fabuleux spectacle est joli comme tout : « pcq t vieux (chameau) pcq t beau (face de grimace) je te (couronne, étoile, trésor, trophée, gâteau, poisson au vent) et t (cœur, cœur, cœur) ». Vicky se sent bien indiscrète et elle comprend parfaitement Jean d'avoir eu des scrupules à laisser quelqu'un pénétrer aussi intimement dans la vie et les pensées de sa fille.

Malgré l'abondance, il n'y a rien qui signale un abus ou une discorde majeure. Certains échanges sont parfois un peu secs, mais rien pour alerter la police. Rien pour indiquer une détresse.

Ariel a maintenu cette façade de fille heureuse jusque dans l'intimité de ses échanges. Et c'est bien là ce qui alerte Vicky. Comment quelqu'un qui va se tuer peut-il être aussi peu « décodable » dans ses intentions ? Elle a beau chercher, détailler l'historique du moteur de recherche, elle ne débusque même pas un seul site d'information sur les doses létales de barbituriques.

Elle va trouver son indispensable expert de soutien technologique et elle n'est pas surprise de voir le regard railleur de Mathieu : « Si c'est pour me demander d'être discret sur la chicane que j'ai interrompue, y est trop tard. Les paris sont ouverts et tu gagnes.

— Je gagne quoi ?

— L'équipe mise sur toi, ma fille. Y a tellement pas le tour, Brisson. Y s'est pas encore rendu compte qu'y te fait pas peur.

— T'as peur de lui, toi ?

— Non, mais c'est avec toi qu'y se pogne tout le temps. Y fait le coq avec toi. Au début, quand je suis arrivé, je pensais qu'y trippait sur toi. »

Vicky éclate de rire : « Là, y aurait pas eu grand monde pour parier sur lui !

— En effet. J'me demande si quelqu'un a déjà parié sur lui ? »

Ce qui ramène Vicky à ses préoccupations, parce qu'elle est certaine qu'Isabelle a tout misé sur les talents de son ancien amant… qui est bien déterminé à lui prouver qu'elle a eu raison.

Mathieu est un collègue tellement fiable qu'elle lui confie son secret et le iPad d'Ariel avec pour mission de débusquer ce qui est caché, jeté, retranché, parti pour la sphère virtuelle, bref de réussir à extirper les lignes cachées par la jeune fille.

« Tu veux tout ? Même les niaiseries ?

— Tout. Surtout les affaires qui ont l'air niaiseuses. Et c'est top secret.

— C'est la petite qui s'est tuée, c'est ça ? L'affaire qui nous regarde pas et dont Brisson veut se mêler ?

— Comment tu le sais ?

— Poupe était tellement content de pas aller à Québec. Tu y vas ? T'as besoin de ça pour hier ?

— Fais de ton mieux. Et rends-le-moi intact. C'est mon arme secrète. »

Elle est absorbée dans sa copie de l'agenda d'Ariel quand Brisson l'appelle. Isabelle et lui ont réglé le problème éthique : Isabelle paiera tout. Le voyage, l'hôtel, les frais de séjour, tout. Un peu comme si elle louait le talent de la meilleure enquêtrice de l'escouade. Vicky ne la savait pas si fortunée et Brisson lui apprend que c'est une nouvelle hypothèque sur la maison qui paiera l'enquête.

« Et son mari est d'accord ? »

Elle aime beaucoup le petit silence méprisant de Brisson qui déclare que le mari n'a pas un mot à dire, tant qu'il ne dessoûle pas. « Qu'est-ce qu'y te voulait ? Tu lui as demandé pour la virginité de la petite ? C'est quoi, sa réaction ?

— Je vous ai dit que vous auriez mon rapport. Ça s'en vient. »

Elle raccroche brusquement. Elle est furieuse. S'il veut qu'elle interroge les amis d'Ariel, il faudra que ça se passe la semaine qui vient parce que les vacances de Noël doivent commencer le 20 ou le 21 dans cette école. Quoi qu'il en soit, ses vacances à elle commencent le vendredi 21 décembre. Elle range ses papiers et se jure de rester deux jours max à Québec. Elle va faire des économies, la dame. Chose certaine, Brisson va bousculer ses dossiers et jouer à l'assignateur zélé qui a « dégagé sa plage horaire ».

Une chance que Mathieu se montre un allié précieux. Elle le rencontre après dix-sept heures, dans un bar tranquille, à deux pas du bureau. Il lui remet le iPad et toutes les pages qu'il a imprimées : Ariel avait effectivement été très méticuleuse et prudente. Il a eu un mal de chien à récupérer ce qu'elle avait effacé. La recherche pour les barbituriques était inexistante, elle l'avait probablement faite à partir d'un ordinateur de l'école. Et ça, ce serait coton à trouver. Pas de courriels haineux, menaçants ou de chantage. À part un échange gentil accompagné d'excuses sincères d'Ariel, rien de bien mystérieux.

« Pour qui, les excuses ?

— Nanane@gmail... un surnom, c'est sûr. C'est plein de surnoms là-dedans. Je peux te dire qu'elle perdait pas mal de temps à jouer... mais que son agenda le lui permettait.

— Tu trouves ? Ça me semble pas mal occupé, moi... t'avais pas besoin de chercher, je l'avais, l'agenda.

— Ah oui ? T'es meilleure que tu penses parce qu'y était bien caché. »

Il lui tend les feuillets et Vicky sursaute : les cases ne contiennent presque rien, contrairement à l'agenda qu'elle a étudié. Il y a quelques mentions et des icônes comiques.

« Il manque des mois... et ça court sur plus qu'un an.

— C'est tout ce qu'il y avait. Bizarre, han ?

— Je comprends pas trop... — Elle tourne les pages — Remarque... ça arrive qu'on commence à remplir un agenda pis qu'on change d'idée ou qu'on le néglige. C'est clair que celui du calendrier est le bon. Y est plus d'actualité et y contient tout : l'école, le volley, le violon, les répétitions, les partys, même les films qu'elle a vus.

— Pourquoi prendre la peine de le cacher si y est même pas complet ? Si y sert pas ?

— Une erreur ? Un oubli ?

— Ça se peut. À quinze ans, j'avais pas d'horaire, moi. Jusse du fun. »

Elle n'en doute pas : Mathieu Laplante a le plaisir inscrit dans l'ADN.

* * *

La discussion au sujet de Noël avec Martin commence le samedi matin. Chaque année, ils doivent manœuvrer pour contenter leurs deux familles sans s'épuiser. Martin est investi du bonheur de sa mère et Vicky fait partie des empêchements à ce bonheur. La maman trouve son fils chéri bien mal loti avec cette détective trop âgée ou trop occupée pour lui donner des enfants. Les autres raisons des réticences d'Hélène Grenier sont scrupuleusement tues. Martin, sans se ficher de sa mère, se fout totalement de son opinion sur ses amours. Vraiment, c'est une approbation qui ne lui manque pas. Vicky n'a pas cette distance avec sa mère. Celle-ci peut assombrir leurs rencontres en distillant des remarques apparemment anodines qui contiennent un bon degré d'acidité. Dieu merci, la mère de Vicky adore Martin.

Par tradition, le 24 décembre est attribué à Hélène, la mère de Martin, et le 25 à la famille de Vicky. Or, cette année, parce que la sœur de Martin a des jumeaux trop petits pour rester éveillés au réveillon, Hélène Grenier veut recevoir le 25 plutôt que le 24. Et, pour Vicky, c'est impossible.

L'impasse ne peut donc se résoudre et Vicky propose qu'ils aillent chacun dans leur famille le 25 et qu'ainsi, ils disposent du 24 en exclusivité et en toute liberté.

« Ta mère va être tellement contente de t'avoir pour elle toute seule ! On n'est pas obligés de rester tard et on se retrouve libres pour le reste des Fêtes. Sais-tu que l'idée n'est pas mauvaise ? »

Il la regarde enfoncer son bonnet jusque sous la ligne des sourcils et exécuter des mouvements pour se réchauffer avant son jogging. Il s'approche et repousse les écouteurs qu'elle vient de poser sur ses oreilles : « Tu veux que j'aille avec toi ? »

Elle adore courir seule. Elle hoche la tête et replace les écouteurs : « Appelle ta mère et épargne-moi ses commentaires. Elle va inviter "une fille de ton âge", et ça va ressembler à un hasard incroyable. »

Elle se sauve.

Les mères et leur bonne volonté occupent son esprit au début du parcours… jusqu'à ce que l'énergie exigée par l'effort physique vide enfin sa pensée et que seul compte le bonheur d'avancer un pied devant l'autre et d'habiter son corps totalement.

À son retour, Martin s'arrange pour garder ses endorphines dans le plafond, et quand elle se réveille d'une courte sieste réparatrice, il pose son ordinateur sur ses genoux : « Ton cadeau de Noël.

— C'est dans deux semaines, tu sais ça ?

— Ouvre, tu vas comprendre. »

C'est une photo plein écran. Un chalet ravissant, niché dans la montagne enneigée.

« C'est dans le Nord. On l'a pour quinze jours, à partir du 22 décembre jusqu'au 4 janvier. Le ski est à dix minutes. On peut jogger, faire du ski de fond, de la raquette... y a un grand foyer, un spa, trois chambres...

— Trois ? T'invites pas ta famille là ?

— Es-tu folle ! Pour le 31, pour nos amis. J'ai déjà des idées de menu.

— Depuis quand t'as loué ça ?

— Hier. Et je te jure que c'était avant que maman appelle pour changer nos plans. C'est un gars au bureau qui l'avait loué et qui peut plus y aller.

— Y doit être déçu.

— Y avait pas la tête à ça : sa fille se fait opérer à cœur ouvert la semaine prochaine. Elle a sept ans et c'est sa dernière chance. As-tu une idée qu'y s'en fichait de sa location ?

— J'ai une idée, oui... »

Elle l'observe sans rien dire, ce qui finit par le gêner : « Quoi ?

— T'en aurais voulu, des enfants ? Tu regrettes pas de pas connaître ce "bonheur-là", comme le dit si gentiment ta mère ?

— Moi, j'ai tout le bonheur que je rêve d'avoir. Si on veut goûter aux autres bonheurs, on emprunte les jumeaux de ma sœur. »

Ce qu'elle aime avec Martin, c'est qu'il sait ce qu'il veut et qu'il s'arrange pour l'obtenir.

***

C'est une Isabelle Gosselin différente qui vient chercher Vicky à sa descente de train. Est-ce le fait d'avoir obtenu ce qu'elle voulait? Est-ce ce temps qu'elle méprise qui agit quand même sur son humeur? Vicky ne saurait le dire, mais l'imparfait et le passé composé des verbes sont maintenant constants: la mort d'Ariel est devenue la cruelle réalité de sa mère. Vicky se demande si sa pugnacité à trouver un coupable va s'estomper à mesure que les questions ne trouveront pas de réponses. Elle déteste enquêter sans conviction ou plutôt avec la conviction qu'elle fait fausse route comme c'est le cas avec la mort de cette jeune fille.

Au moins Isabelle est moins mesquine que le gouvernement et elle la dépose devant un magnifique hôtel boutique situé dans le quartier du Vieux-Port.

Elle a été peu loquace durant le trajet, se bornant à poser des questions anodines.

Elle offre à Vicky de la laisser s'installer et de se joindre à elle pour le souper… si cela lui convient.

Malgré une solide envie de rester seule, Vicky accepte en sachant que la rencontre lui permettra de mieux cerner cette mère et ses obsessions.

Isabelle s'empare du sac de Vicky et entre avec elle: «Je veux vous présenter le directeur avant de vous laisser.»

Un homme un peu rondelet vient effectivement les saluer. Isabelle fait les présentations: «Jean-Yves Sirois, voici Vicky Barbeau dont je vous ai déjà parlé.»

Les yeux du directeur sont perçants et Vicky se dit que peu de choses doivent lui échapper. Il n'est pas particulièrement bel homme, mais il a de la classe et une voix chaude, très harmonieuse.

En appuyant sur le bouton de l'ascenseur, Vicky se demande si Isabelle est déterminée à la suivre jusqu'à sa chambre : « À tout à l'heure.

— Je voudrais vous dire… J'ai un peu malmené la vérité l'autre jour… »

Vicky attend la suite : malmener la vérité pour « mentir », c'est un détour qui en dit long.

« Mon mari n'est pas d'accord avec ma démarche. Il… il est parti et refuse de me parler. Il a quitté son emploi. Je ne sais pas s'ils ont accepté sa démission, mais il est en congé.

— Et pour la soûlerie ? Avez-vous malmené la vérité ?

— Non, ça c'était vrai. Il est resté avec moi jusqu'aux préparatifs pour les funérailles. Il est parti la veille, le 22. Remarquez, je n'étais pas très drôle non plus. »

Ça fait deux fois que l'ascenseur ouvre ses portes inutilement. Cette fois, Vicky s'y engouffre : elle ne désire ni malmener la vérité ni apprendre à Isabelle où se trouve son mari.

***

La chambre est à la hauteur du hall d'entrée : magnifique. Bois foncé, éclairage d'ambiance raffiné, un lit immense, invitant, recouvert d'une couette dodue et aérienne. Comme Martin aimerait cet endroit ! Tout y est conçu pour le bien-être, la détente et la luxure effrénée ! Vicky installe son aire de travail pour secouer les rêveries lascives qui n'auront pas d'issues. Le bureau est judicieusement placé devant les fenêtres donnant sur le fleuve où des blocs de glace parsèment l'eau — on dirait des guimauves ballottées par le courant. Dans quelques semaines, ces guimauves seront des plaques assez compactes pour qu'on marche dessus.

En organisant son espace de travail, elle a une pensée pour Patrice Durand si sensible au confort hôtelier. Dommage qu'il ne soit pas avec elle, pour une fois qu'elle loge dans un véritable hôtel de luxe où rien n'est investi dans le clinquant et l'esthétique bas de gamme. Même les photos encadrées sont des originaux signés.

À dix-huit heures, elle éteint la tablette d'Ariel : elle n'en peut plus de lire ces phrases codées où presque aucun mot n'est écrit en entier.

Elle a établi une liste de noms à partir du volume de SMS ou de courriels envoyés. Presque tous sont déjà sur la liste fournie par Isabelle. Trois noms en sont exclus : *Roméo* — qui est sans doute Assam, l'acteur de la pièce sur laquelle elle travaillait — une personne qui est appelée *Pro-31* et un certain «*A*». Alors que la plupart des correspondants sont identifiés par une photo, ceux-là sont plutôt des titres fantômes ne contenant rien et présentés de façon particulière : *Roméo* par une réplique de la pièce, *Pro-31* par un oiseau délicat d'un jaune exubérant et *A* par... un parapluie bleu ouvert. Ne serait-ce que par curiosité, elle ajoute ces icônes à la liste. Le choix des objets l'intrigue d'autant plus qu'aucun échange n'en illustre la raison. S'ils ont contenu quelque chose, ça a été vidé et rien ne permet d'y accéder.

Elle est en avance et elle s'installe dans le sofa qui fait face à la cheminée où un feu dispense chaleur et odeur réconfortantes. L'ambiance est feutrée, les décorations de Noël d'un goût très sûr. Vicky a l'impression d'être dans un autre univers, à l'abri des brutalités qu'elle fréquente quotidiennement dans son travail. Elle hésite même à sortir son téléphone de son sac pour vérifier ses courriels : elle n'a aucune envie d'être rattrapée par l'inassouvissable violence de l'extérieur.

« Vous avez tout ce qu'il vous faut ? »

Elle sursaute, n'ayant pas entendu arriver le directeur. Il est sur son départ, d'ailleurs, écharpe autour du cou, manteau sur le bras : « Excusez-moi, je vous ai fait peur. Vous êtes bien installée ? »

Elle le rassure : tout est plus que parfait. Il lui offre un apéro, le temps qu'Isabelle arrive.

Il s'assoit près d'elle dès qu'un verre de pinot noir leur est servi. Il lève son verre en lui disant : « À la réussite de votre enquête. »

Devant l'étonnement de Vicky, il s'explique.

« Isabelle ne vous a pas dit grand-chose, à ce que je vois. Je la connais très peu, mais disons que nos rapports ont été plus fréquents depuis quelque temps. Je suis le père d'Andréane Sirois. Ma fille s'est tuée, il y a presque trois ans. Elle fréquentait la même école qu'Ariel.

— Oh !… Je suis vraiment désolée. Mes condoléances. Elles étaient amies ?

— Non, pas particulièrement. En fait, je crois qu'Andréane en voulait un peu à Ariel… parce qu'elle avait eu le premier rôle qu'elle semblait espérer dans la pièce de l'école. Mais vous savez comment sont les enfants. Je crois qu'elle n'y tenait pas tant que ça. Au rôle. C'était une déception de plus, c'est tout. Rien à voir avec Ariel.

— Elle était impulsive ?

— Pas mal, oui… Impulsive et intense, comme les jeunes disent. Pas tellement faite pour les petits rôles.

— C'est ce qu'on lui offrait ?

— Non. Peut-être, je ne sais pas. Elle a lâché le théâtre et elle s'est mise à manquer l'école.

— Elle a vraiment mal pris ça.

— Oui et non. C'est drôle, mais je pense que c'était trop, le théâtre en plus des cours. Elle a dit à tout le monde qu'elle s'en fichait du théâtre. Ses notes baissaient. Pas mal… on ne savait plus quoi faire pour l'aider.

— C'était votre enfant unique ?

— Non, justement ! Son frère pétait des scores et elle glissait vers le bas.

— Elle avait sa fierté, peut-être qu'elle s'est sentie rejet… excusez le mot, mais c'est ce que les gens de son âge disent.

— Oui, très, très orgueilleuse, Andréane… avec l'impulsivité, c'est un mélange plus que dangereux…

— Puisque vous connaissez Isabelle, je peux vous demander ce que vous pensez de sa démarche ?

— Je la comprends. Mais je sais que c'est inutile. Elle a sûrement besoin de passer par là pour accepter. Pas facile. J'en sais quelque chose.

— Vous connaissez son mari, Jean Crête ?

— Non. On s'est salués aux funérailles, mais non, j'ai jamais vraiment parlé avec lui. »

Ils boivent en silence. Après un temps à fixer le feu qui crépite, Jean-Yves Sirois soupire : « Si j'osais…

— Oui ?

— Je vous dirais d'essayer de faire peur aux services de soutien pédagogique de l'école. Si vous avez une chance de les inquiéter, faites-le donc. Deux suicides en trois ans, c'est beaucoup pour une école qui se vante de former "l'élite de demain". Faudrait pas qu'il y en ait un autre.

— Il y a un lien, vous pensez ? Avec l'école ?

— J'en sais rien pour Ariel, mais quand ma fille a eu des difficultés, la personne qu'elle a consultée à l'école n'a pas fait grand-chose. Remarquez, c'est peut-être ma manière à moi de blâmer quelqu'un. Ça revient toujours à ça, je suppose : la faute à qui. Je pense que j'ai décidé dernièrement que c'est l'école qui était toxique. — Il se lève — Voilà Isabelle. Je vous laisse. Bonne soirée. »

* * *

Pour éviter de couper l'appétit d'Isabelle, Vicky la fait parler de Brisson et de l'époque de leurs fréquentations. Elle arrive mal à imaginer Brisson en champion de quoi que ce soit, mais Isabelle Gosselin est catégorique : il jouait divinement au badminton. Elle l'a rencontré au début de sa carrière, alors qu'elle sortait de l'université et travaillait au ministère de la Justice. Brisson administrait une équipe de la police municipale. Ils se sont rencontrés à un tournoi de badminton. Elle jouait pour la justice et lui pour la police. Ils se sont découvert des amis communs et, de fil en aiguille, ils ont commencé à se fréquenter. Rémy avait quelqu'un dans sa vie, mais après leur première sortie au cinéma, alors qu'elle n'était pas follement intéressée par lui, il avait quitté sa compagne pour lui faire une cour effrénée.

« Même si j'avais pas un intérêt fou pour lui, même si au départ j'étais touchée sans plus, y avait pas moyen d'y échapper. Les fleurs, les sorties, les attentions... Rémy arrêtait pas de me gâter et de me traiter en princesse. Personne avait jamais fait autant d'efforts pour moi. C'était... toute une démonstration. Très difficile de rester insensible à tant de prévenance. Mes amies étaient toutes jalouses, elles me poussaient vers lui parce qu'il faisait exactement ce dont elles rêvaient. J'avais vingt-six ans, il en avait trente-trois. Disons que je pensais tout connaître et que mon dernier amoureux était quelqu'un de très intéressé par sa petite personne...

— Vous avez fini par tomber amoureuse de lui ?

— Pas vraiment, non. J'aimais ce qu'il faisait, sa manière de me vouloir, de me mettre sur un piédestal. Ça oui. Ne lui répétez pas ça, mais je pense que je n'ai jamais été vraiment amoureuse de lui. Je l'aimais beaucoup et j'étais bien avec lui. Rien à voir avec son sentiment, avec... sa détermination à m'avoir dans sa vie. On a habité ensemble deux ans. C'était agréable, sympathique. Nos amis étaient encore tous célibataires et sans enfants. Rémy était le plus vieux de la gang. Quand il s'est mis à parler d'avoir des enfants, j'ai *freaké*. Ça, c'était pas mon rêve. Je voulais pas d'enfant. Je voulais vivre ma vie et avoir du fun. Je comprenais absolument rien dans les envies de Rémy. Quand j'ai rencontré Jean en 1988, là j'ai compris. Tout ce que Rémy avait comme sentiment, je l'ai ressenti pour Jean. Immédiatement. Un vrai coup de foudre. Et ça s'est passé devant Rémy. À une fête d'Halloween.

Chez Rémy. Chez nous, en fait… Avez-vous déjà ressenti ça? En serrant la main de la personne, vous êtes gagnée, subjuguée?»

Vicky hoche la tête affirmativement: «C'est presque trop…

— Exactement! C'est pas mêlant, j'ai failli partir avec lui ce soir-là! C'était électrique, fou, mutuel. C'était tellement fort! J'aurais tout laissé chez Rémy et je serais partie avec lui sans rien emporter tellement je l'aimais. Le lendemain de cette soirée, j'ai passé la journée avec Jean. Le lunch s'est étiré en après-midi et en soirée, et en nuit… Le lendemain, je faisais ma valise et on est partis à Montréal pour une semaine. J'avais rien dit à Rémy. Jean était libre. J'ai rompu en revenant. Et Rémy a demandé d'être affecté à Montréal tout de suite. On peut se montrer assez cruel quand on est très passionné. Je suis partie sans me soucier de Rémy. Je lui ai fait beaucoup de peine. J'étais loin de faire attention aux autres. Je lui ai dit que Jean était l'amour de ma vie! Imaginez… Faut être pas mal inconscient pour dire ça.

— Ou être sur un *pink cloud*.

— Oui, pis y était rose, mon petit nuage… On s'est mariés en 1990. Rémy était toujours à Montréal. Ça a pris des années avant qu'on se revoie. Et plus encore avant que je m'excuse. Y a falllu pour ça que la vie me fasse mal à mon tour.

— Vous l'aviez revu quand?

— Au mariage d'un ami commun y a quoi, cinq ou six ans? Ça s'est passé correctement, Rémy a jamais gardé de rancœur, jamais. C'est tout à son honneur parce que moi, si on m'avait traitée comme je l'ai fait, j'aurais pas été gentille du tout. Ça fait longtemps que vous travaillez avec lui?

— Plus ou moins dix-sept ans.

— Ça, c'est tout un mariage !

— Je dirais pas ça de même… mais une association solide, ça c'est sûr.

— Il dit que vous êtes la meilleure de toute l'équipe. Il vous admire beaucoup.

— Oui, bon… y a peut-être exagéré.

— Je sais que c'est un peu forcé comme enquête, que je vous en demande beaucoup. En fait, c'est une entorse à vos règles, Rémy m'a bien expliqué que c'était limite. Je vous remercie de le faire. »

Vicky ne veut certainement pas ouvrir le débat qui l'oppose à Brisson devant Isabelle. Elle se contente de lui expliquer son plan de match et ses attentes : interroger le personnel de l'école, certains professeurs qui ont eu des rapports soutenus avec Ariel, ses amis proches… et lui remettre son rapport.

« Je ne suis pas sûre de trouver ce qui a poussé votre fille à commettre son geste, mais je vais essayer. De votre côté, je voudrais que vous vous engagiez à respecter le rapport, à ne pas le contester, même si les conclusions ne vous conviennent pas.

— Vous voulez dire insister pour qu'on continue à chercher ? »

Vicky ne répond pas. Isabelle Gosselin sait très bien de quoi il est question, nul besoin d'expliquer davantage. Un voile de tristesse assombrit son regard. Elle soupire et déclare que si elle n'obtient pas de réponse, elle cherchera toute sa vie. Toute seule, s'il le faut, mais toute sa vie.

« Avez-vous des enfants ? »

Chaque fois qu'on lui pose cette question, Vicky serre les dents. Dans l'exercice de son métier, on la lui a posée mille fois et toujours, c'était pour insinuer qu'un certain aspect du problème lui échapperait puisqu'elle ne connaissait pas la maternité de l'intérieur. Elle répond ce qui s'est avéré la vérité la plus efficace pour contrer ces préjugés : « Je sais ce que c'est, perdre un enfant. »

***

L'école est classée monument historique : le bâtiment principal date de plus de cent ans et c'est une merveille architecturale. Les annexes, elles, quoique présentables, ne concourront jamais pour un prix d'esthétisme.

Les plafonds de l'ancienne partie sont très hauts, les moulures, les parquets, les portes datent du temps où l'économie consistait à utiliser des matériaux nobles et à exécuter un travail minutieux plutôt qu'à tout bâcler avec du préfabriqué qui tombera en ruine au bout de dix ans. Rien n'a bougé dans cet endroit et en montant l'imposant escalier de chêne vers le bureau de la directrice, Vicky se dit que la chapelle doit être un joyau. L'enseignement strictement catholique de l'école a cessé depuis quelques années, mais l'architecture a sûrement été préservée, tout comme l'appellation sanctifiante de l'endroit : Sainte-Thérèse-de-l'Enfant-Jésus.

La directrice la reçoit dans un élégant bureau où, encore une fois, la décoration ne cherche pas à nier les splendeurs d'antan, mais à les rehausser. Le fleuve gris est parfaitement visible derrière les hautes fenêtres.

La femme qui s'approche est un modèle de courtoisie étudiée et Vicky la qualifiait de « main de fer dans un gant de velours » jusqu'à ce qu'elle lui tende la main. Au contact, le velours semble passablement élimé. Quoi qu'elle prétende poliment, la dame n'apprécie pas du tout cette visite.

Au moins, elle ne fait pas semblant de trouver cela normal, se dit Vicky en l'écoutant attentivement. Le dos très droit, presque rigide, le cheveu discipliné, les ongles sobrement manucurés, Jacynthe Pouliot — qui a pris soin de lui demander de ne pas prononcer le « t » de son nom, tout comme dans rafiot — est un savant mélange de féminité et d'austérité.

« Honnêtement, je ne comprends pas bien la démarche de madame Gosselin. Mais je crois qu'il s'agit d'une façon de calmer son immense chagrin. L'évènement n'est pas survenu ici, vous le savez sans doute. Il est déplorable et nous avons tous et toutes une énorme sympathie pour la famille. Nous avons déjà beaucoup à faire avec les élèves qui sont directement affectés par le drame. Nous sommes prudents et rigoureux. Nous avons une réputation à maintenir. Nos services de soutien professionnel sont orientés vers le bien-être des élèves et nous nous employons à les mettre à l'abri de la moindre séquelle fâcheuse. Vous comprendrez que je n'aurai que peu de temps à vous accorder.

— Pourquoi ? C'est vous qui faites le suivi auprès de ceux qui pourraient avoir des séquelles fâcheuses ? »

Le pli de la bouche de madame Pouliot annonce un dialogue difficile : « Je supervise tout ici, madame. Des services pédagogiques à l'entretien, en passant par le soutien psychologique. Cela exige une attention de tous les instants. Je vous écoute. »

Elle croise les bras en s'appuyant au dossier de sa chaise. Vicky ne pouvait rêver d'une « ouverture » plus flagrante.

« Puisque vous avez un tel souci du bien-être des élèves, je suppose que vous avez des dossiers les concernant. Je ne parle pas de résultats uniquement académiques, mais d'une sorte de bulletin plus vaste qui englobe leurs attitudes, leurs aptitudes, leur implication…

— Bien évidemment. C'est d'ailleurs annexé au bulletin de chaque élève qui est remis aux parents. Madame Gosselin possède tous ces documents. »

Tout juste si elle ne l'accuse pas de la déranger pour des broutilles !

« J'aimerais avoir votre opinion personnelle, madame la directrice.

— Pouliot, vous pouvez m'appeler Pouliot. Je n'ai pas d'opinion puisqu'il s'agissait d'une enfant qui ne m'a jamais été signalée comme problématique. Elle n'a fait l'objet d'aucune inquiétude, je vous l'assure.

— Et c'est bien dommage, n'est-ce pas ? — Devant le sourcil relevé de la dame, elle précise — Si elle avait inquiété, elle ne serait pas morte, si j'en crois l'efficacité de vos services de soutien.

— C'est une façon de voir, effectivement. Autre chose ?

— J'aimerais rencontrer certaines connaissances d'Ariel, ses professeurs principaux et la personne qui s'occupe du soutien psychologique.

— Pour les enfants, je dois m'en référer aux parents avant de vous autoriser à les questionner. C'est la règle ici. Les parents auraient d'ailleurs le droit d'assister à l'entretien. Ou de me déléguer afin de les rassurer et de veiller à ne pas les traumatiser. Voici la liste des principaux professeurs que j'avais préparée. Vous avez le numéro de leurs bureaux ainsi que leurs coordonnées. Je vous demanderais de ne pas interrompre leur travail et de les voir pendant des périodes libres. Selon leurs disponibilités, bien sûr.

— Vous savez sans doute que je suis basée à Montréal et que je n'ai pas toute la semaine ?

— Désolée de l'apprendre, mais ce n'est pas mon problème. Je dois avant toute chose préserver les enfants.

— De moi ? De mes questions ? Qu'est-ce qui vous inquiète, exactement ? S'il y a une cause au suicide d'Ariel, ce serait une bonne chose de la découvrir, non ? Pour justement protéger vos jeunes ados de quinze ans.

— Il est évident que si nous étions partie prenante d'un tel drame, nous devrions corriger la situation. Mais je ne le crois pas. Ce que je sais avec certitude, par contre, c'est que les parents seraient très inquiets d'apprendre que la Sûreté du Québec est en train d'enquêter ici. Et cette inquiétude, c'est sur moi et moi seule qu'elle retomberait. J'estime que c'est un gros risque pour une probabilité nulle.

— Très bien. Je comprends votre souci. Comment est-ce qu'on pourrait faire pour que je rencontre les amis d'Ariel sans alerter les familles et sans vous inquiéter ? »

De toute évidence, l'imagination de madame Pouliot est limitée aux risques encourus et n'inclut pas les solutions pour les éliminer. La pensée de ce qu'un Patrice Durand ferait devant l'obstacle de la directrice inspire la tactique de Vicky : « Que diriez-vous de m'inscrire en mode solution plutôt qu'en mode interrogation ? Vous pourriez m'inviter à rencontrer la classe d'Ariel pour promouvoir la protection individuelle. Mon métier est d'enquêter sur des crimes, mais je croise souvent des cas qui auraient pu être évités, si les gens avaient parlé à quelqu'un avant de commettre l'irréparable. Ce genre de choses… on ne sait jamais, je pourrais aider…

— Excusez-moi, mais ça apporte quoi exactement à votre enquête ?

— Je connais les noms, j'ai les photos des amis d'Ariel, je pourrais au moins cibler lequel est particulièrement perturbé ou silencieux. Je pourrais peut-être vous permettre d'éviter un autre drame. Mon intention est strictement la même que la vôtre, vous savez : éviter l'effet de contagion. »

Le frisson qui traverse les épaules de la directrice en dit long sur le cauchemar que serait un autre « évènement », comme elle appelle le suicide. Vicky enfonce son clou : « Selon mes informations, un autre suicide a eu lieu ici même, et c'était dans la classe d'Ariel. Il ne faudrait pas que dans trois ans…

— Ils seront tous passés à un autre niveau dans trois ans.

— Mais ils restent vos enfants et vous vous sentiriez quand même concernée ? Laissez-moi éliminer tout doute, ce sera une assurance de plus à offrir aux parents inquiets : la Sûreté a discrètement enquêté et tout est normal. À moins que vous ayez des soupçons, une inquiétude… »

La main soignée ouvre un gros cahier à anneaux, tourne les pages rapidement : « Jeudi le 13, à midi trente. Quarante-cinq minutes. Pas une de plus. »

Elle referme le cahier sèchement, se lève et se dirige vers la porte.

Derrière le talon de son soulier droit, une petite maille a filé et commence son long trajet vers le haut.

***

Il est près de quatorze heures et Vicky a rencontré trois professeurs aussi gentils qu'incapables de l'éclairer sur la moindre faille ayant pu mener Ariel au suicide. Ils sont désolés et personne n'a deviné ni le problème, ni la solution trouvée par la jeune fille.

Enjouée, appliquée, travaillante, aimée, entourée : le carnet de notes de Vicky ne contient aucune critique à l'égard de l'élève. Tout au plus a-t-on décelé une certaine fatigue, une grippe qui aurait laissé des traces, grippe qu'ils appellent maintenant « épuisement » ou « dépression ». Mais que jamais personne n'aurait qualifiée de la sorte avant qu'elle ne passe à l'acte. Évidemment, une fois Ariel morte, ce qui semblait superficiel devient soudain essentiel. Ce n'est pas avec ça que Vicky pourra écrire son rapport.

Elle est affamée quand elle s'attable à la cafétéria, maintenant déserte et sur le point de fermer. Une jeune femme blonde à la trentaine indéfinissable s'approche d'elle : « Vous permettez ? Je suis Suzie Brault, prof de français en secondaire un. »

Elle s'assoit et déballe son sandwich fait maison. Vicky range ses papiers et essaie d'avoir l'air accueillante, même si une pause silence lui aurait fait beaucoup de bien.

Suzie n'attend pas que Vicky pose une seule question. Elle est venue l'informer de quelque chose et elle s'y emploie. Gentiment et fermement.

« J'enseigne ici depuis six ans. Mon premier emploi après mon stage pour le diplôme. J'étais fière parce que c'est pas facile d'entrer ici. Madame la directrice nous veut vierges. Façon de parler, évidemment. Elle ne laissera pas entrer de loups dans la bergerie. Le questionnaire avant l'entrevue, c'est quelque chose ! Sont sérieux.

— Tout le monde peut mentir et se refaire une virginité. J'en ai vu pas mal, vous savez, des fausses vierges.

— Ça me surprendrait pour le personnel d'ici, en tout cas. Pas avec la Pouliot. Je la trouve plate, mais je la respecte. Elle est sévère, mais ça marche bien et l'école refuse du monde chaque année. »

Vicky attend la suite… parce qu'elle ne croit pas une seconde que cette prof est venue faire l'apologie de la directrice et du personnel.

Suzie essuie sa bouche et ses doigts avant d'attaquer le sujet qui la préoccupe : « Est-ce que quelqu'un vous a parlé d'Andréane Sirois ? C'était une de mes élèves. Elle, j'aurais tellement voulu qu'on fasse une enquête plus poussée ! C'était tellement évident que ça n'allait pas, qu'elle en arrachait. Vous rendez-vous compte qu'elle est montée sur le toit de l'annexe et s'est jetée en bas ? Jamais j'oublierai ça. Je m'en veux tellement ! Personne l'a oubliée. Quand Ariel s'est tuée, ma première idée, c'était qu'elle avait finalement imité Andréane. Pas dans la façon, c'est sûr, mais dans le geste.

— Ça remonte un peu loin, non ?…

— Ah ! Vous êtes au courant, à ce que je vois. Deux ans et neuf mois pour être exacte. En mars 2005. Vous pensez que c'est trop loin pour avoir une influence ?

— Pas du tout ! Au contraire, même. Si Ariel en a jamais parlé, ça pouvait la hanter. C'est quand on ne parle pas que c'est dangereux.

— Exactement ce que je pense ! On aurait dû le faire, j'aurais dû m'écouter et le faire. Toute ma classe était tellement sonnée, ça n'avait aucun sens de ne pas en parler. Mais c'était un ordre de la direction. Silence obligatoire. Pas de pardon si on désobéissait.

— Y a pas des services pour assurer le soutien psychologique ? »

La grimace de Suzie en dit long sur l'estime qu'elle porte aux services en question. Vicky se rend compte qu'elle n'a pas obtenu le nom de cette responsable, d'ailleurs.

Suzie soupire : « Peut-être qu'on saura jamais ce qui a mené Ariel au fond de son bois, les peines d'amour à cet âge-là, c'est loin d'être anodin. Mais garanti qu'Andréane y est pour quelque chose.

— Elle avait une peine d'amour ?

— C'est ce qu'on a dit. Je sais pas avec qui, par exemple. Pas son Roméo certain. Y a assez de peine, cet enfant-là. Y feront pas la pièce, finalement. Trop compliqué de remplacer Ariel. La directrice a tranché net, frette, sec : fini !

— Roméo a peut-être de la peine parce qu'y doit abandonner le rôle ?

— Non, je pense pas. Je me demande si c'était vrai, l'amoureux d'Ariel… »

Et elle n'est pas la seule. Puisque cette prof est venue vers elle de son propre gré et qu'elle est la seule à admettre que le premier suicide n'est pas net, Vicky décide de s'adjoindre ses services afin d'avancer un peu. Elle lui propose de sonder les gens autour d'elle et de glaner ce qu'elle peut concernant les histoires d'amour des deux jeunes filles.

Elle obtient le nom de la préposée aux « services de soutien aux élèves » et elle s'empresse d'aller la voir avant qu'elle parte, celle-ci étant toujours assez prompte à décoller une fois quinze heures trente passées, selon Suzie.

***

Sur la porte, le nom de Nathalie Dubuc est suivi de la mention « soutien aux élèves », mais derrière la porte, une fille désorganisée accueille Vicky sans enthousiasme.

« J'allais partir. Je commence très tôt pour pouvoir quitter à seize heures. »

Si cette fille a trente ans, Vicky en a cent ! Quelle idée bizarre de confier une tâche aussi délicate à quelqu'un de si jeune. Elle a l'air d'une étudiante prise en défaut. Vicky a toujours le réflexe de douter de ceux qui se justifient sans qu'on leur demande quoi que ce soit. Elle consulte sa montre : « Parfait ! On a une demi-heure. Vous permettez ? »

Elle s'assoit, sort son calepin de notes et remarque que la belle Nathalie reste debout et enfile son manteau.

« On m'a dit qu'une détective enquêtait. C'est vous ? »

Vicky se doute que le « on » est madame la directrice qui n'est pas oublieuse et qui a soigneusement évité de lui communiquer les renseignements concernant Nathalie.

« Effectivement. Pourquoi ne pas vous asseoir ?

— Je suis pressée... un peu.

— Vous êtes psychologue ?

— Ergothérapeute. Je m'occupe des enfants en difficulté d'apprentissage.

— Il y a quand même une nuance entre le soutien psychologique et le soutien pédagogique, non ?

— Disons que je m'occupe des deux.

— Ben oui… ça doit pas faire longtemps que vous êtes ici ?

— Quand même : ça fait cinq ans. Et j'ai jamais eu à travailler avec Ariel si vous voulez le savoir.

— Je sais : elle n'avait pas de problème, ni pédagogique ni psychologique. Vous avez quel âge ?

— Ben là… pourquoi ? »

Vicky la fixe sans répondre en se demandant si c'est uniquement l'inexpérience qui rend Nathalie aussi méfiante. Elle n'a aucune difficulté à attendre en silence la réponse à sa question. Elle imagine comme ce doit être tentant d'en vouloir à quelqu'un d'aussi manifestement dépourvue de consistance quand son enfant est morte après l'avoir consultée. Elle trouve que Jean-Yves Sirois a été généreux de ne pas aller plus loin avec son blâme.

Nathalie Dubuc déclare son âge comme on jette un os à un chien enragé : « Trente-deux ans. Si vous voulez bien revenir demain, je suis là à sept heures et demie. »

Elle se penche pour prendre son sac à main et Vicky s'énerve un peu. Elle se lève posément, va fermer la porte et indique le siège derrière le bureau : « Je veux vous parler et je vais vous parler. Maintenant. Et vous allez vous asseoir et répondre. Maintenant. Vous comprenez ? »

Nathalie, boudeuse, s'assoit sans rien dire. Elle triture ses gants nerveusement.

« J'ai rien à voir avec ça ! Je la connaissais même pas.

— Andréane Sirois vous en avait sûrement parlé ? Vous vous souvenez d'Andréane ? »

Et voilà ! L'inquiétude est si flagrante sur le visage enfantin que Vicky lève le pied : « Je voudrais avoir votre avis d'expert en relations humaines sur cette jeune fille. »

Nathalie balbutie que c'était son premier cas lourd, qu'elle manquait d'expérience, qu'elle n'a rien vu venir… et elle éclate en sanglots.

Vicky attend qu'elle se mouche et continue à la questionner posément, avec fermeté.

De toute évidence, le souvenir d'Andréane est comme un spectre qui hante l'ergothérapeute. Son discours est rempli d'excuses, de raisons futiles qui ont contribué à ce que le caractère urgent de la situation lui ait échappé.

« C'est pas comme si elle se plaignait de quelque chose ! Elle voulait juste pas venir à l'école ! Elle voulait rien savoir. J'ai essayé de voir si elle avait des problèmes, si elle se droguait même. Son seul problème, c'était d'être obligée de s'asseoir ici et de me parler. C'est vrai que j'étais jeune, que je commençais et que je manquais d'expérience, mais c'était tout un cas, Andréane Sirois ! Pas commode.

— Elle avait perdu le goût ? Comme ça ? Pour rien ?

— Elle a pas dit pourquoi, mais l'école l'intéressait pas.

— Qu'est-ce qui l'intéressait ?

— Comment voulez-vous que je le sache ? C'est pas comme si elle m'avait fait des confidences. Toute l'écœurait.

— Votre métier, c'est pas d'aller plus loin que les apparences ? Son écœurement, il avait bien une cause ?

— J'ai pensé que c'était chez elle, dans sa famille que ça tournait pas rond.

— Pourquoi ?

— Parce qu'y avait rien ici qui marchait pas, c't'affaire !

— Ah non ? Le rôle qu'elle n'a pas eu et qu'Ariel a obtenu ?

— Ben voyons donc ! Elle s'en fichait. Elle me l'a dit : ben contente que ça soit fini. Si toute pouvait finir de même... »

Vicky fronce les sourcils : « C'est vous ou c'est elle, ces mots-là ?

— Elle. À peu près... toute l'écœurait, je vous dis.

— Et c'est bien ce qui s'est passé : toute a pris fin.

— Je pouvais quand même pas le deviner ! »

Vicky lutte contre la tentation de confirmer que non seulement elle pouvait mais devait le deviner. Et agir de façon responsable. Elle estime que cette fausse psychologue est bien vive à se disculper et bien lente à décoder les appels à l'aide.

« Est-ce qu'Andréane avait un amoureux ?

— Mais pourquoi on parle d'elle ? Un amoureux ! Elle avait douze ans !

— Y a un âge limite, vous pensez ?

— Disons que ce qui venait à l'esprit en la voyant, c'était plus la peine d'amour que l'amour. Elle m'a jamais rien dit là-dessus. Et j'ai rien demandé.

— Avez-vous des notes qui résument vos entrevues avec elle ? J'aimerais pouvoir les consulter.

— Non.

— Non quoi ?

— Pas de notes. J'ai pas de notes. Je commençais, je vous dis ! Combien de fois y va falloir que je le répète ? Ça fait que mes notes, ça se résumait à "elle veut rien savoir de personne". Êtes-vous contente ? Allez me dénoncer, asteure ! Mais si vous voulez des notes, j'en ai pris en masse après. Tout le monde a son compte rendu avec des évaluations organisées. Mais pas Andréane ! C'est ça que vous voulez me faire dire ? J'ai poché pis j'ai rien vu venir. Qu'est-ce que vous voulez que je fasse ? Que je me jette en bas du toit pour expier ? »

Vicky referme son carnet, bien peu impressionnée par l'éclat de Nathalie Dubuc : « Il est quatre heures. Je vous laisse. Mais maintenant que vous avez fait le tour de votre sentiment d'incompétence, j'aimerais ça qu'on en vienne à ce qui m'intéresse : Andréane et ce qu'elle vous a donné comme indices de sa détresse. Je reviens demain. Et, pour être très claire, votre emploi ne dépend pas de moi, mais de vous. C'est Ariel et Andréane qui m'intéressent. Pas vous. »

Elle sort en laissant cette jeune ado déguisée en thérapeute digérer ses paroles. Elle serait trop idiote et trop centrée sur elle-même pour avoir poussé quiconque au suicide, mais son inertie a pu causer tellement de torts ! Pour Vicky, sans être responsable, Nathalie Dubuc n'est pas innocente non plus.

Une fois assise dans le taxi, Vicky note une question : comment une directrice aussi intransigeante et si à cheval sur la procédure a-t-elle pu garder une telle nullité ? Sa réponse préliminaire n'est pas à l'honneur de la directrice : parce que le soutien aux élèves fait peut-être bon genre sur le dépliant de l'école, mais qu'au fond, elle s'en fout.

***

Rien n'est plus fastidieux qu'ordonner les notes accumulées à chaque jour d'enquête. C'est une discipline que Vicky juge indispensable et elle s'y plie consciencieusement. C'est là qu'un partenaire d'enquête s'avère utile, quand les questions laissées en suspens doivent être examinées et qu'un plan de match est organisé. Là-dessus, parmi tous ses collègues, c'est quand même Patrice Durand qui obtient la palme de l'efficacité. Probablement parce qu'elle et lui partagent cette combativité qu'il appellerait plutôt du zèle ou de la pugnacité. En tout cas, lui, il n'aurait pas fait de quartier de la directrice.

Vicky se promet de revenir à la charge avec elle. Tout de suite après avoir interrogé la brillante psychologue qui n'a rien vu venir.

En considérant ses notes, elle se rend compte que c'est le suicide d'Andréane Sirois qui soulève le plus d'interrogations et qui lui inspire des recherches. À deux reprises, elle doit ramener son intérêt à Ariel, à son état psychologique et à ses mobiles, alors que ceux d'Andréane lui semblent plus prometteurs. Plus évidents et plus susceptibles d'entraîner une responsabilité périphérique.

Elle s'arrête subitement : qu'est-ce qu'elle fait là ? Elle cherche un coupable, alors qu'il s'agit d'un geste privé. Un suicide n'est pas un meurtre. C'est fou, elle doit se le répéter continuellement. Elle se lève et lorgne la cafetière dernier cri super tentante mise à sa disposition : si elle s'offre un café, elle ne dormira pas de la nuit.

Les deux téléphones sur le bureau sonnent en même temps, lui épargnant la tentation. Sur l'afficheur du cellulaire, Brisson. Elle opte pour le téléphone de la chambre. C'est Isabelle Gosselin et Vicky trouve que les deux ex ont des impulsions similaires.

Évidemment, Isabelle est incapable de ne pas la déranger, de ne pas demander comment s'est passée la journée, si elle a du nouveau. Au moins, quand elle travaille exclusivement pour la Sûreté, Vicky n'a pas à tenir compte du client ! Elle épuise ce qui lui reste de diplomatie à faire comprendre à Isabelle que mener une enquête demande du temps, de la concentration, et qu'elle ne peut pas être son interlocutrice directe… d'autant qu'elle pourrait avoir des questions à lui poser à titre de témoin principal et non pas pour lui raconter ses trouvailles.

« Je vous suggère d'appeler Brisson pour prendre des nouvelles. Lui pourra vous dire ce qu'il juge approprié, pas moi.

— Vous parlez comme si j'étais suspecte de quelque chose…

— Vous me mettez dans une drôle de position, Isabelle. Rien n'est selon les règles dans mon enquête. Et les règles servent à quelque chose.

— Vous ne voulez pas qu'il y ait apparence de conflit d'intérêts, c'est ça ? »

Vicky a toujours trouvé étrange que le mot «apparence» se place dans cette expression : il y a effectivement conflit d'intérêts et elle l'a dénoncé au responsable, Brisson. De la même façon qu'elle juge qu'il y a souvent une cause familiale à un suicide d'adolescent. Même si ce n'est pas une faute, un manque, c'est une cause. Et elle n'a aucune envie d'expliquer cela à Isabelle Gosselin.

« J'essaie de vous dire que parce que vous êtes la mère d'Ariel, vous êtes de facto dans mon enquête.

— Mais je la subventionne ! C'est pas une preuve que j'ai rien à cacher ?

— Non. »

Elle la laisse digérer sa réponse avant de reprendre : « Je voudrais qu'on s'entende sur un code de conduite. C'est moi qui vous appelle quand j'en éprouve le besoin. Et je pose mes questions, comme à n'importe quel témoin important. Vous êtes un témoin de première ligne, comme votre mari, vous comprenez ? Pour le reste, vous appelez Brisson.

— Entendu. Je ne vous dérangerai plus. »

Oups ! Vicky se dit que pour la diplomatie, elle pourrait affiner son approche. Elle écoute le message laissé par Brisson et elle n'est pas du tout surprise de l'entendre lui intimer l'ordre de donner des nouvelles sur la première journée d'enquête. Qu'il patiente, lui ! Elle jette son téléphone sur ses notes, prend son sac, son manteau, et fuit quand le téléphone de la chambre se remet à sonner.

Si la diplomatie est de mise, elle préfère ne pas écouter ce qu'Isabelle Gosselin a envie d'ajouter à leur échange.

***

En revenant dans sa chambre, elle s'aperçoit que c'est Martin qui cherchait à la joindre sur la ligne de l'hôtel... pour ne pas la déranger si elle est en entrevue. «Parce que j'espère que tu reçois personne dans ta chambre qui sent les loisirs amoureux à plein nez!»

Elle s'acquitte de ses devoirs envers Brisson avant de rappeler son amoureux et de discuter plaisirs avec lui. Martin se montre très inspiré par la description de l'hôtel et les photos qu'elle lui a envoyées et il propose de venir la chercher si elle doit éterniser son séjour jusqu'à jeudi.

«Je prends congé vendredi, je couche à Québec jeudi soir et on revient doucement le lendemain, après ta journée. Ou si t'aimes mieux, je t'invite à l'hôtel le vendredi soir aussi.»

Que des perspectives alléchantes... et trop hâtives pour le moment. Elle ne sait absolument pas comment son enquête va évoluer. «Mais c'est parti inutile et j'ai bien peur que ça reste inutile.»

Martin est habitué de l'entendre se désoler de ne pas aboutir assez vite, mais il est d'accord avec elle: un suicide, ce n'est pas un meurtre.

«Juste pour te changer les idées avant de te laisser: maman veut venir faire un tour dans notre chalet entre Noël et le Jour de l'an. J'ai dit que la maison était pleine... ça te déçoit pas trop?»

Et c'est probablement vrai, en plus!

Elle envoie un autre courriel à Brisson qui estimait trop succinctes les quelques lignes qu'elle a écrites. Ça commence à faire, la pression! S'il faut que tout le monde lui tire la manche pour savoir si elle avance, ils vont être encore là l'an prochain.

Elle passe le reste de la soirée sur Internet à étudier la pratique de l'automutilation chez les adolescentes.

***

Bien installée parmi les coussins confortables du canapé qui fait face à la cheminée, Vicky savoure un café en révisant le programme de la journée.

Jean-Yves Sirois passe près d'elle et la salue aimablement. Est-ce la discrétion impeccable dont il fait preuve, Vicky l'ignore, mais elle le retient: «Vous avez raison en ce qui concerne le soutien aux élèves de l'école. La personne me semble carrément incompétente.

— J'aurais préféré ne pas avoir raison… et que ma fille soit soutenue.»

Il y a une telle dignité chez cet homme, une tristesse mêlée d'acceptation extrêmement rare aux yeux de Vicky: «Je peux vous poser deux questions… désagréables?»

Pour toute réponse, il s'assoit et attend.

«Il y a eu une autopsie pour Andréane?

— Oui, mais il n'y a aucun doute sur la cause de sa mort.

— Savez-vous si votre fille… se mutilait?»

Il a un léger mouvement de recul, surpris, presque agressé. Il réfléchit à ce que signifie la question en fixant Vicky, incrédule: «Vous voulez vraiment dire se couper, des choses comme ça ? Non. Mais est-ce que je le sais vraiment ?... Ma réponse est non pour les parties apparentes de son corps. Celles qu'une fillette de douze ans accepte de montrer alors qu'elle est une préado remplie de pudeur. Pour le reste... seigneur ! J'espère que non.

— Sa mère le saurait ?

— Ce que ma femme sait, je le sais. On s'est tout dit au sujet d'Andréane.

— Et son frère ?

— Vous avez une mémoire exceptionnelle. Si on a une chance de le savoir, c'est avec Hugo, effectivement.

— Ils s'entendaient bien, tous les deux ?

— Vous savez comment ils sont, les enfants ? Ils se chamaillent, s'obstinent, se crient après... pour finir par écouter un film collés, collés. Ils s'entendaient très bien à mon avis, mais Hugo avait déjà ses préoccupations d'ado et sa sœur l'intéressait moins avec les siennes. Je vais me renseigner.

— Je vous remercie. »

Il reste assis sans bouger, plongé dans ses pensées.

Vicky regrette de l'avoir entraîné sur ce terrain d'autant qu'elle s'était promis d'arrêter de chercher du côté d'Andréane Sirois.

***

« Bravo ! »

Sur la porte de Nathalie Dubuc est épinglée une note : *Absente pour cause de maladie. En cas d'urgence, voir la directrice.*

Oh! Comme il y a urgence et comme la directrice va être consultée! Lâcheté plus incompétence, c'est quand même un comportement qui doit être exclu des exigences professionnelles de madame Pouliot!

Vicky se hâte vers l'escalier, furieuse, quand son cellulaire sonne. C'est Suzie Brault, la prof de secondaire un qui est désolée de la déranger.

Vicky est tellement hors d'elle qu'elle a du mal à la situer... jusqu'à ce que la jeune femme lui dise qu'elle a posé pas mal de questions autour d'elle et qu'elle doit aller en cours dans dix minutes. Si jamais Vicky pouvait passer par son bureau rapidement...

Le temps de s'orienter, Vicky se rappelle que Suzie devait enquêter discrètement sur les amours des deux jeunes filles décédées.

C'est une ado qu'elle lui présente, avant de courir en classe: « Kim devrait être en éducation physique pour cette période, mais je connais son prof Julien, et c'est arrangé. Faut pas que la directrice le sache par exemple: j'ai laissé son mémo sur mon bureau, on est bien avertis, vous allez voir! Je me sauve. Merci Kim! »

Le bureau est minuscule, mais il y a une fenêtre. Kim est assise et elle fixe Vicky de ses beaux yeux. Une légère acné est soigneusement camouflée et son sourire est encore agrémenté d'une fine ligne de plastique transparent d'un traitement d'orthodontie.

Volubile, à l'aise, Kim raconte qu'elle a passé son secondaire dans la même classe qu'Ariel. Sans être sa «best» comme Pénélope, elle estime qu'elle était pas mal proche d'elle. Sa « deuxième best », quoi !

Elle raconte les cours, les profs, leurs manies. Ceux qui trouvent grâce à leurs yeux — dont fait partie Suzie Brault qu'elles ont eue en arrivant au secondaire et qui reste aux yeux de Kim la «plus au boutte» — ceux qui sont *out*, leurs exigences et leurs défauts.

Elle est assez drôle, ses mains aux longs doigts s'agitent sans cesse pour illustrer son propos. Sans gêne aucune, elle imite deux profs ennuyants et Vicky passe un moment de rigolade en sa compagnie.

Kim aborde ensuite les amours d'Ariel: «Je pense que le principal kik d'Ariel, c'était Assam. Mais je peux pas dire franchement si c'était vrai ou juste parce que c'était le rôle, vous savez… au théâtre, je veux dire. Pour faire Juliette, fallait avoir l'air amoureuse, vous comprenez?

— Tu veux dire qu'Ariel était tellement bonne dans son rôle que tu sais pas si elle était amoureuse pour de vrai?

— Ouais! C'est biz, han? Mais je sais qu'elle regrettait d'avoir lâché le violon. Pas à cause du prof, là, mais c'était sa vraie passion.

— Pourquoi lâcher alors?

— Ben: le théâtre! Si a lâchait, toute la pièce tombait à l'eau. Pis elle voulait pas faire ça à Assam… parce qu'a le trouvait bon. Pis fin. J'sais qu'y l'avait embrassée une fois… pas juste pour la pièce, là, pour de vrai. Sérieux. C'est elle qui me l'a dit. Parce que ça compliquait les affaires…»

Kim a l'air de se comprendre, mais Vicky rame un peu pour la suivre : « Quelles affaires ? Compliqué comment ? »

Kim hausse les épaules, les yeux au ciel : « Ariel ! Toujours en train de faire attention à tout le monde, à être fine. A voulait pas donner de faux espoirs à Assam, pis en même temps, c'était bon pour la pièce de l'embrasser. Pis finalement, moi je dis qu'a trouvait ça tentant, même si…

— Si quoi ?

— Ben… les parents, des fois, y aimeraient mieux qu'on s'intéresse pas à des gars qui sont pas pour l'égalité, là… »

Vicky essaie de toutes ses forces de comprendre le propos : « Parce qu'Assam est musulman ?

— Ben : arabe surtout ! Les Marocains, y sont arabes même si y parlent français, han ?

— Tu penses que les parents d'Ariel auraient fait des remarques ? Qu'ils auraient été contre ?

— Sa mère, c'est sûr ! Son père, je le sais pas. Pis le plus important pour Ariel, c'était papou. Y étaient de même. »

Elle exhibe un index et un majeur collés ensemble.

« Elle était moins proche de sa mère ?

— Ça dépendait des jours… J'fais pareil avec la mienne. Des fois, a me tombe sur les nerfs, pis d'autres jours, on s'aime comme ça se peut pus. C'est biz, mais juré que c'est de même !

— Je comprends très bien. C'est pareil avec la mienne.

— Han ? Tu vrai ? *Weird* han ?

— Mais avec son père, Ariel ?…

— Le top ! Y est drôle, y est cool. Pour la fête, là, le *surprise*, Ariel a travaillé comme une folle pour préparer son affaire. Pis ça rimait, là, pas des rimes pauvres, des rimes riches comme dit Samson.

— Elle avait préparé un numéro, c'est ça ?

— Tellement trop ! Tellement *chill* !… avec une bande sonore, un *power point* pis son poème qui rimait. A nous l'a montré pour se pratiquer à Pénélope pis à moi : trop top ! À la fin, elle jouait même un morceau qu'elle avait composé. Au violon. C'était pas du classique, là, c'était dans le genre Cowboys fringants. Pas de sens comme c'tait bon. »

D'un coup, son joli visage animé s'assombrit et elle regarde par terre, comme frappée de tristesse. En un instant, toute l'exubérance enjouée s'est éteinte.

Vicky se dit que c'est probablement une des dernières fois que Kim a eu autant de plaisir avec son amie. Cette répétition, c'était sans doute tout près de la date du *surprise* pour les cinquante ans de Jean Crête.

Et Ariel s'est tuée le lendemain de la fête pour cet anniversaire.

Vicky murmure : « C'est dur, han ? C'est violent pour toi, ce qu'elle a fait… pour ceux qui l'aimaient.

— Tout le monde l'aimait ! J'comprends rien là-dedans. Tout le monde la trouvait trippante ! Pas comme Andréane Sirois. Pourquoi elle a rien dit ? On aurait tellement voulu l'aider. Pénélope pis moi, on pensait jamais qu'elle le ferait. Pas comme ça ! Pas le jour après la fête de papou ! C'est quoi qui était trop dur ? On le sait même pas ! Y a comme pas de raison… pas de bonnes raisons, en tout cas…

— Tu dis que Pénélope et toi, vous pensiez pas qu'elle le ferait… elle en avait parlé un peu ?

— Un peu… à cause d'Andréane. Elle l'a pas pris, l'affaire d'Andréane.

— Tu penses qu'elle s'est tuée pour ça ?

— Ben non ! Mais si Andréane avait pas sauté, j'suis certaine qu'Ariel se serait pas tuée.

— Pourquoi ? À cause du rôle ?

— Quel rôle ? Ariel voulait juste pas que ça soit arrivé. Comme nous autres pour elle. Pareil.

— Elle se sentait coupable ? Elle pensait qu'elle pouvait empêcher Andréane de sauter ?

— A comprenait tellement pas ! C'tait fou comment a comprenait pas…

— Elle en parlait beaucoup ?

— Non ! C'est jusse que c'est là qu'elle a commencé à… à capoter.

— Tu veux dire à se couper ? »

Oh ! Que les yeux sont surpris et coupables ! Vicky avance sur la pointe des pieds, elle se sait en terrain très miné : « C'est ce que tu voulais dire ? Je le sais, c'est pas comme si tu me disais ses secrets. Tu peux en parler.

— Sa mère le sait pas ?

— Elle le sait.

— C'était plus fort qu'elle. Comme une sorte de tic.

— Tu le fais ?

— Non! Moi, je me suis fait faire un tatou dans le bas du dos… ma mère me tuerait si elle le savait!

— Et Pénélope?

— Je sais pas… j'pense pas, non. Ça nous faisait peur. C'est un peu dégueu, non? Pourquoi se faire mal de même?… On a promis de pas le dire, mais pas de l'essayer… J'voudrais vous demander…

— Oui? Vas-y!

— Pourriez-vous lui parler? À Pénélope? Lui dire que c'est pas de sa faute? Ça marche pas, je le vois ben que ça passe pas ce qu'Ariel a faite. J'ai peur que Pénélope le fasse, elle aussi… »

De grosses larmes coulent sur ses joues encore pleines d'enfance. Vicky promet et, en échange, elle obtient de Kim la promesse qu'elle va parler de son inquiétude à qui elle veut, mais qu'elle va parler. Elle s'offre même pour être celle qui l'écoute si elle le désire et c'est garanti que ses secrets seront gardés. Elle lui laisse son numéro de cellulaire en se disant que si elle ne parvient pas à trouver la vraie cause de ces deux morts, au moins elle va essayer d'endiguer le carnage.

***

Le mémo de madame la directrice ne contient aucune faute.

Madame Vicky Barbeau de la Sûreté du Québec donnera une conférence jeudi, le 13 décembre 2007, aux élèves de la troisième secondaire. Madame Barbeau est également autorisée à interroger le corps professoral en lien avec ses recherches concernant les circonstances de la mort d'Ariel

Crête. Cette autorisation ne s'applique en aucun cas et sous aucune considération aux élèves. Quiconque désire outrepasser cette stricte règle de conduite devra s'en référer <u>préalablement</u> à moi. Notre premier souci est la quiétude des enfants qui nous sont confiés. Je vous souhaite une bonne journée.

Jacynthe Pouliot

En frappant à la porte où est inscrit «Directeur général» et non directrice, Vicky décèle une vague odeur… qui se confirme dès qu'elle pénètre dans le bureau: madame fume en cachette! La perfection a donc quelques lacunes…

Son entrevue avec Kim a calmé sa colère et elle parle d'un ton posé.

«Madame Pouliot, je pense que vous ignorez ce qu'est une enquête criminelle. C'est une démarche grave, exécutée par des gens responsables et avisés qui n'ont pas de temps à perdre. La population est tenue de collaborer par la loi. Faire obstruction à une enquête criminelle, camoufler des faits, omettre des informations, tout cela est régi par la loi et entraîne des sanctions. Vous me suivez?

— Très bien. J'ai d'ailleurs autorisé le personnel à vous parler. Vous allez rencontrer les classes de secondaire trois demain… inutile de manifester autant d'autorité. Je collabore.

— Et vous allez me donner l'adresse personnelle de madame Dubuc à qui je désire parler.

— Elle est malade.

— Je vais affronter ses microbes. On a une conversation à terminer.

— Je pensais que vous étiez ici pour Ariel Crête.

— Je n'ai aucune justification à vous présenter. Je désire revoir madame Dubuc. Maintenant.

— Bon, écoutez, je ne ferai pas de mystères : elle est venue me voir hier, et elle était bouleversée. Elle est jeune, elle est inquiète et elle se sent coupable envers Andréane. Vous pouvez comprendre ça, non ? C'est une merveilleuse ergothérapeute. Son approche de la dyslexie fait des miracles.

— Alors, je vais me permettre un conseil : laissez-la s'occuper de la dyslexie et engagez un psychologue compétent. Vous en avez besoin et vite, si vous ne voulez pas vous retrouver avec une épidémie de suicides sur les bras. Vos enfants méritent mieux que le soutien de Nathalie Dubuc. J'attends son adresse.

— Savez-vous de quoi vous parlez ? Avez-vous une idée de ce qu'est ma tâche ? Avoir affaire à un ministère de l'Éducation qui change de règles à tous les quarts d'heure, qui coupe sans demander notre avis ? Essayer de convaincre des fonctionnaires qui bousculent les programmes juste pour justifier leur existence, sans aucune expérimentation, qui nous demandent des résultats hors du commun alors qu'ils nous subventionnent à peine ? Savez-vous ce que c'est de diriger une école de mille enfants qui ont chacun deux parents plus ou moins concernés et toujours prêts à nous tomber dessus quand il y a un pépin ? Des parents qui ne sont pas foutus d'élever leurs enfants et qui nous demandent de le faire à leur place ? Même pas capables de venir aux réunions ! Savez-vous que ça ne les choque même pas d'apprendre que leur enfant a signé le bulletin qu'ils n'ont pas vu ? Des parents qui nous mentent pour obtenir un délai de paiement ou un crédit et qui trouvent normal d'avoir des propos racistes ? Des hypocrites pas capables de s'occuper de leurs enfants, mais qui nous poursuivraient en cour s'ils se faisaient une égratignure au gym ! C'est jamais assez ! On n'en fait jamais assez. Ni pour le Ministère, ni pour les parents. Êtes-vous allée voir chez eux avant de venir ici ? Même pas ! Qu'est-ce qui vous dit que ces deux petites filles là avaient pas de sérieux problèmes à la maison ? Si vous saviez tout ce que j'ai vu comme maltraitance !

— Je vais faire mon métier et vous ferez le vôtre.

— Alors, dépêchez-vous parce que le téléphone a commencé à sonner et que les parents inquiets, c'est sur moi que ça retombe. »

Vicky ne dit plus rien. Elle attend ce qu'elle a demandé.

La directrice la regarde, mécontente, presque agressive. Elle finit par écrire une adresse et tend le papier avec raideur : « Je vais l'appeler pour l'avertir.

— Je n'en doute pas.

— Mais vous faites fausse route avec elle : elle n'a rien à voir là-dedans ! »

Vicky estime que, quand c'est le cas, on ne se prétend pas malade pour éviter un entretien.

* * *

L'appartement est coquet. Nathalie Dubuc est polie, sans plus. Vicky sent toujours cette méfiance qui habite la jeune femme, mais elle juge qu'elle s'est trompée sur son origine. Elle ne comprend pas pourquoi, mais cette fille ne craint pas de perdre son emploi. Le récit que Nathalie fait de ses rencontres avec Andréane est si ennuyeux et sans intérêt que Vicky se surprend à penser à autre chose. Elle la laisse parler en se demandant pourquoi diable sa présence et ses questions inquiètent cette femme au point de se prétendre malade.

« … de toute façon, elle m'aimait pas et me faisait pas confiance. »

Tout se rapporte toujours à sa petite personne. C'est incroyable comme cette responsable du soutien ne se soucie que d'elle et de son ego ravageur.

« Finalement, si je comprends bien, vous ne parvenez à aider que ceux qui vous apprécient ?

— C'est plus simple, en tout cas. Y en a beaucoup qui me font confiance, vous savez.

— Ça vous agaçait peut-être un peu qu'Andréane résiste à… votre gentillesse ?

— Disons qu'elle était de l'ouvrage. Pour pas grand-chose.

— Vous êtes une efficace, vous ! Quand ça donne pas de résultat…

— Ben quoi ? Y a pas de mal à ça ! À ce compte-là, vous aussi, vous êtes une efficace.

— Qu'est-ce qui vous fait si peur dans mes questions ? En dehors du fait que le suicide d'Andréane vous donne une mauvaise cote auprès de la directrice ?

— Oh, elle a compris, elle. C'est du passé, ça. J'ai pas de mauvaise cote.

— Ça m'étonne un peu d'ailleurs. Elle est exigeante, cette directrice.

— Peut-être, mais elle est juste ! J'me suis excusée. »

Étonnante candeur! Une enfant de douze ans est morte et c'est tout ce que cette Nathalie trouve à dire. À croire qu'elle a douze ans, elle aussi. Vicky est choquée de l'entendre ajouter: «De toute façon, on pouvait rien faire pour elle. Tout le monde la trouvait pas bien. Ses parents aussi.

— Et ça suffit pour vous disculper? Ou la laisser tomber? Sans jeu de mots…

— Ben là… faut pas trop m'en demander: si les parents étaient pas capables de l'encourager, qu'est-ce que moi, je pouvais faire?

— Savez-vous si elle pratiquait l'automutilation?

— Non.»

Son visage est impassible soudainement. Elle fixe Vicky en respirant à peine. Vicky insiste: «Non, quoi?

— Non, je le sais pas.

— Vous savez ce que c'est?

— Oui, et j'ai pas de raison de croire qu'Andréane faisait ça.

— Et Ariel Crête?

— Elle m'a jamais consultée.»

Vicky remarque que les yeux la fuient.

«Avez-vous eu affaire à ce genre de problèmes? Chez d'autres ados je veux dire…

— Non, pas vraiment… Mais je sais que ça existe.

— Ariel le faisait. Elle s'automutilait.

— Ah.

— Ça vous intéresse pas de savoir comment?

— C'est un peu tard, han? Ça me donnera pas grand-chose.

— Mais à elle, ça y aurait donné quelque chose que quelqu'un le voie.

— Même si je l'avais su, me voyez-vous partir à courir après elle pour y dire ça? Avez-vous fini de m'accuser? Andréane, j'comprends que j'aurais dû insister, mais pas l'autre!

— L'autre s'appelait Ariel. Pourquoi vous vous énervez?

— Je m'énerve pas. C'est vous. Vous faites des sous-entendus.

— Non. J'affirme clairement, sans sous-entendu, qu'Ariel...

— ... Bon, O.K., je le savais! Vous êtes contente, là? Je le savais, mais j'ai pas été la voir. Je savais pas quoi faire. C'était un peu à elle de venir, non? Déjà qu'avec Andréane j'avais poché... J'étais même pas sûre que c'était vrai! Des fois, les enfants, y disent n'importe quoi pour faire du tort.

— Qui vous l'a dit?

— Morgane Saint-Arnaud. Allez pas lui parler de ça, vous allez la traumatiser!»

Comme si cette tête de linotte craignait pour qui que ce soit d'autre qu'elle-même! Vicky referme son carnet avec brusquerie. C'est plus fort qu'elle, elle a envie de servir ses quatre vérités à cette fausse psy: «Vous n'avez pas amélioré le sort de la première qui vous a demandé de l'aide, vous aviez une chance d'aider la seconde même si elle ne vous demandait rien. Je suppose que si vous vous excusez, vous allez trouver que vous avez fait votre gros possible? Inquiétez-vous pas trop pour Morgane Saint-Arnaud : si je la traumatise, je m'excuserai. »

***

« C'était pendant le cours d'anglais. J'avais mal au cœur. Quand je suis arrivée aux toilettes, Ariel était là, mais j'ai foncé au lavabo pour être malade. J'ai rien vu, j'étais trop malade. Pis après, j'ai vu le sang. Y en avait beaucoup. J'ai pensé que c'était une sorte d'accident sur le coup. Ariel a rien dit, elle s'occupait de moi, elle tenait mes cheveux pour pas que je vomisse dessus, elle m'a enlevé mes lunettes, toute. Pis après, elle m'a aidée à me nettoyer… ma face, mon uniforme. Quand elle m'a demandé si j'allais mieux, j'ai montré le sang par terre, en demandant c'était quoi. Elle a dit qu'elle était menstruée. Pis après, elle a dit de pas m'en faire, que c'était rien. Y avait un petit exacto sur le bord du lavabo. Rose. Vous savez, ceux qui sont tout petits pour le bricolage? C'était un comme ça. Je l'ai pris. Je l'ai rincé pis j'y ai demandé si c'était avec ça qu'elle se faisait saigner. Elle m'a juste dit que c'était fini, qu'elle avait eu sa leçon, qu'elle le ferait plus. Que ça y tentait d'essayer. Mais que c'était niaiseux. Fallait pas l'imiter. Je l'ai pas crue. Pour l'histoire qu'elle essayait seulement. Mais comme j'arrêtais pas de vomir, on m'a renvoyée à la maison. Tout le monde était malade chez nous. Quand je suis revenue, Ariel m'a tout de suite parlé, elle s'est inquiétée de moi, de comment j'allais. Quand j'ai demandé pour elle, elle m'a fait un grand sourire pis elle m'a dit que c'était correque, que ses expériences étaient finies. C'est une fille qui est toujours de bonne humeur, qui fait des farces. Ça marchait pas avec elle, l'exacto. On s'est reparlé pas mal après ça. Tout allait toujours bien. Mais ça m'achalait, l'histoire de l'exacto. Un jour que je passais devant le soutien, j'ai frappé et j'ai dit à Nathalie ce qui s'était passé. Ça m'achalait trop, je savais pas quoi faire, à qui le dire. Pas à la Pouliot certain. Nathalie a dit qu'elle s'en occuperait. C'est tout. »

Elle retire ses lunettes, les essuie méticuleusement : « Je pense que si Ariel s'était coupé les poignets pour mourir, je me l'aurais jamais pardonné… euh, me le serais pas. *Anyway.*

— C'était quand ? Tu t'en souviens ?

— Début novembre. Ben, le 5 parce que c'est avec du poulet BBQ qu'on a mangé au restaurant après le match de hockey que mon frère a gagné qu'on s'est empoisonnés. Un gros tournoi. Y a juste papa qui a pas été malade.

— Ah bon ?

— Y est végétarien. »

* * *

Comme il lui est impossible de rencontrer Pénélope, la « best » d'Ariel, Vicky, profitant du bureau déserté de Suzie, essaie de faire le point dans l'avalanche de renseignements obtenus. À mesure qu'elle tourne les pages de son carnet, elle inscrit les détails et les questions restés en suspens.

Il y en a tellement !

Quoique la chose la rebute, elle s'applique à suivre le conseil de l'incompétente Nathalie et cherche ce qui a pu se passer au foyer d'Ariel.

Elle inscrit ses multiples points d'interrogation : le père savait-il pour l'automutilation ? Pourquoi ce couple éclate-t-il immédiatement après le suicide de leur fille ? La chose n'est pas rare, Vicky le sait, mais si rapidement ? Avant même les funérailles ? Pourquoi Isabelle en veut-elle à son mari ? Parce qu'il boit ? Pourquoi n'y a-t-il aucune compassion entre ces deux-là ? Aucune compréhension ? Ariel adorait son papou et c'était mutuel. Pourquoi se tuer, alors que ce sera un anniversaire important qu'elle a pourtant célébré avec soin ? Elle avait plus de réticences avec sa mère : ado normale ? Elle s'était mise au régime (selon son père) et avait maigri : ado normale ? L'automutilation — selon ses recherches de la veille, il s'agit vraiment de la première cause — provient d'une douleur gardée secrète, cachée. Vicky inscrit : *Abus sexuel de papou ?* et *Culpabilité après le suicide d'Andréane ?* Comme le comportement mutilant a commencé après la mort de cette dernière — et parce que, vraiment, il est difficile de croire qu'on monte un spectacle aux « rimes riches » pour un abuseur — Vicky entoure la seconde hypothèse.

Elle passe ensuite à l'école, véritable berceau de conjectures.

La directrice et son étonnante souplesse face aux manquements ou incompétences de Nathalie Dubuc. Pourquoi ? Y a-t-il tant de dyslexiques dans cette école ? Cela vaut-il le coup de garder une telle nullité qui n'a rien fait pour préserver Ariel ?

Nathalie Dubuc. Vicky reste pensive et finit par inscrire : *Dangereuse par inconscience. Pas à sa place.*

Même en essayant de centrer son attention sur Ariel, tout ramène Vicky vers le début de son automutilation et le suicide d'Andréane. C'est d'ailleurs la référence absolue de chacun des profs auxquels elle a parlé. Ils ne reprennent pas la phrase de Kim, mais presque : « Si Andréane n'avait pas sauté, Ariel se serait pas tuée. » D'où leur extrême vigilance envers leurs élèves… et la position très proactive de Suzie Brault qui risque rien de moins qu'un renvoi pour oser défier les ordres de la directrice en lui permettant d'avoir un accès direct à certains élèves.

Elle doit absolument rencontrer le professeur de théâtre, connaître la façon dont s'est faite la distribution des rôles. Elle inscrit ensuite quelques témoins prioritaires qu'elle veut voir avant de repartir vers Montréal.

Elle en est aux parents d'Ariel quand son téléphone sonne.

« Un petit gueuleton dans un endroit de votre choix en compagnie de Martin, ça vous dirait ?

— Patrice ? Il est dix-sept heures !

— Voilà tout ce que vous trouvez à dire ? Je ne vous appelle pas pour savoir l'heure ! À l'ère de l'électronique, vous savez…

— Excusez, c'est à cause de la surprise. J'ai pas le temps de faire un saut à Paris en fin de semaine si c'est votre question. Mais merci, c'est vrai…

— … Quelle bécasse vous faites ! À Montréal, bien évidemment ! J'y serai demain. Ce peut être samedi, si vous êtes libres, ou au moment qui vous convient le mieux. Vous connaissez ma souplesse. »

Il est d'une humeur exquise. Il a réussi à coincer son ex et à récupérer de vraies vacances avec sa fille. Il a même prévu de l'emmener faire une promenade en chiens de traîneau après l'escapade au musée de Boston.

Vicky s'étonne de le voir prendre congé si tôt et pour trois longues semaines, mais il joue au matamore qui a abattu son lot de travail: «Je n'ai pas un Brisson au-dessus de ma tête pour forcer la cadence! C'est moi, le Brisson de mon unité. Comment va-t-il, ce cher despote?»

En lui expliquant où elle est et ce qui l'occupe, elle lui dresse un portrait moins glorieux du despote en question. Patrice s'étonne quand même que le suicide cadre dans leurs obligations.

«Ça cadre pas, Patrice. Pantoute. C'est d'ailleurs l'ex qui paye mes déplacements.

— Vraiment? Alors là… Je ne sais pas pour vous, mais le suicide ici, c'est toujours une impasse: d'un côté, les proches veulent un assassin et de l'autre, il y a ce geste privé et terrible de conséquences, mais qui n'a rien à voir avec un meurtre. Il est bluffé, Brisson, ou il s'agite pour soulager la dame?

— Je sais pas… C'est pas net, net…

— Quoi? Le suicide? Ou sa relation avec l'ex?

— Non, le suicide est net. Les circonstances, ce qui précède, c'est moins net…

— Avec Brisson qui exhibe ses anciennes amours, les circonstances risquent le flou majeur, si vous voulez mon avis. Difficile de l'imaginer en amant éperdu, non? En bourreau des cœurs?

— Non! Ça c'est vous! Brisson a eu une peine d'amour. Il l'a pas causée, il l'a endurée. C'est elle qui est partie.

— Et il vous met au boulot pour bien montrer qu'il ne lui en tient pas rigueur. La classe, quoi! Et vous, la top niveau, vous plongez à fond la caisse, alors que l'issue ne changera pas: il n'y aura ni meurtre ni meurtrier.

— C'est à peu près ça.

— Bien! Alors, voilà le programme: *debriefing* samedi soir et nous casserons du sucre sur le dos de Brisson pour vous mettre le cœur à la fête.

— C'est pas sûr, Patrice… Je devrais revenir à Montréal demain, mais vous savez bien comment ça se passe. Si je dois rester à Québec, on pourra pas se voir.

— Qu'est-ce que vous me racontez là? Qu'à cela ne tienne, j'irai à Québec. Et je prends Martin en passant. Vous croyez que vous allez m'échapper aussi facilement? Il n'y a que les montagnes qui ne se rencontrent pas, comme on dit. Allez! Bossez bien sur votre impasse et à samedi! Je vous laisse le soin d'effectuer la résa à l'endroit de votre choix. Haut de gamme: vous me connaissez. Et si c'est le Grand Nord, va pour le Grand Nord. Pas contrariant, le mec!»

Elle envoie un texto à Martin et se remet à l'ouvrage. Mais la conscience aiguë de l'inutilité de cette enquête la ralentit. Parler à Brisson lui semble urgent: ils ne peuvent pas continuer comme ça pour consoler Isabelle. C'est inacceptable, comme dirait la directrice de l'école. À juste titre, d'ailleurs, reconnaît Vicky.

Son patron est soulagé de l'entendre parce qu'il ne sait plus à quel saint se vouer depuis qu'elle lui a renvoyé Isabelle. «Pourquoi la traiter brusquement? Tu sais dans quel état elle est?

— Rémy, je ne peux pas lui faire un rapport quotidien! C'est la mère de la victime!

— Justement : raison de plus pour la ménager. Où t'as mis ton humanité ?

— Dans la pile de vrais cas qui m'attendent sur mon bureau à Montréal. Dans les gens qui vont encore passer Noël sans savoir qui a tué quelqu'un qu'ils aimaient. On peut pas continuer, Rémy. On a une fille de quinze ans qui a avalé des Valium et qui a même laissé un mot sur Facebook. C'est triste, tragique, mais j'ai rien à faire ici.

— T'as pas trouvé d'explications, de circonstances atténuantes, quelque chose que je pourrais dire…

— J'ai trouvé un suicide précédent qui a marqué Ariel. Un suicide brutal et sans note d'adieu non plus qui, lui, mériterait qu'on s'y attarde parce que le corps professionnel a ignoré des appels à l'aide. Mais le rapport d'enquête a vite classé l'affaire. Tout ce que tu veux qu'on trouve pour Ariel, des gens à blâmer, des causes, c'est l'autre fille, Andréane Sirois qui les a. Ce serait le seul passé à fouiller. Et le seul rapport à vérifier. À moins que le père ait… abusé de sa fille.

— Le père de qui ? D'Ariel ? Tu veux dire, le mari d'Isabelle ? T'as des doutes ? Sérieux, parce qu'un *hint* dans le genre vague soupçon, c'est pas assez.

— Non, moi j'ai pas de doutes. Les statistiques en ont.

— C'est quoi, ça ? Quelles statistiques ?

— La plupart des ados qui se mutilent ont aussi été abusés. Ce serait comme la première entaille…

— J'aime pas particulièrement son mari, mais de là à le soupçonner d'inceste, y a une marge.

— Contente de te l'entendre dire parce que moi, je l'aime bien, Jean Crête. »

Elle s'entend avec Brisson pour terminer sa mission et revenir après sa courte conférence à l'école. Son rapport sera sur le bureau de Brisson vendredi en fin de journée.

Rémy la remercie avec chaleur et se déclare content de la voir rentrer pour le party de Noël de l'équipe, vendredi soir.

Ce que, bien sûr, Vicky avait oublié. Elle se demande si Patrice Durand n'aimerait pas assister à ce genre de « sauterie » quand un texto émet son signal. C'est Martin.

O.K. pour samedi soir. Tu bouges pas. Te rejoins avec PD. Envie luxe et luxure. Trouve resto. T'm.

Et voilà ! L'excuse est parfaite pour éviter les confidences avinées de Poupe ou de Brisson. En plus, Patrice sera ravi de résider dans cet hôtel. C'est tout à fait son standing.

Elle a son manteau sur le dos quand Suzie Brault la rejoint dans le minuscule bureau : « Pénélope sera pas là demain non plus. La directrice vient de m'avertir.

— Ça lui arrive souvent, ces absences ?

— Depuis la mort d'Ariel, elle n'est pas venue deux jours de file. Ça va pas bien du tout. Elle est démolie.

— Vous connaissez ses parents ? Vous pensez que je pourrais aller la voir chez elle ? — elle consulte sa montre — Maintenant ?

— Essayons ! Je vais appeler.

— Vous pourriez m'accompagner ? Ça ferait moins officiel, moins "police". Je veux pas empirer les choses, mais j'ai besoin de lui parler. »

Suzie est vraiment une «adjointe» hors pair: la mère de Pénélope considère que c'est un service qu'elles lui rendent. Elle ne sait plus quoi faire pour apaiser le chagrin de sa fille.

La *best* d'Ariel Crête est inconsolable, en effet. C'est une adolescente aux jambes interminables, recroquevillée dans l'immense canapé du salon, une boîte de kleenex et un amas de mouchoirs souillés près d'elle. Ses cheveux sont dorés, et même si elle est archimince, son visage est plus que joli avec une bouche pulpeuse, de la même plénitude que celle de sa mère.

Vicky prend place dans le canapé et Pénélope renifle sans scrupules avant de parler: «Kim m'a dit qu'elle vous avait vue. Allez-vous nous expliquer pourquoi? Pourquoi elle a fait ça?

— Je vais essayer. Mais je sais déjà que tu n'y pouvais rien. Kim non plus.

— Non?»

Les yeux sont implorants, avides de consolation. Vicky sent la mère de Pénélope soupirer derrière elle.

«Non. Tu pouvais pas changer sa décision. Tu pouvais pas. Elle voulait pas que tu t'en mêles. C'est pour ça qu'elle t'a rien dit. Elle en a jamais parlé, je pense?

— Elle en parlait pas pour elle. Pour Andréane seulement. Elle comprenait pas.

— Alors, écoute-moi: ça se peut que tu comprennes jamais pourquoi Ariel a fait ça. C'est possible que je ne trouve jamais ses raisons. Même si je cherche longtemps. Mais toi, tu vas arrêter la chaîne des suicides. Toi, tu vas parler tant que tu vas en avoir besoin. Ariel avait besoin de parler. Elle s'est comme empoisonnée avec ses silences et ses sentiments de culpabilité. Pas toi, O.K.? Tu fais pas ça.

— Mais on parlait! Pourquoi elle l'a pas dit? On se disait presque toute!

— Tu savais pour les coupures… Kim me l'a dit.

— Pas au début. Ça a été long avant qu'on sache… Pis quand on a su, elle a fait comme si c'était fini. Mais je pense qu'a continuait. Qu'elle a jamais arrêté. C'était maniaque. Comme les peaux mortes qu'on enlève après un coup de soleil. Y fallait tout le temps qu'elle le fasse. C'est quoi le rapport avec Andréane? Je savais même pas qu'elle l'aimait tant que ça. Elle se coupait parce qu'elle se sentait mal? Pis après, elle se tue pour elle? Si au moins ça avait été pour un gars, je sais pas moi, Guillaume ou ben Assam. Mais Andréane… c'est une fille! Elle était rejet au boutte! Tout le monde la trouvait plate!

— Mais pas Ariel?

— Ariel disait jamais rien contre personne. Même la Pouliot: pas un mot contre elle. La Pouliot, c'est la directrice.

— Oui, je sais. C'est qui, Guillaume?

— Un kik. Secondaire un. Fait longtemps, on était jeunes. Ça a pas duré. Mais y est pas mal *hot* au basket. Nous autres, on jouait au volley. »

C'est tellement drôle de voir une si jeune fille parler de « quand elle était jeune ». Vicky avance avec une extrême prudence, même si la mère de Pénélope semble ouverte: « Tu penses que c'est allé loin avec Guillaume? Qu'ils ont eu des relations?

— Han ? Jamais de la vie ! Vous voulez dire le faire ?

— Oui : faire l'amour.

— *No way !* Je le saurais… quand y se sont presque embrassés on en a parlé pendant une semaine. Ça fait que… non !

— Et Assam ?

— Ben voyons donc : Assam ! Y veut ben que trop. Ariel l'a juste embrassé pis elle l'a regretté.

— Pourquoi ?

— Parce que ça l'a encouragé, c't'affaire ! Y était genre amoureux… toujours à la regarder de même… »

Elle fait de grands yeux conquis, la bouche entrouverte. Elle est tordante.

Vicky revient à la charge, toujours consciente que la mère est tout près : « Un kik secret, d'abord ? Que t'aurais pas su, ça se pourrait ?

— Ben là… on se disait toute. Surtout pour les histoires d'amour. Ariel avait pas de kik secret.

— Je vais te poser une question plate, je veux une réponse honnête, même si ça a l'air de parler contre quelqu'un. Est-ce que quelqu'un énervait Ariel, la fâchait, la mettait vraiment en colère ?

— Ben… non. Comme quoi ? Genre, une crise, là ? Pas Ariel pantoute, ça.

— Avec ses parents, c'était comment ?

— Cool… ben, c'est sûr que des fois, ça faisait pas… comme nous autres ! Han, maman ? On s'engueule, mais on s'aime.

— Je crois que la détective pense à quelque chose de plus sérieux, Pénélope. Un vrai conflit, quelque chose qui fait mal, qu'elle aurait voulu te cacher, mais que t'aurais deviné. Ou senti. Tu sais, le genre de choses qu'on sait pas comment aborder tellement c'est pas certain ? »

Vicky applaudit intérieurement la grande finesse de cette mère. Pénélope est entre bonnes mains. Elle se tait, réfléchit sérieusement. C'est clair que quelque chose lui vient à l'esprit. Elle hésite, puis elle s'adresse à sa mère : « C'est vraiment *weird*, mais je pense qu'elle avait vraiment pas hâte d'être en amour. Je sais pas trop… Une fois, au cinéma, y avait une scène, une vraie belle scène d'amour, là. On est sorties, pis on se pouvait pus, Kim pis moi. Ariel avait pas aimé ça ! Elle trouvait que c'était violent. C'était même pas violent. C'était… ben, sexuel.

— C'était quoi, le film ?

— Un film québécois là… je sais plus. C'pas important, c'est jusse pour dire que ça y faisait pas le même effet, disons… »

Elle se tait et tout le monde sent qu'elle allait ajouter quelque chose, mais s'abstient. Vicky sait bien que parler de sexe devant sa mère, même si elle est cool, c'est difficile. Vicky insiste : « Mais… ?

— Ben… ça se comprend un peu si elle avait des marques partout, non ? »

Vicky approuve tout en gardant un doute sur le véritable propos que Pénélope évite.

Elle lui tend sa carte, ajoute les numéros de l'hôtel et de son cellulaire : « Si jamais tu penses à quelque chose, même une niaiserie, une idée folle, tu m'appelles, O.K. ?

— La conférence demain, c'est quoi ? Sur quoi ?

— Comment se protéger quand on a le cœur trop lourd. Genre…

— Je vais y aller. Je pensais que ça serait sur le suicide. »

Comme si ça ne rendait pas le cœur trop lourd !

✳✳✳

L'appel que Vicky doit faire en rentrant à l'hôtel lui pèse énormément. Elle préférerait mille fois aborder la virginité d'Ariel face à face avec Jean Crête plutôt qu'au téléphone.

Elle est soulagée de le savoir revenu à Québec et lui donne rendez-vous dans le hall de l'hôtel après souper. Ce n'est qu'en relevant les courriels du jour qu'elle trouve son message dans lequel il ne précise pas pourquoi il veut la voir.

Jean Crête occupe la place qu'elle préfère, devant le foyer. Il est très séduisant, vêtu d'un blouson de cuir sur un t-shirt noir et des jeans parfaitement ajustés qui soulignent son allure féline. Il est visiblement content de la voir et son sourire est franc. Il lui offre un verre, mais Vicky s'en tient au thé.

« Jamais pendant le service, c'est ça ? Comme dans un bon vieux film américain ! »

Elle ne sait pas pourquoi cet homme la touche autant. Ce n'est pas uniquement la séduction ou le charisme. C'est une sorte d'intimité qui s'est établie dès leur première rencontre et qui ne s'altère pas. Vicky se demande bien où elle va trouver le courage de le blesser avec ses questions. Mais si Pénélope ne connaissait aucune relation à saveur sexuelle à Ariel, il faut bien que quelqu'un l'ait déflorée.

« Ça va ? Vous cherchez toujours ? Vous êtes une opiniâtre ou une bûcheuse ?

— Les deux.

— Vous ne vous découragez jamais ?

— Ça m'arrive… mais ça m'en prend pas mal. »

Il l'observe, parfaitement détendu, avec cette distance que crée la tristesse, comme s'il n'avait plus rien à perdre ou à gagner. Le silence est toujours aussi complice entre eux. Vicky voudrait le briser et elle cherche son angle d'attaque quand il prend les devants : « Isa n'est pas très contente de la tournure des évènements. Je voudrais vous demander une faveur… Quand vous allez lui donner votre rapport, pourriez-vous m'appeler avant ? Je veux m'arranger pour être près d'elle. Je ne veux pas qu'elle soit toute seule.

— Vous savez déjà que mon rapport va l'accabler ?

— On s'est déjà parlé de tout ça, Vicky. Il n'y a qu'Isabelle pour s'accrocher autant. Ça va être terrible pour elle. Comme si Ariel mourait une deuxième fois. L'enquête, Brisson… c'est pour s'étourdir, se donner du temps, on le sait.

— Je suis contente de savoir que ça s'est arrangé entre vous. »

Le regard est presque moqueur : « Ça n'a rien à voir. Je suis parti et je ne me vois pas revenir. Je ne lui en veux pas. C'est une femme que j'ai aimée, mais je ne pense même plus être en mesure d'aimer. D'une certaine façon, je m'épargne en vous demandant ça : je n'ai pas envie d'affronter un autre suicide. C'est brutal, mais c'est exactement ça. »

Vicky est d'accord : c'est brutal. D'autant plus que c'est vrai.

« Je dois vous parler de choses que vous ne voulez pas entendre. Vous me permettez ?

— Si je dis non ? Vous y allez pareil… opiniâtrement ? Allez-y. *Shoot.*

— Le rapport du pathologiste — il ferme les yeux, accablé, comme s'il ne voulait pas voir — désolée, mais le rapport indique deux choses que je dois vous dire. Votre fille s'auto-mutilait et elle n'était pas vierge… »

Les yeux verts vrillent son regard. Si cet homme joue l'éton-nement, il mérite un Oscar. Vicky s'arrête, incapable de pour-suivre. Il la fixe avec une telle intensité, elle voit presque ses pensées se bousculer. Les éléments s'additionner. Elle le voit chercher une issue à l'horreur qui monte en lui comme une nausée. Elle entend sa respiration devenir saccadée.

« Non ! C'est pas… qui ? On le saurait ! On l'aurait su ! »

Il saisit son avant-bras, l'étreint avec tant de force qu'elle recule pour arriver à se dégager. Il l'a fait pour ne pas hurler, elle le sait. Il est suffoqué. Elle tend la main à son tour, la laisse sur son genou : « Je suis désolée, Jean. Il faut que je vous demande qui, dans le cercle familial, aurait pu abuser d'Ariel.

— C'est pas possible ! Pas possible ! Elle ne m'aurait rien dit ? À moi ? Son papou ? La tablette ?

— Rien. Pas l'ombre d'un indice.

— Sa mère savait ? Non, elle me l'aurait dit. Elle m'aurait même accusé ! — Il la regarde brusquement — Vous pensez quand même pas ?…

— Non. Je sais que c'est pas vous. »

D'un coup de reins, il se lève : « J'étouffe ! Faut que je bouge… faut que je sorte. »

Il enfile son manteau, la regarde : « Il est où, votre manteau ? »

Quand elle revient, il a la tuque enfoncée jusqu'aux yeux et leur éclat est presque hypnotique : « Le jour où je sais qui a fait ça, vous allez courir après moi, Vicky. Parce que je vais le tuer. Je jure que je vais le tuer ! »

Elle prend son bras et ils sortent dans la neige de décembre.

Le pire, c'est qu'elle le croit. Elle le croit tout le temps, d'ailleurs.

***

Il est trop tard pour rappeler Martin. Elle est épuisée. Ils ont marché plus de deux heures. Ils sont rentrés et elle a mis le thé de côté pour accompagner bien peu professionnellement Jean Crête. Il s'est mis au scotch et elle a bu du vin.

À un moment donné il lui avait demandé quel âge elle avait, elle, quand elle avait perdu sa virginité. Vicky sait habituellement manœuvrer pour garder sa vie privée. Mais quinze ans n'est pas un âge atrocement précoce à ses yeux. À la condition que ce soit fait avec amour.

Jean Crête a répété toute la soirée que quelque chose avait vraiment dû mal se passer.

En partant, il l'avait serrée dans ses bras : « Vous rendez-vous compte des images épouvantables que vous venez de m'imposer ? C'était déjà insoutenable… Trouvez celui qui a fait ça à ma fille. S'il vous plaît. Je ne vous dis pas qu'il l'a tuée, mais il lui a fait du mal… beaucoup de mal. »

Vicky se poste près des grandes fenêtres de sa chambre pendant que son bain coule. Les lumières de Lévis scintillent et un long bateau remonte le fleuve. Elle voit le rouge des décorations de Noël qui piquent la noirceur du paysage de leur éclat joyeux. Comment on survit à la mort de son enfant est déjà un mystère pour elle, mais comment on y arrive quand elle se suicide? «Insoutenable» est le bon mot, elle doit l'accorder à Jean Crête.

Cet homme n'a jamais touché sa fille de façon abusive ou même tendancieuse, elle le jurerait. Ou alors, son instinct faiblit.

Elle éteint et s'agite dans les draps frais de l'immense lit. Elle repense à ce qu'elle n'a pas dit à ce père éploré: sa première fois où le consentement n'était pas franc du tout. Ni un viol, ni un acte désiré de sa part. Un abus pour un esprit puriste et une mauvaise expérience à ses yeux. La tentation sexuelle qu'elle ressentait ne méritait pas une issue aussi impérieuse. Sexuellement, elle était prête à bredouiller, pas à parler. L'homme n'avait pas carrément abusé puisqu'elle avait dit non alors qu'il était trop tard, sous l'effet de la douleur. Mais ce n'était pas ce qu'elle désirait. Pas du tout. Elle avait toujours pensé que sa curiosité sexuelle et ses jeux de séduction avaient provoqué cet homme et qu'il n'avait rien volé, même si elle ignorait en partie ce qu'elle offrait. Vicky se demande combien de femmes dans le monde gardaient un goût teinté d'ambiguïté de cette première fois plus imposée que désirée… et qui ne peut être dénoncée parce que le corps émet des signaux bien difficiles à déchiffrer et à contrôler à quinze ans.

Ariel Crête avait-elle hérité de son papou cette aura sexuelle qui titille constamment les rapports de Vicky avec lui ? Comme si l'extrême chagrin qui l'habite appelait une violence sexuelle, une sorte de porte de sortie qui neutraliserait la puissance de l'impact émotif qui l'assaille ?

Vicky ne sait pas jusqu'à quel point cet homme est conscient du charme qu'il possède, mais c'est puissant. Si sa fille émettait en toute candeur le même style de signaux sexuels, alors quelqu'un a pu interpréter cela comme une offrande et s'en saisir sans scrupules.

Dans le noir, elle écrit une note sur son cellulaire et cherche ensuite le sommeil. Sa dernière pensée est pour Martin qui sera dans ce lit si inspirant dès le lendemain soir.

Il est temps que son homme vienne interférer avec les ondes confondantes qu'émet Jean Crête.

***

Son premier rendez-vous est avec le professeur « d'expression orale », matière qui chapeaute également le théâtre. Il est petit, bienveillant et bavard, monsieur Choquette.

La première question de Vicky a provoqué une réponse fleuve. Elle en a profité pour observer le bureau. Les photos de famille qui ornent les murs sont mélangées à des affiches de théâtre que reconnaît Vicky.

Tout est exubérant chez cet homme. Le silence doit lui paraître une offense à sa matière scolaire. Les « jeunes », comme il les appelle, sont formés pour s'exprimer en toutes circonstances. L'art oratoire, quoique en désuétude, demeure une clé pour la réussite et si savoir écrire est essentiel, savoir s'exprimer devant un auditoire l'est tout autant.

En ramenant la conversation à ce qui l'intéresse, Vicky ne choque pas du tout le professeur qui ne fait ni un ni deux et se lance dans une longue apologie des qualités d'Ariel.

Ce doit être un metteur en scène encourageant parce qu'il ne ménage pas ses louanges : Ariel était parfaite pour le rôle de Juliette.

Vicky lui fait remarquer que la similitude des destins est quand même inquiétante : Juliette meurt empoisonnée à l'âge de quinze ans.

Le pauvre homme n'avait de toute évidence aucune malice en assimilant son élève au personnage. Il devient tout rouge et balbutiant.

« Désolé. Je n'avais pas fait le rapprochement… C'est stupide de ma part. »

Il reste pensif, navré de sa bévue. Le silence est presque soulageant, Vicky répugne à le briser, mais elle doit avancer.

Il n'a rien vu venir des évènements, rien pressenti. Il est vrai qu'Ariel avait hésité à prendre le rôle, que cela représentait une surcharge de travail… Il prend soin de préciser que « surcharge » est strictement le terme approprié dans le cas de cette pièce. Le rôle était exigeant, mais on avait pris soin de ne pas imposer toute la pièce et ses scènes de foule ou de combat. C'était un montage des grands moments.

« Elle était très sensible, vous savez. Hypersensible. Une artiste dans l'âme. »

Surtout une enfant malheureuse que personne n'a décodée, se dit Vicky qui garde pour elle son exaspération devant le concert d'éloges et le manque d'empathie de tous ces profs.

Vicky interrompt encore une fois monsieur Choquette pour lui demander son avis sur les fréquentations d'Ariel… et plus précisément celles avec Assam.

De l'abondance verbale qui suit, Vicky ne retient qu'une chose : le professeur ne peut absolument pas se prononcer, il ne les voyait pas tout le temps et il n'avait aucune inquiétude concernant les acteurs.

« Vous comprenez, ce sont les meilleurs qui sont pris dans les pièces. Il faut de bons résultats scolaires et une discipline sans faille sinon la direction interromprait ces activités. Il s'agit de parascolaire pour ce qui est du théâtre. L'expression orale, par contre, est une matière régulière du programme.

— Mais attendez : Andréane Sirois faisait du théâtre, non ?

— Bien sûr ! Aussi longtemps que ses notes — et son comportement — étaient satisfaisantes. Quand elle n'a pas obtenu le rôle qu'elle convoitait, c'était après plusieurs avertissements sévères. Pour son bien, on ne pouvait pas la laisser poursuivre des activités nuisibles à son parcours académique. Elle n'avait plus du tout le rendement scolaire exigé.

— Ariel n'avait rien à voir là-dedans ? Les deux filles n'étaient pas en compétition pour un rôle ?

— Absolument pas. C'était une décision prise à partir d'un ensemble d'éléments et non pas d'une audition.

— Ah bon… je croyais… »

Monsieur Choquette toussote, mal à l'aise : « Remarquez que… on n'a pas été extrêmement clairs à ce sujet. Andréane a passé l'audition… même si notre décision était déjà prise. On voulait éviter qu'elle perde son estime de soi, vous comprenez? Le but n'était pas qu'elle se sente exclue, mais qu'elle s'investisse davantage dans son programme scolaire. Comme je l'ai dit, on l'avait mise en garde parce que ses notes baissaient énormément.

— Excusez-moi, mais avez-vous déjà passé une audition?

— Non, bien sûr…

— C'est pas mal plus dur de se faire refuser après une audition que parce que nos notes sont faibles. Je parle de l'estime de soi dont vous avez l'air de vous soucier beaucoup. Vous auriez mieux fait de lui dire la vérité. Combien de temps après cette décision s'est-elle tuée?

— Pardon?»

Il est livide maintenant. Éberlué, presque vacillant, il a perdu tous ses moyens: «Pensez-vous vraiment qu'un petit rôle de théâtre amateur peut faire de tels dégâts? Ce n'était pas Juliette, quand même! Se lancer dans le vide, c'est… c'est un geste spontané. Un geste qui ne peut pas exprimer une déception qui remonte à deux ou trois mois! Je vous en prie, rassurez-moi… il me semble que ce n'est pas possible? Elle l'aurait fait sur le coup, le jour même ou le lendemain, je ne dis pas… mais… Madame Barbeau, répondez-moi: vous croyez vraiment que je suis responsable de son geste?

— Trois mois… alors oui, c'est exagéré. Mais ça a pu jouer. Vous souvenez-vous de sa réaction quand vous lui avez annoncé qu'elle ne ferait pas la pièce pour laquelle elle avait auditionné?

— Et comment! J'étais préparé à faire face à une réaction hautement émotive. Elle était un peu amorphe. Elle a haussé les épaules, comme si elle s'y attendait, et s'est contentée de demander d'où provenait la décision.

— De vous, non ?

— Non. Ces activités sont organisées en comité. Les décisions sont assumées par tous. Si j'avais voulu la choisir pour le rôle — ce qui n'était pas le cas — je n'aurais pas pu. La directrice est très stricte : pas d'activité supplémentaire si les notes ne sont pas dans le premier tiers supérieur.

— Elle ne vous a pas demandé qui avait eu le rôle ?

— Je ne pense pas, non… Ça remonte quand même à trois ans. Mais non, c'est comme si elle le savait. Remarquez que passer une audition en sachant qu'Ariel était sur les rangs… On n'aurait pas dû agir de cette façon, vous avez raison. C'est une erreur flagrante, une grave erreur. »

Il est si désolé et si sincèrement repentant que Vicky allège un peu son fardeau : si l'annonce de l'échec de l'audition n'a pas provoqué plus de remous, ce ne peut pas être la cause directe du suicide d'Andréane.

Elle laisse un homme accablé qu'elle est certaine de ne pas avoir convaincu.

***

Juste avant de donner sa miniconférence, Vicky rencontre une bonne partie de la distribution de *Roméo et Juliette*. Ils sont nombreux et les garçons sont largement représentés. Assam est le plus beau d'entre eux, avec une tonalité exotique. Discret, poli, il répond avec timidité à ses questions.

Samuel — qui jouait Benvolio — le bouscule et essaie de lui faire dire qu'il prenait son rôle très très au sérieux. C'est lui qui déclare ce que tout le monde sait : Assam était amoureux de sa Juliette.

En les écoutant, Vicky se rappelle à quel point la sexualité à quinze ans, c'est vraiment embêtant et important. Un joyeux mélange explosif que chacun porte en soi.

Encore une fois, tout le monde aimait beaucoup Ariel et les hommages pleuvent.

«Bon! Qu'est-ce qu'elle faisait qui vous énervait?»

Ils la regardent, les yeux ronds, ébahis. Vicky essaie de secouer cette censure qu'elle devine: «Elle était parfaite, c'est ça? Rien à redire?»

Dans le silence gêné, Ludovic émet un timide «elle mangeait pas» qui déclenche un rire généralisé. Et elle entend le «pas comme toi» que l'excès de poids du jeune homme provoque. Vicky tente de savoir si c'est un régime ou son appétit qui était en cause. Personne ne sait. Mais tout le monde est d'accord: elle grignotait à peine.

À part les «elle savait son texte mieux que moi» ou «elle était trop *hot* en français», Vicky ne récolte pas grand-chose. Elle allait les laisser partir quand Assam lève la main: «Elle avait peur pour rien.»

Vicky calme les réflexions qui fusent de toutes parts, les «ben non!», «même pas vrai», «tu capotes, *man!*» et elle demande un exemple à Assam qui a l'air prêt à s'enfuir.

«Peur de pas bien faire, justement, de pas réussir un examen, de pas savoir son texte, d'attendre l'autobus toute seule, de pocher son numéro pour les cinquante ans de son père… des affaires de même.

— Ben là, Assam, on a toute peur, dans ce cas-là!

— Attends… Annabelle, c'est ça? Ça t'énervait comment, Assam?»

Il hausse les épaules, de plus en plus gêné. Vicky comprend qu'elle n'en tirera rien devant les autres et elle se promet d'essayer de le voir seul quand il répond avec beaucoup de courage : « Probablement que ça m'énervait parce que j'aurais voulu la rassurer. Mais c'était pas possible. J'aurais vraiment voulu… »

Ils se taisent tous, maintenant. Ils regardent par terre… ou leurs mains. C'est une vraie troupe parce qu'elle sent que tous, ils auraient voulu faire quelque chose pour Ariel, la rassurer. Et que tous regrettent de n'y être pas parvenus. La pression ne venait pas d'eux, Vicky en est convaincue. Mais elle ne parvient pas à savoir de qui ou de quoi elle venait. Peut-être d'Ariel elle-même, après tout.

***

Que madame la directrice se soit discrètement assise au fond de la salle n'étonne pas Vicky. Elle ne laisse pas cette présence la perturber et toute son intervention ne vise qu'un seul but : que le suicide ne paraisse jamais une solution, que la mort de leurs compagnes n'indique aucune porte de sortie envisageable. Elle réussit à les faire rire avec les exemples de tous ceux à qui ils peuvent s'adresser pour parler. Poser des questions qu'eux-mêmes jugent idiotes, mais les poser tout de même. Avouer des peurs insensées, déraisonnables, mais des peurs qui les hantent, malgré leur apparente insignifiance.

Elle voit Kim et Pénélope se tenir la main. Elle voit Assam, presque incliné vers elle tellement il boit ses paroles, Morgane et ses lunettes qui lui mangent le visage, et tous les autres qui écoutent avidement. Elle voit la directrice se raidir quand elle aborde la sexualité difficile et omniprésente de l'adolescence.

Elle ose dire que ça prend beaucoup de place dans le corps et dans la tête… et que c'est pas simple à gérer. Qu'elle le sait parce qu'elle est passée par là. Tout comme il est difficile d'envisager de décevoir ceux qu'on aime, nos parents, en s'affirmant, en devenant qui on est vraiment, peu importe ce que nos proches rêvent de nous voir devenir.

L'échange qui suit est sympathique, chaleureux, et Vicky les voit sursauter quand la cloche sonne pour mettre fin à leur rencontre.

Avant de les laisser partir, elle les avise qu'elle sera dans le bureau de Suzie Brault pour une couple d'heures et que s'ils pensent à quelque chose qui pourrait l'aider à saisir les causes des suicides, elle va les écouter.

« Si vous préférez le faire discrètement, il y aura une enveloppe accrochée à la porte. Vous laissez votre message sur une feuille avec votre numéro de téléphone ou votre courriel pour m'aider à vous atteindre, si jamais le renseignement est incomplet ou s'il suscite des questions. Je ne cherche pas un coupable. Je cherche à comprendre ce qui a poussé deux filles à s'enlever la vie. On s'entend ? »

Dans le brouhaha qui suit, la directrice s'approche de Vicky. À sa grande surprise, elle la félicite pour son approche franche, mais positive. Elle n'aurait pas traité la chose avec la même liberté de langage, mais elle saisit que devant des gestes aussi dramatiques, une approche musclée s'impose.

Vicky la remercie et essaie de prendre congé pour rejoindre le bureau de Suzie, mais madame Pouliot l'arrête : « Je désire vous entretenir d'un autre sujet.

— Je suis attendue. J'arrêterai à votre bureau avant de partir. »

Elle s'éloigne sans tenir compte de la réaction étonnée de l'autoritaire directrice.

À sa grande surprise, il y a une queue à la porte du bureau. Et pourtant, ils ont des cours !

Elle récolte plusieurs confessions anodines qui révèlent davantage une inquiétude qu'une véritable culpabilité. Vicky écoute chacun comme s'il détenait la clé de l'énigme. Son but véritable est de décharger les épaules de ces jeunes personnes et de leur enlever de l'esprit qu'ils sont partie prenante de ces suicides. Son objectif est atteint... et elle n'a glané que peu de choses pour nourrir son rapport final.

Pénélope arrive alors que Vicky ramassait ses affaires. La jeune fille a un geste spontané : elle se blottit dans ses bras en murmurant « Merci ! C'était tellement *hot* ce que vous avez dit ! Tout le monde capote. »

Vicky sourit : tant pis pour l'approche discrète suggérée par la directrice.

« Vous savez pourquoi je suis venue ? Hier, devant maman, je pouvais pas le dire.

— Je t'écoute. Et ça sortira pas d'ici, promis.

— Ben... Ariel était pas sûre... elle se le demandait. Disons qu'on en a parlé. »

Vicky attend. Quand ça commence aussi confusément, c'est qu'il s'agit d'un vrai secret.

«Elle était peut-être bi… ou gaie. On le savait pas. On… on en parlait.

— Toi aussi ? T'es gaie ?

— Non ! Moi, ça me disait rien. Les filles… rien à faire avec ça.

— Elle voulait essayer avec toi ? Juste un baiser pour voir ? Pour l'aider à se situer ?

— Ben non : c'est avec Assam qu'elle l'a faite !

— Tout ? Elle a eu une relation sexuelle complète avec Assam ?

— Wo ! Jamais dit ça ! Elle l'a embrassé, c'est tout. Pour y faire plaisir aussi, parce qu'y était trop fin.

— Penses-tu qu'elle aurait pu aller plus loin pour faire plaisir à quelqu'un ? Même si ça y tentait pas ?

— Faut pas exagérer, là ! Un baiser, c'est correct. Surtout qu'y fallait le faire après devant tout le monde pour la pièce.

— Ça la gênait ?

— Elle aimait pas ça. Mais Assam, c'était vraiment le gars parfait. Lui, y trippait sur elle, mais il l'achalait pas. C'est… c'était comme le contraire de ce qu'on dit sur les musulmans : y sont pas supposés être corrects avec les femmes, mais Assam, c'était le top du respect avec Ariel.

— On le traite mal parce qu'il est Marocain ? Musulman ?

— Ben non : on le niaise, mais on l'écœure pas. Y est cool, Assam… pis y est beau.

— Tu dirais pas non, à ce que je vois ?»

Pénélope hausse les épaules, l'air nonchalante. Elle salue Vicky, la remercie encore pour sa visite de la veille et son intervention. Juste avant de sortir, elle se retourne : « Des fois, je pense que je veux l'embrasser juste pour voir comment Ariel se sentait. Pour faire comme elle. Je suis peut-être bi, finalement ? Sans le savoir ?

— Je pense que t'aimais beaucoup ton amie Ariel et qu'elle te manque. Je pense aussi que t'as besoin de comprendre, même si tu n'accepteras jamais qu'elle ait fait ça. »

Pénélope se précipite vers elle et l'enlace de nouveau. Elle murmure un : « C'est trop vrai ! » plein de sanglots. Elle lui plaque un baiser sur la joue et s'en va en courant.

***

Madame Jacynthe Pouliot n'a pas que des félicitations à adresser à Vicky : « Monsieur Choquette a été bouleversé par vos accusations sans fondement. Je croyais que nous nous étions entendues sur l'objet de votre enquête et qu'elle ne concernait pas Andréane Sirois ?

— Si une de vos élèves subit de mauvais traitements dans sa famille, allez-vous vous abstenir de vous en occuper sous prétexte que ça ne se passe pas dans vos murs ? Ce matin, j'ai essayé de comprendre la source d'un suicide qui, à mon avis, est la cause de celui d'Ariel. Ce que j'ai dit à votre professeur d'art dramatique, c'est que faire passer une audition quand on sait qui on va choisir, c'est malsain et c'est mentir. Je sais que la fonction publique ouvre des concours bidons quand ils ont déjà pris leur décision, je sais que c'est le genre de petit fricotage qui se passe partout, mais franchement, appeler cela de la sauvegarde de l'estime de soi, je trouvais que ça

126

dépassait les limites. Et je l'ai dit. L'estime de soi a bon dos. C'était tout simplement plus facile de ne pas affronter Andréane, c'est tout.

— Vous faites erreur et vous avez accablé la mauvaise personne. Monsieur Choquette était partisan de parler à Andréane de sa situation scolaire. Pas de lui permettre de passer l'audition. Vous l'avez accusé sans connaître la situation, voilà ce que je voulais vous dire.

— Et vous attendez quoi ? Que je m'excuse comme votre responsable du soutien aux élèves ? Ce serait digne d'elle, d'ailleurs, ce genre de théorie fumeuse sur l'estime de soi.

— Vous êtes déplacée, madame Barbeau. Nathalie est jeune, mais elle apprend de ses erreurs.

— Expliquez-moi quelque chose, madame : comment une personne aussi à cheval sur ses principes peut-elle endurer qu'on apprenne sur le dos des élèves ? Au prix de deux suicides ? Pourquoi avez-vous une telle indulgence pour certaines erreurs et aucune pour d'autres ?

— Ce sera tout, madame Barbeau. Je vous souhaite bonne chance pour la poursuite de vos travaux. »

Vicky la regarde retourner à son bureau, droite, la bouche pincée, furieuse.

Elle ouvre son calepin et va s'asseoir devant le bureau de la directrice.

« Pour la poursuite de mes travaux, j'aurais besoin de la liste des membres du comité de théâtre. »

Très lentement, la directrice se tourne vers l'ordinateur qui est à sa droite. Elle entre certaines données et une feuille s'imprime. C'est le seul son qui résonne dans la pièce. Elle tend la feuille à Vicky, la bouche toujours amère et le regard à la limite du mépris le plus total.

Vicky prend la feuille : « La décision de ne pas terminer la pièce *Roméo et Juliette*, c'est votre prérogative ou...

— ... le comité. À l'unanimité. »

Vicky se lève en jetant un œil sur la liste. Elle s'arrête subitement : « Gilles Caron ?

— Le metteur en scène, oui.

— Ce n'est pas monsieur Choquette, le metteur en scène ?

— Du tout. Sa charge est déjà très prenante. Il organise les tournois oratoires qui ont toujours lieu au même moment que le spectacle. Monsieur Caron est un professionnel du milieu artistique qui nous donne entière satisfaction depuis des années. Les élèves l'adorent. »

Vicky n'ajoute rien et elle soulage la directrice de sa présence.

Gilles Caron ! Un acteur médiocre qui n'a jamais dépassé les rôles de deuxième couteau ! Il peut bien donner entière satisfaction à la directrice : c'est le genre mou à beurrer épais quand il s'agit de flatterie. Elle n'en revient pas de la crédulité des gens.

Et, bien sûr, outre la directrice, monsieur Choquette et le grand acteur Caron qui s'improvise metteur en scène pour payer son loyer, Nathalie Dubuc, celle qui apprend de ses erreurs, complète le comité théâtre.

***

Il est passé seize heures quand Suzie Brault, son indispensable « adjointe », la laisse à l'hôtel, en regrettant de ne pouvoir l'aider davantage. Elle estime quand même que son but personnel est atteint : réconforter les élèves et mettre les points sur les « i ».

« Pour le reste, ce qui pousse une petite fille de douze ans à sauter dans le vide… Faut quand même un désespoir terrible pour aller jusque-là. On le saura jamais et ça m'enragera toujours. »

Vicky la remercie pour son aide et pour sa confiance. Elle lui promet de lui faire signe si jamais elle a besoin d'un renseignement quelconque.

Suzie insiste : « Même en fin de semaine, n'hésitez pas. Je vis seule depuis quelque temps, j'ai rien que ça à faire… avec mes corrections !

— Rupture ?

— Hé oui ! Ça va être mon premier Noël en solitaire depuis huit ans. Mais bon, on s'en remet.

— C'est vrai, en plus : on s'en remet. Même si au début on le dit pour s'en convaincre, on s'en remet.

— En tout cas, j'ai aimé ça vous accompagner. Vous avez le tour avec les élèves. Vous auriez été un bon prof.

— Je pense pas : j'ai pas de patience. Mais merci… pour tout. Et bon courage ! »

En entrant dans sa chambre, Vicky jongle entre un appel ou un courriel pour avertir Brisson de sa défection pour le party de Noël du bureau.

Trop compliqué de parler avec Brisson. Elle écrit un court message lui promettant un rapport pour le lendemain… mais envoyé de Québec au cas où des éléments lui manqueraient.

Son cellulaire sonne cinq minutes après son envoi. Certaine que Rémy veut des détails, elle répond sans un regard à l'afficheur : « Oui, Rémy ?

— Non, appelle-moi Martin. J'aime mieux. Et dis pas n'importe quoi, on est sur le mains libres. Patrice est là.

— Bonjour Vicky.

— Bonjour Patrice. Vous êtes où ? Sur la route ? Déjà ?

— On a décidé de partir avant le trafic. On a manqué notre coup. C'est déjà ralenti et on n'est même pas sur le pont.

— Alors donc, le planning est le suivant : vous nous attendez de pied ferme. Apéro à vingt heures et on se délecte ensuite. Où avez-vous réservé ?

— Surprise, Patrice ! À tantôt, les gars ! »

Évidemment, elle a oublié de réserver. Elle visait vendredi ou samedi pour cette soirée. Après ses excès de la veille avec Jean Crête, elle aurait volontiers opté pour le style frugal.

Le téléphone sonne avant qu'elle prenne une décision concernant les agapes de la soirée. Cette fois, c'est Brisson qui exige des explications. Elle passe un bon moment à faire le point et à lui expliquer que tout ce qu'elle a récolté contribue à fermer le dossier. Le seul suicide questionnable, le seul qui aurait intérêt à être creusé, parce que « une enfant de douze ans qui se jette dans le vide doit avoir de sérieuses raisons de le faire », c'est celui d'Andréane Sirois, et ce n'est pas son mandat.

« Franchement, Rémy, Ariel se sentait mal, coupable. Depuis le suicide de la petite Sirois, elle se mutilait pour expier. Et elle avait des doutes sur son orientation sexuelle. À quinze ans, si on additionne tout ce qu'elle avait sur le dos, sa culpabilité latente, son numéro pour la fête de son père, son rôle de Juliette, ses scores à l'école, ça pouvait être assez pour qu'elle trouve ça "trop dur" comme elle l'a écrit. Si en plus, elle avait peur d'être homo… vous me voyez dire ça à sa mère ?

— Pas sans preuve, en tout cas ! Dans ce cas-là, avec qui a-t-elle perdu sa virginité ?

— Sais pas.

— Et tu trouves que l'enquête est terminée ?

— Quelqu'un avec qui elle essayait de se prouver son hétérosexualité sans doute. Une épreuve beaucoup trop dure pour sa sensibilité et sa vulnérabilité. De toute façon, Rémy, on n'enfonce pas de force des Valium dans la gorge d'une fille de quinze ans ! Un bébé, passe encore…

— O.K. Écris ton rapport et essaie de me l'envoyer avant cinq heures demain. Là, on décidera de la marche à suivre.

— Marche à suivre ?

— J'ai pensé venir à Québec pour la rencontre avec Isabelle. On sera pas trop de deux. »

Super ! Comment elle disait ça, Kim ? C'est trop top !

***

En inscrivant les notes de la journée dans son dossier, Vicky éprouve un regret, celui d'avoir brusqué le bon prof de théâtre qui n'était pour rien dans la fausse audition d'Andréane. Elle déteste quand elle tape sur le mauvais clou. Cette fois-là, la directrice et sa spécialiste du soutien ont dû peser de tout leur poids. Elle se demande quand même pourquoi l'acteur-metteur en scène n'a pas tranché. Probablement pour plaire à la directrice et ne pas perdre sa bonne cote. Quel courage, celui-là !

Elle est très absorbée quand le téléphone de la chambre sonne. C'est le directeur de l'hôtel, qui s'excuse de la déranger.

« Si vous aviez une minute, mon fils Hugo est passé me prendre et je préférerais qu'il vous parle de sa sœur directement, puisqu'il est là. Si cela ne vous dérange pas, bien entendu. »

Il est très grand, très maigre et ses bras ont l'air de traîner le long de son corps. Pourtant, c'est un homme que Vicky a devant elle : il a dix-huit ans ou il les aura bientôt si elle ne se trompe pas.

Discret, monsieur Sirois les laisse dans son bureau. C'est étrange parce que Hugo a des airs d'adolescent, mais exactement la voix de son père, grave, mélodieuse. Une voix d'homme assuré.

« Mon père m'a demandé pour la mutilation… et c'est non. Je le saurais parce qu'on allait à la piscine ensemble et que ça nous dérangeait pas de nous changer devant l'autre. On était très proches. On riait. On niaisait ensemble. Sauf la dernière année de... de sa vie.

— Qu'est-ce qui s'est passé?

— Je sais pas trop. Moi, j'ai commencé à avoir un kik sur une fille de ma classe. Pis le reste du temps, j'aimais mieux me tenir avec mes chums. Pis elle... a changeait. Maman disait qu'elle devenait ado. Mais c'était pas ça. Elle pétait pas de crise. On aurait dit qu'elle devenait pesante. Dure à bouger. Plus rien la tentait. Elle haïssait toute... même moi.

— Une dépression?

— Peut-être... Je suppose que c'est ça, oui.

— De la drogue? Elle fumait?

— Un peu... des fois.

— Toi?

— Non. J'aimais pas ça. J'aimais pas le buzz.

— À douze ans, elle fumait des joints... Elle prenait ça où? À l'école?

— La gang de théâtre, je pense. Mais c'était pas tout le temps, là! Une fois, elle m'est arrivée avec ça.

— Mais tu penses qu'elle s'est pas aidée en fumant, c'est ça?

— Je sais pas. Y a quelque chose qui l'a changée. Mais je sais pas quoi. C'est comme arrivé d'un coup sec. J'ai pensé que c'était une peine d'amour. Mais elle disait que non.

— Avec qui?»

Il hausse les épaules en écartant ses longs bras. Il a l'air tellement désemparé.

« Ça m'aiderait à comprendre, Hugo.

— Ah oui ? Nous autres, on a jamais compris. Je vais vous dire de quoi de niaiseux, mais je vais le dire pareil. Ma sœur, elle haïssait ça faire son lunch. Mais c'était le règlement chez nous : quand on entrait au secondaire, on faisait notre lunch tout seul. Sauf le jour de notre fête. Pourquoi Andy aurait faite son maudit lunch si elle savait que deux heures plus tard, elle allait sauter en bas du toit de l'école ? Y était dans sa case, son lunch ! C'est moi qui l'a ramassé avec le reste de ses affaires.

— Ça veut dire que c'était pas son intention. Elle a eu un choc, un découragement subit. Peut-être une note poche dans un cours ?

— Ça, elle en avait des notes poches ! Elle avait rien que ça. Des notes d'école… trouvez-vous que ça vaut la peine de se tuer pour ça ?

— C'est pas la note, Hugo, c'est le découragement qui empire, c'est la dépression qui fait perdre espoir. Des additions de mauvaises notes, des déceptions, de la colère… c'est tout ça ensemble. Les notes, c'est la goutte qui fait déborder le vase.

— Ouain… ben son vase était pas mal plein.

— Ça a dû la déprimer aussi de pas avoir le rôle dans la pièce.

— Quel rôle ? Elle voulait arrêter le théâtre. C'était plate qu'elle disait. Tout était plate pour elle.

— Elle avait fait une audition, pourtant.

— Ben ça l'intéressait pas plus que le reste. Pas plus que tout ce qu'y se passait à l'école. — Il la regarde puis se décide — Elle voulait plus y aller. Jamais ! C'était sérieux : elle m'a dit qu'elle se sauverait plutôt que de retourner là.

— Elle voulait arrêter toutes ses études ou changer d'école ?

— Elle a pas eu le temps de m'expliquer. Disons que son plan est devenu plus… plus…

— Radical ?

— Oui, c'est le mot. Elle s'est sauvée pour de bon. Ce matin-là… j'oublierai jamais ce jour-là. Ce matin-là, elle m'a piqué mon foulard. Elle a jamais voulu me le redonner. C'est débile, elle riait comme une folle et elle criait de mettre le sien, le rose. Ça m'aurait ben que trop gêné ! Ben, je le mets encore, son maudit foulard rose. C'est des détails, han ? C'est fou les détails qui restent… »

Le foulard est d'un rose fané et il s'effiloche. Vicky pensait que c'était la nouvelle mode pour les gars *in*.

Hugo la considère longuement : « Vous passez votre vie avec des histoires de meurtres. C'est quoi le pire dans votre métier ?

— C'est quand c'est pas un meurtre, justement. C'est quand je peux rien faire, Hugo. »

***

Vicky se dépêche de faire un blitz de rangement dans la chambre. C'est incroyable comme elle s'éparpille quand elle est seule. Une vraie ado ! Elle n'a plus le temps ni le goût de travailler. Elle décide que le rapport attendra à demain.

Une fois sous la douche, elle commence enfin à se sentir en congé. L'arrivée de Patrice la réjouit. « C'est fou comme on s'attache à ces petites bêtes ! », elle se promet de lui passer la remarque.

Tout est prêt et elle tripote son calepin en essayant de se souvenir d'une chose qu'elle n'a pas notée, mais qui lui semblait importante. Elle tourne les pages... monsieur Choquette ! Elle compose le numéro du bureau pour lui laisser un message d'excuse.

« Oui, allô ?

— Monsieur Choquette ?

— Lui-même.

— Oh ! C'est Vicky, Vicky Barbeau. Vous travaillez tard...

— J'ai trois enfants en bas âge à la maison et peu d'espace... Je corrige ici, c'est infiniment plus tranquille. »

Vicky lui explique la raison de son appel et elle s'excuse de l'avoir malmené. Monsieur Choquette ne la laisse pas s'appesantir, il est d'accord avec elle : cette façon de contourner un problème ne produisait aucun bon résultat. Il l'a même souligné à la directrice, tout de suite après leur rencontre.

Vicky sourit : madame Pouliot a eu une compréhension très limitée des propos de son professeur. Ou alors, elle comprend bien ce qu'elle veut.

« Dites-moi, le choix du metteur en scène, c'est l'affaire du comité ou de la directrice ?

— Nous tous, en fait... avec une voix prépondérante, si je puis dire : la mienne.

— Ah bon ?

— Oui. La directrice me laisse le choix de dresser une liste de noms pour chaque projet. Mais ces dernières années, c'est majoritairement Gilles Caron qui a fait les mises en scène. Il est très apprécié.

— Et pourquoi ne plus changer de metteur en scène?

— On a eu des problèmes. Les gens du milieu théâtral, enfin les professionnels, ont des horaires très variables et ça a mis nos projets en péril. Gilles nous a dépannés deux fois. Alors, maintenant, nous préférons sa stabilité à… disons la renommée ou le prestige. C'est préférable pour nos jeunes acteurs.

— Vos metteurs en scène vous laissaient tomber en plein travail?

— C'est compréhensible, vous savez. Ginette Soucy a eu une offre pour une série télé après cinq semaines de répétition chez nous. Comment voulez-vous ne pas comprendre ses priorités?

— Oh! Vous aviez une actrice solide! C'est quelqu'un, Ginette Soucy.

— Et elle est formidable dans la série. Vous l'avez vue?

— Bien sûr. Et Gilles Caron l'a remplacée?

— Au pied levé, oui. Vous savez, il avait déjà travaillé comme assistant metteur en scène, il y a un certain temps et, pour finir, c'est lui qui avait fait tout le travail. Ça devenait gênant de le demander seulement quand la vedette engagée se désistait pour un gros contrat. C'est ce que j'ai expliqué à la directrice: une vedette, ça fait bien sur le programme, mais c'est moins efficace pour le travail. Sans Gilles, en 2004, la pièce n'aurait jamais été terminée à temps. Alors, la fois d'après, je lui ai offert le contrat. Ensuite, on est revenu à un choix de prestige avec madame Soucy et paf, encore un pépin. Je veux dire pour nous. Alors, Gilles est devenu notre valeur sûre.

— Je comprends. Dites-moi, voulez-vous m'envoyer la liste des metteurs en scène invités avec les pièces choisies et le calendrier des représentations ?

— Mais ça se résume à ces trois personnes, vous savez. Avant, c'était mon travail. C'est depuis qu'on a ajouté "l'expression orale" que je ne peux plus fournir à la tâche.

— Madame Soucy, Gilles Caron et…

— C'était tellement fabuleux de l'avoir convaincu : Philippe Gauvreau.

— Pardon ?

— Philippe Gauvreau, oui ! Le seul et l'unique. Imaginez comme les filles étaient folles de joie. On n'a jamais tant eu de candidates pour une audition.

— Mais comment ?…

— Sa sœur Bernadette a une fille ici. Avait, puisqu'elle est maintenant au cégep. C'est elle qui l'a convaincu de venir. Gilles Caron l'assistait et faisait répéter les jeunes quand il était pris ailleurs. Et je dois dire qu'il était très pris… »

Un petit coup est frappé à la porte qui s'ouvre. Elle fait signe à Martin et se presse de conclure en demandant au professeur de lui envoyer les dates exactes d'engagement des trois metteurs en scène. Incluant les remplacements de Caron.

Elle pose l'appareil et regarde Martin, défaite, ce qui stoppe son élan vers elle : « Quoi ? Qu'est-ce que t'as ?

— Un problème.

— Je vois ça, oui. Quoi ? Faut que tu retournes à Montréal ?

— Y a un nouveau nom dans mon enquête… »

Martin hausse les sourcils, il attend. Vicky se laisse tomber sur le lit, terrassée : « Philippe Gauvreau. »

Elle entend le « *Shit !* » murmuré par Martin qui s'assoit près d'elle, sonné.

***

« Mais enfin, en quoi ce type menace-t-il votre enquête ?

— C'est mon mari, Patrice. »

Le regard de Patrice va de Martin à Vicky, éberlué.

Vicky précise : « Ça fait longtemps. Mais on était mariés. J'ai pas divorcé, on est seulement séparés.

— Alors là, nous sommes d'accord : voilà ce qui s'appelle un merdier. Et dans les grandes largeurs.

— Il a probablement rien à voir là-dedans, mais… j'sais pas. Je vois pas clair.

— On ne se laisse pas abattre pour autant. Allons bouffer ! Nous n'avons rien de mieux à faire pour l'instant. »

Ils s'entendent pour remettre le festin au lendemain, quand ils auront une solution à célébrer.

***

La cellule de crise — comme l'appelle Patrice — se réunira le lendemain matin, parce qu'il a beau prétendre que le décalage horaire ne l'affecte nullement, il tombe de sommeil.

« La nuit porte conseil. Ne vous bilez pas. On trouvera bien une solution. »

Vicky est trop bouleversée pour entrevoir autre chose que des problèmes. Elle tourne et se retourne dans le lit, incapable d'arrêter la cadence infernale de ses pensées.

Pour ne pas réveiller Martin, elle s'installe près de la fenêtre et essaie de réfléchir. Tout ce qui lui vient, ce sont les flashes de sa vie de couple avec Philippe Gauvreau, des images qu'elle avait chassées de son esprit pour toujours, croyait-elle. Tout se mélange : les moments exaltants, amoureux, la difficulté de voir cet homme jouer la passion avec une vérité stupéfiante, le voir donner des « baisers de scène » et le surprendre à en offrir très loin du théâtre, les infidélités, les mensonges, les ruptures, les réconciliations… et surtout l'humiliation d'avoir enduré tout cela. Neuf ans de sa vie. Neuf ans qu'elle n'est pas sûre de ne pas avoir gaspillés.

« Hé ! »

Il fait trop sombre pour distinguer Martin dans le lit. Sa voix est si douce : « Reste pas là. Viens…

— Tu pourras pas dormir.

— On sera deux, viens. »

Elle se blottit dans ses bras chauds, enveloppants. Elle pleurerait tellement elle est découragée. Martin caresse son dos d'un mouvement lent : « T'as peur de quoi ? Qu'il soit mêlé à ça ? Vraiment ?

— Une des filles avait quinze ans. Et elle n'était pas vierge.

— Pis tu penses… y a quoi, lui ?

— Soixante ans.

— À quinze ans, c'est de la pédophilie ? Ça doit être limite, non ?

— Pour moi, c'est très limite, peu importe l'âge du consentement… qui est de seize ans.

— Ça y ressemble ? Sérieusement, y pourrait… ?

— Pense pas, non. Il les aimait jeunes, mais quand même pas au berceau. »

Elle revoit la maison cossue de Notre-Dame-de-Grâce, les murs lambrissés de chêne, le bruit des clés qu'elle jette sur la console de marbre de l'entrée. C'était l'été. La fille était une actrice débutante. Une rousse au teint de lait. Elle revoit ses seins pommés avec une précision rebutante. Son long corps juvénile sur la moquette beige du salon. Le visage de Philippe, stupéfait. Elle entend encore le bruit de ses sandales qui claquaient sur le carrelage de l'entrée, martelant sa fuite. Le cri de Philippe qui la poursuit. Le son sec de la porte derrière elle.

L'actrice s'appelait Mylène et elle avait vingt ans. C'était vingt ans de moins qu'elle. Et c'était vingt ans de trop à ses yeux. Elle n'est jamais retournée dans cette maison. Même pas pour faire ses paquets.

Elle ne veut pas penser à ça, elle ne veut plus jamais revoir ces moments dont elle a toujours refusé de parler. À quiconque.

« Regarde, Vicky, si ça se peut pas pour toi, tu remets le dossier à Brisson, pis ça finit là. »

Sauf que Brisson est englué dans son histoire d'amour avec Isabelle. Ce qui fait quand même sourire Vicky : il va ruer dans les brancards, le patron !

« Tu sais que c'est Patrice qui risque de régler l'enquête ? Y a pas fini de se croire indispensable, si c'est le cas.

— Si c'est le cas, comme tu dis, on va y dire merci. On dort, O.K.?

— Non.»

Elle le serre de plus près. De très près.

«T'as le cœur à ça, toi? Je te pensais déprimée…

— J'ai peut-être un passé pesant, mais j'ai encore un présent. Pis c'est au présent que je veux penser.»

***

«J'ai googlelisé votre mari: belle gueule, belle feuille de route. Impressionnant. C'est une véritable star ici, non? Je vous ai même aperçue sur quelques clichés. Entre autres jolies gonzesses. Mais dans le style piquant, je dois dire que vous les évincez toutes.

— Avez-vous fini, là? On va pas parler de ça?

— C'est quand même balèze que vous soyez mariée à ce type… que vous soyez mariée, point.

— Comme quoi vous êtes pas le seul à faire des erreurs, Patrice!

— Oui, bon, je dis ça… On s'y colle?»

Au bout d'une heure, elle a tracé les grandes lignes de son enquête et les résultats obtenus. Patrice soupire en tapotant ses notes: «Vous voulez que je vous dise, Vicky? Dès le départ, cette enquête n'a aucune raison d'être. Si vous étiez de mon équipe à Paris, je ne vous aurais pas laissée courir un lièvre pareil. Primo, il n'y a pas de meurtre, secundo, pour terribles que soient ces suicides, rien ne nous permet de croire à une manipulation d'ordre criminel et tertio, votre mari n'a strictement rien à voir dans cette histoire!

— Vous pensez?

— Mais enfin, Vicky! Ça crève les yeux! La petite de douze ans, ça remonte à mars 2005 et votre grand acteur est venu les époustoufler quoi? En quelle année?

— J'ai pas reçu le calendrier du prof, pas encore.

— À vue de nez, il n'est pas dans la course. Quoi qu'il en soit, outre exciter ces préados, il n'a rien foutu, si je comprends bien? L'autre type, l'assistant-metteur en scène, ce Caron, vous le connaissez?

— Ben oui… un acteur ordinaire. Pas de présence. Je l'ai jamais vu dans un premier rôle. C'est le meilleur ami de Philippe. En tout cas, c'était ça dans le temps.

— Bref, il ne demandait que ça, remplacer son pote. Y a pas photo. Votre mari ne peut être accusé que d'avoir empoché un cacheton non mérité. Ce qui n'est pas bien méchant, vous l'admettrez. Pourquoi vous mettre martel en tête pour si peu, Vicky?

— Je sais pas… C'est vraiment désagréable de chercher un meurtrier pis de trouver quelqu'un qu'on connaît dans le portrait. Ça vous est déjà arrivé?

— Vous êtes vachement ébranlée: vous avez oublié Jocelyne Dupuis? J'ai fait pire et vous le savez: j'ai été au pieu avec un témoin qui s'est avéré central dans l'affaire. Vous n'avez rien de tel à vous reprocher. Vous avez été mariée à un type qui a enseigné à des enfants qui n'ont pas été assassinés, je le répète, mais qui se sont suicidés. Allez, vous m'écrivez ce rapport et je le lirai avec toute la défiance et la suspicion dont je suis capable.

— Vous m'en passerez pas une ?

— Rien ! Je serai impitoyable. Et, puisqu'on y est, votre flair légendaire vous a abandonnée ou quoi ?

— Mon flair ?

— Non, mais je rêve ! Depuis que je suis arrivé, je n'ai pas fumé une seule clope. Et vous dites quoi ? *Niet !* Vous n'êtes pas foutue de seulement le remarquer.

— Pas vrai ? Vous avez arrêté ? Depuis quand ? Bravo !

— Un mois après-demain. Allez m'écrire ce rapport qu'on en finisse avec ces trucs qui vous pourrissent la vie. »

Il la regarde partir, soulagée. Il voudrait bien savoir en quoi ce bel acteur de mari avait déçu Vicky.

***

Il est midi quand Vicky envoie son rapport à Patrice. Ils ont rendez-vous à quatorze heures pour en discuter. Elle estime avoir tout juste le temps d'aller jogger, en enviant l'excursion de Martin, parti courir sur la promenade Champlain qui longe le fleuve.

Elle a à peine couvert un kilomètre quand son portable sonne. Suzie Brault est désolée de la déranger, mais l'enveloppe restée sur la porte de son bureau est bien pleine : a-t-elle oublié de la vider ou s'est-elle remplie de nouveau ? Vicky avoue qu'elle a oublié, tout simplement.

« Quelque chose d'intéressant, Suzie ? »

Celle-ci n'a pas regardé, par discrétion. Vicky lui demande de le faire pendant qu'elle rentre à l'hôtel. Elle la rappellera de sa chambre.

Pour une des rares fois de sa vie, Vicky ne souhaite pas qu'un quelconque indice soit révélé et permette à l'enquête de reprendre.

Elle trouve Suzie dans le hall de l'hôtel : excitée de voir des messages porteurs, elle a accouru.

Il y a huit messages. Cinq concernent des regrets, des hommages sans questions. Les trois autres méritent au moins un appel de Vicky.

Elle commence par appeler Samuel, le Benvolio de la pièce : *Pourquoi faire autant de répétitions privées quand Ariel était super bonne, déjà ? Je me dis que ça l'a pas aidée, fatiguée comme elle était.*

Samuel estime que c'est davantage un commentaire qu'une question, mais vraiment, le metteur en scène exagérait avec ce qu'il appelait « faire du détail ». Vicky ayant mentionné « même les questions niaiseuses », il a écrit ça.

« Quand tu dis des répétitions privées, tu veux dire sans la troupe ?

— Y nous donnait congé, oui.

— Le metteur en scène gardait seulement les personnages de la scène à travailler, c'est ça ?

— Non ! Juste lui pis Ariel. Même pas Assam. Ou Annabelle qui faisait la nourrice. En plus, Annabelle est poche, elle en aurait eu besoin. C'est parce qu'a part à rire tout le temps.

— Et ça arrivait souvent, ce genre de travail-là ?

— Ça commençait à être pas mal, oui.

— As-tu gardé l'horaire des répétitions ?

— Ben… ça doit. Vous le voulez ?

— S'il vous plaît. Ta question est drôlement bonne, Samuel. Je te remercie.

— Ah oui ? O.K. Votre adresse courriel, c'est quoi ? Mais vous aurez pas les répets privées dans l'horaire par exemple. Caron décidait sur le coup.

— Pas grave, Samuel. Juste l'horaire, ça va être parfait. Je vais m'arranger avec Caron pour le reste. Je te donne mon courriel… »

L'autre question qui a retenu son attention, c'est à cause de la signature : un parapluie bleu accompagne le nom d'Alexandre. Or, ce parapluie, elle l'a déjà vu en identifiant du nom « A » dans les dossiers vides d'Ariel quand elle a étudié le contenu de son iPad. Le message est plutôt anodin : *Pourquoi personne pense qu'elle s'est juste trompée dans la dose ? Quand on dort pas, ça peut arriver, non ?*

Elle laisse un message sur le répondeur d'Alexandre… qui n'a pas encore mué ou alors, son message remonte à quelques années.

Le dernier feuillet est ce qui a poussé Suzie à venir porter l'enveloppe directement :

Je sais pour Andréane. Pas pour Ariel. Je sais pourquoi elle a fait ça.

Et c'est signé *Andréanne*.

Suzie est très énervée. Vicky la met en garde contre ces témoignages-miracles qui surgissent après coup. Souvent, c'est pour attirer l'attention. Si on savait tant que ça, on aurait dénoncé. Elle tombe encore sur une boîte vocale, et laisse un message.

C'est Alexandre qui rappelle le premier. Mal à l'aise, hésitant, il répète qu'il a écrit ça comme ça, qu'il ne connaît rien là-dedans, que l'idée lui est venue en regardant un film... Vicky reconnaît parfaitement la fausse nonchalance et l'air de ne pas y toucher : « C'est toi qui lui as fourni des Valium, Alexandre ? »

Silence au bout de la ligne. Suzie Brault a les yeux presque sortis de la tête.

Vicky continue : « Si elle te l'a demandé, ça fait pas de toi un tueur. Ça faisait longtemps ? Tu les as obtenus comment, tes Valium ?

— Mon frère... par Internet. Juste une fois.

— Combien ?

— Le prix ? Euh...

— Combien de comprimés ? La dose.

— Douze. Elle arrêtait pas de dire qu'elle dormait pas. Pantoute. J'pouvais-tu deviner, moi ? »

Ça y est, il pleure au bout de la ligne. En balbutiant que lui, il voulait seulement rendre service, qu'il le ferait plus jamais. Elle l'interrompt : « Ton frère ? Y vend autre chose ? Avec combien d'élèves t'as fait du *pushing* de même ? Pour quel genre de stock ?

— Pas beaucoup. Pis pas des Valium ! Ariel, c'était la première fois pour moi. Pis la dernière, juré ! »

Il n'a pas besoin de jurer, Vicky en est persuadée. Elle demande le nom des autres médicaments disponibles. Des pilules anticonceptionnelles et la pilule du lendemain : il prétend qu'il n'a jamais rien fait d'autre que dépanner. Son parapluie, c'est pour ça, d'ailleurs. Pour aider à pas tomber enceinte.

« Tu la connaissais, Ariel ?

— Non. Ben je l'avais sûrement vue dans un corridor, mais non, on n'était pas dans même gang. Je suis en cinq.

— Comment elle a su pour toi ?

— Ça se sait. Plein de monde a pu lui dire que je dépannais… »

Suzie est complètement dépassée. Vicky l'assure que ce n'est pas surprenant : c'est fini le temps où la pharmacie des parents était le seul endroit où trouver de quoi s'envoyer au paradis artificiel. L'Internet, pour les petits génies, c'est une grande pharmacie à ciel ouvert.

« Au moins on sait d'où venait le poison. Elle a sans doute testé avec une petite quantité et en a commandé davantage après. Maintenant… »

Le téléphone sonne à nouveau : Patrice s'impatiente, il est quatorze heures dix ! Vicky se dépêche, entraînant Suzie qu'elle présente à Patrice pour expliquer son retard. Comme toujours, Patrice est charmant et trouve le tour de faire rire la jeune femme.

« Qu'est-ce qu'elles sont mignonnes, vos copines !

— C'est pas ma copine, c'est une prof de l'école d'Ariel. Elle m'aide à établir le contact avec les élèves.

— Et Dieu sait si vous en avez besoin ! Ce n'est pas la nullarde des services de soutien qui aurait pu vous assister. Qu'est-ce qu'elle déguste dans votre rapport, celle-là ! Vous vous êtes lâchée.

— Trop ? C'est inutile d'en parler, vous pensez ?

— Je ne dirais pas ça… mais c'est une arme à double tranchant. Vous soulagez les parents de n'avoir rien piffé en révélant qu'ils ne sont pas les seuls, mais d'un autre côté, avec Brisson et sa chasse aux sorcières, c'est casse-gueule. C'est qu'il y tient, le mec, il veut mordre et si vous lui offrez un os, il risque de ne pas le lâcher. Je jouerais de prudence, si j'étais vous.

— J'enlève ?

— Ho là ! doucement : vous édulcorez…

— Dac. Autre chose ?

— Mais c'est que vous êtes d'un conciliant ! Je ne vous reconnais pas, Vicky.

— Bon, vous savez pourquoi. Arrêtez avec ça ! D'autre chose ?

— C'est personnel. Curiosité de collègue, si vous voulez. Il n'y a pas un mot concernant les relations sexuelles. Vous n'avez pas débusqué le petit copain ? Un éventuel chagrin d'amour pourrait être à l'origine du geste, non ?

— Rien, Patrice ! Ses meilleures amies sont sûres et certaines qu'elle était vierge. Et pourtant, elles savaient pour les mutilations.

— Vous évoquez mollement la possibilité d'un abus…

— C'est le plus loin que je peux aller. J'ai même pas un nom, un genre de candidat potentiel.

— Bien évidemment, ces types se gardent d'afficher leurs pratiques… ils se déguisent en courant d'air, une fois leur méfait perpétré. Dites-m'en davantage sur ce Caron qui dirigeait le Shakespeare, vous le connaissez un peu, quand même ? Vous l'avez fréquenté grâce à votre mari ?

— Un peu, oui…

— Et ?…

— Je serais tentée d'y faire porter le blâme parce que je le trouvais imbécile. Pis collant. Un vrai deux de pique. C'est le genre de gars qui arrive en avance à un souper pis qu'y finit pas par partir. Le genre qui comprend pas vite. Un peu vulgaire, qui fait des farces sexistes, mais pas vraiment méchantes. Juste idiotes. Le gars toujours malheureux en amour, mais qui fait rien pour s'aider. Pis un acteur ordinaire… très ordinaire.

— Un pauvre couillon, quoi ! Et votre mari dans tout ça ?

— Il devait pas être beaucoup là… Gilles Caron est un de ses amis, ils ont fait le Conservatoire ensemble. Je suis certaine qu'il a voulu le dépanner en lui offrant de faire la mise en scène à sa place.

— Je parlais plutôt de séduire de jeunes nymphettes… qui ne demandent pas mieux, par ailleurs.

— Ça, pour séduire, Philippe séduisait. Mais des filles de quinze ans ? Ça serait étonnant. En plus, quand il a travaillé à l'école, c'était avec des filles de douze ans.

— Ce qui m'apparaît d'un tout autre ordre…

— J'ai appris aujourd'hui qu'il y avait un trafic de pilules anticonceptionnelles. Je pourrais essayer de savoir qui avait mauvaise réputation.

— Inutile, Vicky. Si l'une de vos deux petites était susceptible d'être pointée du doigt, ce serait déjà fait. Les gens sont très vifs à ce genre de trucs quand ils ont mauvaise conscience. Allez! Vous expédiez ce rapport à Brisson, une fois le commentaire acide allégé, et moi, je vais explorer le Musée qui est tout près et dont on me dit grand bien.

— J'ai oublié de vous dire : Brisson a parlé de débarquer à Québec pour voir Isabelle et discuter du rapport.

— Hé bien! Qu'il débarque! J'en ai rien à cirer, moi. Je suis en vacances. Je vais me carapater dans ma chambre… qui est parfaite, au demeurant. J'adore cet endroit.

— Et vous avez échappé au pire : le party de Noël du bureau qui a lieu ce soir, à Montréal.

— Du coup, vous ratez ce petit raout, vous aussi. Je sens que vous m'en voulez beaucoup…

— Certain! Merci Patrice. — Elle agite le rapport — Vraiment!»

Il bombe le torse, comme un coq satisfait.

***

Vicky reçoit l'horaire de répétitions de Samuel en même temps que les excuses de monsieur Choquette et sa liste d'activités théâtrales gérées par les différents metteurs en scène invités. Il a eu du mal à récupérer ses archives. Il lui indique que le semestre de septembre à décembre 2004 a été celui que se sont partagé Philippe Gauvreau et Gilles Caron — avec une nette supériorité de temps pour le second. L'audition pour le spectacle de 2005 a été suivie par Gilles Caron exclusivement, « *Monsieur Gauvreau étant déjà en tournage.* »

Vicky est à moitié rassurée : son mari a bel et bien fait la mise en scène avec les deux fillettes, mais elles étaient alors très jeunes. Elle a du mal à croire que des « nymphettes » de douze ans aient pu l'intéresser. Pour s'amuser, il obtenait ce qu'il voulait, et elle est bien placée pour savoir qu'il ne s'est jamais privé.

Le téléphone sonne alors qu'elle comparait l'horaire de répétitions avec l'agenda d'Ariel.

C'est la jeune fille qui s'appelle aussi Andréanne, mais avec deux « n ». Elle est bavarde et Vicky a un peu de mal à la suivre. Après avoir expliqué que la similitude de leurs prénoms les avait rapprochées, elle y va de ses hypothèses. Andréane était follement amoureuse de l'acteur Philippe Gauvreau. Elle avait une grande photo de lui dans la porte de sa case. Et elle détestait Caron parce qu'il n'était pas Philippe. « À partir du moment où Philippe était plus au théâtre, y a plus rien qui a marché pour Andréane. Elle haïssait tout le monde, toutes les cours, toute ! C'est pour ça qu'elle a sauté. »

Ce qui ne constitue pas un motif de suicide très convaincant.

Vicky remercie et elle écrit une note à Suzie pour lui résumer le « gros témoignage » qui vient de tomber à l'eau.

Et elle s'applique à démêler l'écheveau des horaires d'Ariel.

Les répétitions figurent toutes à son agenda et rien n'indique le côté « privé » décrit par Samuel. Vicky ressort l'agenda incomplet trouvé par Mathieu dans la tablette et, en le comparant avec les deux autres, elle comprend mieux. Les mois de l'agenda caché — qui couvrent plusieurs années — sont uniquement ceux où il y avait des répétitions théâtrales. De plus, celles qui y figuraient sont incomplètes, si elle se réfère à l'horaire officiel de Samuel pour le Shakespeare et à celui de Choquette pour le reste. Donc… ce sont uniquement les répétitions privées qu'Ariel a cachées dans sa tablette? Comme des rendez-vous?

Vicky consulte la répartition des tâches envoyées par Choquette : les périodes couvertes par Philippe et par Ginette Soucy sont exclues de l'agenda caché. Donc, aucune rencontre privée n'a eu lieu sous leur direction. C'est exclusif à Caron.

Pensive, Vicky considère sa découverte : Gilles? Gilles Caron pouvait-il abuser? Est-ce parce qu'elle est si soulagée de ne pas trouver matière à enquête sur son ex-mari qu'elle saute à pieds joints sur Gilles Caron?

Elle inscrit les périodes dans son calepin : en tout, quinze répétitions privées ou cachées… quinze rencontres de possibles répétitions et qui sont dignes de mention dans un horaire bien camouflé. Mais pourquoi Ariel y a-t-elle mis des rencontres qui remontent à bien avant le Shakespeare? Comme si elle avait archivé des dates *a posteriori*. C'est très étrange.

Vicky rappelle Samuel pour savoir si Caron faisait souvent des répétitions privées, si c'était une habitude. Elle ne veut pas l'alerter en nommant Andréane Sirois, mais si jamais la réponse est positive et que les habitudes de Caron ont sévi avec la toute petite… Vicky refuse d'envisager la suite des choses, tellement le cercle se referme sur des connaissances proches d'elle.

Samuel a commencé à faire du théâtre avec Ginette Soucy en janvier de l'an passé. Et il ne cache pas que la renommée et le côté fascinant de l'actrice l'avaient attiré. Tous les gars avaient d'ailleurs été très déçus de la voir remplacée par Caron au bout d'un mois et demi.

« Et Caron, il faisait ça souvent, des répétitions privées pour travailler en détail ?

— Pas trop au début… quand y a remplacé Ginette, la pièce a pas marché. C'était pas bon. Y avait changé tout ce que Ginette faisait et c'était devenu plate à l'os. Après, je le sais pas, j'ai arrêté le théâtre. On était plusieurs à pas revenir. Même Ariel a arrêté.

— C'était quand, ça ?

— Ben, tu suite après Ginette. Après le flop. Au semestre d'automne.

— T'es revenu pour Benvolio parce que c'était un beau rôle ?

— Pantoute ! Je voulais rien savoir du théâtre. Mais Assam voulait tellement que ça marche. Y nous a pas forcés, mais disons qu'on avait de la pression…

— Et Ariel ? Pourquoi elle est revenue, elle ? Pour Juliette ?

— Non, avant… en janvier. Je me souviens pas de la pièce, mais c'était une comédie. Elle chantait, elle jouait du violon. Pis c'était bon, ce coup-là. Caron avait fait une bonne job. Y est meilleur dans les shows drôles. Nous autres aussi.

— C'était quoi, sa réaction à la mort d'Ariel ? Qu'est-ce qu'il a dit ?

— Ben, rien ! On l'a pas revu. La pièce a été annulée. Lui, ce qu'y a pensé, je le sais pas. Y a dû rester aussi bête que nous autres. Pourquoi ? Y a-tu de quoi à voir là-dedans ?

— Non. C'est juste que… des fois, les profs invités peuvent voir des choses que les autres voient pas. Ils peuvent recevoir des confidences… »

Samuel est mort de rire : « Caron ? Jamais de la vie ! Aussi bien aller se confier direct à la Pouliot. Vous l'avez pas connu, ça paraît ! Quand tu dis pas trippant… y était plate pis y aura personne à son atelier si y l'engagent encore. »

Vicky espère que le comité ne fera pas une erreur pareille. Elle frissonne à la pensée des répétitions privées et de ce qui a pu s'y passer.

***

Brisson l'appelle juste avant de se rendre à la fête de Noël. Il est déçu du rapport, mais c'est clair. Et Isabelle devra faire son deuil sans avoir la consolation d'une explication.

Vicky est un peu mal à l'aise de lui cacher la provenance des Valium et les répétitions privées, mais ce sont des éléments non probants. Une sorte d'éclaircissement qui pourrait justement mener à de fausses pistes : chercher un violeur, un abuseur, c'est risquer de salir bien des gens. Il faudrait que ce soit plus solide pour persister.

« Je vais lui remettre le rapport demain matin. À quelle heure pensez-vous arriver, Rémy ?

— Arrête de me vouvoyer ! Me semble que c'était réglé, ça !

— Quelle heure ?

— C'est malheureux, mais je pourrai pas venir… On annonce une tempête pour dimanche. Encore 35 cm… ça voudrait dire un aller-retour, si je veux pas être pris là-dedans. Tu peux t'arranger ?

— Bien sûr. Je m'en occupe. Bonjour à tout le monde. Bon party ! »

Elle ne sait pas pourquoi elle n'arrive pas à le tutoyer tout le temps. Avec les années, ce retour au « vous » lui a permis de prendre ses distances professionnelles et elle a du mal à y renoncer.

Pendant qu'elle travaillait et malgré ses multiples appels, Martin est rentré, s'est douché et s'est endormi profondément, son livre encore ouvert dans les mains. Elle envoie un message à Isabelle Gosselin et lui donne rendez-vous à onze heures le lendemain matin.

Comme promis, elle avise Jean Crête et lui propose de venir reprendre l'iPad de sa fille avant ou après sa réunion avec Isabelle.

À dix-huit heures, elle ferme enfin son ordinateur. Sur le site des prévisions météo beaucoup de neige et de vent sont annoncés. La barre rouge de l'alerte est bien visible en haut des villes de Québec et de Montréal.

Sous la douche, enfin, elle sent que l'étau du travail la lâche un peu.

***

La soirée est parfaite. Le report des festivités s'avère une excellente idée : ils ont l'esprit léger. Rien ne rend Patrice plus heureux qu'un bon dîner bien arrosé dans un lieu à l'élégance raffinée. La table est réputée et ils constatent que c'est amplement justifié. Tout est savoureux : les mets et les conversations. Patrice veut tout savoir de leur voyage à Venise et ils échangent leurs souvenirs de la Sérénissime. Vicky s'aperçoit que ses deux compagnons s'entendent à merveille dès qu'il n'est pas question de travail. « Le musée des horreurs », comme dit Martin, n'étant pas à l'ordre du jour, ils rient, discutent et sortent de table très tard.

La tempête annoncée réjouit Patrice au plus haut point. La nuit est pourtant parfaitement claire.

« Toujours comme ça, Patrice. La veille d'une tempête, ma mère disait qu'on était énervés comme des petits diables mais que le ciel était ben beau. »

Comme la tâche de Vicky se termine samedi matin et qu'elle et Martin doivent être au bureau le lundi, ils partiront en après-midi.

Patrice préfère demeurer à Québec pour vivre la tempête sur les bords du Saint-Laurent.

« Curieux tout de même : Montréal est une île d'où le fleuve est quasi absent et ici, on ressent sa puissance. Je n'en ai pas terminé avec cette jolie ville. »

Ils sont si bien qu'ils cèdent au désir de Patrice de savourer un armagnac, calés dans les coussins du hall de l'hôtel. À cette heure avancée de la nuit, ils sont seuls devant le feu.

Vicky s'étonne quand même de l'incroyable résistance de Patrice au décalage horaire. « Ce qu'un roupillon de fin de journée peut avoir comme effet bénéfique, vous n'avez pas idée, Vicky ! »

Il se redresse soudainement en fixant l'espace derrière Vicky qui, alertée, se retourne. Isabelle Gosselin s'avance vers eux à toute vitesse, le teint pâle, le souffle hachuré comme si elle avait couru. Elle ignore totalement les compagnons de Vicky : « Comment pouvez-vous ? Comment osez-vous la laisser tomber comme ça ? Vous vous amusez ! Vous prenez un verre tranquillement ! Ma fille est morte ! Et vous dites qu'y a rien pour continuer ? Rien pour enquêter ? L'école savait qu'elle souffrait. L'école savait qu'elle allait mal et vous trouvez ça normal ? »

Martin se lève pour s'interposer et Vicky l'arrête en cherchant à entraîner Isabelle à part.

« Lâchez-moi ! J'suis pas dangereuse, moi ! C'est eux autres qui le sont ! Ceux qui laissent des enfants se mutiler sans rien faire, sans rien dire aux parents. Si y étaient pas capables d'agir, qu'au moins, y nous le disent ! Qu'y nous donnent une chance d'arrêter le massacre. Vous trouvez ça correct, vous ? Vous trouvez qu'y a aucun motif valable pour fouiller ? La non-assistance à personne en danger, savez-vous ce que c'est ? Savez-vous ce que c'est de laisser une enfant se couper partout dans les toilettes de l'école ? C'est criminel ! Je leur demandais pas de la prendre en charge, je leur demandais de nous avertir ! On l'aurait aidée, nous autres ! On l'aurait jamais laissée se faire une chose pareille. Jamais ! Vous trouvez ça normal, vous ? Ben pas moi ! Pis y vont m'entendre. Je vais les poursuivre jusqu'à mon dernier souffle. Elle avait quinze ans! Quinze ans! Qu'est-ce que ça prend pour vous faire bouger? Qu'est-ce qu'y faut dire pour vous faire bouger?

— Madame?»

Vicky tend le bras vers le concierge de l'hôtel qui essaie d'intervenir. Elle fait non et lui indique de ne pas approcher. Isabelle le toise, les yeux pleins d'eau. Elle siffle plus qu'elle ne chuchote: «Je fais trop de bruit, c'est ça? Je dérange? J'interromps le *spirit* des Fêtes? Y en a plus de Fêtes pour moi, monsieur. Y a plus rien que le cadavre de ma fille que personne a aidée. Que personne ne veut plus aider. Que personne n'aime assez pour aider. Y a plus rien, point.»

Elle fixe le sol, soudain silencieuse. Le concierge s'éloigne. Vicky est consciente de ses deux compagnons debout derrière elle, prêts à la défendre. Mais elle veut laisser une chance à cette femme déchirée d'exprimer sa révolte. Que cette parcelle de sa souffrance trouve au moins une issue.

Elle reste là, sans un geste, attentive.

Isabelle lève les yeux: «Ayez pas pitié de moi! Insultez-moi pas en plus!

— Non. J'ai mal pour vous. Pour elle. J'ai pas pitié.

— Mais vous ferez rien. Comme Rémy. Vous bougerez pas. Vous allez être bien désolée et vous ferez rien. Vous savez ce qu'y m'a dit? D'aller dans un groupe de parents endeuillés. C'est ça que Rémy Brisson a trouvé pour m'aider à passer au travers comme y dit. Lui, y a deux filles qu'il va pouvoir gâter à Noël. Imaginez... Faut-tu être épais!»

Vicky est totalement d'accord. Déjà qu'elle ne comprend pas pourquoi Brisson a changé d'idée et qu'il a parlé à Isabelle. De toute évidence, il lui a envoyé le rapport. Épais n'est pas assez fort à ses yeux. Elle tend son ballon d'armagnac à Isabelle : « Vous êtes épuisée. »

Isabelle hoche la tête. Sa colère tombe d'un coup, et, sans sa fureur, elle n'est plus qu'une plaie béante. Elle fixe Vicky sans parler, cherchant à saisir de quel côté elle se tient, si elle est une ennemie ou une alliée.

« Je vais le faire, même si je perds. Je vais les accuser. Et la directrice va partir. Et l'autre aussi qui "quoique alertée, n'a pas jugé bon de signaler les agissements d'Ariel". Vous voyez que je le sais déjà par cœur, votre beau rapport. Vous n'avez pas qualifié son comportement. Moi, je vais le faire. Et je vais m'arranger pour que jamais plus elle ne laisse une enfant se débrouiller toute seule avec ses problèmes. Ou sa peine. Ou je ne sais pas quoi.

— Je vous comprends.

— Non. Non. Si vous compreniez vraiment, vous n'auriez pas fermé le dossier. Y a eu de la négligence quelque part. Et Rémy Brisson peut aller au diable avec son groupe de soutien. Lui non plus a rien compris. Dire que c'est supposé être un ami ! »

Elle a un rire qui ressemble à un sanglot. Elle tourne les talons et part sans rien ajouter.

Vicky reste debout, tétanisée.

Martin entoure ses épaules d'un bras protecteur : « Viens, on va monter. »

Elle se dégage avec douceur, se rassoit, regarde Patrice qui affirme plus qu'il ne demande : « La mère de la petite, bien évidemment.

— Pourtant, j'avais édulcoré comme vous avez suggéré…

— Vous n'y pouvez rien. Déjà, au départ, un crime non résolu contient sa part d'émotions fortes, mais le suicide, c'est carrément à la limite du soutenable. Surtout à cet âge.

— Là, vous parlez de nous autres, Patrice. Pour elle, c'est… c'est foutu. C'est l'enfer.

— Quand bien même elle gagnerait sa poursuite, quand bien même vous trouveriez quelqu'un à accuser formellement, vous n'y changerez rien, Vicky, et vous le savez. Nous ne pouvons rien pour cette femme. Que dalle ! »

Vicky se tait en se demandant si elle a tout fait pour Isabelle Gosselin. Ou pour sa fille, Ariel. Sa réponse est non. Parce qu'elle a eu peur quand elle a vu le nom de son ex apparaître. Et que se protéger est devenu plus important que de protéger une jeune fille de quinze ans.

Elle se lève et fait cul sec : « Bonne nuit, Patrice. Et merci. Pour le repas et pour votre aide.

— Je n'ai quand même pas bossé des masses.

— C'est peut-être pas fini. Bonne nuit. »

***

En entrant dans la chambre, elle consulte sa boîte vocale.

« Huit messages ! Brisson s'est senti mal ! »

Martin lui prend l'appareil des mains : « Demain, les excuses de Brisson. Y en a assez fait pour ce soir, lui. Déjà, tu vas avoir de la misère à dormir. Pas besoin de ses excuses plates. T'as été incroyable. J'aurais été tellement mal…

— Je l'étais, Martin. Je le suis encore.

— Qu'est-ce que tu peux faire ? Même Brisson veut arrêter. Pis c'est lui, son ami.

— Si le nom de Philippe était pas sorti, Martin, si Gilles Caron était pas quelqu'un que je connais… Mets les noms de deux inconnus à la place de ces deux-là, qu'est-ce que j'aurais fait, tu penses ?

— T'aurais dit : y est deux heures du matin, on va dormir là-dessus.

— J'aurais appelé Caron et, selon ses réponses à mes questions, j'aurais aussi appelé Philippe.

— Tu vas continuer l'enquête ?

— Non. Patrice va le faire.

— Ça me rassure, c'est effrayant. Viens te coucher. »

Même au creux de ses bras, Vicky a mauvaise conscience : Isabelle Gosselin n'a même plus la présence de son mari pour la consoler.

Martin ne dort pas plus qu'elle. Au bout d'un long moment, il lui demande si Philippe avait jamais montré un intérêt quelconque pour les très jeunes filles.

« Non. Mais ça veut rien dire. La plupart des femmes qui ont un pédophile pour mari le savent pas, s'en doutent pas et tombent des nues quand elles l'apprennent. Personne a ses pratiques sexuelles étampées dans le front.

— À part les balafrés qui aiment le fouet.

— C'est ça : à part les balafrés qui aiment se faire mal. Mais d'habitude, les marques sont cachées, comme pour la petite Ariel. Imagine apprendre dans un rapport de police que ta belle grande fille de quinze ans se massacrait à coups d'exacto. Rien que ça, c'est assez pour capoter.

— Tais-toi. On dormira jamais. »

* * *

« Vous m'aviez promis. »

Jean Crête ne lui fait même pas de reproches. Vicky constate qu'elle n'est pas la seule à avoir mal dormi. Les traits tirés, les mains enfoncées dans les poches de son caban, il la regarde avec des yeux désolés.

« Venez. Prenez au moins un café si vous ne mangez pas. »

Il refuse, un sourire à peine esquissé : « Trop de monde, ici. Vous avez trente minutes ? C'est pas loin. »

C'est vrai que le hall de l'hôtel est bruyant et très achalandé en ce samedi matin. Elle l'accompagne, surprise de le voir ouvrir la porte de l'hôtel voisin où ils ont si bien mangé, la veille.

Ils s'assoient dans un coin tranquille.

« C'est ici que j'habite pour le moment. Je vous ai vue hier soir au restaurant, mais j'ai pas voulu vous déranger. Lequel est votre compagnon ? Le châtain ou le jeune sombre ? Excusez, ne le dites pas si vous préférez. »

Vicky ne comprend même pas pourquoi rien venant de cet homme ne la choque ou ne l'étonne : « Le jeune. Et pas de commentaires !

— J'oserais jamais. »

Ses yeux sont d'un vert presque gris, ce matin.

« Ça a dû être corsé avec Isa. Je sais pour la nuit passée. Dieu merci, elle m'a appelé. Le rapport a rien arrangé. Brisson est toujours aussi cave. Et vous, vous êtes prise entre deux feux. »

Vicky n'est pas sûre de bien comprendre. Jean a l'air très posé, très calme. Presque trop. Son détachement est authentique et, en même temps, il l'observe avec attention : « Vous savez ce que je faisais avant de démissionner ? Mon métier ?

— Attaché de presse du ministre de la Culture, oui.

— C'est un emploi où on doit toujours savoir à qui on a affaire. Un peu comme la police, finalement… Vos fréquentations passées vous rendent facile à repérer. Je me souviens quand votre mari est arrivé à l'école : les filles se pouvaient plus. Ariel non plus. C'est un grand acteur. Je pense qu'enseigner était pas trop son affaire. Bref… je sais que votre ex a rendu le théâtre intéressant pour plusieurs. Dont ma fille.

— Je savais pas qu'il était passé par l'école. Pas en prenant le dossier.

— Évidemment ! Vous auriez refusé de vous mêler de ça. Isa le sait pas, mais elle va le trouver, c'est sûr.

— Qu'est-ce que ça change ?

— Isabelle lâchera pas avant d'avoir mordu tous ceux qui ont fréquenté Ariel et qui n'ont rien vu, alors qu'ils pouvaient faire quelque chose. Conflit d'intérêts, c'est ça que ça change. Vous le savez bien. Je me demande si elle ne mordra pas Brisson avec ça... »

C'est fou, ce qu'elle redoute à cet instant, c'est que lui la croie malhonnête.

« Brisson le sait pas. Je veux dire, il sait avec qui j'ai été mariée, mais pas qu'il a enseigné à l'école d'Ariel. J'ai été sonnée de l'apprendre, mais franchement... »

Elle s'interrompt. Elle allait dire qu'elle était certaine qu'il n'avait rien à y voir. Elle ne peut plus. Elle ne sait plus.

Jean Crête attend qu'elle termine sa phrase. Il le fait pour elle, avec douceur : « ... qu'est-ce qu'on sait des gens qu'on aime ou qu'on a aimés, c'est ça ? Avant qu'on me dise qu'Ariel était morte, j'aurais juré que ma fille était une ado heureuse, avec des problèmes d'ado : son poids, ses vêtements et ce qu'elle allait faire dans la vie. Même pas de prospects amoureux. Vous arrivez et vous me dites que sous ses vêtements, elle était marquée et que, finalement, elle n'était pas vierge. Alors, ses raisons, ses problèmes, on est les premiers à n'avoir rien vu et rien fait, sa mère et moi. »

Il touche la tablette que Vicky a posée sur la table : « Il y a des choses, là-dedans ? Il faut effacer avant qu'Isabelle fouille ?

— Et si elle trouvait une bonne raison, un motif valable avec un fautif ?

— Ariel serait encore morte. Et notre fille ne voudrait toujours pas qu'on en sache plus. Le silence, c'était son choix à elle. Peut-être pas le bon choix, mais le sien. Il faut lui laisser ça. Il faut respecter ça.

— Je voudrais être capable d'une telle sagesse.

— Vous êtes une acharnée. Comme Isabelle. C'est pour ça que vous me plaisez tant. Votre colère vous sert, moi, elle me tue. »

Et c'est bien ce que Vicky redoute.

Elle touche l'appareil : « J'aimerais savoir : est-ce qu'elle faisait tout là-dessus ? Ou y a-t-il un ordinateur chez vous sur lequel elle travaillait ?

— Mais… votre rapport ? »

Vicky a un geste impatient de la main, comme si une mouche voletait près de sa tête.

Jean Crête attend. Il réfléchit.

« Vous cherchez quoi, Vicky ?

— À éliminer des hypothèses et à m'enlever un doute que je partage avec votre femme : je veux m'assurer que personne n'est resté les bras croisés devant un abus qui a eu des conséquences terribles.

— Encore l'abus. L'abuseur… Vous y croyez, vous ?

— Je ne peux pas l'écarter. Pas encore.

— Votre mari, Philippe Gauvreau, il a une réputation de grand séducteur…

— Je sais.

— Dans ce cas-là, vous ne pourrez pas obtenir la vérité. Pas avec lui. Quand Isabelle a appelé Brisson, je savais que ce serait inutile. Peine perdue.

— Ce n'est pas moi qui reprends l'enquête, Jean. Ce sera un collègue… qui voudra vous parler, vérifier par lui-même certaines choses.

— Parce que le premier abuseur, c'est toujours le père ?

— Souvent, oui…

— Vous savez, certains soirs je me dis que si ça avait été un adulte, il aurait vu les marques sur son corps et il l'aurait interrogée. Alors qu'un ado de son âge, il a pu croire ce qu'elle inventait pour expliquer ça. »

Vicky ne dit rien. Cette phrase démontre à elle seule à quel point Jean Crête ne sait rien de la cruauté des abuseurs. Ce ne sont pas des marques sur un corps qui empêcheraient un violeur de se servir.

C'est à croire qu'il lit dans ses pensées : « Vous êtes cynique ou c'est impossible, vraiment impossible qu'elle ait perdu sa virginité avec bonheur ? Ça me ferait du bien, voyez-vous. Même si, à mes yeux, elle était trop jeune. Qu'au moins… pas ça ! »

Il soupire, s'appuie contre le dossier, les yeux au plafond : « La personne qui reprendrait l'enquête… Isabelle va le savoir ?

— C'est le châtain qui était avec nous hier soir. Un ami. Il a aussi assisté à la… visite d'Isabelle.

— La scène ? Si vous lui dites que vous cherchez encore… ça va être l'enfer.

— Brisson non plus ne le saura pas. Mon ami est Français. Il fait le même métier, mais à Paris. »

Il repousse le iPad vers elle : « Gardez-le. Pour répondre à votre question, Ariel avait aussi un ordinateur, un MacBook. Je pense savoir où il est. »

Son regard est tellement intense. « Je n'aurai plus de vos nouvelles, alors ?

— Brisson n'aurait pas dû s'en mêler. Je ne peux plus m'en mêler…

— Même si vous vous en mêliez pour des raisons personnelles, je ne mettrais pas une meute d'avocats à vos trousses. »

Elle se lève, prend la tablette. « Vous pourriez m'apporter son Mac avant treize heures ? C'est important, je crois.

— Je m'en occupe. Vous l'aurez. »

Il se lève pour l'accompagner. Elle s'arrête : « Je voudrais vous demander : Ariel, est-ce qu'elle a aimé tous les metteurs en scène avec lesquels elle a travaillé ?

— Le premier, monsieur votre mari, était fabuleux. Celui qui l'a remplacé était plutôt terne, sans idées et sans discipline. J'imagine que si Ariel disait ça, c'est qu'il en manquait sérieusement. Madame Soucy était très dynamique, toujours selon Ariel. Dommage qu'elle n'ait pas fini la pièce parce que c'était très mauvais.

— Alors pourquoi Ariel a-t-elle continué en théâtre si le prof était plate ? Le metteur en scène, je veux dire.

— La pièce, je pense. Mais pour le rôle de Juliette, je vous l'ai dit, elle ne voulait pas le faire. Elle pensait arrêter. Mais Assam, Samuel… la gang de gars. Elle a cédé.

— Vous avez insisté pour qu'elle continue en théâtre ?

— Bien sûr que non.

— Comme vous êtes à la Culture, je pensais…

— J'étais. Et ça ne fait pas de moi un artiste. Ce que j'ai vu là-bas m'aurait plutôt incité à ne pas souhaiter qu'Ariel devienne une artiste. Mais elle était douée. Et si elle le voulait… je l'aurais encouragée de toute façon. Quoi qu'elle décide. Mais elle n'aurait rien choisi pour plaire à son père, je vous l'assure.

— Bon. Elle avait un grand sens du devoir, votre fille?

— Très grand. Presque trop. Ses amies, Kim et Pénélope, étaient pas mal moins appliquées. Les trois ensemble, c'était quelque chose. Le trio infernal que je les appelais.

— Et Pénélope était la *best*, si j'ai bien compris.

— Oh… la deuxième *best* était souvent là, aussi! C'est juste qu'elles se sont connues au secondaire. Alors que Pénélope était au primaire avec Ariel. Une vieille amie, comme disait ma fille. Mais Kim avait sa place.

— Aucune des deux ne faisait du théâtre, c'est ça?

— Kim joue du piano. Elle est excellente et ça prend beaucoup de son temps. Pénélope, elle, fait du sport, du volley. Mais son sport préféré, c'ests courir après les garçons. Elle avait toujours des peines d'amour qu'Ariel consolait. Chaque fois, c'était un drame. Je ne sais pas qui va la consoler, maintenant…

— Elle m'a l'air inconsolable…

— Et elle n'est pas la seule. Une autre qu'Ariel a consolée, c'est Andréane, la petite qui trippait sur votre mari. Ma fille avait le profil de mère Teresa.

— Elles étaient proches, alors? Je parle d'Andréane.

— Oui pis non. C'est plutôt la sensibilité d'Ariel qui l'a rapprochée. Elle voyait bien que ça n'allait pas pour la petite. Quand elle a eu le rôle, elle ne se sentait pas comme une voleuse, mais plutôt comme… concernée? Non, consolante, je n'ai pas d'autre mot. Après sa mort, Ariel a jamais prononcé le mot suicide. Elle disait toujours l'accident. Quand je lui ai demandé pourquoi, elle m'a répondu : "Parce qu'un suicide, c'est de notre faute. Pas un accident." Voyez-vous, c'est exactement ce qui nous arrive aujourd'hui : Isabelle veut que ce soit un accident et moi, je sais que c'est un suicide. Et j'ai pas Ariel pour m'aider à penser le contraire.

— Et comment elle expliquait l'accident ? »

Jean la regarde, perdu. Il est resté avec sa fille dans ses pensées. Vicky précise : « Comment Ariel expliquait l'accident d'Andréane ?

— Elle l'expliquait pas. Elle disait juste qu'elle était tombée et qu'on ne pouvait pas savoir si c'était exprès ou pas. Qu'il ne fallait pas accuser ni juger. C'est tout. Elle ne voulait pas qu'on salisse sa mémoire. Pourquoi on dit ça, d'ailleurs ? Salir sa mémoire… Le suicide de ma fille, ça ne salit qu'une chose et c'est notre conscience. Venez, je vais marcher avec vous. »

Elle voudrait trouver des mots pour le consoler, mais elle n'a pas le talent de sa fille pour ça.

Il la laisse à la porte de son hôtel. Encore une fois, avec une sensibilité que Vicky associe à celle d'Ariel, il vise juste : « Ne vous en faites pas pour moi. Vous avez assez de soucis comme ça. Je vous ferai livrer son Mac tout à l'heure.

— Vous êtes comme votre fille, vous n'allez pas bien. Et vous ne demandez rien.

— Ne vous inquiétez pas pour mes tendances suicidaires, Vicky. J'ai aussi un autre trait de ma fille : je me soucie de sa mère. Et là, vraiment, quand je pense à la peine qu'Ariel lui a faite, je me dis qu'il faut qu'elle ait eu un moment d'égarement total. Un moment "d'accident"… allez, sauvez votre honneur et celui de votre ex-mari !

— Vous y croyez à mon ex abuseur ?

— Sûrement pas avec ma fille. On a beau être aveugle, y a des limites. Elle était petite quand il a eu affaire à elle. Une fillette de douze ans ne cache pas ses secrets aussi bien qu'à quinze ans. De toute façon, ça a l'air que c'est Andréane qui aurait vendu son âme pour lui. Ma fille le trouvait beau… mais surtout bon. Passionné. Stimulant. Mais vous connaissez tout ça… »

Elle profite de ce sourire pour le laisser.

***

Patrice est en feu. Il a bien réfléchi et il ne voit pas d'autre issue à l'imbroglio que de prêter main-forte à Vicky. La perspective le réjouit énormément. Il expose son plan sans laisser Vicky l'interrompre.

« Qu'avons-nous comme mystères à élucider ? Deux suicides. Même école, mêmes activités théâtrales. Une gamine de douze ans qui se précipite dans le vide et une autre qui, à quinze ans, avale un cocktail de somnifères et de Dieu sait quoi. Petit un : y a-t-il un lien ? Et petit deux : y a-t-il eu négligence ?

« Notre deuxième victime est portée sur la culpabilité — elle mange moins, se mutile. Vous ajoutez à cela sa virginité enfuie et vous la traitez de cause à effet. Dans le style abuseur entraînant mutilation entraînant suicide. Vous mettez l'appétit de côté, le jugeant plutôt comme un problème courant à l'adolescence. Ce me semble une bonne interprétation, et j'enfoncerais même le clou : et si nous nous concentrions plutôt sur l'aspect coupable pour oublier la virginité perdue ? Si on cesse de se braquer sur un hymen somme toute susceptible de disparaître entre quinze et seize ans, que reste-t-il ? Une petite qui en connaît un bout sur le premier suicide et qui se ronge. Suivons cette piste…

« Personnellement, vous me connaissez, je serais plutôt enclin à suspecter les autorités laxistes. Un peu comme cette mère éplorée, et comme vous au demeurant, je soulève la question de la compétence. Vous me décrivez une supérieure rigide, à cheval sur les principes, limite pointilleuse. Et cette valeureuse incarnation de la rectitude morale ne bronche ni devant le vol plané d'une gosse sous sa surveillance ni devant les mutilations rapportées par une copine de la seconde. Ça ne va pas, la tête ? Votre arrivée l'a sans doute inquiétée pour la peine, cette dame. Elle a tenu bon jusqu'à maintenant, mais sa petite combine se fissure de partout. Il est temps que quelqu'un la serre de près. Il demeure qu'elle a pu ignorer les mutilations. À voir également.

« Ensuite, pour faire bonne mesure, nous devons vérifier la probité et l'innocence des deux acteurs metteurs en scène. C'est indispensable, il me semble. Vous êtes bien d'accord ? Je propose une approche graduelle : j'effectue un interrogatoire bon ami du metteur en scène Caron, question de cadrer le mec, et ensuite, nous passerons au second candidat.

— "Nous" oui !

— Façon de parler. »

Il jette ses lunettes sur ses notes et attend son avis. Elle lui transmet les derniers développements qui ne figuraient pas au rapport. Elle lui tend les horaires de répétitions et lui indique la façon dont Ariel a archivé les rencontres « privées » avec Caron (et avec lui seul). Il n'en fallait pas plus pour que Patrice s'échauffe et veuille appeler le metteur en scène dans l'heure.

Vicky promet de lui fournir les coordonnées dès qu'elle les aura obtenues. Elle aborde ensuite la question du trafic de médicaments révélé par Alexandre. Patrice remet ses lunettes et biffe quelque chose dans ses notes : « Voilà qui règle la question de la provenance des médocs. Et, bien sûr, qui nous confirme l'intention suicidaire.

— J'ai une idée, Patrice : Alexandre vendait surtout des pilules anticonceptionnelles. S'il peut me confirmer qu'Ariel lui en a acheté, ça réglerait notre problème avec la virginité.

— Quelle idée saugrenue ! Mais c'est n'importe quoi ! Ce n'est pas parce qu'on se prémunit contre une éventuelle grossesse qu'on est à l'abri d'un viol !

— Je sais bien, mais ça nous donnerait une sorte d'assurance… je ne suis pas sûre qu'il ne faut pas considérer sa non-virginité. Ça peut faire partie du problème.

— Ses copines ? Elles savent sûrement, non ?

— Justement : non. Et puis, j'oubliais de vous dire que Pénélope, sa *best*, sa meilleure amie, m'a confié qu'Ariel s'interrogeait sur son identité sexuelle.

— Ah bon… vous croyez que c'est suite à son dépucelage ? Une expérience mal foutue, quelque chose dans ce goût-là ?

— Ça a rien à voir, Patrice ! L'identité, c'est pas quelque chose qu'on change parce que l'expérience n'est pas agréable. C'est pas une solution ! Vous voyez-vous devenir gai parce qu'une femme vous a mal traité au lit ?

— Bon écoutez : nous avons déjà abordé ces sujets brûlants par le passé et ça ne nous vaut rien. Restons-en là et inscrivons "identité sexuelle incertaine". Vous êtes d'accord avec ce libellé ? Ça n'offense pas votre sensibilité sexuelle ? »

Elle hausse les épaules, énervée. Il la ramène au problème plus criant de la passation des pouvoirs. Comme il travaille « au noir », il ne peut se présenter à l'école sans y être introduit par elle. Et s'il doit parler aux élèves, il soupçonne que ce ne sera pas gagné d'avance si elle n'est pas à ses côtés.

Vicky se félicite d'avoir déjà présenté Patrice à celle qui lui a facilité les choses : « Vous vous souvenez de Suzie Brault que je vous ai présentée à votre arrivée ? Une châtaine claire…

— … aux yeux de biche, oui. Ne me dites pas que vous m'offrez de la fréquenter ?

— Oui, Patrice. Mais je trouve qu'on a assez de problèmes avec les passés amoureux dans cette histoire sans que vous sautiez dans le lit d'une alliée neutre. Gardez-la pour après, ça me dérange pas, mais retenez-vous tant qu'elle nous aide, O.K. ?

— Et si elle me saute dessus pour me traumatiser et me faire virer ma cuti ?

— Niaiseux !

— Bon, je préfère ! Je craignais que vous ayez perdu votre humour. Et pour les parents ?

— Laissez-les-moi. Vous me refilerez vos questions. Je connais le frère et aussi le père d'Andréane. Et bien sûr, les deux parents d'Ariel.

— Dac. Il est midi… vous croyez que vous pourriez joindre l'irascible directrice avant votre départ ?

— C'est samedi, Patrice !

— Et alors ? Il n'est pas treize heures !

— C'est fermé chez nous, le samedi. Pas d'école.

— Ah la vache ! Va pour l'acteur, alors. »

À tout hasard, Vicky envoie un message à madame Pouliot : la directrice pourrait bien travailler le samedi. Elle se met en quête des numéros de son ex — qui, à sa grande surprise, a gardé le même numéro depuis toutes ces années — et de Gilles Caron. Elle ajoute les coordonnées de l'agente artistique qui gère les deux carrières.

Martin finit de boucler les bagages, certain qu'il devra arracher Vicky de son bureau.

« As-tu fini des choses dans la salle de bains ? As-tu rappelé Brisson qui a laissé deux messages sur le téléphone de la chambre ? J'ai pas répondu, tu penses bien. Veux-tu manger en route ? Parce que si on mange avant de partir, c'est risqué… on partira jamais. — Le cellulaire de Vicky sonne — La preuve ! Réponds, je m'occupe du reste. »

Jacynthe Pouliot a son ton très « directrice responsable » et Vicky l'assure qu'elle regrette de ne pouvoir assister à la rencontre avec Patrice Durand. Madame ne voit aucune nécessité de la déranger et surtout de lui imposer un nouvel interlocuteur, alors qu'elle a dit ce qu'elle avait à dire. Elles débattent un peu et les réticences de la directrice sont coriaces à vaincre. Finalement, après avoir pris la peine de préciser que si elle se trouve à son bureau un samedi de décembre, « ce n'est certainement pas pour perdre mon temps », la directrice accepte de rencontrer Patrice quinze minutes.

Vicky a déjà compris que le zèle est une disposition de base pour être engagé à cette école quand elle a vu monsieur Choquette corriger au lieu d'aller souper chez lui. C'est d'ailleurs l'essence même de ses interrogations concernant le soutien si déficient offert aux élèves. Elle raccroche et commence à ranger ses papiers. Martin pose un baiser sur sa nuque et s'y attarde avec douceur : « Si on mange en route… »

Ses mains descendent le long des hanches de Vicky qui se retourne vers lui pour l'embrasser quand son cellulaire vibre.

En même temps, ils disent : « Brisson ! »

Et c'est bien lui, dans toute sa splendeur : furieux de ne pas obtenir de retour d'appel, il se calme en apprenant les suites de son envoi « amical » du rapport à Isabelle. Il explique que la pauvre étant incapable de supporter l'attente, il a cédé et envoyé le rapport : « Comment va-t-elle ?

— Appelez-la, Rémy, et lâchez-moi un peu !

— Elle refuse de me parler. Elle espérait tellement… Tu pourrais pas essayer de ton côté ? Je suis inquiet.

— Rémy, je sais ce qu'elle espérait. J'y peux rien. Arrêtez de me mêler à votre vie privée. On se voit au bureau lundi. »

Martin est assez impressionné : « Tu y diras pas pour Patrice ?

— Si j'y dis, y va se dépêcher d'appeler Isabelle, et qui va se retrouver avec les deux sur le dos ? »

Le téléphone sonne encore et Martin est exaspéré : « Je sais pas comment tu fais ! J'vas payer nos deux belles nuits de coïts interrompus. À tantôt. »

Vicky n'est pas certaine que ce soit vraiment de l'humour.

Le concierge l'avise qu'une livraison l'attend à la réception et qu'il lui passe un appel.

C'est Alexandre. Au ton, elle devine qu'il est inquiet des conséquences de son petit trafic. Elle essaie de savoir s'il a vendu des moyens contraceptifs à Ariel et il est tout heureux de pouvoir dire que non. Elle va à la pêche pour Kim et Pénélope, à tout hasard, et il répète, très à l'aise, qu'il ne l'a pas fait souvent. Que c'est son frère, surtout… la ritournelle habituelle, se dit Vicky qui est déçue de ne rien obtenir.

Elle finit par demander à qui il a fait des ventes. La plupart des noms, ce sont des garçons.

« Et qu'est-ce qu'ils font avec ça ? Ce n'est pas à eux de les prendre, quand même…

— Ben ! Quand la fille dit non parce qu'elle a peur d'être enceinte, là… »

Vicky comprend que les temps changent peut-être, mais que les filles ont toujours du mal à seulement dire non. « Andréane Sirois ?

— Quoi ?

— C'était une cliente ?

— Pourquoi ? »

Tiens ! Alertée, Vicky se redresse : quand un témoin demande pourquoi, c'est qu'elle a frappé là où ça fait mal. « Pour n'importe quoi. C'est toi qui me dis.

— Non. Ça fait longtemps, elle, j'avais presque rien dans ce temps-là. C'tait pas fort, mon affaire.

— Alexandre… qu'est-ce qu'elle voulait ?

— C'était pas pour elle.

— Ça doit pas être la première à te dire ça.

— Oui, justement ! Comme elle était juste en un, je pense que c'était vrai.

— Qu'est-ce que tu lui as vendu ?

— La pilule du lendemain.

— Aye ! Elle avait douze ans ! Ça t'a pas sonné une cloche ?

— Pourquoi ? C'tait même pas pour elle ! Pis ça pressait. Vous l'auriez crue, vous aussi.

— Quoi d'autre ?

— Rien ! Mon frère… allez-vous y faire de la marde avec ça ?

— Y est inquiet ?

— Ben là…

— Laisse-le s'inquiéter, Alexandre. Pis demande-toi donc si c'est brillant de vendre la pilule du lendemain à un bébé de douze ans.

— C'était pour sa sœur de quinze ans ! Pis elle était vraiment contente que je la dépanne. Je voulais rendre service, moi !

— Quand tu pourras me jurer que vous avez pas fait une petite marge de profit, ton frère et toi, je vais te croire, Alexandre. »

Elle le laisse à ses problèmes de conscience. Le père d'Andréane a été formel : il a eu deux enfants, Hugo et Andréane.

Ou bien Hugo avait une petite amie en danger de grossesse… ou alors, Andréane avait de terribles inquiétudes pour une petite fille de douze ans.

Vicky refuse d'aller plus loin et d'imaginer lequel de Philippe ou de Gilles aurait agi de la sorte.

***

Ils prennent un dernier café avec Patrice avant de partir. Vicky a profité du moment où Martin rangeait les bagages dans le coffre de la voiture pour transmettre les derniers éléments récoltés à Patrice. Il se fait rassurant, presque paternaliste : « Partez sans crainte. Je me charge de tout. »

Martin arrive en agitant les clés : « Votre voiture est déjà chaude, madame ! » quand le cellulaire de Vicky sonne encore. Martin se laisse tomber dans un fauteuil : « Je sais pas comment tu fais pour pas les envoyer chier !

— Mais c'est qu'elle les envoie chier, Martin ! De toute évidence, ils adorent… »

L'appareil collé sur l'oreille, Vicky ne dit pas un mot. Après son « allô », plus rien. Les deux hommes attendent, intrigués.

Elle ferme l'appareil sans avoir émis un son.

« La directrice vient de recevoir la douche qu'Isabelle Gosselin m'a servie hier soir. Elle la poursuit. Je suis convoquée dans son bureau, comme une mauvaise élève. Elle menace à son tour de poursuivre la Sûreté pour divulgation de renseignements privés à des tiers impliqués. Bref, c'est l'enfer parce que Brisson a mis un rapport officiel dans des mains non seulement privées, mais concernées. Faut que j'appelle Brisson et un avocat si je parviens pas à la calmer.

Et elle, elle ne veut voir personne d'autre que moi. Comme si j'étais un élément décisif du complot. Parce qu'elle parle d'un complot. Elle exige des excuses et une récusation des accusations que j'ai faites.

— Putain ! Qu'est-ce que ce serait si elle avait pris connaissance de la première version de votre rapport !

— Attends, là… Ça nous met à quelle heure sur la route, ton rendez-vous avec la directrice ? »

Vicky le regarde, désolée. Pas besoin de discours pour comprendre. Martin se lève : « Je sors tes bagages, c'est ça ? Maudit Brisson à marde ! »

Dès qu'il est sorti, Patrice argumente : il n'est pas question qu'elle aille seule subir les affres de cette furie. Il l'accompagne. Et si cela n'a qu'un mérite, ce sera de calmer les ardeurs belliqueuses de cette dame.

« Ils ne vont quand même pas tous se mettre à vous cogner dessus ! Y en a marre de ces nullités versées dans le reproche ! Elle est gonflée quand même !

— Arrêtez de vous énerver, Patrice. Vous allez venir parce que je veux votre avis et surtout un témoin. Pas parce que j'ai peur d'elle. Laissez-moi dire au revoir à mon chum… et récupérer ma chambre. »

***

Furieuse, Jacynthe Pouliot ne laisse même pas à Vicky le temps de présenter Patrice. Elle l'apostrophe sans se soucier du témoin.

Elle a un avocat et elle l'a appelé. Toute cette histoire est odieuse. Insensée et préjudiciable. Jamais elle ne laissera quelqu'un ternir ou salir la réputation de son école. Elle a mis des années à la bâtir, à améliorer les services, à raffiner son approche. Ce n'est pas vrai qu'un parent d'élève va les attaquer en justice pour des torts qu'ils n'ont pas. Que Vicky croie ce qu'elle veut, jamais elle ne pourra prouver que l'incompétence d'un membre du personnel a provoqué un suicide. Jamais elle n'a vu une telle manipulation des évènements, une telle torsion de la vérité. Le suicide est déplorable, regrettable, mais essayer de leur en faire porter l'odieux et les poursuivre en justice pour non-assistance à personne en danger, c'est du délire ! Un délire paranoïaque que la Sûreté encourage ? Comment un rapport la concernant s'est-il trouvé entre les mains de cette mère qui ne sait plus ce qu'elle fait ? Comment une enquête soi-disant officieuse peut-elle aboutir en un complot visant à porter des accusations pareilles ?

Vicky essaie d'arrêter l'avalanche de reproches, mais la directrice ne trouve qu'éléments d'accusations dans tout ce qui lui est dit.

Au bout d'une demi-heure de ce dialogue de sourds, Patrice toussote et parle avec une douceur qui force madame Pouliot à s'arrêter de marcher pour l'entendre.

« C'est navrant, en effet.

— Vous êtes Français ?

— En espérant ne pas en rajouter… en effet.

— Et vous êtes ici en tant que… quoi ?

— J'accompagne madame Barbeau. Je suis avocat. »

Vicky lance un regard noir à Patrice. La directrice reprend ses accusations envers Vicky : « Venez pas me dire que vous avez rien à vous reprocher si vous venez ici avec votre avocat ! Vous êtes incroyable ! Vous mentez sans arrêt ! Vous venez pour éclaircir les circonstances d'un suicide, mais dans le fond, vous cherchez à accuser quelqu'un et vous travaillez pour la mère d'une élève. — Elle regarde Patrice — Vous savez qu'elle peut perdre son emploi pour ça ? Que c'est un usage abusif de ses prérogatives ? Qu'être à la Sûreté du Québec ne l'autorise pas à mentir et à manœuvrer comme elle l'a fait ?

— La marge de manœuvre est délicate, j'en conviens. Bien malin qui peut trancher eu égard à l'incompétence. Parce que... de votre côté, il y aurait fort à faire, si vous me permettez. Une de vos employées n'a pas bronché devant certaines informations que je qualifierais de sensibles. Ne pas la sanctionner, ne serait-ce pas un usage abusif de vos prérogatives ? Soit dit sans vouloir vous clouer au pilori...

— Non. C'est mon employée et c'est ma décision. Et ça ne la regarde pas, elle.

— Vous vous dites dévouée au bien-être de vos élèves, complètement dédiée à votre travail et je le crois sans peine. Se peut-il qu'il y ait eu une légère entorse à votre ligne de conduite, par ailleurs irréprochable ? Vos raisons vous appartiennent, j'en conviens. Et je ne vous les demande pas. Mais si nous entrons dans une guerre d'intentions, cela ne nous mènera nulle part. Madame Barbeau avait ses raisons de ne pas révéler ses liens avec la mère de la jeune fille décédée. Vous avez les vôtres pour garder à votre service madame...

— ... Dubuc.

— Voilà! Réfléchissons posément. Que peut cette pauvre femme éplorée devant un rapport qui confirme le sort tragique de sa fille? Rien. Et elle vous attaque d'autant plus férocement qu'elle est désarmée. Soit dit entre nous, en toute confidentialité, je me permets d'ajouter qu'elle menace également de poursuivre la Sûreté. Nous sommes logés à la même enseigne. Unissons-nous plutôt que de tester nos forces sur notre vis-à-vis. Si vous répondez à cette attaque par une poursuite de votre cru, vous risquez tout autant la réputation de votre institution, ce me semble. Alors que si vous attendez patiemment sans répliquer... la chose s'éteindra d'elle-même, comme le feu sans objet de combustion.

— Vous pensez?

— Même un juge sensible à la détresse incontestable de cette mère ne pourra lui offrir la consolation d'une responsabilité partagée, *a fortiori* meurtrière, de votre part. Songez-y! Ce serait une conclusion insensée. Vous avez éprouvé une belle frousse, je le conçois, le coup est brutal, mais à moins que vous n'ayez vous-même quelque inquiétude... Et je ne parle évidemment pas de la compétence de votre employée. Plutôt un vague sentiment que quelque chose vous a échappé alors que d'ordinaire, vous vous montrez hyper vigilante. Le cas échéant, je vous invite à en faire part à Vicky qui pourra, je vous l'assure, convaincre madame Gosselin de votre souci et de votre sympathie. »

Jacynthe Pouliot se tourne vers Vicky: «C'est vrai, ça? Elle veut vous poursuivre aussi?

— Je pense qu'elle est désespérée, oui. Et je suis désolée de vous avoir donné l'impression que je cherchais à vous coincer. Je voulais m'assurer que rien n'avait été négligé...

— Pour qui ? La Sûreté ou la mère ?

— Les deux en fait : la mère a demandé à la Sûreté de vérifier, de se renseigner. La Sûreté a accepté.

— Pourquoi ? Depuis quand vous enquêtez sur des suicides qui ont été classés ? Votre carte d'affaires indique l'escouade des crimes non résolus. »

Patrice saute sur l'occasion : « Précisément ! Vous pointez la cause : "les" suicides. Pluriel. Afin de tout mettre en œuvre dans le but de réprimer une sorte de vague que je qualifierais de contagion. Pour vous aider à contrôler un phénomène qui doit tout de même vous turlupiner ?

— On a agi après le premier, qu'est-ce que vous pensez ? L'accès au toit est interdit à tous sauf au personnel enseignant, les portes sont verrouillées et j'aime autant vous dire que ça a été tout un débat avec le Service d'incendie de la Ville ! Mais plus personne ne peut monter là sans posséder une clé spécifique.

— Excellente initiative ! Je constate que vous n'êtes pas du genre à attendre les ordres pour vous mettre en action. Je me suis laissé dire que c'était du bâtiment de l'annexe que l'incident était survenu… je ne saisis pas trop. Ce n'est pas ici même ? Je veux dire, dans cet édifice ?

— Non. Ici, c'est la partie historique. Derrière, on a fait construire une annexe de cinq étages. C'est conçu pour ne pas briser l'esthétique de l'ensemble. De la façade, ça ne paraît pas du tout. C'est épouvantable comme y a fallu de réunions et de devis pour faire accepter le projet ! Mais on n'avait plus de place. On a construit le gymnase, la piscine en bas. Le petit théâtre, les salles de musique, de dessins, et un espace pour les professeurs. Je veux dire une cuisinette, une salle de repos, tout ça… Parce que leurs bureaux sont dans cette partie.

— Si ce n'est pas trop indiscret, vous pourriez nous montrer, éventuellement? C'est tellement complexe d'allier l'ancien et le moderne. L'architecture est mon dada et vous semblez être parvenue à surmonter bien des écueils. »

La directrice est tentée, ramollie par la flatterie. Peu à peu, à coups de «vous comprenez sûrement» et de «à votre avis», Patrice réussit à effacer toute trace de colère de leurs échanges. Vicky peut même s'en mêler sans que l'atmosphère s'en ressente. Prudente, elle prend soin de ne pas parler de Nathalie Dubuc ou des élèves disparues. Elle oriente ses questions vers le corps professoral, la gestion du personnel. Patrice saute sur l'occasion: «Mais attendez! Vous avez réussi un coup fumant avec cet acteur de première venu enseigner… comment s'appelle-t-il déjà… Vicky?»

Elle est de glace, sidérée qu'il ose lui demander de jouer la comédie comme lui. Jacynthe Pouliot répond, enchantée: «Vous parlez de Philippe Gauvreau? C'était extraordinaire de l'avoir avec nous. Les parents étaient plus qu'impressionnés, laissez-moi vous le dire. Je vous avoue que ses horaires et les nôtres, c'était deux. Compliqué! Et c'était pas facile de l'attraper pour lui parler. Il fallait que je passe par son agent, imaginez! Première fois de ma vie que j'ai eu à faire une chose pareille. Gilles était — et est encore — beaucoup plus fiable, plus constant dans ses rapports. Et toujours le sourire, la petite attention délicate…

— Mais parlez-moi un peu de ce Gauvreau. Il est comment ? Aussi sympa qu'on le dit ? Il a quand même dû faire des ravages parmi vos gamines, non ?

— Gentil. C'est quelqu'un qui a énormément de succès, vous savez. Il est habitué de faire tourner les têtes. Ça l'impressionne moins que… les autres ! Il ne s'est pas beaucoup mêlé aux profs, il venait diriger son atelier et il partait. Pour l'attraper, comme je vous dis, fallait se lever de bonne heure. C'est sûr qu'y a eu beaucoup d'inscriptions pour son projet. Trop d'ailleurs… Il a fallu gérer les déceptions. Et après, c'est son remplacement qu'il a fallu gérer. Inutile de vous dire que Gilles a beau être un acteur professionnel, il est pas mal moins connu que Gauvreau. Tout le monde boudait. Il a eu de la patience et de la détermination, le pauvre. On a failli tout annuler. Mais, grâce à Gilles, on s'en est sortis.

— Le spectacle était bien ?

— Non. Du tout. Faut que je sois honnête : c'était des défauts accompagnés d'un bon moment.

— Lequel ?

— Ariel Crête, évidemment ! — Le sourire de madame Pouliot est si lumineux que tout son visage change — Qu'elle était douée, cette enfant-là ! Qu'elle était belle et… pleine d'avenir.

— Pardonnez-moi d'y revenir, mais, puisque le résultat n'était pas probant, pourquoi avez-vous réengagé ce type, ce… Gilles Caron ?

— Oh, mais il avait pas eu sa chance, le pauvre ! Prendre le relais d'une vedette, endurer les comparaisons peu flatteuses, assumer une démarche artistique qui n'était pas la sienne au départ… le moins qu'on pouvait faire, c'était de lui offrir une période bien à lui.

— Cela va de soi. Et le résultat cette fois ? Formidable ?

— Pas exactement. Je dois dire que ce qui est arrivé à Andréane en mars nous a tous perturbés.

— Manque de pot, en effet. Il s'agit de la petite qui est tombée ? Elle faisait partie du spectacle ?

— Non, non, elle avait des problèmes de comportement et de discipline. Mais Gilles l'avait eue le semestre précédent, vous comprenez ? Il la connaissait. Il était bouleversé. Comme nous tous, d'ailleurs.

— Et cela a affecté le spectacle ?

— En fait… comment vous dire ? C'était tous des camarades de sa classe. Pas facile.

— Alors, pour faire bonne mesure, vous lui avez offert le spectacle suivant ?

— Exactement ! De toute façon, il était hors de question de réengager Philippe Gauvreau.

— Et pourquoi donc ?

— Ses horaires de fou ! Et sa carrière qui explosait. On porte chance aux acteurs qu'on emploie, finalement. La même chose est arrivée avec Ginette Soucy. On l'engage et, deux mois plus tard, elle obtient une mini série qui la propulse au sommet.

— Exception faite de ce Gilles… sa carrière n'a pas progressé des masses ou je me trompe ?

— Oh… il travaille régulièrement. Il est souvent à la télé… dans des publicités. De prestige. »

***

« *À vaincre sans péril on triomphe sans gloire*, comme disait l'autre.

— Corneille.

— Vous en connaissez un rayon, côté théâtre. Je ne discute plus, maintenant que je connais l'origine de cette science. C'est effectivement Corneille.

— Vous êtes pas pire non plus, côté théâtre… Si elle savait, elle vous engagerait pour le prochain projet. Mon avocat, oui !

— Je n'ai pas dit "votre" avocat, je vous signale. J'ai dit un avocat. Je suis avocat. Qu'y puis-je si elle saute aux conclusions ? On s'en est bien tirés, non ? Encore un peu et elle nous pétait un câble, la goudou.

— La quoi ?

— Goudou… Vous me faites marcher ou quoi ?

— Non ! C'est quoi ?

— Une homosexuelle, une lesbienne.

— Vous pensez ?

— Sûr et certain.

— Ben voyons donc ! Vous dites ça parce qu'elle a pas cédé à vos charmes ?

— Ni à celui du magnifique acteur, vous remarquerez. Elle lui accorde sa popularité, mais le mec ne l'a pas fait fondre, tant s'en faut. Ce qu'elle préfère, ce qui la ravit, par contre, c'est la remarquable soumission du second candidat. Celui qui répond présent à chacun de ses claquements de doigts. Alors là, elle jubile. Il y a de la dominatrice sous roche…

— Pas de farce, vous pensez qu'elle serait aux femmes?

— Ne me dites pas que ça change quoi que ce soit alors que vous ne cessez de me vilipender pour des remarques à peine tendancieuses.

— À peine, oui! Comment elle a pu tenir ça secret à l'école? C'est quelque chose, non? Personne n'a fait allusion à ça.

— Et c'est bien le genre de trucs dont les élèves se bidonnent. Vous avez maté son sourire quand elle a évoqué le charme d'Ariel?

— Ça fait pas d'elle une lesbienne.

— Mais enfin, qu'est-ce qui vous prend? Ça m'apparaît évident, on n'en fera pas un fromage! Ça ne change strictement rien à notre enquête. Pour une fois que je suis cool avec l'homosexualité, ne venez pas me provoquer.

— Qu'est-ce qui vous dit que ça change rien? On le sait pas encore.

— Quoi? Prise en flagrant délit à trousser la jupe de la secrétaire, elle pousse ses élèves au suicide pour éviter le scandale?

— Ben non, mais… je sais pas. Elle aurait pu vouloir les séduire. Quand même, Patrice, si on pense que Philippe ou Gilles ont pu avoir des comportements d'abuseurs… pourquoi pas elle? Si les filles sont tentantes pour les uns… On ne peut pas l'exclure, si ce que vous dites est vrai.

— Non, vous n'y êtes pas, Vicky. Cette hypothèse de l'abus, elle est née en lien direct avec la virginité d'Ariel, ou plutôt, son absence. Absence de candidat pour l'amour et absence de virginité nous menaient à l'abus. Enfin, c'était le topo.

— Ouain… Bon, je vais le dire, même si ça me gêne : est-ce que vous pensez qu'on perd sa virginité quand c'est deux femmes ? Je veux dire, y a sûrement des jouets qui font le travail, mais pas nécessairement. Je connais rien là-dedans, moi. Vous ?

— Que dalle ! Aucune idée du matos de base. J'imagine les sex-toys, mais c'est assez basique. Comme vous le suggérez, on nage en plein porno si c'est le cas, et la dame n'évoque rien de ce genre.

— Bon : à vérifier. J'ai peut-être dit ça pour échapper à l'idée de mon ex qui profite des enfants.

— Vous savez, Vicky, être homosexuelle ne signifie pas être pédophile. J'ai une copine canadienne, pardon, québécoise, qui m'a parfaitement rancardé sur le sujet.

— Bon, bon ! Riez de moi, asteure. En tout cas, vous l'avez charmée, même si elle joue pas dans votre équipe. On a eu droit à la visite guidée complète. J'ai pris toutes les photos nécessaires pour comprendre l'architecture des lieux.

— Ce toit, il est quand même enclavé entre deux murs qui le surplombent. Quelqu'un aurait pu voir la petite et empêcher le drame. Les fenêtres de la salle des profs donnent sur cet endroit qui fait terrasse à l'été.

— Oui, mais c'était au mois de mars et à l'heure des cours. Personne a rien vu. Je l'aurais su. Mais je prends une note quand même. Je vais vérifier dans le rapport du coroner.

— Et maintenant que nous avons vaincu le Minotaure, quel est le planning? Vicky? Vous êtes toujours là?

— On dit n'importe quoi, Patrice. Je veux bien qu'Ariel ait tenté la directrice si ses goûts sont ceux que vous dites, mais Andréane a eu besoin de la pilule du lendemain. Et ça, deux femmes ne peuvent pas provoquer une grossesse.

— L'un n'exclut pas l'autre: pourquoi faudrait-il que la même personne ait abusé des deux petites?

— Parce que c'est lié. Ne me demandez pas de vous offrir des preuves, Patrice, j'en ai pas. Mais ces deux morts-là sont liées. Si une a été violée, l'autre a suivi.

— Et le résultat aurait été identique: suicide. Vous savez que ça n'arrange rien pour vous, cette théorie? Nous devons parler à ces acteurs de toute urgence.»

Gilles Caron est sur répondeur. Il donne les coordonnées de son agente qui est également absente. Patrice propose de demander à la directrice de l'appeler, puisqu'il est si prompt à obéir à ses ordres, mais Vicky, nerveuse, ne sourit même pas.

Contre toute attente, Philippe, lui, décroche et répond. Vicky regarde Patrice s'éloigner pour s'entretenir avec lui.

Elle trouve la glace bien mince… elle ne peut absolument pas être objective avec son ex. Trop de choses n'ont jamais été discutées, trop de reproches n'ont jamais été dits, trop de peine, aussi. Elle se rappelle comment il pouvait détourner les sujets qui l'embarrassaient, sa drôlerie, cette façon de la faire rire. Combien de fois le rire avait remplacé les doutes? Combien de fois la sexualité avait étouffé ses questions? Trop sensible à son charme, elle serait désolée de le revoir.

Depuis leur rupture, depuis dix ans, quand Philippe jouait, jamais Vicky n'allait voir la pièce ou le film. Et ses succès télé, elle ne les avait pas plus regardés.

Philippe était rayé de sa vie.

Elle a beau s'appliquer, essayer de jeter des notes sur un calepin, elle attend et ne trace qu'un stupide remous vertigineux.

Patrice revient, la mine réjouie : « Réglo, le mec. Charmant. Belle voix, belle attitude. Rien à cacher. Il est dispo à me rencontrer. Il m'a même rancardé sur Gilles, son copain qui l'a remplacé et qui en sait plus long que lui sur cette école. Il ne se souvient d'aucun incident en particulier, mais il promet d'y réfléchir. Il m'a tout de même parlé du suicide d'Andréane. Il ne savait plus son nom, mais il savait pour le saut. Il s'est enquis de vous. Ou plutôt… il a évoqué vos liens. Je ne sais pas pour vous, mais ce type… »

Le cellulaire de Vicky sonne. Elle fixe l'écran sans répondre. Évidemment ! Il a beau être charmant, il veut savoir ce qui se passe. Comment a-t-il fait pour obtenir son numéro de cellulaire si vite ? Elle éteint. « Il vous a dit si Gilles était en ville ? »

Patrice n'est pas dupe du détachement affecté de Vicky. Il s'assoit près d'elle : « L'ennui, voyez-vous, c'est que nous devons en parler. Vous êtes la personne qui le connaît le mieux. Et sans doute la seule à qui il fera confiance.

— Je ne peux pas m'en mêler et vous le savez. Philippe, c'est votre témoin. Ça ne peut pas être le mien.

— C'est entendu, Vicky. Et si des questions surviennent, si des éclaircissements me semblent nécessaires ?

— Vous vous passez de moi pour celui-là. Point final. Et, s'il vous plaît, laissez-le pas vous parler de moi, O.K. ?

— Moi, je veux bien… »

Un texto émet son bruit caractéristique et l'écran du téléphone de Vicky s'allume.

Patrice lève un sourcil : « Mais c'est qu'il insiste !

— Non. C'est Martin. Il est arrivé à Montréal.

— Voilà qui fait plaisir. Allez, venez. Nous avons mérité un petit remontant. »

Les places près du foyer ont été prises d'assaut par des clients qui en sont à leur deuxième apéro s'ils en croient le volume de leurs échanges.

Ils se réfugient dans une autre partie du hall, plus tranquille. Un peu mal à l'aise, Patrice invite Vicky à se joindre à lui et… à Suzie Brault qu'il a conviée à dîner, question de faire connaissance. Elle connaît son oiseau et elle l'avertit encore de se méfier des saveurs mélangées : le privé et le professionnel donnent des résutats très mitigés, elle est bien placée pour en témoigner.

Suzie est tout intimidée de se joindre à eux. Ils prennent l'apéro ensemble. Quand ils abordent la rencontre avec la directrice et les soupçons de Patrice quant à l'allégeance sexuelle de madame Pouliot, elle a les yeux ronds de surprise.

Elle confirme qu'elle n'a jamais connu de compagnon à la directrice, mais que ça ne constitue pas une preuve, les occasions de rencontre de type social étant pratiquement nulles. Si la chose s'avère, alors la directrice a été d'une discrétion absolue et ses goûts n'ont jamais été découverts.

Patrice relate une partie de l'entretien de l'après-midi, tout d'abord pour inciter Suzie à la plus grande discrétion concernant l'aide qu'elle leur apporte et ensuite pour qu'elle décide elle-même — et en connaissant les périls de sa mission — si elle demeure leur « correspondante en milieu scolaire ».

La jeune femme n'hésite pas une seconde : ce qui lui tient à cœur en priorité, c'est de comprendre pourquoi sa petite Andréane a commis un geste aussi dramatique. Elle répète à Patrice que le suicide d'Ariel, même s'il est terrible, lui semble plus « responsable » que celui d'Andréane. À cause de l'âge, à cause de la manière.

Ils discutent un bon moment de ce jour de mars 2005. Suzie leur dresse un portrait saisissant d'exactitude des instants qui ont suivi la chute d'Andréane. Les ambulances, puisqu'il y avait eu deux appels d'urgence et qu'on a cru à un accident impliquant plus d'un élève. Les gens dehors, en paquet autour du corps brisé. Les crises de nerfs qui ont succédé. Les profs en choc, les élèves tétanisés. Ses efforts pour garder les siens en classe, pour ne pas qu'ils sortent et qu'ils voient… elle met la main devant sa bouche, comme si elle y était encore.

« Vous l'avez vue, vous ? »

Elle regarde Vicky, fait oui de la tête : « Dieu merci, les fenêtres de ma classe ne donnaient pas sur cette partie de la cour, mais sur le chemin qui mène à l'entrée principale. C'est comme ça qu'on a vu les ambulances arriver. C'est moi qui leur ai dit que j'allais voir ce qui se passait. De ne pas bouger.

— Qui se trouvait sur les lieux ?

— Tout le monde! La directrice, les élèves de secondaire trois qui l'ont vue tomber... à cause de leurs fenêtres. Les profs... monsieur Choquette tenait Nathalie Dubuc qui hurlait. Il a enlevé son veston pour la couvrir. Elle portait un chemisier en soie crème. Elle avait des coulées de mascara sur les joues. Du sang sur ses souliers. Je dis ça parce que je regardais par terre à travers les jambes et je voyais le bras d'Andréane et sa main, tournée vers le ciel. Et le sang. Tellement... quelqu'un a crié qu'il fallait l'abrier, qu'on arrête de voir. Ça criait tellement fort. Les gars de l'ambulance étaient sur elle. Les policiers sont arrivés. Les sirènes... Y faisait froid. Y ventait. J'ai vu une main gantée de bleu, vous savez les gants d'hôpital, prendre le bras d'Andréane et le placer le long de son corps. On aurait dit tout à coup que plus personne parlait. Comme si seulement placer son bras avait fait taire tout le monde. Comme si on s'apercevait que c'était fini. Trop tard. Qu'elle ne se relèverait pas. Jamais. J'ai pensé aux autres dans ma classe qui attendaient... Sa classe. Sa place. Je suis revenue en courant. Personne parlait dans la classe. Rien que ça, c'est assez extraordinaire. Personne n'a demandé ce qui arrivait. Je claquais des dents. Je devais avoir l'air d'une vraie folle. Anne-Élizabeth a levé la main et elle a dit: "C'était pour qui, l'ambulance?" J'étais même pas capable de le dire. Je suis allée au pupitre d'Andréane, j'ai fermé sa grammaire ouverte à la page 128. J'ai mis ma main dessus comme j'aurais voulu le faire sur son petit corps brisé et j'ai dit qu'un terrible accident était arrivé. On a passé un moment ensemble à essayer de parler, mais la directrice avait mis en place une équipe pour appeler les parents et ils sont tous venus les chercher.

— Ariel Crête était là?

— Non. Pas dans la classe. Pas quand je suis revenue. Je sais plus où elle était… Pénélope la cherchait, je me souviens. Voyons, je l'ai pourtant vue. Je ne me souviens plus si c'était avant ou après… Ça se mélange dans mes souvenirs. Mais elle était à l'école ce matin-là. Beaucoup manquaient parce qu'y avait une épidémie de grippe. Y m'en manquait cinq. C'est pareil chaque année au mois de mars : ça tousse, ça mouche, tout le monde est malade.

— Et dites-moi, sous quel prétexte est-elle sortie, cette môme ? »

Suzie met un petit temps avant de comprendre qu'il parle d'Andréane et des moments qui ont précédé le saut. Elle soupire, dépitée. Encore une fois, Andréane n'avait pas remis son travail de français. La règle voulait qu'après trois manquements, c'était le bureau de la directrice toutes affaires cessantes. Elle s'est pliée à la consigne et Andréane était partie se faire engueuler par madame Pouliot.

Patrice regarde Vicky : « Vous saviez ?

— Comment voulez-vous ? C'est Ariel qui faisait l'objet de mes questions. Et la directrice voulait surtout pas parler d'Andréane.

— Et pour cause ! C'est tout de même curieux qu'elle ait été la dernière à lui parler… et qu'elle omette de vous en informer. »

Suzie assure que ce n'est pas bizarre, la directrice ayant été extrêmement éprouvée par ce suicide. Peu de temps après, elle avait organisé une réunion de tous les profs. Ils avaient échangé sur les circonstances qui avaient entouré la mort d'Andréane, incluant ce qu'elle lui avait dit dans son bureau. Elle l'avait questionnée sur les raisons de son attitude, sans jamais la menacer ou faire pression. Andréane n'avait rien dit, elle n'avait pas pleuré et semblait ennuyée, presque butée. Dix minutes plus tard, elle sortait du bureau. Et elle n'était jamais retournée dans sa classe.

« Vous l'avez crue ?

— Bien sûr. Les enquêteurs aussi, d'ailleurs. Elle était vraiment à l'envers. Elle voulait pas que les enfants aient peur de passer dans son bureau. C'est sûr qu'y s'est dit pas mal de niaiseries sur elle, sur son autorité, mais c'est normal. Une façon de faire passer le stress.

— Donc, une fois le savon terminé, Andréane est sortie du bureau de la directrice et elle est montée sur le toit ?

— À peu près, oui…

— Que voulez-vous dire ? D'où provient cet à peu près ?

— Ben… qu'elle a pris du temps à monter ou qu'elle a réfléchi avant de le faire : y a comme vingt minutes entre la sortie et le toit. La directrice a d'ailleurs demandé à tout le monde si quelqu'un l'avait aperçue, lui avait parlé. Mais rien. Personne.

— D'accord. Donc, vingt minutes, alors qu'on atteint ce toit en trois ou quatre minutes si on n'hésite pas.

— C'est ça. Sauf si on hésite. Pour moi, c'est ces vingt minutes là qui me font le plus mal. Si quelqu'un l'avait rencontrée, avait pu lui parler, la consoler… Je sais pas. Je me dis qu'on pouvait éviter ce qui est arrivé.

— Remarquez que l'inverse est tout aussi vrai : quelqu'un a pu lui parler, l'effrayer et la pousser vers une pareille fin. Le cas échéant, cette personne ne s'en est pas vantée.

— Vous voulez dire… comme une incitation au suicide ?

— Ce que tout le monde a pensé des propos de la directrice, ce pouvait aussi être le fait d'une autre personne mal intentionnée. À partir du moment où vous croyez son intervention inoffensive… quelqu'un d'autre…

— Mais là ! Faudrait une maudite bonne raison ! Andréane était difficile, mais de là à vouloir la pousser au suicide !

— Difficile comment ?

— Têtue, butée, fermée… lourde à porter. Pas agressive ou révoltée. Déprimée, je dirais. Très déprimée. »

Un silence s'installe. Chacun réfléchit à ce que soulèvent ces dernières paroles. Vicky demande à Suzie de lui décrire sa classe avant le drame. Dans le détail. Avant la sortie d'Andréane.

Suzie ne sait pas trop quoi dire : « Comme quoi ?

— La classe. Les pupitres vides. Ce qui était au tableau. La remise des travaux, l'ambiance… Tout ça.

— Les pupitres vides, c'est facile : le virus avait frappé en arrière à droite. Les cinq de ce coin-là se sont passé les microbes. Jean-Simon, Lévy, Mathieu, Jessica… et la petite blonde… Tessier… Évangéline ! Ça, ce sont les grippés. Y avait Laura qui était partie aux toilettes, comme toujours quand on ouvrait la grammaire. Et sa copine Jasmine qui fait toujours pareil. Elles m'ont remis leur travail et j'ai dit oui pour les toilettes si elles se dépêchaient. Ariel, Pénélope et Kim étaient toutes placées le long de la fenêtre, avec Pénélope en arrière parce qu'elle est plus grande que tout le monde. Vous voulez vraiment savoir ça ? C'est une perte de temps, non ?

— Non. Ça me permet de saisir le portrait.

— Bon !… Andréane était au centre, rangée de gauche. Tout le monde avait remis son travail, sauf elle. Le petit Sinclair a fait ce qu'il fait toujours : y m'a demandé si j'avais vu qu'Andréane l'avait pas fait. Je sais pas ce que ça y donne de bavasser de même, lui… y se fera pas rien que des amis si y continue. J'ai été obligée d'envoyer Andréane chez la directrice. J'ai eu un peu de mal à les calmer, parce que des remarques ont été lancées. Pour traiter Jules-Charles de rapporteur.

— Y s'appelle Jules-Charles ?

— Oui ! Jules-Charles Sinclair. Pas facile à dire. Et pas facile à vivre, le petit gars. Compétitif, y surveille tout le monde. Y se compare, y dénonce pis y veut ! Bref, la chicane a pogné et ça a été quelque chose à calmer. Oh ! Je le sais où était Ariel ! C'est drôle… Elle a crié à Jules "mêle-toi donc de tes oignons !" Et il a répondu "mêle-toi de ton violon, toi !" Et là, Ariel s'est rendu compte qu'elle avait oublié l'instrument dans son local de répétition. Je lui ai donné la permission d'aller le chercher. Mes deux pisse-minutes sont revenues, ben déçues d'avoir manqué la chicane. Y ont essayé de la repartir, mais j'ai tenu bon. Je commençais mes exemples quand Pénélope a vu les ambulances monter vers l'école. Après, ben, vous le savez…

— Qui est venu chercher Ariel ?

— Sa mère. Elle travaille de chez elle. Elle est arrivée assez vite. Elle a pris Pénélope et Kim aussi.

— Ariel… est-ce qu'elle avait son violon ?

— Ben… oui, je suppose. J'ai pas fait attention. Pourquoi? Vous pensez que c'était pas vrai? Je vous jure que c'était crédible.

— Non. Je crois aussi qu'elle était partie le chercher. Mais les cabines de musique sont du côté du toit, non? Je pense que si elle a vu Andréane sauter, elle a pu oublier son violon.

— Et elle ne l'aurait pas dit? Elle aurait gardé ça pour elle toute seule? C'est… ce serait…

— Une maudite bonne raison de pas bien aller, han? Voir sa compagne de classe courir vers le vide et ne rien faire, ne pas pouvoir rien faire pour l'empêcher.

— Pauvre p'tite. Ça serait épouvantable. Je me souviens de comment je me sentais après l'avoir vue dehors. Et j'ai pas vu le saut, moi. C'est possible, vous pensez?

— En tout cas, ça expliquerait son attitude protectrice envers la mémoire d'Andréane après le suicide. Ça permet de comprendre pas mal de choses.

— Puisque vous étiez sur les lieux, Suzie, essayez de vous rappeler les détails les plus infimes. Les personnes qui se trouvaient à l'extérieur quand vous avez accouru. Ce serait très utile pour nous. — Il consulte sa montre — Sans vouloir vous brusquer, mesdames, le restaurant nous attend. Vicky? Vous nous accompagnez, bien sûr. »

Vicky refuse en agitant son verre de vin encore à moitié plein: « Je vais finir ça et manger dans ma chambre. Allez-y. On se parle demain. »

Dès qu'elle est seule, elle appelle Martin. Il est plutôt dépité de devoir passer le reste de son week-end en solitaire.

Après avoir échangé les dernières nouvelles et raconté l'issue de la rencontre musclée avec la directrice, Vicky lui rappelle qu'à cette heure-là, dans une semaine, ils seront dans le merveilleux chalet sous la neige, devant le feu, avec un verre de Saint-Julien qu'elle s'engage à fournir.

« Engage-toi à être là, ça va être parfait pour moi. Le reste, je m'en occupe. »

Elle termine son verre de vin et elle fixe son téléphone, hésitante : si elle osait, elle effacerait le message de Philippe sans l'écouter. Elle jongle avec l'idée en considérant le petit cercle rouge dans lequel le 1 est inscrit.

« Votre place préférée est libre, si vous voulez. »

Elle sursaute si fort que monsieur Sirois n'en finit pas de s'excuser. Il passait vérifier que tout allait bien, que la tempête annoncée n'avait pas trop bousculé les clients. Il a appris qu'elle gardait sa chambre et l'a vue ensuite dans son coin toute seule. « Vraiment, je m'excuse. Je vous laisse tranquille…

— Non, non ! Je vais aller m'asseoir devant le feu. Vous ne me dérangez pas. Et j'aimerais vous parler. »

Elle range son téléphone en se trouvant lâche.

Le directeur de l'hôtel est un homme attentif et diplomate. Il évoque avec délicatesse l'incident de la veille avec madame Gosselin.

Vicky sourit : « Vous êtes bien informé…

— Mon métier ! Tout est consigné dans le *log book*, vous savez bien. J'ai même pas besoin d'enquêter.

— Vous aviez raison : devant mon rapport qui ne change rien au suicide de sa fille, Isabelle a paniqué.

— Ça va prendre du temps. C'est très long, réussir à vivre avec une perte pareille. Nous, ça fait presque trois ans et je vois arriver Noël avec… disons difficulté. Les anniversaires, Noël, les vacances, tout ça, c'est tellement crève-cœur. L'année qui s'en vient va être terrible à traverser pour les parents. Je ne les envie pas. On m'a dit que le mari n'est plus à la maison… Vous savez, quand ça arrive dans un couple, quand on perd un enfant, c'est une épreuve presque insurmontable. Sur le coup, ça l'est. Après, on essaie de penser à ceux qui souffrent autour de nous. Nous, on avait Hugo, la chance qu'il ait eu besoin de nous.

— Il a votre voix, Hugo. Un grand garçon magnifique.

— C'est vrai… merci. Andréane était toute petite à côté de lui. Bâtie sur mon modèle. Ma femme est plus grande que moi. De beaucoup.

— Je voulais vous demander… si vous le permettez, parce que revenir sur ces évènements-là, c'est pas facile.

— C'est vrai. Mais je vous écoute.

— Qui vous a averti ?

— Le 17 ? La police, bien sûr. Ils sont arrivés ici, à l'hôtel. Je n'aurais pas voulu que ce soit eux qui l'apprennent à sa mère. Ils font ce qu'ils peuvent, remarquez. C'est une mission impossible, de toute façon. Je suis allé à la morgue pour l'identification. C'est épouvantable… Un choc dont on ne se remet jamais. La laisser là, derrière moi, si petite. L'abandonner et repartir avec le sac de ses vêtements pleins de sang… — Il ferme les yeux, crucifié par ces images ineffaçables — Je les ai jetés avant de rentrer. Les vêtements. S'il fallait que ma femme voie ça, pardon, s'il avait fallu. On n'en meurt pas, mais on meurt quand même un peu, vous savez.

— Il n'y a jamais eu de doutes ? De questions ?

— Beaucoup de questions, au contraire. Son état mental, ses comportements, ses résultats scolaires, les signes évidents que ça n'allait pas. On les avait vus, ces signes. Mais on ne savait pas où ça la mènerait. Que c'était si critique. La seule solution — et on l'envisageait avec elle — c'était la changer d'école. Ça, ça semblait l'encourager. On avait commencé les démarches. Pas assez vite, c'est clair.

— Mais c'était ce qu'elle voulait : quitter cette école ?

— Ah oui ! Pas de doute. Ce qui était formidable au départ était devenu insupportable à ses yeux. C'est difficile de s'adapter au secondaire. On se dit qu'ils vont s'y faire, que les habitudes vont se prendre…

— Quand vous dites que ce qui était formidable était devenu insupportable, avez-vous des exemples ?

— Tout ! Son enseignante Suzie Brault, elle l'adorait. La piscine et les activités parascolaires, au début, c'était exaltant. Même le travail scolaire : son premier bulletin était très bon. Excellent, même.

— On m'a dit qu'elle était assez pâmée sur Philippe Gauvreau.

— Oh mon Dieu ! Pâmée ? C'est pas le mot ! Son idole ! Quand elle a été choisie pour la pièce, je pense qu'elle a chanté pendant une semaine. Si elle ne savait pas son texte par cœur à la première répétition, c'était parce que les extraits étaient pas tous choisis. Ça a été un moment

merveilleux pour elle, ce travail. Et elle l'appelait Philippe !
Rien que ça, c'était un paradis d'intimité à ses yeux d'enfant.
Je ne peux pas vous dire la déception quand il leur a annoncé
qu'il partait tourner un film. Pauvre Andréane… Au début,
y a rien qui marchait avec l'autre, elle parlait contre lui, le
trouvait paresseux, hésitant. "Y se décide pas", c'est ça qu'elle
disait. Je pensais que ça s'arrangerait, qu'elle en reviendrait,
de sa déception. Mais elle s'est mise à prendre tout le monde
en grippe. La directrice était une ci, la dame du soutien était
conne, les profs étaient pas bons, ses compagnes étaient
niaiseuses, les gars étaient des épais. Même son frère à la
maison, elle le tannait, le lâchait pas avec ses petites remarques
désagréables. Il a fallu lui parler. Plus qu'une fois. Ma petite
fille joyeuse est devenue fermée, inquiète et… j'ai du mal à
l'admettre, un peu méchante. Pas méchante, mais…

— Amère ? Comme une femme amoureuse déçue qui
parle contre son ex ? »

Il la considère, surpris par la comparaison et encore plus
par la justesse de celle-ci : « Exactement ! Ce qui a commencé
dans la joie a fini dans l'amertume. Elle voulait aller à l'école
publique, imaginez ! Alors qu'on payait une fortune pour
qu'elle soit dans la meilleure institution privée. J'ai insisté
pour qu'elle finisse son année, j'avais tellement peur qu'une
nouvelle adaptation la décourage encore plus. La perturbe.
J'ai rencontré sa titulaire, Suzie Brault, on a parlé de ses difficultés, des correctifs à apporter, on a eu un très bon rapport. Elle ne comprenait pas l'attitude d'Andréane, mais elle
voyait bien que ça ne tournait pas rond. Elle s'est beaucoup
impliquée. Elle nous a écrit une très belle lettre après la mort
de notre fille. Pas mal plus sentie que celle de la directrice.

— La directrice vous a écrit ?

— Sur papier à en-tête de l'école. Une lettre officielle qui mettait les points sur les "i" : elle n'était pas responsable. Ça sentait le conseiller juridique à plein nez. C'était choquant. Personne d'autre a écrit sur du papier officiel. Les mots étaient tous écrits à la main.

— Il y en a eu plusieurs ?

— Beaucoup. Ses compagnons de classe ont bricolé une immense carte avec des mots touchants. Ça, ça ressemblait à madame Brault. D'autres profs, des connaissances…

— Ariel Crête ? »

Il la regarde sans parler, profondément désolé. Vicky a une conscience aiguë qu'elle va dans la bonne direction : « Elle disait quoi ? C'est important.

— Je ne voudrais pas avoir l'air égocentrique. Vous travaillez pour sa mère, c'est…

— Je travaille pour la vérité ! Vous ne l'avez pas montrée à sa mère, c'est ça ? Vous ne lui avez pas dit ?

— Comment voulez-vous ? C'est juste maintenant, après son suicide, que je m'aperçois qu'elle se sentait coupable. Pas du geste de ma fille, mais… je vais vous montrer la lettre. Je l'ai rapportée ici après la mort d'Ariel. Je ne voulais pas que ma femme ou Hugo… venez. »

L'enveloppe molletonnée est recyclée. Sur le dessus, écrit en lettres très grosses : *Andréane*. Les lettres qu'elle contient sont toutes annotées d'une date de réponse et elles sont dans leurs enveloppes respectives. La carte des élèves de la classe d'Andréane est à part, trop grande pour être rangée avec les autres messages. Monsieur Sirois lui tend le mot d'Ariel.

Une écriture soignée, appliquée. Aucune faute. Aucune rature.

Madame, monsieur Sirois,

Si vous saviez comme je suis désolée et peinée de ce qui est arrivé à Andréane. C'est tellement injuste! Jamais je ne me pardonnerai de ne pas avoir vu avant. Jamais je ne me pardonnerai ma lâcheté. Votre fille est quelqu'un de bien. Je vous en supplie, ne pensez jamais qu'elle ne vous aimait pas assez. C'est dégueulasse ce qui lui est arrivé. Je m'excuse d'avoir été une mauvaise amie.

Ariel

Vicky pose la lettre sur le bureau: «Vous lui avez parlé?

— De la lettre? Non. C'est arrivé après les funérailles. Sur le coup, parmi tous les messages, ça ne m'a pas inquiété. On se sent tous coupables de ne pas avoir vu. Hugo disait à peu près la même chose qu'elle. Ce n'est qu'après son suicide à elle... Je peux vous demander d'être discrète? De ne pas en parler à sa mère?

— Je pourrais lire les autres messages?

— Pardon? Ce sont des mots personnels, je ne sais pas...

— Monsieur Sirois, les deux morts sont liées. Quelque chose est arrivé à votre fille, j'en suis persuadée. Quelque chose d'autre qu'une adaptation difficile à son changement de niveau scolaire. Ariel savait ce que c'était. Peut-être qu'elle s'en sentait responsable, je le sais pas. Ce serait un témoin essentiel, si elle était encore là, si elle avait parlé à quelqu'un… Je vous propose ceci : vous enlevez les messages de vos amis, de votre famille, mais vous me prêtez tout ce qui touche l'école. Je vous les remets dès que je les aurai consultés. »

Ébranlé, incertain, monsieur Sirois ne discute plus. Vicky a agité une probabilité dangereuse, celle que tout parent d'un suicide cherche frénétiquement : une responsabilité extérieure, une faute qui ne leur incombe pas, une tonne de moins sur leurs épaules rompues.

Il fait mieux que lui prêter les lettres : il photocopie tout ce qui provient de quelqu'un qui touche l'école. Ils s'en chargent ensemble, en silence, et Vicky n'est pas surprise de l'entendre lui demander avant de la laisser : « Faites bien attention à ce que vous allez dire, à vos hypothèses. J'ai lutté contre cette envie de trouver une raison extérieure au geste de ma fille. Si vous vous contentez de semer le doute et que vous ne prouvez rien, ce sera plus dur à supporter que sa mort. Et ça tuerait sa mère. »

Vicky promet de ne rien avancer qui soit seulement une hypothèse. Ce sera certain et prouvé ou ce ne sera pas.

* * *

Vicky pose le paquet de photocopies sur son bureau et commande un souper qu'elle attend en défaisant son bagage. Elle ne veut pas lire toute cette correspondance avec l'esprit fatigué. La première impression d'un message est importante, et elle veut noter chaque personne en fonction de l'effet que produit sa verve littéraire.

Elle se rend compte que Martin est parti avec sa brosse à dents… en lui laissant la sienne. Elle sourit : sa façon inconsciente de l'embrasser ?

Elle revient au bureau et considère longuement son portable. Elle a dit qu'elle travaillait pour la vérité. Et elle n'arrive pas à se décider à écouter un message qui devrait l'aider à atteindre cette vérité.

On frappe à la porte et elle se jette avec bonheur sur le sursis que représente le souper.

« Vicky ! Rien que le son pète-sec de ton message m'a fait plaisir. Un de tes collègues veut me voir. Mais moi, c'est toi que je veux voir. Rappelle, O.K. ? »

La voix est suave, le ton moqueur et le charme agissant. Pour la première impression, Vicky se dit qu'elle est coincée. Et que si cet homme a quelque chose à se reprocher, il n'en est pas du tout conscient. Ou alors, c'est un vrai monstre. Ce qu'elle n'arrive pas à écarter comme possibilité.

Pour échapper aux souvenirs et aux codes cachés qu'elle avait cultivés avec Philippe — le « pète-sec » étant la façon rieuse de Philippe pour arriver à stopper l'enquêteuse péremptoire qu'elle était parfois avec lui — elle s'attelle aux messages de condoléances en notant chaque impression.

Il y a les sincères, les émouvants, les prudents qui marchent sur des œufs, les confus et les maladroits. Vicky croit qu'on peut être sincère et maladroit, mais elle tient à son découpage. À sa grande surprise, Philippe a écrit un mot. Parfaitement sincère, elle en est convaincue.

La nouvelle de votre malheur m'est parvenue par Gilles Caron. C'est terrible et j'imagine l'ampleur de votre peine. Votre petite fille était énergique, enthousiaste et talentueuse, une « actrice » pleine de promesses. Ce qui lui est arrivé me désole et je vous présente mes sincères et fort peu secourables condoléances. Comme j'aurais aimé pouvoir faire quelque chose pour elle ! Sincèrement, Philippe Gauvreau.

C'est autrement plus réussi que les balbutiements d'illettré de Gilles Caron qui n'a même pas pris la peine de faire corriger ses fautes qu'elle souligne.

Je suis surpris et découragé d'apprendre ce qui vient d'arrivé à Andréanne. C'est insuportable de s'imaginé comme elle devait être désespéré pour aller jusque-là. Il n'y a pas de mot pour consoler cette perte. Mes sympaties sincères. Gilles Caron

Écrit sur le coup de l'émotion, le 18 mars 2005, le mot de Gilles réflète bien son incurable égocentrisme. Vicky sait que certains acteurs ne sont pas des premiers de classe, mais il y a une limite : sept fautes en quelques lignes ! Elle se demande ce que la directrice aurait pensé de l'orthographe et de la sémantique de son prof si obéissant et performant. Une chance que ses rapports étaient faits de vive voix parce qu'elle aurait déchanté, la dame.

À sa grande surprise, l'incompétente Nathalie Dubuc a osé un petit mot écrit gauchement, mais d'une sincérité crédible, à cause de son côté maladroit. Un mot que la directrice n'a sûrement pas lu parce qu'il prête flanc à certains doutes pour ce qui est de la compétence. Vicky est convaincue que la « reconnaissance de son impuissance à aider Andréane » a fait mieux que la prudence légale et sèche de la directrice sur le cœur des parents.

Il y a plusieurs messages anodins et presque formatés tant ils sont taillés sur le même modèle, probablement fourni par les enseignants. Monsieur Choquette a trouvé des mots infiniment touchants. Cet homme aime profondément ses étudiants, et ça paraît. Sa réaction à l'idée que l'audition d'Andréane ait été une bévue le prouve d'ailleurs. Aux yeux de Vicky, non seulement ne s'est-il pas justifié, mais il s'est dépêché d'en avertir la directrice. Voilà quelqu'un de fiable.

C'est en lisant la lettre de Suzie Brault que les larmes lui montent aux yeux. Celle de la jeune Kim est aussi très touchante : elle dit que quand elle a joué une sonate de Chopin aux funérailles, c'était avec le regret de ne pas l'avoir mieux connue.

Vicky range les copies en gardant la lettre d'Ariel sous la main. Elle veut absolument que ces mots restent inscrits dans son esprit. Ariel a connu la raison du suicide d'Andréane, elle en est persuadée. Et s'il y a eu abus sexuel, comme elle le croit, le père n'est sûrement pas suspect. Elle se remémore son visage quand il a parlé de la morgue et c'est une image déchirante. L'image d'un homme protecteur, pas d'un prédateur. L'image d'un amour puissant, sans aucune ombre, aucun doute. Comme celui de Jean Crête, l'autre père déchiré.

Elle inscrit dans son calepin que les deux pères sont exclus d'une possibilité d'abus.

Elle entre ensuite Philippe avec un point d'interrogation, suivi de Gilles Caron.

La directrice… si elle est lesbienne et que les enfants l'attirent… ce qui fait pas mal de «si».

Elle inscrit «compagnons de classe» et reste le stylo en l'air, incapable d'avancer plus loin sur ce terrain trop vaste. Et puis, si un enfant avait violenté Andréane, il aurait probablement craqué à la suite du suicide. Ou récidivé si la leçon n'avait pas porté. Elle inscrit «menaces et abus pour Ariel?» si elle avait découvert le pot aux roses.

Ça fait tellement de possibilités, il y a tant de garçons dans cette école. À douze ans, est-ce qu'on peut vraiment violer? Sûrement. Ça demeure très jeune… même le *pusher* Alexandre l'a dit: elle était rien qu'en un, il croyait que la commande était pour sa sœur aînée.

Elle ajoute Hugo à sa liste de personnes à interroger et le mot «case» à côté.

Il est très tard et le lit lui semble bien grand tout à coup. Elle met de la musique et s'assoit dans le noir à son poste d'observation près des hautes fenêtres donnant sur le fleuve. Une neige folle danse sous la bourrasque et ne finit plus par se poser.

La tempête annoncée aura donc lieu.

* * *

Patrice a envoyé un courriel enthousiaste sur les qualités de Suzie. Il est rentré charmé de l'échange qu'il a eu avec elle. Vicky est heureuse de ne rien déceler de non professionnel dans cette appréciation. Ils n'ont aucun besoin d'ajouter une liaison aux histoires de cœur qu'ils ont sur les bras. Le courriel ayant été expédié passé deux heures du matin, Vicky emploie sa matinée à relire ses notes et à préparer la discussion qu'elle aura avec Patrice.

La tempête rugit et, malgré la forte envie d'aller courir dans les rues encombrées qu'elle ressent, elle sait la chose hors de question. Elle allait descendre quand son cellulaire sonne. Elle est presque soulagée que ce ne soit que Gilles Caron et elle prend l'appel.

Elle avait oublié comme il était peu précis et désorganisé. C'est vraiment étonnant qu'il impressionne la directrice. Il veut lui demander un grand service, c'est Philippe qui lui a refilé son numéro de cellulaire, elle ne peut pas savoir comme il est content de la retrouver, est-ce qu'elle travaille encore pour la Sûreté et est-ce qu'elle a des contacts avec la police française?

Elle essaie de répondre, mais il l'interrompt continuellement avec ses problèmes, ses justifications, son travail, ses horaires… pour finir par demander s'il est obligé de rappeler un inspecteur français?

« J'ai un passeport canadien, moi, tu comprends? Mais peut-être que tu sais pas ça. J'veux dire, la raison de son appel? » Et il repart! Un vrai monologue ennuyant, comme elle déteste tant. Elle se dit que Patrice n'en fera qu'une bouchée de ce témoin confus qui ne sait pas s'il doit dire son nom ou son prénom en premier.

« Bon! Gilles, arrête un peu! Oui, je connais Patrice Durand, oui, il veut te parler et non, c'est pas pour un problème français. C'est-tu ça que tu veux savoir?

— Ah bon! Ah… c'est quoi, d'abord? Pourquoi un commissaire de Paris se mêle d'un problème pas français?

— Il travaille avec moi pour l'instant.

— Alors on peut faire ça ensemble, tous les deux?… Vu qu'on se connaît.

— Non, Gilles. C'est avec Patrice que tu dois parler.

— Mais pourquoi ? C'est quoi, cette histoire-là ? Pourquoi y veut parler à Philippe ? Philippe a pas de temps à perdre avec lui !

— Appelles-tu pour Philippe ou pour toi ?

— Pour les deux, c't'affaire ! Pourquoi tu refuses de parler à Philippe ? Y est tellement correct avec toi, tu l'entends pas, toi… T'es la femme de sa vie, tu…

— … Bon, Gilles, arrête, O.K. ? C'est justement pour ça que j'y parle plus. On est liés et ça a pas de place dans une enquête.

— De quoi tu parles ? Quelle enquête ? Qu'est-ce qu'y a fait, Philippe ? Je peux pas parler contre lui, tu le sais très bien. C'est un ami, pis…

— T'es ben paranoïaque, Gilles ! Reviens-en ! Personne te demande de parler contre Philippe. Qu'est-ce qui te prend ?

— Y me prend que j'ai jamais eu d'affaire à la police, c'est tout. Pis encore moins la Française pis son commissaire.

— Ça fera pas mal, tu vas voir. Mercredi ? Le 19. Dans les bureaux, rue Parthenais. C'est possible ?

— Non. J'ai de quoi. Pourquoi tu me demandes pas ce que tu veux savoir maintenant ?

— Le 20 ou le 21 ?

— Je pars le 21. C'est Noël pis mon billet d'avion est pris depuis longtemps. Pas échangeable.

— O.K., je t'attends en compagnie de Patrice jeudi le 20 décembre à neuf heures. Tu me demandes à la réception de la Sûreté, rue Parthenais.

— Vicky ! J'peux pas !

— Arrange-toi, Gilles. Sinon, j'envoie la police te chercher. Pis y vont te menotter devant tout le monde de ton building. Je vais même appeler le petit journal des vedettes si y faut. »

Elle raccroche avant qu'il ait le temps de répliquer. C'était méchant de profiter de sa niaiserie et de le menacer, mais sa manière de s'étaler et de tout embrouiller l'exaspère.

Elle fixe son cellulaire, elle ne descendra pas dans le hall, elle sait que ça va sonner dans quelques instants et que ce sera Philippe. Et ça ne manque pas : même pas cinq minutes !

« Bonjour Vicky. T'appelles une fois tous les dix ans et tu provoques une révolution. Gilles est tout énervé. Tu vas bien ?

— Oui. — Elle n'arrive pas à dire le « toi ? » qui devrait courtoisement suivre.

— Tu es raide comme la justice que tu représentes, c'est ça ? T'as les épaules remontées ? »

Il est moqueur, tranquille. Il saute dans leur intimité passée sans hiatus, comme si les années n'avaient rien effacé : « Vic, tu fais la mamzelle bouledogue ? »

Elle ferme les yeux. Combien de fois a-t-elle souri quand il la voyait partir enquêter en la traitant d'adorable bouledogue, d'irrésistible renifleuse de crimes, de craquante rapporteuse de suspects ? « Je vais commettre un crime de lèse-enquête, je vais confondre l'odorat du bouledogue, je vais le réduire à un pitou docile, quatre pattes en l'air… » Et ça marchait! Et ils riaient!

Elle inspire profondément: bien le temps de penser à ça!

Contrairement à Gilles, Philippe sait supporter et même profiter des silences.

« Pourquoi tu m'as pas appelé? »

C'est dit sans spécifier à quel propos. Elle comprend bien que la question dépasse l'enquête. Qu'il a essayé de la rappeler, de la revoir, de la rattraper après sa fuite. Jamais! Même en ce moment, Vicky ne veut plus jamais retomber sous le charme hypnotique de Philippe Gauvreau.

« Parce que la personne à qui tu dois parler, c'est Patrice Durand. Parce que je ne veux pas te parler.

— Tu sais que les crimes non résolus, c'est vraiment ta place?

— Tu sais que la scène, c'est vraiment la tienne?

— On fera pas d'efforts, c'est ça? On avait toujours réussi à se parler.

— Je t'ai pas appelé, Philippe.

— C'est vrai. Mais si jamais l'envie te prend de résoudre mon crime, tu vas le faire, mon bouledogue?

— Bye, Philippe.

— Attends! Si je vais rencontrer ton enquêteur, je veux que tu sois là. Sans ça, y me verra pas la face. Ou alors, ça va aller dans la semaine des quatre jeudis. Tu connais toutes les ficelles qui peuvent retarder une rencontre, tu sais comme ça t'énerve quand les avocats font des avocasseries? Ben, c'est ça qui va arriver. Parce que je veux te voir pis que ça fait longtemps que j'attends. C'est ça, l'occasion qui se présente? Je vais sauter dessus et ça finit là. »

Elle voudrait raccrocher. Elle le savait que ça arriverait. Elle ne parvient à penser à rien d'autre qu'à leurs jeux stupides, qu'à toutes les fois où ils riaient parce qu'un témoin fuyait, ralentissait son enquête… et que Philippe lui montrait comment être intraitable.

« C'est pas un jeu, Philippe.

— Si tu savais comme c'est pas un jeu pour moi non plus. Je serai là jeudi, avec Gilles. Et si c'est trop pour ton inspecteur, tu me soumettras à la question. »

Il raccroche.

C'était une de leurs plus grandes rigolades qui avait fini en explosion sexuelle : il interprétait un avocat de la défense et elle lui faisait répéter son texte en riant des inexactitudes des répliques trop clichés. Elle lui avait démontré ce qu'était un véritable interrogatoire. Il prétendait souvent qu'il se soumettrait volontiers à la question avec elle. Et ça ne ratait jamais : quand elle lui donnait la réplique, il lui enlevait le texte des mains en la suppliant de lui faire passer un mauvais quart d'heure. De le soumettre à la question ou de le soumettre tout court à ses charmes.

Elle avait toujours adoré lui faire répéter ses textes.

* * *

« On a un problème, Patrice. On va avoir les deux metteurs en scène ensemble à la Sûreté jeudi prochain. Philippe veut rien savoir. »

Patrice remue son café en souriant : « Je vois que le sex-symbol a frappé… et durement encore ! On s'en arrangera, Vicky. Pour l'instant, laissez-moi vous exposer une idée géniale… qui n'est pas de moi, mais de Suzie. »

Devant l'intransigeance coutumière de la directrice et son laxisme constant pour les erreurs de Nathalie Dubuc, Suzie s'est demandé si la souplesse de madame Pouliot ne provenait pas d'une relation ou d'une approche amoureuse. Comme elle n'avait jamais soupçonné son homosexualité, l'idée ne l'avait pas effleurée.

L'hypothèse est assez séduisante, et Vicky la note. Patrice confirme que Suzie tentera gentiment d'en savoir davantage sur les relations amoureuses de Nathalie.

« Elle est top, cette nana. Elle fera valoir son propre chagrin d'amour pour ouvrir le jeu. En voilà une qui n'hésite pas à jouer la note perso pour nous permettre d'avancer.

— C'est quoi, là ? Vous voulez que je fasse quoi ? Que je joue avec Philippe ? C'est lui, l'acteur. Pas moi. Et je gagnerai pas, garanti.

— Je dis ça, je ne dis rien. Allons, Vicky, ne soyez pas revêche, ça ne vous va pas. Laissez cela à notre bonne directrice. C'est ce temps qui entame votre élan ? C'est pourtant fort joli… s'il n'en tenait qu'à moi…

— Oui ?

— Ça vous dirait d'affronter la bourrasque ? Je meurs d'envie d'y aller. J'ai pris soin de me munir de ce qu'il faut, attendez de voir ma parka ! »

C'est sa première vraie tempête de neige. Il est comme un enfant, il trépigne à l'idée de marcher contre le vent. Elle sourit : le grand air pourrait laver son impression de tremper dans les miasmes du passé. Elle l'avertit de bien s'habiller et surtout de se chausser convenablement.

Quand il la rejoint, il exhibe un attirail tout à fait approprié, des bottes et une écharpe… mais aucun couvre-chef. Elle lui cale sa tuque de jogging sur le crâne et ils partent à l'aventure.

Ils rentrent fourbus, affamés et trempés. Patrice est aux anges et Vicky s'assoit avec lui pour faire le point.

Ils débroussaillent le terrain des questions non résolues et abordent les circonstances de la mort d'Andréane Sirois.

Après lecture des lettres, Patrice ne cache pas sa surprise : « Ce type, Gilles Caron, il voulait passer pour un âne ou quoi ? C'est possible de se montrer aussi nul sans le faire exprès ? »

Vicky essaie de rendre l'ambiance de son appel, sa confusion et son incapacité à traiter un seul sujet à la fois. Elle prévient Patrice qu'il faudra être patient parce qu'à la moindre crainte, il se répand en explications interminables.

« Génial ! Il en faut toujours un, n'est-ce pas ? Un casse-pied qui exige notre attention pour des prunes. Il y était ou pas, le jour de la mort d'Andréane ? »

Vicky n'a que les horaires de répétitions de *Roméo et Juliette*. Ceux de 2005 devraient être obtenus par monsieur Choquette.

« Non, attendez ! Ce n'était pas avec Andréane, mais avec Ariel qu'il répétait en 2005. Elle avait été refusée après la fausse audition. Attendez…

— Laissez tomber. Je note de poser la question à Suzie. Ce sera plus rapide. »

Vicky fouille quand même dans son dossier et finit par extirper les fameux horaires. Les premières répétitions privées commencent en avril 2005, un mois et demi après la mort d'Andréane. Mais elle n'a pas l'horaire prévu des répétitions pour tous.

Elle considère l'horaire caché d'Ariel : « Vous ne trouvez pas bizarre que le travail privé commence après la mort d'Andréane ?

— Il a sûrement mis les bouchées doubles pour impressionner la directrice… et garder la flamme de ses acteurs. Qu'y voyez-vous ?

— L'abus.

— Ah bon ? Carrément ? D'accord, essayons de voir : Gilles Caron aime bien tripoter ses actrices. Il le fait par le truchement de répétitions privées. Nous avons un état détaillé de ces répétitions clandestines bien planquées par Ariel. Est-ce une habitude chez ce type ? Nous l'ignorons. *Quid* de 2004, au moment où il remplace son pote ? Néant. Rien. Rien non plus de janvier à avril de l'année suivante, en 2005. Aucune preuve qu'il tripote quiconque, enfin, nous n'en savons rien si tel est le cas. Il serait donc saisi d'un désir irrépressible en septembre 2007 et là… il y prend goût pour la peine : cinq fois. Excusez-moi, Vicky, mais ce genre de salauds ne se décident pas au bout de quatre, que dis-je de six mois. Et ils ne respectent pas une période de deuil.

— Sauf s'il a perdu son premier kik. Regardez : il remplace Philippe en octobre 2004. Andréane lui tombe dans l'œil, il en abuse. La petite se met à fonctionner tout croche, à haïr tout le monde et à refuser de retourner à cette école. En janvier, elle lui échappe en ne faisant plus de théâtre.

— Tu-tut ! Ne trichez pas : elle a passé l'audition. Donc, elle voulait revenir et non pas lui échapper.

— Peut-être qu'elle a fait semblant de vouloir passer l'audition ? En espérant ne pas obtenir le rôle…

— Tiré par les cheveux parce que notre obsédé sexuel l'aurait acceptée quoi qu'il lui en coûte… Mais persistons : elle ne fait plus de théâtre et… quoi ? Caron lui donne des rancards en marge de ses répétitions pour lui conter fleurette ? Elle n'a plus à se le faire, cet enfoiré. Elle n'a aucune raison de céder à ses avances. À moins qu'elle n'ait été séduite ? Il est beau, ce cancre ? Il a de la prestance à défaut de talent ou d'instruction ? Si on va par là, elle avait l'amour tristounet parce que tous s'accordent pour lui prêter une humeur exécrable à partir de l'automne jusqu'à son suicide. Si elle filait le parfait amour, Vicky, cette gosse n'aurait jamais sauté. Ça ne tient pas !

— Sauf si elle était déçue d'être évincée par Ariel. Arrêtons une minute de considérer qu'à ses yeux, c'est de l'abus. Appelons ça de l'ascendant. Juste pour voir où ça nous mène. Elle a réussi à intéresser Caron qui la trouve drôle, parfaite. Et il la délaisse pour Ariel qu'il trouve maintenant excellente, formidable. Ce qui justifierait le "jamais je ne me pardonnerai de ne pas avoir vu avant" de sa lettre.

— Attendez : vous m'avez dit qu'elle n'aimait pas ce Caron, qu'elle avait montré des signes de dépression à son arrivée. Faudrait savoir…

— C'est vrai. Mais si elle prétendait le détester parce qu'elle voulait garder son sentiment caché ? Les femmes font ça parfois, ça s'appelle ruser.

— Les femmes, je veux bien, mais une mioche de douze ans ? Et c'est Philippe qui l'intéressait, pas cet ersatz de merde ! Consultez vos notes : Andréane battait des paupières au seul énoncé de votre ex. Que ça vous plaise ou non, c'est Philippe l'inquiétant personnage dans cette histoire. Quand bien même vous tordriez la réalité, il demeure que c'est lui qui domine le casting. Lui que toutes ces demoiselles à peine pubères convoitaient. Lui qui aurait pu faire danser une invalide.

— Exagérez donc ! C'est correct, je le sais.

— Je conçois que ça vous déplaise…

— O.K. : ça me dérange et ça me déplaît, mais allons-y, comme vous dites. Enfonçons le clou d'aplomb. Philippe arrive à l'école et en six semaines, il charme son atelier de théâtre au grand complet. Il y a même une fille qui prétend que son poster géant se trouvait dans la case d'Andréane. D'accord, la petite est sa groupie principale, la *cheerleader* de son fan club. Il la séduit. Il s'en aperçoit. Allons même jusqu'à dire qu'il en profite… »

Elle s'arrête, pensive. Patrice prend le relais : « Ça vous révulse et je le comprends bien, mais poussons l'hypothèse. On se fait des papouilles, des petits jeux sans grandes conséquences, d'une chose à l'autre, on s'emballe, on s'émoustille et on franchit le grand pas. Il y a consommation. Pour le coup, la gamine n'apprécie pas. Elle le prend en grippe et…

— … il part ! Il quitte l'école après six semaines. Pas possible, Patrice. Je veux bien qu'il soit rapide, mais six semaines à deux ateliers par semaine, ça fait douze rencontres, ça ! Et tout le monde — tout le monde sans exception, Patrice — soutient qu'Andréane a commencé à être déprimée sous le règne de Gilles. Si elle était en maudit ou blessée par Philippe, elle aurait au moins arraché le poster de sa case, non ?

— Et qu'est-ce qui nous dit qu'elle ne l'a pas fait ?

— La petite… Andréanne, celle qui avait le même prénom, celle qui prétend que le suicide vient de la déception de notre Andréane quand Philippe est parti.

— Fort bien, changement de théorie : le mec, bon prince, a délicatement refusé les avances de la gosse. Qui sait ? Il a peut-être saisi le premier prétexte pour échapper à cette situation embarrassante ? Et voilà qu'Andréane se sent doublement rejetée : elle perd Philippe, elle rate l'audition suivante. Deux coups fatals pour son équilibre précaire d'adolescente éperdue. Que sait-on des égarements d'une fillette déçue ?

— Dans ce cas-là, vous avez raison : pourquoi avoir fait l'audition ? Puisque Philippe n'était plus là et qu'elle n'aimait pas son remplaçant ?

— On en revient toujours à cette couille… Pour se prouver quelque chose ? Elle s'est pris un râteau et elle cherche à s'affirmer ? Qui sait, elle les aurait peut-être plantés là une fois acceptée ? »

Vicky ne dit rien. Le menton appuyé sur la paume de sa main, elle réfléchit.

Patrice s'impatiente : « Vous voilà bien convaincue… »

Il se tait, la laisse venir. Elle soupire : « Je pense que vous avez raison. De ce que je sais de Philippe, il n'aurait pas su quoi faire des avances d'une enfant. En fait, il aurait su comment tourner ça avec humour, l'arrêter sans l'humilier. Y était habitué… avec les femmes, en tout cas. Les ados, je sais pas trop. Mais y a une chose que je sais : Andréane était petite et délicate, son père me l'a dit. Petite stature. Et Philippe a toujours eu un faible pour les grandes jambes. Je l'ai jamais vu courir après quelqu'un de petit. De fille petite.

— C'est que je le comprends : d'autant qu'il avait le gabarit pour les poursuivre. Ce qui n'est pas donné à tout le monde. »

Vicky sourit : Patrice aurait bien pris quelques centimètres de plus pour courir derrière les belles gazelles, les « grandes sauterelles » comme les appelait Philippe.

« Et il courait pas mal, comme ça ? »

La question est posée tout doucement. Et c'est exactement ce que Vicky voulait éviter : ouvrir son passé pour alimenter l'enquête. Être prise comme témoin des us et coutumes d'un suspect. Devoir plonger dans des souvenirs qu'elle tenait à l'abri de la lumière et même de sa conscience.

Patrice attend sa réponse avec des yeux désolés. Elle constate que la tournure des évènements ne lui plaît pas davantage qu'à elle.

« Oui. Pas mal. Les actrices qu'il embrassait pour le métier, il avait généralement une aventure avec elles. Sauf les courtes sur pattes. D'après lui, c'était pas du tout important ou significatif, c'était une façon de régler la tension sexuelle allumée sur scène. Il l'avouait sans scrupules d'ailleurs. J'étais jeune, je l'aimais, je voulais beaucoup être tolérante et cool… mais non, j'aimais pas ça.

— Pourquoi l'épouser, alors ? Pardon, je ne veux pas être indiscret… »

Elle revoit les caméras de télévision installées sur la terrasse arrière de la maison, le jardin exubérant de juin. L'entrevue devait durer vingt minutes, un « spécial » sur la vedette de l'heure. L'intervieweuse était subjuguée, ravie, elle n'arrêtait pas de le trouver extraordinaire. Il devait être ivre de satisfaction. Vicky se revoit sortir sur la terrasse, certaine que l'entrevue était terminée. Elle portait un plateau de rafraîchissements pour toute l'équipe. Un rosé, des verres, du thé glacé. Philippe s'était précipité, galant, il lui avait pris le plateau des mains, et s'était agenouillé pour demander sa main. Les caméras roulaient. Elle l'ignorait. Elle était tellement stupéfaite qu'elle n'avait rien dit d'autre que : « Tu parles d'une idée, toi ! Relève-toi, Philippe. »

Le segment avait passé en boucle partout. Elle en avait été humiliée, alors que tout le monde y voyait une flatteuse demande. Philippe en avait rajouté en expliquant qu'il n'aurait jamais obtenu son « oui » s'il l'avait demandée en privé. Il avait fait tous les talk-shows. Sa cote avait grimpé en flèche. Ne pas se marier l'aurait fait paraître ce qu'il était : un affamé de notoriété qui ne voyait jamais de mal à utiliser sa vie privée pour mousser sa carrière. « Vicky, je joue avec les émotions que ma vie privée m'apporte. Demande-moi pas de m'en passer, c'est mon fonds de commerce. »

Toujours une réponse, une pirouette, une bonne excuse et l'assurance de son amour infini : c'était Philippe.

« Voyez-vous, Patrice, c'est exactement ce que je ne veux pas être obligée de faire : dire des choses privées pour éclaircir notre enquête. Quand on demande aux parents d'une suicidée si c'est possible qu'on ait abusé de leur enfant, c'est extrêmement cruel, même si le but est de faire la lumière sur ce qui s'est passé. Pour répondre à votre question, j'ai été coincée et j'ai probablement pensé qu'être la femme de Philippe me mettrait à l'abri de ses infidélités. C'était une erreur. De me marier et de croire ça. Maintenant, Philippe veut absolument me parler parce que je refuse et que j'ai toujours refusé de le faire. C'est d'ailleurs la raison pour laquelle je n'ai pas divorcé. Et s'il accepte de vous rencontrer, c'est à la condition que j'y sois. Et comme je veux des réponses à nos questions, je vais probablement y être. Ça, c'est Philippe Gauvreau : ce qu'il veut, il l'obtient, même si ça prend des années. Et ça inclut la sexualité : le désir doit toujours aboutir dans la consommation. Pour en finir avec ce que j'en sais, je serais très, vraiment très surprise qu'une fillette de douze ans, complètement gaga et gagnée d'avance l'ait intéressé. Il aime ça sportif. Mais je ne suis pas au bout de mes surprises avec lui, ça a l'air. »

Elle fait un paquet bien net de ses notes et se lève.

« Hé ! Vous allez où comme ça ?

— Je sais pas trop… je pense que je vais retourner dans tempête.

— C'est qu'on a du boulot si on veut s'en sortir. Il y a cette question restée en suspens… »

Il farfouille dans ses papiers, les lunettes sur le bout du nez, l'air affairé. Elle est touchée de le voir essayer si gauchement de lui faciliter la vie. Patrice Durand serait-il en train de devenir un ami? Elle le croit et le trouve attendrissant: «Vous me faites quoi, là? Diversion?

— Holà! Vous détestez quand j'essaie d'imiter votre accent. Vous risquez gros si vous vous y mettez!

— En tout cas, ici, on dit pas une parka, mais un parka.

— C'est noté.

— L'avez-vous trouvée, votre question? Parce que je peux vous dépanner: j'en ai en masse, ici.»

Elle agite son carnet. Patrice sourit, soulagé. Il est même étonné de ressentir autant de plaisir à se remettre à travailler en toute quiétude avec une Vicky moins affligée.

Ils passent quelques heures à essayer d'éclairer les vingt minutes qui séparent la sortie d'Andréane du bureau de la directrice et son saut dans le vide.

La première possibilité est celle que Vicky privilégie: la petite sort accablée de chez la directrice, elle se dirige vers sa classe malgré tout et croise Ariel qui est en route pour récupérer son violon. Elles discutent. Ariel lui demande de l'accompagner en lui proposant de revenir en classe ensemble. Arrivées dans le secteur des cubicules de musique, Ariel voit Andréane partir à courir, ouvrir la porte de la terrasse des profs qui n'est pas encore sécurisée et s'élancer dans le vide. Paralysée, sous le choc, elle reste longtemps à fixer le toit, sans être capable d'appeler le moindre secours. Elle ne dira jamais à personne qu'elle n'a pas pu empêcher l'acte désespéré d'Andréane. Sauf dans sa lettre aux parents où elle évoque son impuissance qu'elle qualifie de lâcheté et son manque de clairvoyance. Le silence a creusé un gouffre en elle et a fini par lui faire écrire sur Facebook son «trop dur».

Pour sa part, Patrice maintient l'hypothèse d'une rencontre, mais pas celle d'Ariel. Il lui semble peu probable que les deux jeunes filles aient pu se voir à ce moment-là. Par contre, il croit qu'Ariel a vu quelque chose en se rendant chercher son violon près du toit-terrasse. Quoi? Une dispute? Un échange animé où l'interlocuteur a tenté un geste pour retenir Andréane… geste qui a pu être interprété comme agressant plutôt que salvateur, provoquant ainsi la suite: pour se libérer, Andréane se débat et est propulsée dans le vide. Le poids d'une telle information ou alors, d'éventuels efforts pour confronter cet interlocuteur coupable aux yeux d'Ariel justifieraient amplement les termes utilisés par Ariel dans sa lettre aux parents.

Enfin, la dernière hypothèse qu'ils échafaudent est dictée par la logique: Andréane, déprimée, sans résistance aucune, sort du bureau de Pouliot et erre dans les couloirs de l'école. Pour rien au monde elle ne veut retourner en classe et être la risée des autres. Elle se rend sur le toit-terrasse et reste là un bon moment, en détresse, jonglant avec l'idée d'en finir. Et, pour régler ce qui lui semble sans issue, elle s'approche du bord du toit et finit par sauter. Ces vingt minutes d'agonie les révoltent tellement qu'ils mettent de côté cette thèse, conscients qu'il s'agit d'une très haute probabilité, mais qui n'éclaire en rien le suicide d'Ariel.

La seule théorie qui mérite leur attention est celle de Patrice puisqu'ils seraient en mesure de découvrir l'interlocuteur, unique témoin capable de les aider à éclaircir le geste.

Comme dit Patrice: «C'est mission impossible notre truc! Qui ira livrer un témoignage incriminant trente-deux mois après le méfait? Faut pas rêver, Vicky. Combien de personnes aurons-nous à scruter ? Une trentaine ? C'est complètement dingue ! Et hautement improbable, si vous voulez mon opinion.

— Elle a dit quoi à propos d'Ariel et son violon, Suzie ? Vous rappelez-vous ? Elle l'avait ou pas, après le suicide ?

— Mais c'est qu'elle y tient ! On s'en tape qu'elle l'ait récupéré ou pas, ce violon ! Elle l'aura fait après, qu'est-ce que ça change ? C'est une question de détail. Vous me soûlez avec ce foutu violon.

— Vous cherchez un témoin vivant, Patrice. Moi, pour valider mon hypothèse, je n'ai que ce genre de détails, alors je vais les poser, mes questions, que ça vous plaise ou non.

— Là n'est pas le problème, Vicky, et vous le savez. Nous n'avons rien. Que dalle ! Votre hypothèse est aussi valable que la mienne ou que le suicide assumé. Voilà pourquoi je m'énerve. Bon, cette conclusion retenue, si elle est revenue en classe sans ce violon, cela signifiera que…

— … qu'elle n'est jamais allée le chercher parce qu'elle a vu quelque chose ou quelqu'un et que ce qu'elle a vu l'en a empêchée.

— Dieu merci, notre témoin pour ce genre de choses est admirable de collaboration : on essaie de joindre Suzie ? »

L'éclairage s'éteint soudain pour revenir tout de suite après. Patrice reste saisi : « C'est pas vrai ! La panne menace, c'est ça ? Nous serons coupés ?

— Ça se peut. Y fait vraiment pas beau… Un petit souper froid aux chandelles, ça vous tente pas ?

— Va pour le dîner, mais s'il faut se priver de chauffage, je ne rigolerai plus. Ça ne vous gêne pas ?

— *Che sera sera*, Patrice! Au moins, j'y peux rien!»

L'éclairage vacille encore, comme pour donner raison à Vicky. Patrice appelle Suzie qui est confinée chez elle et qui promet de mettre sur papier tous les détails dont elle arrivera à se rappeler, incluant le sort du violon. Elle répète que certains moments sont restés ancrés dans sa mémoire et que tout le reste disparaît, elle ne sait pas pourquoi. Patrice lui fournit la seule explication qu'il connaisse : ce genre de choc peut paralyser comme il peut dynamiser. Il a vu des gens très organisés devenir complètement zombies et des nullités faire preuve de bravoure. Il assure que c'est normal.

Suzie promet de s'appliquer à faire ses devoirs en soirée et de leur envoyer le texte par courriel. Comme elle vient d'apprendre que l'école sera fermée le lendemain, elle pourra corriger toute la journée… sauf s'ils ont besoin de son aide.

«Comment voulez-vous? Si même l'école ferme, je suppose que nous serons bloqués ici sans espoir d'avancer. Quelle déveine!»

Vicky lui fait signe qu'elle monte à sa chambre, les échanges météo ne la concernent pas et elle est fatiguée. Patrice la retient en agitant le bras. Il écoute attentivement.

«Vous êtes certaine? Où ça?», suivi d'un mouvement rapide pour prendre le stylo des mains de Vicky et noter quelque chose : «Vous êtes un ange!» Il lance un «Je vais me gêner, tiens!» avant de la remercier encore.

Vicky ne lui laisse pas le temps de faire des effets : «C'est quoi?

— Les portables, quand même… embêtant de savoir d'où la personne qui nous parle case son appel, non?

— Patrice…

— Bon, j'y viens! Vous savez qui avait une réunion vachement importante demain, à la première heure? Réunion qui vient tout juste d'être annulée? Qui avait fait le déplacement par avance, comme un bon diable prévoyant? Qui est à deux pas d'ici semble-t-il, et que nous irons interroger, histoire de le distraire?

— Quoi? Qui? Je ne comprends rien à ce que vous dites!

— Notre génie de la mise en scène était attendu demain à l'école pour une réunion qui vient d'être annulée *because* le cumul de neige. Suzie prétend qu'il crèche toujours au même hôtel sans standing à deux pas d'ici. Vous ne le pensiez pas si près quand vous l'avez eu au téléphone, non?

— Gilles Caron? À côté?

— À un jet de pierre! Prisonnier du mauvais temps. Je peux vous emprunter de nouveau le bonnet de laine?»

Et ses mitaines, s'il veut!

***

«Vicky?»

Installé dans le hall, sirotant un café, Gilles Caron abandonne le magazine qu'il feuilletait par désœuvrement. Il la dévisage, stupéfait: «Ça alors! T'es ici? Toute une tempête, han?»

Il a l'air plutôt content de la voir. Il regarde Patrice, revient à Vicky, intrigué: «Fait longtemps…»

Dès qu'elle présente Patrice et que Gilles comprend qu'il a affaire au représentant de la justice française, il la fixe, l'œil apeuré: «C'est quoi, ça? On s'était entendus pour jeudi!»

Vicky constate qu'il a vieilli, qu'il s'est affaissé et qu'il a peur. Elle le rassure, l'invite à se rasseoir et à discuter avec eux.

Patrice, conscient de son pouvoir terrorisant, se tait, trop content d'observer. À l'énoncé du sujet de leurs préoccupations, la surprise qui se peint sur le visage de Caron est authentique — à moins qu'il ne soit devenu un immense acteur sur le tard.

« Andréane ? La petite qui s'est tirée en bas du toit ? Mais ça fait longtemps ! C'est pour ça que tu veux me voir ? Vous enquêtez là-dessus ? Bizarre…

— Pourquoi ce serait bizarre, Gilles ?

— Ben… je pensais que t'étais rendue dans les *cold cases*, queque chose comme ça, les affaires pas réglées. Philippe en reviendra pas que je t'aie croisée. Tu sais qu'y va jouer dans une grosse patente ? Une coproduction franco-allemande avec…

— Tu permets, Gilles ? On va se concentrer sur ce qui m'intéresse. Parle-moi d'Andréane.

— Pour dire quoi ? Je me souviens à peine d'elle. C'était la première fois que j'enseignais pis j'étais tellement nerveux ! J'avais le trac, ma fille, pire que pour jouer. C'était pas facile. Philippe a été super chum de me refiler la job. Tu sais comment c'est ? Les tournages par ici, ou ben ça foire ou ben ça tète pendant des mois. Ben, celle-là ils l'ont financée tout à coup, *out of the blue*, pis mon Philippe allait quand même pas faire des allers-retours à Québec pendant le tournage !

— Ben non, ça l'aurait fatigué, le pauvre…

— Bon, je sais que t'es pas très indulgente avec lui, mais c'était quand même un maudit beau rôle.

— Ils étaient déçus ? Les élèves ?

— Un peu, mais y ont été polis. Évidemment, j'suis pas Philippe, j'ai pas sa notoriété… »

Vicky se retient d'ajouter ce qu'elle pense : ni son talent, ni son charisme. Gilles est un véritable deuxième choix… si ce n'est un troisième.

« … mais je dois dire que je m'en suis bien tiré. Madame Pouliot, la directrice, m'a réengagé tout de suite.

— Tu travaillais avec Andréane quand elle s'est tuée ?

— Andréane… je cherche son nom de famille, c'est niaiseux, ça m'échappe.

— Sirois.

— C'est ça ! Merci. C'est fou, les noms. Avec des étudiants, ça devient dément. Au début, j'essaie de m'en souvenir, de les apprendre. Je te jure que c'est tout un exercice ! C'est quoi, ta question ? »

Il ment. Vicky et Patrice s'en aperçoivent tous les deux. Elle, parce qu'elle le connaît et lui, parce que ce type est à l'image des petits malins qui se croient très forts — les malfrats qui roulent les mécaniques en croyant duper tout le monde.

« Dites donc, le surdoué, vous avez des problèmes cognitifs ou quoi ? C'est pourtant simple comme question : Andréane Sirois, vous bossiez avec elle ? »

Gilles hésite, ouvre la bouche et la referme sans dire un mot. Son regard va de Vicky à Patrice, complètement apeuré, perdu : « Je vous jure que je comprends pas ! Elle est morte. Elle… elle a commis l'irréparable. Mais vous le savez, non ?

— Gilles, je te demande si tu travaillais avec Andréane quand elle s'est tuée.

— Non.

— Parle-moi d'elle.

— Ben… je sais pas trop quoi dire. Elle faisait pas son âge. Elle était pas tellement bonne. Elle… elle travaillait, mais ça donnait rien. Je l'ai pas choisie pour le deuxième atelier. Ça l'a déçue, bien sûr, mais y faut faire des choix, malheureusement. J'aime pas ça, j'ai l'impression de parler en mal d'elle pis elle est morte. C'est pas correct.

— On le dira à personne, Gilles, continue…

— Ben c'est tout ! Je le jure ! J'ai rien à dire sur elle.

— Je pense que tu sais quand même que c'était une grosse déception pour elle de ne pas avoir Philippe comme metteur en scène.

— J'ai jamais dit que je remplaçais Philippe en pensant faire mieux ! Qu'est-ce qu'elle s'imaginait ? Qu'elle allait le séduire, attirer son attention ? Devenir la prochaine madame Gauvreau ? C'est ridicule ! Y a des plus gros noms qui se sont essayés…

— Qu'est-ce qu'elle voulait ?

— Connais-tu une fille qui a pas envie de sauter dessus ? C'est le *catch* du siècle, Philippe, pis tu le sais.

— Et lui ? Ça l'intéressait ?

— Là-dessus, tout l'intéresse : les blondes, les brunes, les rousses, *name it* !

— J'te parle d'Andréane.

— Je le sais-tu, moi! Tout reste possible, han? Mais y avait un tournage! Pas de temps à perdre avec des enfants, même si y sont pâmés. D'ailleurs, l'actrice qui jouait avec lui, l'Allemande, la grande blonde…

— Bon, ça va faire, Gilles! Essaye de rester concentré, O.K.? Andréane Sirois était déçue de ne plus travailler avec Philippe?

— À ce compte-là, ils étaient tous déçus. Je te l'ai dit. Je sais pas si tu peux t'imaginer ce que c'est d'arriver et de leur voir la face s'allonger parce que c'est toi. Rien que toi, je devrais dire.

— T'es habitué, je pense.

— T'es ben bête!

— Si tu veux pas être comparé, tu devrais prendre tes distances avec lui, Gilles.

— Comme toi? Sais-tu ce que tu lui as fait? Le sais-tu? Quand t'es…»

Patrice s'interpose, très autoritaire : «Alors là, ça suffit! Revenons à nos préoccupations. Où étiez-vous le jour de la mort d'Andréane?

— Nulle part!

— De mieux en mieux! Vous possédez le don de disparaître quand ça vous chante?

— Non, mais… je veux dire, je le sais pas. Je le sais plus. Faudrait que je réfléchisse…

— Je vous en prie, faites!»

Le regard de Patrice est à la fois moqueur et provocant. Gilles s'agite dans son fauteuil. Il se tait, de toute évidence incapable de réfléchir. Il finit par dire qu'il faudrait qu'il consulte son agenda, qu'il a quand même pas mal d'occupations. Avant qu'il n'enchaîne sur son horaire monstre mais moins serré que celui de Philippe, Vicky l'interrompt : « Puisque tu vas chercher tes agendas, prends aussi celui des répétitions avec Ariel Crête. Je parle des répétitions spéciales. »

Il déglutit, très pâle : « Spéciales ?

— Oui, Monsieur. Comme dans privées, officieuses, seul à seule, vous saisissez ?

— Non ! Pas du tout, même ! Vous avez l'air de sous-entendre… des choses.

— Des choses pas nettes ? Légèrement tordues ? Limite ambiguës ? Hé ben, vous y êtes ! Vous voyez que vous saisissez au quart de tour quand vous y mettez du vôtre !

— Attendez, là ! J'ai jamais rien fait de mal ! À part donner de mon temps pour que le spectacle soit à la hauteur.

— Wo ! Gilles, arrête de nous *bullshitter* ! Ariel était déjà très bonne. C'est pas celle qui jouait le rôle de la nourrice qui avait besoin de mettre les bouchées doubles ? Comment ça se fait que tu travaillais "privément" juste avec Ariel ?

— C'était pour discuter, pour l'encourager !

— Si j'en juge par les résultats, vous auriez mieux fait de vous en remettre aux pros, vous ne croyez pas ?

— C'est… c'est terrible ce qui est arrivé. Ça m'a complètement assommé. Je vais d'ailleurs laisser tomber les ateliers. Je comptais le dire à Jacynthe Pouliot à la réunion de demain… qui aura pas lieu. En tout cas, pas demain, mais je vais le dire. Je peux pas continuer, ça me touche trop. Faut que je me protège. »

Ils n'en croient pas leurs oreilles. Patrice fixe Vicky avec un air éberlué. Elle soupire : « Tu te crois-tu, Gilles ? T'es même pas capable de nous dire si t'étais à Montréal ou à Québec le jour où Andréane s'est jetée en bas d'un toit pis tu te protèges des émotions fortes ? Inquiète-toi pas, t'es vraiment à l'abri.

— Tu comprends rien : j'y étais ! Évidemment que je m'en souviens ! C'est justement trop dur d'en parler pour moi. Ça me démolit. Demande à Philippe.

— Si je comprends bien, Philippe, c'est votre nounou ?

— Quoi ?

— Vous en référez sans cesse à ce Philippe. Il a quelque chose à voir dans ces suicides ?

— Ben non… ben sûr que non ! Pas de sa faute à lui si les petites trippent dessus.

— Puisque nous bénéficions de votre regain de mémoire, où étiez-vous donc, le jour fatal de mars 2005 ?

— Dans mon… Dans le théâtre. J'allais dire "mon théâtre", mais c'est exagéré.

— Vous croyez ? Vous êtes pourtant si dédié à votre enseignement… qu'avez-vous à nous dire eu égard aux évènements de ce jour que vous essayez vainement d'oublier ? Racontez-nous dans le détail, nous ne sommes pas pressés.

— Ben, c'est ça… j'étais dans le théâtre. Je… je regardais mon texte et j'ai entendu des gens qui criaient, des sirènes d'ambulance… tout ça. Je suis sorti et je l'ai vue. Par terre.

— Qui vous a renseigné ? Nommément.

— Pardon ?

— Qui t'a dit ce qui se passait, Gilles ? Qui t'a dit de sortir, que c'était dehors, le drame, pas en dedans ?

— Personne ! J'ai suivi le mouvement… tout le monde sortait, je suis sorti.

— Comme c'est étonnant !

— Pourquoi ?

— Parce que vous étiez tout près du lieu du crime, si vous voulez. Et qu'à cet endroit, si ma mémoire est plus fidèle que la vôtre, il n'y a pas de salle de classe. Que des espaces de travail ou de répétition musicale. Alors, "suivre le mouvement" quand il n'y a pas âme qui vive, cela m'apparaît difficile.

— Un crime ? Ça serait pas un suicide ? Vous pensez ça ? Après deux ans ? Ça se peut ça, Vicky ? T'enquêtes sur un suicide ou sur un crime ?

— D'après toi ?

— Comment veux-tu que je le sache ? Tu capotes. J'ai toujours vu ça comme un suicide… ou un accident. Au pire, c'est un accident.

— Et Ariel Crête ?

— Ben là… difficile de voir ça autrement qu'un suicide !

— Revenons à Andréane Sirois, si vous le voulez bien. La thèse du suicide ayant votre préférence, quelle en serait la raison, à votre avis ?

— Sais pas… elle avait pas mal d'échecs… Elle était agressive à la fin, pas du tout gentille.

— Gentille ? Vous l'avez connue gentille ?

— Ben disons… moins pire qu'à la fin. Je l'ai presque pas revue, de toute façon. Elle était pas dans la pièce que je montais.

— Et quand l'avez-vous revue ? Vous avez dit "presque pas", donc quand l'avez-vous revue ?

— Ben, j'sais pas. Je disais ça comme ça. Une façon de parler. Je l'ai pas revue du tout.

— Je note : après l'audition ratée, vous n'avez revu Andréane Sirois qu'une fois morte, étendue sur…

— Ah arrêtez ! Pourquoi dire ça de même ?

— Vous êtes heurté par l'image ?

— Je l'ai peut-être revue une fois ou deux. Je l'sais plus, moi… C'est important ? Oui, ça me heurte.

— <u>Tout</u> est important et <u>tout</u> sera soigneusement vérifié et contre-vérifié. Ce que vous nous dites, ce que les autres nous disent. Tout est méticuleusement analysé. Vous saisissez ?

— Quelqu'un vous a parlé de moi ? Qui ça ? Jamais été proche d'Andréane ! Y a toujours des envieux dans le milieu scolaire, vous savez. Un peu comme dans le milieu artistique. Tu sais ce que je veux dire, Vicky ?

— Quelqu'un t'enviait, Gilles ? À l'école ? Assez pour te prêter des intentions malsaines avec Andréane ?

— Ben là… non ! En tout cas, je vois pas. J'ai de très bons rapports avec tout le monde. Je fais mon travail et je m'en vais. Pas plus, pas moins.

— À l'exception de votre zèle tout particulier envers Ariel Crête, si je comprends bien ? Ne soyez pas modeste, vous lui avez accordé du temps. Et quand je dis du temps, je suis loin du compte. Il faut considérer l'attention, le souci…

— Et, puisqu'on en parle, ça date pas de *Roméo et Juliette*, ton côté soutenant avec elle ? Ça a commencé justement en avril 2005, après la mort d'Andréane.

— Pourquoi tu penses ? Parce qu'Ariel le prenait mal. Très mal. Et j'ai essayé de l'aider. Je trouve ça indécent de m'accuser ou de faire des sous-entendus sexuels quand j'ai juste essayé de l'aider. Demandez-vous donc pourquoi les profs osent plus rien faire en dehors des cours ! Toujours suspectés, toujours soupçonnés du pire, jamais du mieux !

— Le mieux étant votre intérêt constant pour l'équilibre mental de cette jeune femme… qui vous a mis en échec en passant à l'acte, soit dit sans heurter votre sensibilité hors du commun. Comment avez-vous interprété ce suicide ?

— Je comprends rien de ce que vous dites ! Qu'est-ce qu'y dit, Vicky ?

— Y dit que t'es mieux de pas te recycler en psychothérapie. De quoi tu parlais avec Ariel ?

— De théâtre. De sa carrière… d'affaires de même.

— Vous étiez donc proches ? Intimes ? Amis ?

— Pas proches dans le sens attirés. Je veux que ce soit clair : y avait pas d'attirance. Jamais.

— Mais elle se confiait à toi ? Elle te disait ses secrets, ses peines ? À commencer par sa peine du suicide d'Andréane ?

— Ben oui !

— Elle en disait quoi, exactement ?

— Comment veux-tu que je m'en souvienne ? Ça fait deux ans, presque trois.

— Enfin ! Une précision. Vous y êtes ! Trente-deux mois, presque trois ans. Allez-vous nous renseigner ou devrons-nous vous extirper chaque parole du gosier ?

— Je l'sais-tu, moi ! On parlait, c'est tout. Elle était triste pour elle.

— Et elle soupçonnait autre chose qu'un suicide ?

— Non. Première fois que j'entends parler de ça. Ariel a jamais dit ça. Jamais.

— Elle te parlait de son amoureux ?

— Quel amoureux ?

— Le gars avec qui elle couchait.

— Ariel ? T'es sûre ? Non. Jamais parlé de ça avec elle. Elle avait personne.

— Et comment t'as trouvé son numéro ? — Devant l'air ébahi de Gilles, elle précise — Pour les cinquante ans de son père.

— Ah ! Je sais pas trop. Me rappelle pas… Elle me l'a pas montré, non.

— Là, Gilles, va falloir que tu m'expliques quelque chose : tu vois Ariel en ami, mais elle te dit rien de ce qu'elle vit. Tu la vois… cinq fois pour des répétitions privées de *Roméo et Juliette* et t'es pas capable de me donner un seul sujet de conversation. Je peux comprendre les quatre fois après la mort d'Andréane, même si t'as pas l'air d'avoir été d'un grand secours. Mais là…

— Où t'as pris ça, ces chiffres-là ? D'où tu sors ça ? C'est même pas vrai !

— C'était dans les papiers d'Ariel, pourquoi ?

— Quels papiers ?

— Ses notes, ses affaires personnelles… quoi ? T'es pas d'accord avec le chiffre ? Ce serait plus ? Moins ?

— Vous voilà bien pâle… quelque chose vous perturbe ?

— Ariel Crête s'est suicidée et j'ai rien à voir là-dedans ! Je sais pas ce que vous cherchez, mais si elle a parlé de moi, ça peut pas être en mal. Impossible ! On s'appréciait.

— Que voilà une belle assurance ! Et pourquoi donc ? Elle en pinçait pour vous, c'est ça ? Elle chantait vos louanges à qui voulait l'entendre ?

— Pas de farce, Gilles, tu prends du temps de répétition payé pour entretenir une amitié avec une élève… penses-tu que la directrice va trouver ça super ? Y faisaient quoi, les autres ? Congé ?

— Des italiennes. Je reviens pas, de toute façon. Je démissionne. Tu peux aller me salir aux yeux de la directrice. Tu m'as jamais aimé la face, penses-tu que je l'sais pas ? Juste parce que je savais que Philippe te trompait pis que je te l'ai pas dit. C'est Philippe, mon ami. Je te dois rien à toi. Tu devrais même pas m'interroger.

— Et vous, vous ne devriez pas vous exciter de la sorte. Nos questions sont simples, légitimes et vos réponses… pour le moins confuses et approximatives.

— J'ai jamais touché à ces filles-là ! Jamais, O.K. ? J'ai rien faite de mal, à part remplacer un ami et me faire dire que j'étais moins trippant que lui ! Est-ce que j'ai essayé de leur plaire? Oui! Est-ce que c'est défendu de bien faire son travail? Depuis quand ce serait un crime? C'est Philippe, le séducteur, pas moi! Allez lui demander des comptes et laissez-moi tranquille. Compte pas sur moi jeudi, Vicky! J'ai ma dose de vos sous-entendus et c'est réglé dans mon esprit : ces deux filles là se sont suicidées et même si tu voulais prouver le contraire, tu pourras pas. Je comprendrai jamais ce que Philippe te trouvait! »

Sur ces bonnes paroles, rouge de colère, il se dirige vers l'ascenseur. Patrice jette un regard à Vicky, prêt à l'arrêter si elle le désire. Elle hoche la tête et écrit dans son calepin.

« Quel gros nul! Il aurait fallu enregistrer ses réponses pour y voir clair un jour. Il en fait un sac de nœuds! Et ça se croit malin! Vous pouvez me dire ce que votre ex lui trouve? »

Vicky finit de noter avant de répondre : « Philippe l'a connu à la petite école. C'est le genre collant qui l'a jamais lâché. Payant, d'ailleurs. Je sais pas si Gilles aurait autant travaillé sans lui.

— Outre son indéfectible amitié pour Philippe et sa solide rancune à votre égard, il s'éclate à quel genre, ce falot? Mâle ou femelle?

— Quoi? Vous le prenez pour un gai? Non, non… les femmes. Ben… Ça dure jamais longtemps, remarquez, mais les femmes.

— On les comprend de dégager vite fait : sa petite personne est vraiment son unique centre d'intérêt. Mon théâtre! Faut le faire! »

Ils s'arc-boutent contre le vent pour rentrer. Le soir est tombé et la neige ne diminue pas, soulevée en spirales folles dans la lueur des lampadaires.

« C'était un coup d'épée dans l'eau cette rencontre, non ? »

Elle enlève sa tuque, secoue ses cheveux. Elle a les joues rosies par leur promenade. Patrice attend sa réponse en la contemplant sans gêne.

« Non. À mon avis, en ne disant rien, il a dit beaucoup. Et je ne suis pas sûre qu'il voulait dire "mon théâtre", Patrice. C'est "mon bureau" qu'il voulait dire. Et, si c'est bien ça, il nous a menés en bateau tout le long. Je me demande si jouer le gars dépassé est pas son meilleur rôle. Je monte. On en reparlera demain.

— Quoi ? Pas d'apéro ? Pas de dîner ?

— Pas pour moi. *Room service*. Congé de tempête.

— Vous me plaquez ?

— Certainement ! Faites pas pitié, Patrice, ma réserve de compassion est épuisée pour aujourd'hui.

— Bêcheuse !

— Sarcleuse, bêcheuse, ce que vous voulez, mais c'est ma cure de silence qui commence. Bonne soirée ! »

En entrant dans sa chambre, elle ne voit que cela : posé sur le bureau, un magnifique bouquet de fleurs printanières. Elle s'approche, éberluée. Comment a-t-on réussi à lui livrer cela par un temps pareil ? C'est plus fort qu'elle, elle reconnaît les manières de Philippe dans ce geste. Il avait coutume de la couvrir de fleurs. Pour s'amender de ses frasques, bien sûr, mais aussi pour le plaisir.

Elle prend la carte, certaine que Martin n'offrirait pas ce genre de cadeau.

Je tiens à m'excuser pour mes paroles blessantes et mon attitude de l'autre nuit. Pardonnez-moi. La douleur m'aveugle, je crois.
Isabelle Gosselin

Comment a-t-elle pu croire un instant que Philippe la savait à Québec ?

Isabelle n'est pas la seule à être aveuglée, mais elle, au moins, a de bonnes raisons de l'être.

***

Le récit de Suzie Brault, envoyé comme promis, est exemplaire et contraste avantageusement avec les approximations de Gilles Caron.

Elle a commencé par le moment où, affolée, elle est sortie de la classe pour aller aux nouvelles et a terminé avec la fin de la journée quand tous les profs se sont réunis dans la salle qui leur est réservée, face au toit.

C'était si insupportable pour nous de s'asseoir à cet endroit qu'on a demandé à Gilles Caron si on pouvait se réfugier dans le petit théâtre. On aurait mieux fait d'aller à la chapelle parce que ça ressemblait à une veillée mortuaire. On a allumé des lampions à sa mémoire et on a discuté de la meilleure manière de passer au travers pour les élèves. La moitié des profs voulait se taire et l'autre — dont j'étais — estimait que le silence ferait le plus grand mal. Nathalie Dubuc, notre spécialiste, n'avait rien à dire pour la simple raison qu'elle pleurait en répétant que c'était une terrible perte, qu'elle aurait dû le voir, sentir que c'était trop, le deviner.

Monsieur Choquette a été très raisonnable, très posé. C'est grâce à lui si Caron n'a pas sauté sur Dubuc. Il lui a crié de se taire, qu'elle en avait assez fait comme ça. Une sorte de crise nerveuse, je pense. Quand elle a hurlé qu'elle au moins avait du cœur, il l'a secouée comme un pommier en répétant qu'elle n'avait pas de cœur sinon, elle aurait agi autrement. Choquette s'est levé, suivi des deux profs de chimie et de math et Caron l'a lâchée en s'effondrant à son tour. Jamais vu un homme casser comme ça. Il s'est assis dans un coin, la tête dans les mains, et il n'a plus rien dit. Je pensais qu'il pleurait. Finalement, il me semble qu'il ruminait plutôt. Il faisait comme s'il réfléchissait, mais il ne s'est plus mêlé de la discussion. Quand nous sommes partis, il a demandé à me parler. C'était d'Ariel qu'il se souciait. Où elle était, comment elle avait réagi, si sa mère était venue la chercher. Vraiment, on aurait dit qu'il devinait sa sensibilité et… le geste qu'elle a commis par la suite. J'ai promis de lui porter une attention particulière. Et de le tenir au courant de la moindre inquiétude à son égard. Il m'a remerciée comme si c'était une faveur que je lui accordais. On était tous bouleversés et nos réactions étaient disproportionnées. Je ne partageais pas plus les lamentations de Nathalie que l'acceptation amère de Caron. Je n'aurais pas conclu comme lui que « ce qui est fait, on ne peut ni le défaire ni le refaire : il faut repartir en neuf ». Pour finir, depuis ce jour de 2005, je garde un sentiment d'échec qui s'est amplifié avec la mort d'Ariel. Vous aider ou vous faciliter les choses me donne — pour la première fois depuis sa mort — une impression d'amendement et de pardon. Ne serait-ce que pour ça, votre mission aura servi à quelque chose. Je vous en remercie.

Aucun souvenir de ce qui était advenu du violon.

Une description soignée des élèves, de leur attitude, de leur départ respectif et des accompagnateurs suit. Suzie a là-dessus une mémoire infaillible. Elle décrit en détail le revirement de Jules-Charles Sinclair et son effondrement après l'annonce du suicide. Elle a multiplié les rencontres pour l'aider à surmonter le fait que « c'était à cause de lui qu'Andréane était sortie de la classe ». Culpabilité qui ne l'a pas empêché de verser encore dans la délation quelques semaines plus tard. Ce qui lui avait valu une réplique assassine d'Ariel.

Quant au moment terrible de la découverte du corps d'Andréane, le récit est beaucoup moins fluide, le choc ayant fragmenté sa mémoire en images saccadées, un peu comme son récit de la veille.

Vicky relève tout de même quelques phrases à éclaircir.

Le texto de Philippe entre au moment où elle s'apprêtait à appeler Isabelle pour la remercier du bouquet : *Gilles est bouleversé. Tu joues à quoi exactement ?*

Pour toute réponse, elle lui envoie le numéro de l'hôtel et celui de la chambre de Patrice. Sans spécifier qu'elle est au même hôtel. Qu'il s'arrange avec Patrice s'il veut jouer à la nounou ! Elle se doute bien que Gilles est une excuse pour lui parler encore. Elle le connaît, son ex.

La réponse ne tarde pas : *C'est à toi que je veux parler. Appelle !*

Elle compose le numéro d'Isabelle sans répondre à Philippe.

L'échange est calme, posé. Isabelle s'est remise de la déception et elle s'excuse encore. Vicky a quand même un petit doute quant à son mobile profond quand elle ajoute que c'est le directeur de l'hôtel qui lui a dit qu'elle était toujours à Québec.

« Vous cherchez encore, c'est ça ? Le rapport, c'était pour Rémy… mais vous n'êtes pas plus satisfaite que moi ? »

Difficile de louvoyer avec cette mère qui a un radar dans les oreilles. Vicky opte pour la vérité : la tempête la coince à Québec, elle complète le portrait des évènements, ajoute des détails, précise des incohérences apparentes ou répond à des questions probablement sans importance.

Poser des questions à Isabelle Gosselin, c'est la même bénédiction que de parler à Suzie Brault ; les deux femmes sont tellement avides de collaborer, tellement soulagées de faire quelque chose.

La question du violon d'Ariel est rapidement résolue : non seulement l'avait-elle oublié dans le sudio de répétition, mais elle ne l'avait pas récupéré. Le choc de la mort d'Andréane l'avait tellement secouée qu'elle était venue leur annoncer ça en pleine nuit. Jean avait promis de s'en occuper dès le lendemain matin. Ce qu'il avait fait. Ariel n'était pas retournée à l'école avant la semaine suivante. Après les funérailles d'Andréane, en fait.

Le traumatisme a duré longtemps. Ce qui les rassurait, ce sont les résultats scolaires qui n'ont pas fléchi, jamais. Elle aurait dû s'inquiéter de la voir manger moins, mais Ariel était très pudique. Maintenant qu'elle sait ce que cette pudeur cachait, Isabelle s'en veut de l'avoir respectée.

Pour changer de sujet, Vicky aborde l'avis d'Ariel sur Gilles Caron. Là encore, rien n'a percé de son opinion : Ariel ne disait rien sur lui, pour ou contre. Isabelle regrettait les concerts de sa fille, elle avoue ne pas tellement aimer le théâtre. « Le seul spectacle que j'ai vraiment aimé, c'est celui où Ariel chantait et jouait du violon... en janvier de cette année. C'était pas terrible comme pièce, mais elle était tellement bonne ! J'aurais préféré qu'elle choisisse la musique au lieu du théâtre, mais bon... c'était son choix. Il aurait fallu acheter un autre violon, elle avait grandi. C'était pas un problème pour nous. Ariel avait peur de le regretter et de nous avoir fait dépenser pour rien. En connaissez-vous des enfants aussi délicats ? À la fête de son père, elle a ressorti son petit violon... c'était vraiment trop petit pour elle. Mais elle jouait tellement bien !

— Est-ce que le prof de théâtre, monsieur Caron, vous a écrit un mot après sa mort ?

— Le metteur en scène ? Non, rien.

— Vous avez reçu beaucoup de lettres de condoléances ?

— J'en reçois encore. Pourquoi ?

— Rien qui vous semble bizarre ou... inattendu ? Un peu surprenant.

— Non... Même si, de nos jours, recevoir des lettres, c'est presque inattendu. Il y a celle de Philippe Gauvreau qui m'a un peu étonnée tout en me faisant très plaisir. Il n'a pas été son prof très longtemps, mais il se rappelait d'elle. C'est un homme occupé, qu'il ait pris le temps d'écrire m'a vraiment touchée. Mais Jean étant à la Culture, c'était sans doute lié. De tout façon, c'était gentil. »

Vicky sent le sol se dérober sous ses pieds : à quoi il joue, Philippe Gauvreau ? Elle demande si elle peut en avoir une copie, ce qui, cette fois, alarme Isabelle : « Vous trouvez que c'est suspect ? Déplacé ?

— Non, surprenant, comme vous dites. Aussi étonnant que l'absence de mot de Caron, le metteur en scène.

— Mais il est venu aux funérailles et nous a offert ses condoléances sur place. Je m'en souviens parce qu'il était effondré. Sa "Juliette", il n'arrêtait pas de l'appeler de même. Il a tellement énervé Jean avec ça ! Il a fini par lui dire que c'était pas sa Juliette, mais notre fille. Qu'elle s'appelait Ariel. Qu'elle n'appartenait à personne. Je sais pas pourquoi monsieur Caron a insisté, mais il a continué à parler de sa Juliette et j'ai pris Jean par le bras parce que sinon, il lui sautait dans face. C'est aussi bien qu'il ne nous écrive pas, celui-là. Je vais vous scanner le mot de Philippe Gauvreau.

— Pouvez-vous ajouter ceux de l'école ? Profs ou élèves ou même parents d'élèves ?

— La seule que je ne mettrai pas, c'est celle de la mère d'Andréane. Parce que j'ai tellement pleuré en la lisant que vous ne pourriez pas la lire, les mots sont brouillés, l'encre a comme éclaté. Et puis, elle n'est pas surprenante, elle est déchirante. C'est une mère qui savait ce que je traversais. »

Vicky n'ose pas lui demander des nouvelles de son mari, certaine que si Jean Crête était revenu à la maison, Isabelle le lui aurait dit.

Pendant cet appel, deux textos sont entrés et il s'agit de la même phrase de Philippe réexpédiée systématiquement. Excédée, Vicky se décide : « Tu veux me parler, ça adonne bien, moi aussi ! À quoi tu joues toi-même, Philippe ? De quoi tu te mêles ? Ton chien de poche t'a appelé au secours ? On lui a marché sur la queue ?

— Exactement ! Tu connais Gilles ? As-tu fait exprès de l'énerver ?

— Si tu savais comme j'ai pas de comptes à te rendre !

— Si tu savais comme je te connais !... Tu te fais aller les guibolles, là ? Tu marches aussi vite que t'es en maudit ? »

Elle s'arrête sec. Il a raison, elle marchait à un bon rythme.

Il rit avec une douceur attendrie. La belle voix est toujours aussi efficace : « C'est quoi, l'affaire ? Gilles a niaisé avec la loi ? <u>Ta</u> loi ?

— Penses-tu qu'y fait l'innocent ou y l'est vraiment ?

— Gilles ? Les deux, je dirais. Y se rend pas compte quand y est innocent pis y est pas convaincant quand y fait semblant de l'être.

— Tout un ami, ça !

— Tu parles de lui ou de moi ? »

Elle éclate de rire, retrouvant cet humour rempli de lucidité, sans faux-semblant : « Il vient de t'appeler, c'est ça ?

— Deux fois, madame la Bouledogue. Y comprend rien de ce que tu cherches. Il s'invente des vengeances pour des comportements qui le concernent pas, bref, y s'énerve. Tu cherches quoi, Vicky ?

— Comment t'as su qu'Ariel Crête était morte ?

— Gilles, tu penses bien ! Y m'a appelé comme si j'avais quelque chose à voir là-dedans. Comme si j'étais responsable. C'est elle, l'enquête ?

— Et pourquoi t'as écrit une lettre aux parents ?

— Cibole ! T'es renseignée ! C'est encore Gilles qui a insisté. Y était tellement à l'envers, c'est pas disable. Ça y en prend pas gros, O.K., mais là… y répétait avec elle, y était certain que ça serait un immense succès. Écoute, y était tellement sûr que ce serait extraordinaire qu'y voulait que je vienne voir le show. Pis là, sa Juliette se tue ! Je l'ai eu sur le dos pendant une semaine. Y pleurait comme un Roméo. Son show a été annulé, y a pas de job, pas d'argent… la vieille rengaine.

— Mais pourquoi te demander ça ? Qu'est-ce que ça y donne que t'écrives une lettre ?

— Ça y donne qu'il a fait quelque chose pour les parents : il a poussé une vedette à leur montrer sa sympathie. Voyons donc, Vicky ! Si y a quelqu'un qui sait de quoi je parle ! Combien de fois j'ai fait une fleur à une connaissance de Gilles pour qu'y puisse se vanter de me connaître et d'avoir de l'importance ? Ça t'enrageait.

— Je comprends pas que tu marches encore là-dedans ! Que lui le demande, O.K., mais que tu acceptes…

— C'est le troc. Ça impressionne ses relations pis ça y fait du bien. Ça a toujours marché de même. Tu l'appelles pas mon chien de poche pour rien.

— Penses-tu qu'il est amoureux de toi ? »

Le rire de Philippe est à la fois détendu et séduisant. Elle regrette déjà sa question.

« Y est niaiseux, mais y connaît mes limites. Mes goûts aussi… Y m'a dit que t'avais l'air en forme. Ce qui veut dire *top shape*, vu qu'y pouvait pas me dire que t'avais pris un coup de vieux. C'était ton anniversaire, toi…

— Tu te souviens d'elle ? Ariel Crête ? Ou t'as fait semblant ?

— Je vais t'étonner, mais je m'en souvenais. Pour la bonne raison qu'elle était douée. Très douée. Une belle grande fille, même si elle avait pas fini de grandir. Mais surtout, une vraie sensibilité artistique. J'ai tourné avec Ginette Soucy dernièrement et on a parlé d'elle. Ginette en revenait pas de sa fin. Moi non plus d'ailleurs. Épouvantable.

— Pourquoi ?

— Je suppose qu'on s'imagine toujours que les suicidaires ont l'air accablé ou sinistre. Pas elle. Et pas l'autre d'avant non plus. La petite Tanagra.

— Qui ?

— Elle était dans le groupe elle aussi, quand j'ai fait mon deux mois de mise en scène. Une spéciale. Tellement délicate, tellement petite et fine que je l'appelais ma Tanagra. Les yeux qu'elle avait, cette enfant-là ! Incroyable ! Quand elle me regardait, j'étais presque mal. Toute une groupie !

— Tu l'as laissée tripper ? Tu l'as encouragée ?

— Y a pas de petit profit : je cultive mon fan-club ! Voyons, Vicky, tu sais bien que j'ai rien fait de mal ! Je peux quand même pas empêcher une petite fille de rêver. Si tu voyais les messages privés que je reçois sur Facebook, tu serais scandalisée. Et je ne les provoque pas, quoi que tu penses. C'est en dehors de ma volonté... parce que celle que je voudrais bien faire rêver, ma femme en fait...

— Bon. Je te remercie d'avoir répondu à mes questions. Bonne nuit, Philippe.

— Et je dis quoi à Gilles ? Que tu l'as énervé pour rien ?

— Je sais pas pourquoi il est aussi inquiet... toi ?

— Y s'en va dans quelques jours, je pense qu'y a peur de manquer son voyage.

— Où ça ?

— Toujours pareil : le soleil pas trop cher. La Thaïlande, à Phuket. Je pense qu'il a beaucoup aidé après le tsunami.

— Tu trouves que c'est pas cher ?

— Une fois rendu, non. Et t'as répondu à aucune de mes questions, je te ferai remarquer : on peut se voir ?

— Non.

— Vicky ! Attends. Je veux te parler. Sérieusement.

— On va le faire, Philippe. Après mon enquête. Pis on va divorcer. Officiellement, en bonne et due forme.

— Qu'est-ce qui te prend ? Tu veux pas te remarier ? T'avais dit...

— J'ai pas aimé t'entendre dire "ma femme", Philippe. C'est tout. C'est idiot de pas l'avoir fait avant.

— Non. Pour moi, ça veut dire quelque chose.

— Pas pour moi. Bonne nuit, Philippe. »

Elle se dépêche de raccrocher avant qu'il ne trouve une autre façon de la retenir. Philippe Gauvreau ne peut pas être plus dangereux pour elle que quand il est gentil. Elle le préfère cinglant. C'est plus simple de résister.

Elle a reçu le scan de sa lettre aux parents d'Ariel. Elle jongle avec les dernières infos reçues, marche de long en large dans sa chambre, supputant une idée après l'autre, incapable de mettre de l'ordre dans ses pensées. Ce n'est pas qu'elle aime toujours cet homme, mais s'il s'avérait impliqué dans les causes de ces suicides, une partie de son monde s'effondrerait.

Elle envoie un courriel à Patrice : s'il ne dort pas, il va pouvoir l'aider à réfléchir. Il est passé minuit, mais elle connaît son partenaire : tant qu'il n'a pas trouvé la solution à son « cas de figure », l'insomnie le gagne.

Sa réponse arrive tout de suite.

Au moins, elle ne se trompe pas tout le temps sur le caractère des hommes qu'elle fréquente.

Il lui ouvre grand sa porte et elle sait que la nuit sera longue.

Sur le bureau de Patrice un apparent fouillis de petits papiers de trois couleurs : des roses, des jaunes et des blancs. Il lui explique qu'étant venu à Québec sans son équipement de chercheur, il ne dispose pas de ses fameuses fiches. Il a découpé des feuilles jaunes d'une tablette, a emprunté un bloc de messages roses à la réception, le blanc étant déjà mis à sa disposition dans sa chambre.

Vicky se penche, lit quelques notes: papier rose pour Andréane, jaune pour Ariel et blanc pour les autres. Patrice lui indique le lit où plusieurs feuillets blancs s'empilent.

Il n'y arrive pas: trop de monde, trop de pistes et surtout rien pour entériner le soupçon de meurtre. Que des parents bouleversés veuillent croire que le désespoir de leur enfant n'a pas abouti dans un geste aussi brutal, il le comprend.

Que des jeunes filles aient des réactions violentes face à des défaites somme toute sans grande importance, ce sont là des comportements alarmants, mais pas meurtriers. L'échec scolaire et l'automutilation pouvaient avoir des causes sérieuses mais pas nécessairement assassines. Les témoins qu'ils ont sont tous impliqués et cherchent tous à tirer leur épingle du jeu, à échapper à une culpabilité latente que tout suicide provoque. Les parents en premier lieu, mais également la direction de l'école, les enseignants, et jusqu'aux copains qui peuvent s'inventer des coupables pour ne pas remettre en question leurs propres carences.

La directrice a protégé son école et son amante — si tel est le cas. L'amante en question protège son statut et son professionnalisme. Les profs protègent les enfants… et quelquefois leur pomme. Les parents… «Vous comprenez, Vicky, je n'ai rien contre aucun de ces parents. J'ai assisté à l'engueulade que vous a servie Isabelle Gosselin et voilà tout. Son mari, je ne l'ai pas vu. Le directeur de l'hôtel, je l'ai sûrement croisé, mais je ne l'ai jamais interrogé. Je suis paumé. C'est une fausse enquête pour la simple raison qu'il s'agit de faux meurtres. Dictée par Brisson qui en pince encore pour la mère d'Ariel, il s'agit donc d'une démarche sans fondement aucun. Vous êtes bien d'accord ?

— Et qui met en cause mon ex-mari…

— Ce qui n'arrange rien, vous en conviendrez. »

Il ouvre la bouteille de vin du mini bar et lui tend un verre. Le silence de Vicky dure longtemps. Patrice tire la chaise à roulettes du bureau près du lit et s'y assoit. Il attend en fixant son verre. Un air d'opéra déchirant joue en sourdine. Vicky écoute la voix féminine : « Vous pouvez monter le son ? »

Patrice sourit, content de la voir partager son admiration musicale. Ils écoutent religieusement et quand le morceau s'achève, il répond à la question muette de Vicky : « *Stabat mater*, celui de Vivaldi. Le largo, un magnifique mouvement. C'est l'un de vos artistes qui l'interprète admirablement, à mon avis. Avec Emma Kirkby.

— Un ?

— Oui. Il s'agit d'un homme, quoi que vous pensiez. Taylor, Daniel Taylor. Un contre-ténor très doué.

— Une sorte de castrat, c'est ça ?

— Pas vraiment, non. Je vous expliquerai le jour où nous n'aurons rien d'autre à faire que parler musique.

— Encore, s'il vous plaît.

— À vos ordres. C'est de circonstance, remarquez : *stabat mater dolorosa. La douleur de la mère.* »

La musique envahit la chambre. Vicky ferme les yeux. Après les dernières notes, elle murmure : « La douleur de la mère… Pourquoi on a rien écrit pour celle du père ?

— Parce que le père du Christ est demeuré planqué au ciel, qu'est-ce que vous croyez ?

— J'ai vu deux pères crucifiés, moi, dans notre histoire. Vous savez que la mère d'Ariel s'est excusée de son attitude de l'autre soir ? Elle a écrit qu'elle était *aveuglée par la douleur*. C'est drôle, les pères ne veulent pas qu'on enquête. Pourtant, ils ont mal.

— Mais quoi ? Ils ne seraient pas aveuglés ?

— Avec cette musique, je dirais que Jean Crête est détruit par la douleur. Jean-Yves Sirois est amoindri, dans le sens noble du terme.

— Ce qui signifie ?

— Je le crois blessé à mort, mais vivant. Jean est blessé à mort, mais je ne sais pas s'il ne se videra pas de son sang.

— Comme nous voilà loin de l'inconsistance de ce metteur en scène…

— Y est plaisant à mépriser, han ? J'ai toujours trouvé ça, moi aussi.

— Je n'aurais pas tourné ma phrase comme ça, mais oui, effectivement, il prête le flanc au mépris. Vous l'avez toujours connu aussi veule ?

— Toujours. Et pesant et collant.

— Pourquoi ces mecs sont-ils toujours suspects, vous croyez ? C'est plus fort que moi, je lui trouve mille bonnes raisons d'avoir trempé dans de petits trafics douteux.

— Parce qu'y est faible. Y s'est effondré à la mort d'Ariel, ça a l'air. Y délirait sur "sa Juliette"… assez pour que le père d'Ariel veuille lui sauter dessus.

— Dites donc, vous en avez beaucoup d'infos de ce genre ? Vous me testez ou quoi ? Vous me laissez pédaler dans la semoule… pas très chic de votre part.

— Pourquoi je suis venue vous voir, vous pensez ?

— Pour boire un coup, non ? Et discuter musique…

— Philippe Gauvreau vient de me rappeler… Et c'est Caron qui panique et qui le pousse à s'en mêler et à le défendre.

— Je parie qu'il n'a pas eu à pousser très fort pour le convaincre de vous joindre…

— Philippe essaie de me parler depuis dix ans. C'est vrai que ça y convient. Mais y a rien à voir là-dedans ou alors, j'ai jamais su à qui j'avais affaire quand je me suis mariée.

— M'étonnerait. J'ai quand même une question… »

Il s'étire, prend un papier sur le lit. Vicky lui résume sa conversation avec Philippe. Elle essaie d'expliquer à quel point Gilles a toujours compté sur le prestige de son ami pour se rehausser, gagner de l'importance et du respect aux yeux des autres. À sa grande surprise, Patrice comprend parfaitement la situation : « Bien évidemment : un mot de Philippe Noiret, c'est vachement plus lourd qu'un mot de Tartempion. Mais pour quelle raison votre ex se serait-il prêté à ce jeu ?

— Ça, c'est Philippe ! Y a toujours laissé Caron faire des choses qu'y permettrait à personne d'autre.

— Et pourquoi donc ?

— La pitié, je pense… En fait, il sait que Caron n'a pas assez de talent et il le prend en pitié. Mais malgré toute l'amitié qu'il a, j'ai jamais vu Philippe recommander Gilles pour des rôles qui dépassaient sa compétence.

— Bref, s'il joue de son influence, c'est pour lui offrir des utilités. Rien de costaud?

— Y est pas fou, vous savez, il sait garder sa crédibilité. Je me souviens de la crise qu'a faite Gilles quand Philippe a pas voulu pousser pour qu'il auditionne Othello.

— Othello? Vous rigolez? Cette andouille voulait jouer Othello? Et qui jouait Iago?

— Philippe! Et y avait pas envie de pas avoir de fun. Il a toujours dit que le bon rôle, c'était Iago. Et que ça prend un Othello solide.

— Et rien, jamais, n'a terni cette belle amitié?

— Pas vraiment, non… Pour être honnête, quand j'étais avec Philippe, l'amitié a pris un peu de… fraîcheur, je dirais. Y avait pas tort, Gilles, je l'ai jamais beaucoup aimé et disons qu'il était pas le premier sur ma liste d'invitations. Y est trop sur lui, y parle tout le temps de lui, ça m'énerve.

— De lui et de Philippe Gauvreau… vous êtes sûre qu'il n'en est pas épris?»

Vicky sourit: «On est vraiment taillés sur le même modèle, nous deux: je viens de poser la question à Philippe! Et je vous jure que, si c'est le cas, Gilles a intérêt à garder ça secret. C'est pas le terrain de jeu de Philippe. Dans son esprit, un *threesome*, ça se fait avec deux filles.

— Intéressant… vous avez obtempéré?

— Obtempéré ? Vous me connaissez mieux que ça ! Si Philippe s'est envoyé en l'air à deux, trois ou quatre, j'étais pas dans gang. Tellement pas moi, ça !

— Puisque nous abordons les questions délicates… puis-je ? »

Vicky ne dit rien. Elle attend.

« Le rapport du pathologiste donne à Ariel Crête des mensurations qui tombent à pic pour les préférences de Philippe…

— C'est vrai. Mais il l'a rencontrée alors qu'elle avait douze ans, pas quinze ! Elle était moins grande sauterelle à douze ans. Et puis… je ne peux pas jurer que je connais tous les secrets sexuels de Philippe, mais vraiment, s'il aimait les prépubères, il l'a drôlement bien caché.

— Donc, vous excluez ? Et Caron ? Il pourrait se montrer amateur ?

— De jeunes ? Ou de grandes jambes ?

— Je prends tout, moi.

— Les jeunes, non. Jamais été témoin que ça le faisait tripper. Je l'ai jamais vu avec une jeune… ou un jeune. Les grandes jambes, oui. Mais c'est fou, je pense qu'il les cherchait pour intéresser Philippe.

— Le faire baver d'envie, quoi ?

— Exactement ! Bon, c'était mon analyse et j'avoue que voir Philippe reluquer un belle fille…

— … vous foutait les boules. Je vous ai prévenue que ce serait délicat. Rassurez-vous, nous en avons presque terminé puisque nous venons d'exclure le ménage à trois.

— Vous êtes drôle! On a exclu le *threesome*, pas le ménage à trois! C'est exactement le mot que j'avais employé pour dire à Philippe que Caron était trop collant, trop présent et que s'il faisait rien pour qu'y nous lâche un peu, moi je lâcherais.

— Vous avez imaginé le cas de figure suivant: Caron amoureux de Philippe? Caron qui exploite tous les motifs possibles afin de le serrer de près, allant même jusqu'à baiser dans son harem, si je puis dire? Il utilise la fibre de l'amitié pour sa carrière, il le pousse à agir de façon à tirer une gloriole auprès de ses admirateurs s'il en a ou pour en susciter, le cas échéant. A-t-il jamais tenté de vous séduire? Comprenez-moi, je ne parle pas d'aller jusqu'au pieu, mais de paraître attiré, charmé… de donner l'impression que vous êtes son désir le plus cher, pratiquement caché, parce que l'amitié, c'est sacré, n'est-ce pas? Quelque chose dans ce goût-là?

— Et ça nous mènerait où, ça?

— Vicky, ne trichez pas…

— Au début, effectivement. Oui, il a fait ça. Philippe était déjà avec quelqu'un quand je l'ai rencontré. Et… moi aussi. On utilisait l'appartement de Gilles pour nos rencontres. Ça a duré un mois, peut-être deux. Après, Caron s'est mis à argumenter, à dire que c'était dur pour lui… à laisser entendre qu'y se mourait d'amour pour moi, lui aussi.

— Et pas prétentieuse pour deux sous, vous n'y avez pas ajouté foi?

— C'était tellement pas crédible! Ça prenait rien que Philippe pour marcher là-dedans. Caron voulait ravoir sa place tranquille, y était tanné d'aller attendre dans des cafés cheaps qu'on libère la place.

— Alors quoi ? Philippe est un naïf ? Ou il n'était pas dupe, mais préférait ne pas heurter son pote ? Ce qui ferait de lui quelqu'un de passablement généreux, voire noble.

— Ni l'un ni l'autre, Patrice. Philippe aime avoir la paix et faire ce qu'il veut. Gilles aimait pas lui prêter son appartement ? Pas de trouble, on va ailleurs ! Les raisons sont farfelues ? Y s'en fout, y s'occupe pas de ça. Gilles aurait pu me regarder avec des yeux d'amoureux chaviré, Philippe savait qu'y avait pas une crisse de chance de mettre sa patte sur moi. Y écoutait jamais les grandes explications compliquées de Gilles, c'était trop long. Aye ! J'ai vu Gilles lui demander de signer je sais plus combien de photos, pis c'était toujours pour des amies de sa mère. Si Philippe avait fait attention, y se serait rendu compte que la moitié de la ville connaissait la mère de Gilles.

— Il en tirait profit, vous croyez ? Un petit commerce pour arrondir ses fins de mois ?

— J'ai jamais pensé à ça ! Non, je pense qu'il faisait l'intéressant. Y attirait des filles en leur disant qu'elles seraient invitées chez nous.

— Quel type de nanas ?

— Pas de genre. Toutes sortes.

— Longues et courtes jambes, donc.

— C'est ça, oui. Y est moins capricieux que mon ex, disons…

— Et il s'est marié ?

— Non. Ça durait jamais longtemps, ses histoires. Je comprends les filles de pas être restées.

— Outre votre résistance personnelle à ses charmes, vous avez des éléments pour expliquer ses échecs amoureux ?

— J'ai jamais pensé à ça, mais puisque vous le demandez, je dirais que ça l'intéressait pas tant que ça, les histoires d'amour. Ou même de cul. Vous savez, y a du monde pas trop sexué, un peu *flat*. Gilles est comme ça.

— *Flat ?*

— Qui émet rien. Pas vibrant… ni attirant, ni attiré, vous savez bien : du monde qui n'appelle pas ça. Ils sont neutres. Pas des bêtes de sexe, quoi !

— Ça va, j'ai pigé. Ce qui contrebalance les excès de certains ou certaines… On pourrait donc conclure que Philippe abusait de la sexualité et que Gilles la sous-utilisait ?

— On pourrait.

— Vachement préférable d'épouser le premier plutôt que de se languir avec le second, je suis bien d'accord.

— Gilles Caron serait le dernier mâle sur la terre que j'irais pas avec lui.

— Ça ! Vous ne le piffez vraiment pas ! Et s'il était plus malin qu'il n'en a l'air ? Si Iago était son vrai personnage ?

— *No way !* Ça se peut pas. Tellement pas !

— Considérez son parcours un instant : les femmes sont passées dans la vie de Philippe, et pourtant lui, il est resté. Il est le pilier, l'ami, et il profite des largesses de la star. À tous points de vue, d'ailleurs. Il ramasse peut-être les miettes, mais il tire son épingle du jeu. Et tout comme pour son appart, il ne donne que ce qu'il veut bien donner. On ne la lui fait pas, à ce mec. Centré sur son bénef, il ne réagit que si son intérêt est en jeu. Et quand il est pris en faute, c'est son copain qui écope. Celui qui a tous les dons lui doit bien ça. Ce qui m'incite à croire que son rôle de sous-fifre, non seulement l'a-t-il bien exploité, mais il en tire davantage qu'on n'imagine. S'offrir en souffre-douleur constitue une bonne partie de sa parade. Et dans ce rôle, il ne connaît aucun raté.

— Ça fait pas de lui un meurtrier.

— En aurait-il l'envergure ? Là est la question. Peut-il être Iago ?

— Vous voulez dire utiliser Philippe pour réussir ses mauvais coups ?

— Qu'a-t-il fait d'autre, lors de notre entretien ? Philippe détenait le premier rôle sans conteste. Dès que ça coince, il nous renvoie à son pote si adulé, ce Casanova dont la gloire ne le gêne pas… Et nous marchons à fond la caisse pour la simple raison que nous ne le croyons pas capable de se démerder tout seul !

— C'est assez vrai… »

Elle reste pensive pendant que Patrice se lève, remplit les verres et retourne à la contemplation de ses feuillets.

« Vous savez quoi ? Je ne le crois pas de taille à réussir un coup fumant. Il y a de la bassesse chez cet homme, mais ça s'arrête à des magouilles dérisoires, de petites combines… tout est mesquin chez lui, sans aucune envergure. Si on fait exception de son mètre quatre-vingts.

— Savez-vous comment Philippe a appelé Andréane ? Sa Tanagra.

— Mignon ! Elle était toute menue, c'est ça ? Un trop petit gabarit pour lui plaire… Je vais dire une énormité : et si Ariel avait poussé Andréane? Si une certaine rivalité les avait animées et que, pour en finir, Ariel ait joué de sa force et de sa stature pour précipiter la petite dans le vide? Rongée de culpabilité, elle s'entaille, s'affame et finit par se tuer, incapable de faire l'impasse et tout aussi paralysée à l'idée de payer pour sa faute ou de la rendre publique?

— Quelle rivalité? Ariel avait tout ce qu'elle voulait. C'est Andréane qui était privée, qui pochait tout, qui ratait l'audition et qui voulait changer d'école. Andréane qui n'en pouvait plus. On n'ira quand même pas jusqu'à s'inventer un meurtre par compassion pour expliquer un geste que même ses parents ont compris. Andréane n'allait pas bien. C'est Ariel qui est notre point d'interrogation. Ou qui devrait l'être. Ariel qui est drôle, fine, talentueuse, qui reste dans les premières de la classe alors qu'elle se mutile en cachette, qui est louangée, admirée et qui finit endormie dans un boisé au froid de novembre.

— Bon, d'accord. Andréane est la candidate au suicide et pourtant, ce pourrait aisément avoir été un meurtre. Ariel est bien placée pour exciter l'envie et la rancune, donc devenir la victime d'un geste vengeur et elle se suicide. Avouez qu'il y a un truc qui cloche.

— J'avoue. J'avoue même que ce qui me donne envie de chercher, c'est Andréane. À commencer par son changement de comportement. La Tanagra que Philippe a connue était lumineuse selon lui.

— Vous le croyez?

— Oui. Elle n'était qu'enthousiasme et admiration. Ça se peut qu'elle ait eu un gros kik sur Philippe, c'est même certain, mais ça avait pas l'air de lui nuire. Ça la portait.

— À quoi une môme de douze ans peut bien rêver ? Avec un homme de cet âge, s'entend. Vous le savez, vous ?

— D'être la préférée, l'unique. D'être remarquée, choisie par la vedette que tout le monde admire.

— Il a joué le rôle, vous croyez ? Gauvreau ?

— Probablement. Sans y voir autre chose qu'un encouragement. Sans abuser, je le précise.

— Ça va, j'ai compris. Et le voilà qui se barre. Le rêve de la petite se brise. Le roi envoie son émissaire sans se préoccuper de la façon dont on gère le changement de casting. Au mieux, il a averti ses fervents admirateurs qu'il avait mieux à faire. Et encore, pas sûr qu'il ait pris cette peine. Comment réagit Caron, notre héros ? Il boude ceux et surtout celles qui ne bêlent pas devant lui ? Possible. Il fait la vie dure aux acteurs qui regimbent ou qui osent comparer ses méthodes à celles de Gauvreau ? Ce serait bien de lui, ce genre de prétention. Mais quoi ? Ce qui est chiant, voyez-vous, c'est que notre principal témoin pour éclairer l'ambiance de ces répétitions, ce serait Ariel.

— On peut demander à ses amies. Elle leur en a sûrement parlé. Et de Gilles. Et aussi de Philippe, j'en suis sûre.

— Vous seriez partante ? Vous n'avez donc aucun doute ? Parce que vous risquez gros… s'il est fautif…

— Je suis partante, qu'est-ce que vous allez penser ? Et s'il est fautif, qu'il paye ! Mais je suis certaine qu'il n'a jamais levé la main sur une enfant. Jamais.

— Ne serait-ce que pour la caresser ? »

L'assurance de Vicky vacille. Elle se pose sincèrement la question et elle y met le temps que ça prend, Patrice le voit bien.

« Séduire, être admiré, adulé, adoré, désiré, tout ça fait partie de Philippe. Il aime être aimé, c'est vrai. Il ne résiste pas aux tentations. Il est infidèle, coureur et grand baiseur. Mais les petites filles ? Ça va me prendre des maudites bonnes preuves, Patrice.

— S'il y a lieu, nous les trouverons.

— S'il y a lieu, Gilles Caron va me tuer de faire descendre Philippe de son piédestal. »

Elle montre les papiers blancs : « Vous en avez beaucoup des comme ça ?

— Quantité ! »

Il saisit plusieurs feuillets et les passe en revue : « La directrice. Combien de temps a-t-elle vraiment gardé Andréane avec elle ? Était-ce uniquement pour des remontrances ? Elle est non seulement la dernière à avoir vu la môme vivante, mais nous ne disposons que de sa parole pour ce qui est du timing précis. Les fameuses vingt minutes qui séparent la sortie du bureau du saut fatal ne tiennent qu'à son témoignage. Et puisque nous y sommes : n'aurait-elle pu abuser de cette enfant ? Tout individu en autorité serait susceptible de l'avoir fait, j'en conviens, mais ses goûts la portant vers la gent féminine… permettez-moi de ne pas l'écarter. Changement de cible : le timing. Ces vingt minutes, toujours. Elles nous embêtent parce que pour sauter, il faut quand même éprouver une certaine détresse. Notre directrice nous décrit une enfant muette, apparemment

désintéressée et quasi nonchalante. Ce qui me cause problème pour ce qui est de la suite des choses. Faudrait savoir.
De deux choses l'une : ou elle ment et elle a appuyé sur le
champignon en menaçant Andréane ou quelque chose est
survenu après l'entretien avec la directrice. Exit ce dernier
faux témoin et entrée en scène d'un personnage que j'appel-
lerai « x » et qui devient le véritable dernier témoin. Quoi
d'autre ?… Ah ! Le violon ! Vous m'avez éclairé concernant
une partie de l'affaire : il n'a pas été récupéré. Question : qu'a
donc fait Ariel si elle ne l'a pas cherché ? Pourquoi a-t-elle
dévié de sa trajectoire initiale, si vous voulez ? Est-elle « x » ?
Est-ce elle, la personne qui a parlé à Andréane avant le saut
fatal ? Pour dire quoi ? Pour la pousser à quelle extrémité ? Je
sais, nous avons discuté des maigres mobiles qu'elle aurait
eus de la tuer. Il n'en demeure pas moins qu'elle a pu lui
parler et provoquer une panique, une réaction violente. Sans
nécessairement le vouloir. Par inadvertance. Ne faites pas
cette tête, je n'en suis pas convaincu, c'est une théorie
comme une autre. Mais elle a tout de même interrompu sa
quête du violon. Pourquoi ? A-t-elle vu « x » ? A-t-elle été
témoin d'une irrégularité, d'une chose qui aurait paru ano-
dine n'eut été le suicide d'Andréane ? Le genre de détail qui
tue. Ariel est un témoin essentiel parce que je suis persuadé
qu'elle a vu soit le suicide soit le meurtre. Elle a vu ce qui est
arrivé. Et elle n'en a soufflé mot à quiconque. Elle se tait et
se consume en culpabilité. Et la voilà qui se tue à son tour
trente-deux mois plus tard. Si un « x » autre qu'elle-même
existe, elle le connaissait. Et elle ne vend pas la mèche. Ce
qui m'amène au feuillet suivant : pourquoi se taire ? Pourquoi
protéger quelqu'un à ce point ? Et qui ? « X » ? Que peut-on
trouver qui justifie un tel cadeau ? J'ai dressé une liste non
exhaustive que je vous soumets : peur de décevoir, d'être

punie, de trahir, de faire du mal à une tierce personne non impliquée ou impliquée. Ou alors, protection de ses acquis. Ou protection de la victime qui aurait mal agi, allez savoir en quoi, mais suffisamment pour ne pas vouloir provoquer sa disgrâce. Enfin, et c'est la cause que je privilégie : chantage. Si elle parle, on dévoile un méfait qui salirait son excellente réputation ou qui détruirait ses efforts. Ce « on » serait donc notre « x » et je précise que ce ne peut être un camarade de classe pour la simple raison que le chantage s'appuie sur un pouvoir, celui de l'autorité de la parole du maître-chanteur sur la personne qu'il fait chanter. Ah oui, j'ai aussi noté que le chantage pourrait ne pas concerner « x », mais que ce serait tout de même un hasard digne d'un feuilleton télévisé. J'y suis même allé d'une hypothèse digne de ce genre de divertissement : est-ce possible qu'Ariel ait été amoureuse d'Andréane ? Que cette découverte soit survenue à la suite du suicide, c'est-à-dire trop tard ? Que son silence accompagné des mutilations soient l'expression d'un immense regret, celui de n'avoir pas communiqué un sentiment qui aurait pu sauver Andréane ? Ses timides interrogations sur son identité pourraient étayer l'hypothèse. Et, dernier feuillet la concernant, la perte de la virginité pourrait-elle constituer une sorte de test pour corroborer son soupçon ? C'est probablement bien tiré par les cheveux… enfin, ça vaut ce que ça vaut et c'est sûrement inspiré par les goûts de la directrice.

« Attendez, j'ai autre chose pour conclure : j'ai noté tout à l'heure votre info concernant le violon. Si elle-même l'a oublié et que c'est son père qui est allé le chercher, où l'a-t-il trouvé ? Dans le cubicule de répétition ou ailleurs ? Comme ce genre de chose ne voyage pas seul, ce pourrait être éclairant d'apprendre qui s'en est chargé dans le chaos qui a suivi le suicide, et pourquoi. J'ignore si un violon est facilement identifiable, l'étui doit l'être sans doute. Je continue ?

— J'écoute, Patrice. Vous ne pouvez pas savoir à quel point je suis attentive.

— Les ambulances. Une vétille, je sais. Dans la panique générale, deux appels au Samu, ou enfin, à l'instance qui en tient lieu chez vous. À priori, ça n'a rien de louche. J'ignore si après trente-deux mois, vous seriez en mesure d'obtenir les enregistrements de ces appels ou, si ceux-ci ont été détruits, du moins les noms des appelants. Ce ne serait pas superflu, considérant le peu que nous possédons sur cette journée. Et cela permettrait du moins d'apprendre qui était aux premières loges, si j'ose dire.

« Les pères, maintenant. Je me suis fait un devoir de les soupçonner, quoique vous en ayez dit. L'inceste et l'abus. Je sais, cela vous paraît hors de question. Mais je me devais de le noter. Ce serait une cause de suicide plausible. Même en écartant l'option d'abus, il demeure que les pères sont à prendre en compte. Pour Andréane, l'idée que la directrice puisse appeler son père, la diminuer davantage à ses yeux, ça pourrait avoir joué, non ? Pour Ariel… alors là, je suis à l'Ouest : ce père m'apparaît d'une importance primordiale si on considère le dernier geste de la petite qui a été de lui offrir un spectacle de son cru pour le célébrer. J'ai inscrit « vidéo » avec un point d'interrogation : il y a sûrement quelqu'un qui a capté ce moment et il ne serait pas inutile de le visionner. Nous aurions alors une idée plus nette de qui était cette gamine. Vous pourriez vous renseigner ?

— C'est déjà écrit, Patrice. Continuez.

— Ce ne sont que des détails, des questions sans importance qui m'agacent : ce que vous avez trouvé dans l'ordinateur et qui n'est pas identifié, ce *Pro-31* et ce *Roméo-Assam*, qu'est-ce qu'ils foutent là ? Pourquoi le secret, alors que la flamme d'Assam est connue de tous ? Autre chose que j'ai noté au tout début : pourquoi Andréane demande-t-elle qui a pris la décision de ne pas la choisir après l'audition ? Bon, ça devait me sembler capital sur le moment, mais j'avoue ne pas trop saisir en quoi c'est digne de mention. Passons.

— Non, non, c'est important, vous avez raison : ça veut dire que l'opinion de quelqu'un sur le Comité lui importait beaucoup. Plus que de savoir quelle fille on avait choisie à sa place.

— Ce qui nous ramène à notre premier candidat : Gilles Caron. Laissez-moi vous dire qu'il en occupe des feuillets, notre deuxième couteau. Ses contradictions, ses approximations, ses sautes d'humeur, tout me hérisse chez lui. Il n'est pas net, Vicky. Malheureusement, c'est le suspect idéal… il en fait trop pour être crédible. Pour ce qui est de Gauvreau… »

Patrice soupire et revient s'asseoir près de Vicky qui attend sans rien dire.

« Il n'a pas assassiné ces gamines, bien évidemment. Il a sûrement un alibi du tonnerre, quelque part dans un studio ou un théâtre. Mais il n'est pas nickel pour autant. Surtout en ce qui a trait à la première. Je me demande…

— Dites-le.

— Je me demande si c'est faire œuvre utile que de trouver ce qui a désespéré ces jeunes filles. Voyez-vous, on ne choisit pas qui nos enfants aiment ou adorent. On n'y peut rien. Si ma fille a été fana de Mickey pendant trois mois, et ensuite complètement séduite par Winnie l'ourson, tout ce que je pouvais y faire, c'était de m'assurer que les peluches étaient inoffensives. J'ai visionné quelques-uns des films de votre ex, j'ai vu des extraits de performances sur YouTube et j'ai même eu droit à un discours lors de la remise d'un prix d'interprétation : il possède tout ce qu'il faut pour rendre une gosse éperdument amoureuse. Il est évident que si cet homme appelle une petite de douze ans « ma Tanagra », elle va craquer, que dis-je, elle va fondre de bonheur et elle n'épargnera rien pour lui plaire. Et il est tout aussi patent que ses compagnons et compagnes de scène seront agacés si ce n'est furieux de cette réelle et enviable attention. Vous m'avez dit qu'il s'agissait du but ultime : être distinguée. Le choc de perdre cette complicité avec l'idole, de devenir une petite anonyme aux yeux de Caron, ça ne fait pas de Gauvreau un assassin. Ses intentions étaient même probablement louables. Il n'avait aucun besoin de ce job. Il l'a accepté par gentillesse ou peut-être coincé par sa sœur, allez savoir. Voyez comment vont les choses : il pouvait refuser, mais sa sœur a utilisé exactement les arguments avec lesquels son copain Caron réussit à tout coup. Sous la pression, il flanche, il cède et il laisse les désirs des autres régner. J'ignore s'il est faible ou s'il ne résiste pas à l'envie d'être agréable, ce qui en ferait un type bien.

— Jusqu'à temps qu'il trouve qu'on exagère et qu'on lui en demande trop. Mais c'est un généreux, oui.

— On peut donc abuser de lui ?

— Pas toujours. Ça dépend qui. Sa sœur, sûrement. Bernadette est sa première fan et il l'adore. Caron… c'est clair, il lui en passe pas mal. Les femmes, non. À moins qu'il ait beaucoup changé, les femmes n'abusent jamais de lui.

— C'est lui qui mène le bal ?

— Absolument.

— Vous êtes donc la seule à lui avoir tenu tête ?

— Non. Je suis partie. J'appelle pas ça tenir tête. J'ai compris, et je suis partie.

— Et depuis, il ne cherche qu'à vous récupérer, c'est ça ?

— Non. Il veut que je trouve comme lui que ses infidélités ne comptent pas. Je pense que ça ne nous avance pas de fouiller dans ce coin-là. Mettez les feuillets Caron de côté. On va y revenir. Vous m'avez beaucoup aidée à y voir plus clair, Patrice. Merci. On en reparlera demain. »

Elle pose son verre sur le bureau, contemple la tempête qui fait toujours rage. Patrice s'approche : « C'est joli au début, mais ça devient oppressant à force.

— Comme pas mal d'affaires, han Patrice ? Bonne nuit ! »

***

La tempête n'a pas bloqué que les routes : tout est ralenti, appesanti ou fermé. Même Brisson est resté chez lui, personne ne se rendra au bureau avant l'après-midi au mieux. Comme Rémy a beaucoup à se faire pardonner, il se montre plus que souple quand Vicky lui dit qu'elle est coincée à Québec et qu'elle ne sait pas quand elle pourra rentrer. Une fois acquis que l'escouade n'a pas à rembourser la note, il est bien d'accord pour que Vicky prenne son temps. Elle remarque qu'il ne demande pas qui paiera ces nouveaux frais de séjour et elle en conclut qu'Isabelle lui parle encore.

La répartition des tâches s'est organisée au petit-déjeuner. Patrice se charge avec délectation de la directrice qu'il ne déteste pas terroriser… même si c'est au téléphone.

Suzie propose d'aider Vicky à planifier une rencontre à l'hôtel dans l'après-midi avec les deux amies d'Ariel, Pénélope et Kim. Elle s'occupe de convaincre les parents et d'accompagner les filles. Pour Assam, c'est plus compliqué : elle n'a jamais eu affaire à ses parents, n'ayant jamais été sa titulaire. Quand Vicky lui demande si Morgane ne pourrait pas se joindre au groupe, Suzie se montre réticente.

« Si c'est trop compliqué, vous me le dites, Suzie. On s'arrangera autrement.

— Non, c'est pas compliqué, mais c'est pas une bonne idée. Je m'excuse, mais je pense que vous ne saurez rien si vous les mettez tous ensemble. Kim et Pénélope, c'est parfait : elles vont se relancer et vous en saurez plus. Assam est timide. S'il est avec les filles, il va se fermer, surtout si vous lui parlez de ses sentiments. Et Morgane… toute seule, ce serait mieux.

— Y a une raison ? Ou c'est juste un feeling ?

— Je pense que les filles lui en ont voulu d'aller bavasser les secrets d'Ariel à Nathalie Dubuc. Surtout que ça a rien donné. Vous savez comment ils sont : toujours sûrs de pouvoir s'organiser sans les adultes. Elles l'ont traitée de « snitch », de rapporteuse. Je pense qu'elles ont été d'autant plus dures que ça les soulageait d'accuser quelqu'un après la mort d'Ariel.

— Elles sont pas les seules… Votre grosse réunion est remise à quand ?

— Demain.

— Je vous remercie pour le renseignement concernant Gilles Caron. Ça a été très utile.

— Vous pensez qu'il a quelque chose à voir là-dedans ?

— Vous ? Dites-moi ce que vous pensez de lui… »

Suzie se tait un bon moment et Vicky se demande même si la ligne n'a pas été coupée.

« Je ne le connais pas beaucoup. Je l'ai vu un peu plus quand Andréane est morte, à cette réunion que la directrice a organisée. Mais aussi dans le théâtre, juste après… Je ne lui fais pas confiance, mais c'est sans raison précise. Je pense que moi aussi, je cherchais quelqu'un à accuser et que c'est lui qui me semblait le mieux.

— Pourquoi ?

— Pour une raison idiote : il ne nous regarde jamais dans les yeux. Pas capable. Ça m'a toujours mis mal à l'aise.

— Il est sorti avec quelqu'un de l'école ?

— Non ! Bien sûr que non. Il a sa compagne à Montréal, je ne sais plus son nom, mais ça aurait été fou de s'essayer alors qu'il arrêtait pas de parler d'elle.

— Il en parlait comment ? Comme un homme amoureux ?

— Très. Pourquoi ?

— Pour rien. Pour en savoir le plus possible. C'est précieux, ce genre de renseignements. Surtout quand le témoin est distrait, comme Gilles. Si jamais le nom de sa compagne vous revient, un petit courriel ?

— Oui, mais on se voit tantôt. Les filles vont être telle-ment contentes. Pénélope vous a adorée. Elle veut devenir détective, je vous ai dit ça ?

— C'est une enthousiaste.

— Oui, même si ce côté-là a beaucoup faibli depuis la mort de sa *best*… Betty ! Elle s'appelle Betty ou Beth, l'amou-reuse de Caron. Ça se peut-tu, la mémoire… À tantôt ! »

Vicky tape sur son clavier et rien dans ce qu'elle trouve concernant Caron ne fait mention d'une Betty. Elle se demande comment un homme si affamé de notoriété a pu tenir son amoureuse à l'abri des journaux à potins. Sur les quelques photos de gala ou de première, il est accompagné de son agente, Sophie Dumais. Vicky la reconnaît puisqu'elle s'occupe de Philippe depuis toujours.

Elle inscrit le nom de Philippe et une multitude d'entrées s'affichent. Elle n'a jamais consulté le nom de son ex, elle s'est toujours refusée à « descendre aussi bas ».

Elle clique sur « plus d'images » et l'internet lui offre un panorama exhaustif de Philippe. Elle lit les légendes et sur-tout les dates. Et voilà : 2004-2005, Beth Springfield, une femme racée qui fait dans les un mètre quatre-vingt-cinq. Encore un petit feuillet blanc pour Patrice : Gilles Caron s'est emparé de la compagne de son copain pour se créer une fausse vie conjugale auprès de ses collègues. Il devait trouver que cela paraissait plus normal. Mais pourquoi avait-il tant besoin de normalité ?

***

La vidéo a été réalisée avec une caméra de qualité et l'image est nette et soignée. Il y a même un petit traveling entre la performeuse et celui qui reçoit l'hommage, Jean Crête.

Ariel est drôle, moqueuse. Elle crève l'écran. Très délicate, très mince, elle bouge bien, parle bien et chante bien. Ses couplets sur Jean sont tellement bien tournés que Patrice et Vicky éclatent de rire à deux reprises. La finale est enlevante, comme l'a dit Kim : Ariel attrape son violon et interprète un arrangement rythmé, moderne. Les derniers accords explosent dans une envolée qui donne envie de se lever et de danser. Les spectateurs sont d'ailleurs debout et ovationnent Ariel. Jean Crête se précipite sur scène et il saisit sa fille à bras-le-corps pour la faire virevolter. L'image s'arrête sur Ariel soulevée par son père, le violon d'une main, l'archet dans l'autre, la tête renversée, ses longs cheveux flottant. Jean la tient solidement et elle le regarde avec une adoration et une confiance absolues. Le sourire du père et de la fille est exactement le même : ils ne peuvent pas se renier, ces deux-là.

Dans la salle de réunion de l'hôtel où ils recevront leurs témoins, plus personne ne parle. Vicky voudrait revoir la vidéo tout de suite pour échapper à cette image de fin qu'elle sait brisée à jamais. Pour retourner dans la joie, dans la vie heureuse qui est si palpable dans ces six minutes.

« Je peux ? »

Patrice prend la manette et appuie sur *Play*.

Quand l'image se fige, il s'en détourne pour ne plus voir cette flambée d'amour.

« Je ne sais pas pour vous, mais on a de la veine que de pareilles archives ne documentent pas la vie de toutes nos victimes. C'est d'un pénible… Comment une telle joie peut-elle se muer en un désespoir assez intenable pour se donner la mort ?

— Imaginez ses parents… Si ça nous fait cet effet-là à nous, imaginez ce qu'ils endurent… »

Les yeux bleus sont presque foncés quand ils la fixent avec tristesse. Patrice Durand ne laisse presque jamais filtrer ses émotions, sauf s'il peut les appuyer sur de l'ironie. Cette fois, Vicky constate que le père a pris le pas sur l'enquêteur.

« Je ne crois pas qu'il y ait un seul père au monde qui résisterait à une telle déclaration. À la seule pensée que ma petite fille…

— Pensez pas à ça. Votre fille a cinq ans et elle chante encore pour Winnie l'ourson…

— Qu'est-ce qu'elle me manque ! »

Ils entendent les filles avant qu'elles n'arrivent dans la pièce. Elles babillent, rient, on dirait des oiseaux excités par le printemps. Elles sont pourtant couvertes comme des ours pour affronter la tempête qui faiblit en laissant le froid s'installer. Ils les observent se débarrasser de leur attirail en commentant l'esthétique de l'hôtel, la cheminée pas mal impressionnante, le chic discret. Elles finissent par s'asseoir à la table de conférence, houspillées par Suzie qui essaie de les discipliner sans affecter leur bonne humeur.

Pénélope est la plus bavarde. Elle regarde Patrice avec insistance et Vicky fait les présentations. Timide, elle tend la main et se tourne ensuite vers Vicky avec qui elle est nettement plus à l'aise : « Est-ce qu'on pourrait voir ta chambre, après ? On va jamais à l'hôtel dans notre ville, tu comprends ? Pour le fun… »

Vicky promet. Ils n'ont pas le temps de poser une seule question que Pénélope est déjà en train de parler des endroits où elle est allée à l'hôtel. Kim ajoute son grain de sel, évoquant leur déplacement scolaire dans un petit hôtel de Boston. Elles rigolent comme les jeunes filles qu'elles sont.

Vicky essaie d'orienter la conversation, mais les filles ont vraiment l'impression d'être en vacances. Patrice offre un café à Suzie, un rafraîchissement aux demoiselles et il sort. Pénélope se retourne vers Vicky, l'œil allumé, un gros « Wouah ! » muet sur les lèvres. Kim est assez séduite pour demander si c'est l'amoureux de Vicky.

« Ben non, voyons ! On travaille ensemble. Tu le trouves beau, toi aussi ?

— Ben… intéressant ! »

C'est accompagné d'un haussement d'épaules gêné. Pénélope complète pour elle : « Plus jeune, y serait *sick* ! »

Suzie traduit : « Ça serait malade — ou y serait malade… »

Patrice revient, chargé d'un plateau : « Qui est malade ? »

Ce qui déclenche un fou rire irrépressible. Il tend une assiette de biscuits aux filles qui ne refusent pas.

« Nous aimerions parler d'Ariel et d'Andréane si cela ne vous gêne pas. »

Aussitôt, l'humeur se tempère. Les filles grignotent leur biscuit, silencieuses et sérieuses.

Pénélope trouve le silence pesant : « En tout cas, Ariel aurait pas pris de biscuit. C'est rendu que je pense à elle chaque fois que je mange de la *junk*.

— C'est pas de la *junk*, ça, c'est du sucre.

— Ben ! Du sucre, c'est une sorte de *junk*, cé que tu penses ? »

Elles ont vraiment l'art d'échapper aux questions. Vicky ne les laisse pas s'égarer : « C'était quoi, vous pensez ? De l'anorexie, un régime, ou elle avait pas faim ?

— Je le sais pas pour Kim, mais moi au début, j'ai pensé qu'elle avait juste pas faim. C'est ça qu'elle disait : pas faim. Pis après… je sais pas trop. Elle faisait attention.

— Est-ce qu'elle avait des périodes où elle mangeait beaucoup ? Une sorte de rush ?

— Non, ça c'est moi ! Genre, voir le fond du sac de chips ? Ou ben clencher le gâteau, c'est mon genre. J'ai jamais vu Ariel faire ça ! Toi, Kim ?

— Y a des filles qui font des régimes, j'en connais en masse. Mais Ariel, je l'ai jamais vue devenir maniaque comme elles. À la caf, elle regardait tout le temps son assiette comme si c'était une montagne. Elle mangeait trois, quatre bouchées pis pfiou, fini ! Pus faim.

— Vraiment pas comme Caroline Côté ! Ou comme moi : j'ai tout le temps faim. On dirait que je suis percée. Pas de fond. J'ai pas de fond, c'est ça qu'Ariel dit. Disait. »

En une seconde, la tristesse s'abat sur elles. La longue main de Kim prend celle de Pénélope. Et elles se taisent. Patrice parle d'une voix très douce : « Et Andréane Sirois, vous en diriez quoi ?

— Ben… pour la bouffe ? Me souviens pus trop. Ça fait longtemps.

— Elle était petite en tout cas, la plus petite de la classe. Elle avait l'air de dix ans. Gros max.

— Pis on a douze ans en secondaire un. Treize, des fois. Pas dix ! Han, Suzie ? »

Celle-ci confirme. Elle ajoute que chez Andréane, la structure était frêle, que ce n'était pas une question de régime. Pénélope ouvre les bras: «Comme moi! J'ai grandi d'un coup: en six mois, je me suis étirée comme un élastique. Pis j'engraisse pas, même si je me prive de rien.

— Dans la classe, est-ce qu'on avait des surnoms pour Andréane? Parce qu'elle était si petite?»

De toute évidence, la question de Vicky ne leur plaît pas. Kim chuchote: «Ti-moineau… Ti pit… pic-pic…»

Pénélope ne parle pas beaucoup plus fort: «Parce que dans le solfège pis le chant, elle était pas terrible. Elle faussait! Ça a commencé par ti-moineau pis ça a fini en pic-pic.

— Elle en était blessée?

— Ben là! Elle le savait pas!

— Pis y fallait pas dire ça devant Ariel! Parce que c'était pas fin. Pis Ariel la défendait.»

Ils reviennent sur le jour de la mort d'Andréane, essayant d'obtenir une description précise de l'attitude d'Ariel. Une parfaite unanimité leur répond: elle était muette et de glace. Dans la voiture qui les ramenait, la mère d'Ariel essayait de les faire parler, d'en savoir plus et pas une seule fois Ariel n'avait ouvert la bouche. Seules Pénélope et Kim répondaient aux questions.

«Tout de même… elle a sûrement abordé le sujet, si ce n'est le jour même, alors ultérieurement? Non? Vous étiez ses meilleures copines, vous en connaissez un bout sur ce qu'elle pensait.»

Les deux filles restent muettes. Vicky essaie une nouvelle tactique: «Avez-vous promis de ne pas en parler? Une sorte de pacte?

— Ben non.

— Elle n'a jamais rien dit ? Même pas "c'est épouvantable" ?

— Elle a vu. »

C'est dit si bas qu'ils doutent d'avoir bien entendu. Ils se tournent tous vers Pénélope. Même Kim sursaute avec un : « Han ? » des plus authentiques.

Ils attendent pendant que Pénélope, les yeux baissés, égrène son biscuit : « Elle a appelé le 911. Elle a vu Andréane. Et elle a jamais voulu en parler.

— Attendez ! Elle a vu la petite sauter ? C'est ce qu'elle vous a dit ?

— Non ! Elle a dit : je l'ai vue et j'ai appelé le 911. Après, ce qu'elle a fait, je le sais pas. Et je sais pas si elle l'a vue avant ou après le saut. Ou pendant.

— Tu sais ce que son père m'a dit, Pénélope ? Qu'Ariel corrigeait tous ceux qui disaient "suicide". Elle parlait d'un accident. C'était pareil avec toi ?

— On n'en parlait pas, j'vous dis ! Parce que quand quelqu'un disait "Andréane Sirois", Ariel venait comme fâchée. Ben, pas fâchée, mais sur la défensive. Elle l'a toujours défendue. Toujours ! Pis la seule fois où elle m'en a parlé, c'était pour dire "je l'ai vue". Vous pensez ben que j'aurais voulu avoir des détails, moi aussi. Mais non.

— On aurait jamais dû l'appeler pic-pic. Ça doit être dur d'être toujours la dernière à l'école.

— Il y avait bien un créneau où elle avait moins de difficultés, non ? Ne serait-ce que la gym, le sport ?

— En tout cas, elle était trop petite pour jouer au volley ou au basket. »

Elles se tournent vers Suzie qui ne peut que confirmer les piètres résultats d'Andréane.

Dans le silence désolé qui suit, Kim ramasse les graines de biscuit éparpillées par son amie. Elle va les porter à la poubelle. Ses mains sont vraiment très longues, faites pour le piano.

« Tu as joué aux funérailles d'Andréane, Kim ? On m'a dit ça. »

Kim revient, mal à l'aise.

« Qu'est-ce que t'as joué ?

— Chopin. Un nocturne.

— C'est toi qui l'as proposé ?

— Le Chopin ? C'était son préféré… »

Si elle croyait en rester là, elle se trompe. Tout le monde attend la suite, presque penchés vers elle. Pénélope est la plus impatiente : « Ben là ! Comment tu sais ça ? Ariel te l'a dit ?

— Non, non…

— Ben !… »

Vicky se félicite d'avoir un soutien aussi pressant de la part de Pénélope. Kim n'aime pas du tout ça et elle fixe son amie avec un avertissement sévère au fond de l'œil : arrête !

Pénélope essaie de s'amender : « C'était beau en tout cas. Vraiment beau. »

Patrice prend encore une fois sa voix très douce : « Vous savez, Kim, quelquefois, on détient une clé sans le savoir. On connaît un détail qui ne semble vraiment que ça : une broutille, quelque chose de négligeable à nos yeux. Ce que nous cherchons, Suzie, Vicky et moi, ce n'est pas à humilier ou à déprécier Andréane ou Ariel. Nous ne voulons pas toucher à leur réputation. Ce que nous cherchons, c'est ce qui a pu se passer, la suite des toutes petites choses apparemment sans lien ou sans importance qui constituent le fondement du drame qui est arrivé à ces deux jeunes filles. »

Elle l'écoute attentivement, toujours incertaine. Patrice poursuit : « Ce nocturne… lequel était-ce ?

— En fa mineur.

— Opus 55… il est infiniment nostalgique. Très triste. Cortot en a fait une interprétation inoubliable.

— Vous le connaissez ? C'est vrai pour Cortot… mais dans les meilleurs, je dirais Horowitz aussi.

— C'est effectivement une grande interprétation… Il est sublime, ce nocturne. Andréane vous en avait déjà parlé ? C'est la raison de ce choix particulier ? »

La jolie tête fait non sans rien ajouter. Elle hésite. Chacun retient son souffle. Kim ne parle qu'à Patrice, comme si elle redoutait la réaction de Pénélope. « C'était en secondaire un. Un peu avant Noël. Notre prof de math avait la grippe et la fille qui le remplaçait nous a donné un devoir. J'ai fini vite pis j'ai demandé la permission d'aller répéter mon nocturne. Y a pas beaucoup de bons pianos, alors, à l'heure des cours, c'est parfait, y a personne, on peut prendre le meilleur. J'ai joué je sais pas combien de fois, mais Andréane est venue dans la pièce sans que je m'en rende compte. Quand j'ai eu fini, je l'ai vue : elle était assise par terre près de la porte, toute tassée avec ses bras qui tenaient ses jambes, la tête sur les genoux. Je me suis levée pour lui parler… elle pleurait. Pas de bruit, elle pleurait. J'ai essayé de savoir ce qu'elle avait, elle a dit qu'elle voudrait beaucoup que je recommence, que c'était pas grave, qu'elle avait le blues. J'ai rejoué toute la pièce et quand je me suis retournée, elle était partie. Elle était pas dans son état normal, vous comprenez ? Elle… elle était… je sais pas. Ses yeux… bon, je vais le dire : elle était soûle ou partie, ou je sais pas. Pas normale, en tout cas. Elle avait de la misère à faire le focus. Elle parlait mou…

— Et c'était déjà arrivé ?

— Ben non ! Pas comme le gars qui a été renvoyé de l'école, là, lui de secondaire quatre. C'est la seule fois que je l'ai vue de même. Mais c'était évident. Elle avait jamais été aussi croche, aussi perdue. J'ai pensé que le jour où elle a… sauté, elle était peut-être *high* ou je sais pas, qu'elle avait pris quelque chose de trop fort pis qu'elle avait tombé. Était tombée, excusez.

— Et vous n'en avez jamais soufflé mot à quiconque ? »

Elle hoche la tête, désolée : « J'aurais dû ? Ça aurait changé quelque chose ?

— Probablement rien, inutile de se biler. »

C'est Suzie Brault qui pose le plus de questions ensuite. Le nom du professeur malade, la salle de répétition, si Andréane avait fait le devoir de math, si elle avait demandé à sortir ou si elle ne s'était tout simplement pas présentée au cours.

Dès qu'elles sont parties avec Vicky pour admirer sa chambre comme promis, Patrice se tourne vers Suzie : « Voilà qui est plus qu'inhabituel, n'est-ce pas ? Elle avait des problèmes d'addiction, vous croyez ? C'est la première mention d'une défonce… Allez, dites-moi quelle saleté circulait dans votre école.

— Je sais pas ! C'est vraiment surprenant. Je l'ai jamais vue dans l'état que décrit Kim. Pourtant, j'en ai eu des soupçons sur certains… et on a renvoyé des élèves. La directrice est très sévère là-dessus : la première offense et c'est dehors. J'ai jamais pensé qu'Andréane… Je vais essayer de retrouver les dates exactes du remplacement des profs de math. Je sais pas si c'est utile…

— Mais si ! Tout est déterminant. Une bricole s'explique et toute l'enquête prend son rythme.

— Je vais dessiner le plan des salles de répétition où il y a des pianos. Kim a répété sur le meilleur, le Yamaha. Les deux autres sont de moindre qualité. Regardez. »

Sur la feuille, elle a esquissé quelques carrés et rectangles et elle a tracé une croix à l'endroit où le bon piano était. Elle a également indiqué le toit-terrasse d'où Andréane a sauté. Patrice essaie de saisir un lien qui lui semble plutôt mince : « Je ne pige pas, Suzie… Elle n'était pas loin du toit, c'est certain… Je n'y comprends rien ! Que déchiffrez-vous ? Qu'elle projetait de sauter ce jour-là et que le nocturne l'en a empêchée ? Quelque chose dans ce goût-là ?

— Non ! Regardez bien : la salle où Kim jouait est contiguë au théâtre, collée dessus. C'est le piano de concert, alors quand il n'est pas sur scène, il est dans cette pièce. Cette porte double donne sur la scène. Si Kim n'a pas vu Andréane entrer, c'est qu'elle était dans son dos. Pour ça, il faut qu'elle soit passée par le théâtre. L'autre porte qui donne sur le corridor est devant le piano. »

Patrice étudie le plan attentivement.

« Dites donc, Suzie, puisque vous effectuerez des recherches concernant les profs et les horaires de chacun, ça vous ennuierait beaucoup de vérifier ceux du metteur en scène?

— C'est exactement ce que je pensais faire! Ça me dérangera tellement pas!»

Elle n'est pas peu fière d'elle.

Toute souriante, Vicky revient. Les filles étaient tordantes d'excitation et de drôlerie. En entrant dans la chambre, elles ont tout de suite vu les fleurs offertes par Isabelle et, en trois minutes, elles avaient échafaudé des histoires de passion torride : « Vous êtes le principal candidat, Patrice. Tout tournait autour de vous!

— Je n'en espérais pas moins.

— Elles voulaient tout savoir : combien de temps on reste ici, si on a toujours travaillé ensemble, si j'étais amoureuse, si j'avais des enfants… Un feu roulant! Et qui on rencontrait après elles. Très bon, Suzie, de ne pas les avoir convoquées en même temps que Morgane, elles ne sont pas tendres avec elle.

— Et le garçon? Roméo? Elles ont un avis?

— Un petit génie, ça a l'air. Y a obtenu beaucoup de respect comparé à Morgane. Pénélope a même dit que ça aurait fait un couple de premiers de classe. Lui en sciences pures et Ariel en art. »

Suzie confirme que les deux étaient très forts et qu'Assam excellait presque sans peine.

Le coup discret frappé à la porte les interrompt.

Le témoignage de Morgane ne diffère pas du tout de ce qu'elle a déjà dit à Vicky et elle répond à toutes les questions avec la meilleure volonté du monde. Mais elle ne sait rien et, en dehors de l'extrême gentillesse d'Ariel, elle n'a rien à leur apprendre: «Mais même si Ariel avait su que je l'avais *stoolée* à Nathalie Dubuc, elle m'aurait pas engueulée. Elle aurait compris que je m'inquiétais. Pas comme les autres.

— Elles t'ont accablée de reproches, ses copines? Elles t'ont mené la vie dure?

— Y ont dit que je faisais plus de mal que de bien. Que sans moi, au moins, ses parents l'auraient jamais su. Mais moi, je comprends pas: si elle s'est tuée, c'est parce qu'elle allait pas bien, non? Pis ça, ses parents le savent!

— Même sans toi, ils l'auraient su, Morgane. Pour les marques sur son corps.

— Elle était tellement fine! Toujours à s'inquiéter des autres, à nous demander si ça va. J'ai été vraiment contente que personne lui dise que je l'avais *stoolée*. Ça s'est su après. J'aurais pas voulu qu'Ariel pense que j'avais mal agi. Surtout qu'elle se fâchait jamais.

— Jamais? Vraiment? Envers quiconque? Un petit coup de gueule de temps à autre, ça soulage, non?

— Pas elle! Andréane, oui. Mais pas Ariel. Personne a été surpris de voir Andréane faire ça. Parce qu'elle était pas mal rejet… Pensez-vous que les amies d'Ariel vont me barrer ben longtemps? Si c'est encore de même après Noël, moi je change d'école.

— Est-ce que tu veux que je leur parle, Morgane? Je pourrais essayer. Je ne suis plus votre professeur, mais…

— Ben non! Faites pas ça, c'est encore pire: elles vont dire que je suis allée me plaindre aux profs. Elles se pensent ben fines, mais Ariel leur a dit à propos des *scratches* jusse parce que je les avais vues. Sans ça, elles l'auraient jamais su, garanti.

— C'est important de la boucler, alors? De ne jamais moucharder sous peine de représailles?

— Si on rapporte, Monsieur, on est rejet. Automatique!

— Mais Ariel ne l'était pas?

— Jamais! Tout le monde l'aimait! Je sais pas pantoute pourquoi elle a écrit ça sur son Facebook. Que c'était trop dur. Elle l'avait facile. À ce compte-là, je devrais être morte. Ariel, elle savait pas c'est quoi, être rejet. »

La grosse larme qui roule sur sa joue est sûrement la preuve que Morgane se débat difficilement dans cette violence verbale.

Vicky ne veut pas qu'elle parte comme ça, aussi défaite: « Tu sais, Morgane, Suzie ne peut pas leur parler, mais moi, je peux m'arranger pour que les amies d'Ariel sachent que tu as contribué à l'enquête. Et que ce n'est pas par toi que ses parents ont su pour les mutilations.

— Mais c'est moi celle qui est allée dire ça à Dubuc! Pis je vous ai même pas aidée, ça serait pas vrai.

— On pourra jamais t'accuser d'être malhonnête en tout cas! Laisse-moi y penser. Pour l'enquête, tu nous as démontré que garder les secrets les plus lourds, les plus durs, c'est une sorte de condition pour être dans la gang, pour pas être rejet. Mais y a des secrets qu'on devrait jamais garder pour soi. C'est trop dangereux.

— Vous pensez qu'Ariel avait d'autres secrets ?

— Toi ?

— Ça doit… parce qu'y avait rien de dur dans sa vie. En tout cas, rien qui avait l'air dur. J'ai essayé le violon, moi… trois mois pis j'ai lâché. Phft ! L'enfer ! »

***

« Je ne pense pas pouvoir vous aider. »

C'est la première phrase prononcée par Assam et il semble bien déterminé à la valider.

Au bout d'un quart d'heure, ils comprennent que ce n'est ni la timidité ni l'ignorance qui braque Assam, mais plutôt une sorte de fidélité envers Ariel. Comme si parler d'elle, évoquer ses répétitions théâtrales risquaient d'entacher sa réputation.

Au bout d'un certain temps, Patrice renonce. Il s'appuie au dossier de sa chaise et regarde Vicky d'un œil exaspéré. Elle prend le relais : « Parlons un peu de théâtre, Assam, veux-tu ? Qu'est-ce qui te plaisait le plus dans *Roméo* ? Quelle réplique te semble la plus éloquente ?

— Y en a plusieurs… Faut que j'y pense… »

Il est content de changer de propos et il se donne vraiment la peine de réfléchir. Machinalement, il fait pivoter la télécommande de la télé. Il arrête le mouvement de l'objet en levant ses yeux brûlants vers Vicky : « *Elle est trop belle, trop sage, trop sagement belle, car elle mérite le ciel en faisant mon désespoir.* »

Il baisse les yeux, gêné, et se remet à faire tourner la manette… ce qui rallume l'écran où l'arrêt sur image est celui de la fin de la vidéo. Assam fixe l'écran, sidéré, ébloui. Patrice prend doucement la manette et éteint. Assam est aussi troublé que s'il avait vu le fantôme d'Ariel.

Vicky lui demande s'il veut voir la vidéo. Assam, les yeux toujours baissés, hoche la tête. Il est si malheureux, si triste que Vicky le prend en pitié : qui a osé prétendre que les chagrins d'amours adolescentes étaient vite oubliés ? Elle sait qu'Assam n'oubliera pas Ariel : « Tu l'aimais vraiment, ta Juliette ?

— J'aimais Ariel. Pas Juliette. Juliette, c'était mon excuse pour l'approcher. Sans *Roméo*, j'aurais jamais pu.

— Pourquoi ?

— Elle s'occupait pas trop des gars. Elle s'en fichait qu'on l'admire.

— Même toi ?

— Évidemment… j'étais pas différent des autres. Pas avant qu'on devienne amis.

— Vous étiez proches ? »

Assam fait oui, le regard perdu dans des souvenirs que Vicky voudrait bien connaître.

« Elle partageait tes sentiments ? »

Le sourire d'Assam est celui d'un homme qui n'ignore pas ses limites : « Pas les mêmes, mais elle avait confiance en moi.

— C'est le début de l'amour, non ? Toi ? T'avais confiance en elle ?

— Trop ! Si j'avais su…

— Elle t'a jamais donné l'impression qu'elle était si malheureuse, je pense ? »

Assam ne répond pas. Il a l'air absorbé dans ses pensées. Vicky allait le relancer quand il murmure : « Quand c'est trop tard, on se met à voir toutes sortes de détails qu'on n'avait pas remarqués.

— Tellement vrai ce que tu dis. On s'en veut beaucoup aussi.

— Pas si on pouvait rien changer. Pas si ça nous dépassait.

— Tu penses que, malgré toute ton affection, tu ne pouvais pas changer sa décision ? »

Assam hoche encore la tête, muet. Il est comme crucifié par ces questions. Vicky avance sur la pointe des pieds : « Ça te dépassait... parce que c'était pas à cause des autres, c'est ça ?

— Quels autres ?

— Les camarades de classe, les acteurs, ses parents, ses amis...

— Je peux pas savoir ça. Je veux dire, ses relations avec tout le monde, je le sais pas.

— Andréane Sirois ? »

La réaction est vive, le regard se plante dans les yeux de Vicky, comme si elle l'avait fouetté. Il dit seulement, en baissant les yeux : « Je la connaissais pas. Je suis arrivé l'année après elle. Je sais qu'elle a sauté du toit. C'est tout. »

Vicky choisit de ne pas s'appesantir, de lui donner l'impression que c'est sans importance. « Parle-moi un peu de l'ambiance des répétitions, du travail avec Gilles Caron.

— On n'était pas prêts. On répétait pas assez. Je ne sais pas si on serait arrivés à temps... C'était vraiment pas prêt.

— Tu savais que Caron répétait dans le détail avec Ariel?

— Ben oui. On faisait des italiennes pendant ce temps-là.

— T'as répété tout seul avec lui?

— Non. Juste Ariel.

— Tu sais pourquoi? Ça a l'air que celle qui jouait la nourrice avait drôlement besoin de travailler.

— Annabelle? Elle rit tout le temps! Pas capable de se retenir.

— Pourquoi pas travailler avec elle, alors?»

Assam hausse les épaules, se tait. Le malaise est palpable.

«Est-ce qu'elle est jolie, Annabelle?

— Pas trop, non. Sans vouloir être impoli.»

Il regarde Suzie Brault qui confirme: «C'était un bon choix pour la nourrice parce qu'elle est bâtie solide, un peu grassouillette. Mais c'est une ricaneuse, c'est vrai. T'as bien raison, Assam.»

Vicky ne sait plus par quel bout le prendre, il lui échappe sans même le chercher. Comme si sa peine le tenait loin de tout.

«Tu veux me parler d'elle? La dernière fois que tu l'as vue, c'était quand?

— Le vendredi. La veille… On a travaillé un peu. On a parlé.

— De quoi?

— Rien de spécial. Elle était énervée pour le spectacle de l'anniversaire de son père. Ça avait lieu ce soir-là. On a fait une italienne… elle savait tout parfaitement, pas une hésitation.

— Y a quelque chose que je comprends pas, Assam. Tout le monde dit qu'Ariel était super fine, qu'elle prenait soin des autres, qu'elle était attentive. Comment ça se fait, si elle connaissait tes sentiments, comment ça se fait qu'elle t'ait pas laissé un mot, quelque chose ? »

Les yeux d'Assam sont suppliants : « Elle était comme vous dites.

— Alors quoi ? Ça se peut qu'elle ait mal compris tes sentiments ? Qu'elle ait pas fait attention à toi ? Je comprendrais, remarque, mais ça m'étonne.

— Elle avait confiance en moi.

— Confiance que tu comprendrais une chose pareille ? Que tu ne la jugerais pas ? Confiance que tu garderais ses secrets, c'est ça ?

— Confiance. C'est tout. Confiance que même si je comprends pas, je… j'accepte.

— Et tu y arrives ? À accepter ?

— Je sais pas… pas encore. Mais j'essaie.

— On va te laisser partir, Assam. Merci beaucoup d'être venu nous parler. Je te laisse ma carte, parce que je pense que si Ariel a donné une raison à quelqu'un, ce serait à toi. Peut-être que tu ne sais pas que c'en est une, que tu vas t'en rendre compte plus tard.

— Merci. »

Il est déjà en train d'enfiler son manteau quand Vicky continue : « Assam, y a quelqu'un qui m'a dit que si Andréane ne s'était pas tuée, jamais Ariel ne l'aurait fait. Alors, je vais te demander une chose : arrange-toi pour que personne ne puisse venir me dire que si Ariel ne s'était pas tuée, tu ne l'aurais pas fait. Appelle-moi. Y a d'autres façons de s'en sortir, je te le promets. »

Assam regarde par terre en triturant son long foulard : « La réplique la meilleure c'est : *Adieu, tu ne saurais m'apprendre à oublier.* Pour se souvenir, il faut rester en vie. Je vais rester en vie et je l'oublierai jamais. Elle avait raison d'avoir confiance. »

De cela, ils sont convaincus. Totalement.

Suzie Brault propose de les laisser travailler, mais quand ils l'invitent à faire le point avec eux, elle se rassoit avec plaisir.

La moisson est plutôt mince. Comme le dit Patrice : « À quoi bon confirmer sans cesse ce qui est fermement établi, à savoir que la gamine était extraordinaire et que rien ne permet d'accuser qui que ce soit d'avoir provoqué son désespoir. Si désespoir il y a eu. »

Suzie et Vicky argumentent vivement, le suicide étant un aveu direct d'une détresse… que personne n'a soupçonnée.

Patrice relate la conversation qu'il a eue avec la directrice qui a confirmé « sans l'ombre d'un doute » qu'elle a sermonné Andréane le 17 mars entre dix heures trente et dix heures quarante. La chose étant inscrite à son agenda et aussi à son ordinateur puisque, tout de suite après la sortie de la petite, elle a transmis un courriel aux parents pour leur fixer un rendez-vous.

« Il s'agit, paraît-il, de la procédure habituelle : les parents sont avertis des boulettes de leurs enfants et ils doivent aussi s'en expliquer à la directrice. Bien évidemment, la chose a été neutralisée par le saut qui a suivi. Je ne vois aucune raison de douter de sa parole. Elle me semble impeccable en matière de discipline et de règlementation. »

Suzie confirme. Les parents ont sûrement reçu le courriel en question, elle n'en doute pas. « On a quand même appris qu'Ariel a vu le suicide et qu'elle a appelé le 911.

— Sans vouloir paraître tâtillon, Suzie, "elle a vu", voilà ce que nous savons. Or, elle a toujours refusé le terme de suicide pour cette petite. Si ceci confirme cela, nous obtenons le résultat suivant : Ariel a vu ce qui a causé la mort d'Andréane. Et il y a fort à parier que l'accident était patent. Et qu'elle a jugé inutile d'en parler à quiconque, malgré sa conviction. Qu'avons-nous d'autre ? Le malaise évident d'Assam à l'énoncé du prénom d'Andréane… alors qu'il ne l'a pas connue et… voyons, où ai-je noté cela ? C'était pourtant vachement crucial… »

Vicky le connaît assez pour savoir ce qui est primordial à ses yeux. Elle lui rafraîchit la mémoire : « Qu'Andréane était dopée quelque temps avant sa mort ?

— Vous y êtes ! Merci. Une mioche de douze ans qui plane grave alors qu'elle devrait se trouver en classe ? Ça craint. Suzie, montrez votre plan à Vicky, s'il vous plaît. Expliquez-lui ce que vous m'avez appris. »

Après les explications de Suzie, Vicky reste silencieuse, concentrée. Elle prend le plan, le contemple.

Comme toujours, Patrice s'énerve : « Costaud, non ?

— Non. Dégueulasse. Suzie, il est où, le bureau du metteur en scène sur le plan ?

— Ben… la feuille est pas assez grande… faudrait passer par la salle des profs, devant la terrasse. Juste après. C'est tout petit, là, rien de plus qu'une table de travail entre là-dedans. C'est comme les cubicules pour les musiciens.

— Aucune chance d'entendre le piano de là ?

— Aucune. C'est sûr.

— Alors, ce que Kim a dérangé en jouant, c'est une répétition très privée dans le théâtre. Une répétition sous influence, même. D'après ce qu'a dit Kim, c'était impossible de ne pas s'en apercevoir. Cette enfant était droguée. Alors nous, Patrice, on va aller questionner le roi du travail en détail. Merci infiniment, Suzie.

— Vous êtes sûre qu'il était là ? Vous ne voulez pas que j'essaie de vérifier les horaires avant ?

— Si je me trompe, je m'excuserai. Votre responsable du soutien m'a montré comment. »

Patrice est déjà debout.

***

Dès que Suzie est sortie, Vicky tend son cellulaire à Patrice : « Il va répondre s'il pense que c'est moi. Et comme il a une peur bleue de la police française…

— Ah bon ? Pourquoi cette crainte ?

— Ça fait partie de ce qu'on va essayer de savoir. Allez-y ! Prenez votre voix officielle. Dites-lui de rappliquer ici au plus crisse.

— Permettez que je le formule dans mes propres termes ? »

Gilles Caron ne comprend pas, ne veut pas leur parler et demande sans cesse si c'est légal de le déranger autant. Il se présente tout de même, comme on le lui a ordonné.

Vicky ne bronche pas, elle le fixe sans dire un mot et, comme une couleuvre, il cherche à fuir. « J'ai-tu besoin d'un avocat, là ? Comme dans les séries policières ? J'ai-tu la police après moi ? Vicky, tu me connais, tu ne peux quand même pas penser que j'ai fait du mal à quelqu'un ?

— Parle-moi donc de Betty. Comment elle va ? »

Patrice est assez étonné de la tournure des évènements, mais il a une confiance absolue en Vicky.

Gilles Caron répète le prénom, décontenancé. Il est encore plus mal : « Je sais pas ! Demande à Philippe, si tu veux des nouvelles de ses deux mille ex ! Je pensais pas que ça t'intéressait…

— Non, non : je te parle de ton ex, Betty.

— Ah ça ? Tu sais comment c'est… les placotages, les rumeurs dans une école, c'est pire qu'au théâtre. J'ai dit ça de même, pour avoir la paix.

— Ah ! O.K… je comprends. »

Ce qui ne rassure pas du tout Gilles. Vicky prend soin de noter consciencieusement quelque chose dans son carnet. Puis, elle lève la tête : « Quand je t'ai connu, tu y allais pas mal fort sur le pot… Te souviens-tu de l'ecstasy que t'avais distribuée une fois à un party chez nous ? La cochonnerie qui avait rendu tout le monde malade ? Vous pouvez pas imaginer, Patrice : tout le monde aux toilettes, tout le monde ! Ça trippait fort en maudit. Pis les trois personnes qui en avaient pas pris torchaient les autres. Devinez si je faisais partie des trois ?

— En tant qu'officier de police, je ne veux pas être tenu informé de vos méfaits ou de vos manquements aux règles.

— J'ai jamais touché à ça! En prends-tu encore de l'ecstasy, Gilles? Ou t'as trouvé mieux? Plus sûr, surtout. Ton *pusher* valait pas de la marde. Philippe a failli te tuer cette fois-là. Pas sur le coup, mais après, une fois remis. Je vais lui demander si tu lui as jamais fourni quelque chose…

— Tu sais ben que non! Arrête de noter, c'est ridicule, j'ai rien dit! Ça fait des années de ça. Je touche pus à rien!

— Ah non? Tu touches quoi, alors? Faut ben vivre, han… Faut ben avoir un peu de fun de temps en temps… Touches-tu aux petites filles, mon Gilles? Les vraies petites, là, celles qui peuvent pas te dire non?

— Moi? Es-tu folle? Tu capotes! Moi, ça?»

Il regarde Patrice, effaré. Il joue tellement mal l'outré que Vicky le laisse aller pour voir jusqu'où il va se rendre.

«Vicky, crisse! Je te jure sur la tête de ma mère que j'ai jamais touché à un enfant. Jamais! Penses-tu vraiment que je pourrais travailler dans une école si c'était une tentation? Penses-tu vraiment ça de moi?

— Tu veux pas savoir ce que je pense vraiment de toi, Gilles…

— Ben tu devrais regarder ailleurs. Pour les petites, je veux dire. J'ai jamais touché à une enfant.

— Ailleurs où?

— Tu le sais!

— Philippe? Philippe Gauvreau? Les enfants?

— Ça t'étonne, han? Y peut jamais rien faire de mal, lui? Ben tout le monde cache des petits secrets, pis lui aussi.

Comment tu penses qu'il la trouvait, la petite qu'y appelait sa Tanagra ? J'te dis pas qu'il la forçait, là… A voulait. A voulait en masse. Jamais vu Philippe forcer aucune fille. Mais c'était pas facile de passer après lui. Comme prof, je veux dire. Remarque, si j'avais voulu comme homme, ça aurait été aussi dur. Je me suis jamais essayé non plus. Je veux dire sur ses conquêtes.

— Menteur ! Tu t'es essayé sur moi, tu te souviens pas ?

— Fait longtemps. J'ai appris ma leçon. Avec toi, justement. Je suis jamais allé avec une relation de Philippe après. Ben… j'ai pas essayé.

— Dites donc, Monsieur-perfection-qui-apprend-de-ses-erreurs, si nous revenions à notre sujet central… Parlez-nous un peu d'Andréane.

— La petite Tanagra à Philippe ?

— Non, Monsieur. L'enfant de douze ans qu'on a retrouvée écrasée sur le sol après une chute. L'enfant qui était sous votre responsabilité et non sous celle de Philippe. L'enfant que vous avez connue… et que, selon vos dires, vous n'avez jamais touchée.

— Quoi ? Qu'est-ce que vous voulez savoir ? J'en ai déjà parlé. J'ai rien d'autre à dire… Je l'ai à peine eue. Elle était absolument pas sous ma responsabilité quand elle s'est tuée. Elle jouait même pas dans la pièce que je montais.

— Fort bien, nous voilà rassurés. Vous n'avez rien à y voir.

— Ben là ! Comment voulez-vous que je vous aide ? Non seulement j'y enseignais pas, mais j'étais même pas là !

— Ah mais si ! Vous y étiez, ce 17 mars ! Nous avions fait le tour de la question, hier, et nous avions conclu que vous y étiez. Même que ça vous avait complètement retourné. Tourneboulé, que dis-je, dévasté !

— Ah!… ben oui. Je savais pas que vous me parliez de ça.

— Je me suis laissé dire que vous étiez très affligé, ce jour-là… inconsolable, pour être précis.

— Qui? Qui a dit ça? Faut pas croire tout le monde!

— Nos ennemis sont partout, n'est-ce pas?

— J'ai pas dit ça, mais les gens disent n'importe quoi. Surtout dans des moments pareils. Un suicide, ça brasse…

— Ça vous connaît l'émotion, vous… Vous contrôlez plutôt bien, non? Et si la petite Andréane vous troublait, là encore, vous contrôliez… Un pro de la retenue!

— Non! Elle m'a jamais troublé! Elle était pas fine avec moi. Elle m'aimait pas.

— Je sais, je sais, la vilaine! C'est Philippe qui l'intéressait, pas vrai? Mais qui avait accès à l'objet de son désir? Vous!

— Ouain, ben a s'est pas forcée si a voulait que je l'aide avec Philippe. Elle était pas le fun pantoute.

— Reprenons: vous prétendez que vous pouviez l'aider avec Philippe… dans quel sens? Faudrait savoir. Il n'y a pas deux minutes, vous accusiez votre pote de pédophilie. Si tel est le cas, il ne devait pas être trop pénible à convaincre, non?

— J'ai jamais rien fait avec elle. C'est tout. Je répondais à vos sous-entendus.

— Ah! mais c'est que vous faites erreur: il n'y a aucun sous-entendu. Tout est hyper limpide. Résumons: vous enseignez à des enfants et l'une d'elles a tapé dans l'œil de votre copain. Comble de joie, il s'agit d'un type qui s'adonne à la chasse aux nymphettes. Vous êtes cool, vous ne jugez personne, vous facilitez la chose. Vous n'êtes que le messager, quoi! L'intermédiaire. Ou le souteneur, comme vous voulez.

Quel dommage que Philippe n'ait pu passer à l'action du temps où il régnait sur la classe ! Il avait des scrupules, vous croyez ? Il s'y prenait avec délicatesse ? Quel séducteur, quand même ! Mais pourquoi se donner tant de mal et transiter par vos bons soins alors que la chair est plus qu'offerte, je me le demande ? Nous devrons creuser cela avec lui… C'est bien le topo ? Nous sommes d'accord ? Vous n'y voyez aucune insinuation malveillante de ma part, cette fois ? Nous sommes clean ? Vous avez tout noté, Vicky ?

— Mon dieu, excusez-moi, je voulais pas vous insulter.

— Sommes-nous d'accord ? Parce que tout cela sera répété mot pour mot à Philippe Gauvreau. Et il devra répondre de ses actes. Ne regardez pas Vicky, Monsieur, elle n'assistera pas à la rencontre. Ce ne serait pas éthique, vu ses liens avec l'accusé — puisqu'il faut bien le voir comme un accusé. Nous ne pouvons prêter le flanc à la critique. Comme vous l'avez mentionné "les gens disent n'importe quoi".

— Vous allez faire quoi ? Je l'ai pas accusé de pédophilie !

— "La petite à Philippe", vos propres mots. Bon, puisque vous nous avez si bien rancardés, je vous mets au parfum : nous allons l'arrêter et le questionner… selon la méthode française qui peut se révéler passablement insistante.

— Y est en tournage !

— Ah mais c'est terminé ! Et quand, moi, j'en aurai terminé avec lui, il n'y en aura plus de tournage, croyez-moi ! Finis, les premiers rôles, l'adulation du public, c'est qu'il va déguster, votre copain. Parce qu'un pédophile, vous le savez sans doute, les gens ont du mal avec ce type de malfrats. Ce n'est pas comme la drogue qui, selon le milieu, est plus ou moins tolérée. Dites-moi, monsieur Caron, vous avez déjà eu maille à partir avec les autorités pour ce genre de délits ?

— Non. Excusez-moi, mais j'ai jamais voulu accuser Philippe… je dis pas que c'est un pédophile.

— Ne vous bilez pas : il ne saura rien de votre apport. Hein, Vicky ?

— Je marche pas, Patrice : Philippe va tout savoir et ça va me faire plaisir de lui répéter tout ce que t'as dit, Gilles.

— Allons, ne soyez pas mesquine ! Il aura besoin de ses amis, ce type, le jour où ce sera de notoriété publique. Sans compter ce qui l'attend avec les autres taulards.

— Ses amis, oui. Pas un trou de cul comme lui !

— Peu importe. Votre réponse à ma question concernant les substances illicites ?

— Ben voyons donc ! J'ai rien dit pour accuser Philippe ! J'ai pas collaboré !

— Ah… je ne dirais pas collabo, mais sans vous, qui aurait eu l'idée de se tourner vers Philippe Gauvreau ? Il est séduisant, certes, mais cela ne constitue pas un crime. Il n'était plus dans cette école depuis des mois quand cette petite a fait le grand saut. Il nous aurait été bien difficile de l'épingler sans votre aide si vous préférez cette formulation.

— Mais l'épingler pour quoi ? De quoi vous parlez ? Elle a sauté ! C'est un suicide !

— Parce qu'elle était abusée par Philippe Gauvreau. Elle avait douze ans. Et cela constitue un crime.

— Écoutez, je sais pas comment vous faites votre compte, mais j'ai jamais accusé Philippe d'avoir abusé d'Andréane. Jamais !

— Vous avez évoqué un consentement mutuel, c'est exact. Mais, à douze ans, le consentement ne vaut rien en regard de la loi. *A fortiori* quand il s'agit d'un abuseur en position d'autorité. Vous avez nommément signifié que cet homme avait des tendances pédo. Vous avez même pris soin de spécifier à ma collègue que cette tendance l'étonnerait.

— J'ai dit ça de même ! Pour me défendre, parce que je me sentais accusé. Vicky a toujours été agressive avec moi.

— Nous y voilà ! Vicky est agressive, Andréane vous détestait, les gens disent n'importe quoi, nous usons de sous-entendus, et quoi encore ? Vous avez le profil parfait de l'innocente victime, si je comprends bien. Seulement voilà : à force, vous en paraissez suspect. Il faut doser, voyez-vous. Si j'étais votre metteur en scène, je vous dirais d'alléger l'interprétation, doucement les basses… »

Gilles les regarde, presque sonné. Il ouvre ses deux mains en signe d'impuissance : « Je vais me répéter, mais bon : j'ai jamais rien eu à faire avec Andréane Sirois. J'ai donné mes ateliers du mieux que j'ai pu. Si j'ai parlé de Philippe, c'est parce que j'ai dû surmonter la déception des élèves dont celle, plus dure, d'Andréane. Elle n'était plus en théâtre quand elle s'est tuée. Je n'avais plus de contact avec elle. Et je ne l'ai jamais touchée. Jamais. Pour Philippe, je suis certain qu'il n'est pas pédophile. Vicky aussi d'ailleurs. Dis-y !

— Laisse-moi tranquille, Gilles. T'as jamais offert aucun médicament, aucune drogue à aucun de tes élèves ? Jamais ?

— Pour qui tu me prends ? Jamais ! Je le jure. Pourquoi j'aurais fait une chose pareille ?

— Et Ariel Crête ?

— Quoi, Ariel ? Elle jouait Juliette dans la production que je dirigeais et qui a été annulée à cause de son suicide. Auquel je n'ai rien à voir, évidemment.

— Bien évidemment. Le contraire nous aurait étonnés. Elle était gracieuse avec vous, Ariel ?

— Elle était correcte.

— Vous pourriez nous éclairer sur les causes de son suicide ? Comme vous êtes l'un des derniers à l'avoir vue seul à seule…

— Pas du tout ! J'étais à Montréal cette fin de semaine-là. Avec Philippe, ou…

— Nous y revoilà ! Philippe vous sera encore d'une grande utilité, je le sens…

— Mais non ! Mais j'étais chez lui… on organisait une fête le dimanche. Je l'accuse pas là !

— C'est quand même formidable d'avoir un tel copain ! Donc, votre opinion sur les causes du suicide ? Quel était le thème de votre dernière répétition privée ?

— Je sais pas… je…

— Philippe peut-être, puisque avec vous, il n'est jamais bien loin ?

— Non. On parlait pas de Philippe. Faites-moi pas dire ce que j'ai pas dit.

— Alors quoi ? Je vais m'énerver si ça continue.

— De son rôle ! De ses projets…

— Allons donc ! C'est n'importe quoi ! La veille de sa mort, cette petite vous entretient de ses projets d'avenir ? Faudrait pas pousser.

— J'ai probablement parlé plus qu'elle. Je lui ai proposé de l'aider pour ses auditions au Conservatoire.

— Vraiment ? Elle n'était pas un peu jeune pour ce genre de trucs ? On les prend au berceau, ici ?

— Non, mais vous me demandez de quoi on parlait. De ça, d'affaires de même…

— En fumant un pétard, histoire de libérer ses inhibitions ?

— Quoi ? Jamais de la vie ! Ariel fumait pas. Elle a jamais essayé, elle me l'a dit.

— Et Andréane ? Elle essayait quoi, Andréane ? Vous lui avez fourgué votre ecstasy de merde ?

— Quoi ? Qui ? Ariel ?

— Non, la Tanagra. Celle qu'on a trouvée défoncée sur le sol du théâtre quelque temps avant sa mort. »

La bouche ouverte, ahuri, Gilles les regarde complètement perdu. Il déglutit péniblement et finit par balbutier : « Je… je comprends rien de ce que vous dites. Elle est tombée en bas du toit. Pas dans le théâtre. Pas défoncée. Elle… attendez, elle avait consommé ? C'est quoi que vous dites ?

— Arrête, Gilles, ça pogne pas ton air de gars innocent qui a rien vu, rien entendu ! Ça t'étonnerait tant que ça ? Ça te jette à terre ? T'as jamais soupçonné qu'elle se droguait ?

— Ben là ! Je l'ai pas eue longtemps. J'aurais jamais dit ça. Je l'ai jamais vue *stone*. Ça change toute, ça ! Vous l'avez, votre raison : elle était complètement partie pis elle a joué à Superman !

— Mais c'est qu'il a la pêche, notre ami ! Il arrive à rigoler, maintenant… alors qu'hier, il nous faisait chialer avec ses états d'âme. Si j'osais, je vous traiterais de cynique. Sans vouloir interrompre votre rigolade, nous avons appris que vous partiez incessamment pour la Thaïlande. Qui est — quel hasard, tout de même ! — le paradis de la drogue et des jeunes filles en fleur. Nous savons que les Lolita ne vous branchent pas, mais comment dire… cela nous tarabuste de vous savoir un habitué de ces contrées lointaines où tout est permis.

— Han ? Comment ça ? J'ai jamais parlé de ça !

— Vous me rassurez. Il s'agit donc d'un autre mensonge de Philippe ?

— T'as parlé à Philippe, Vicky ? Pourquoi y me l'a pas dit ?

— Vous allez lui poser la question sous peu, je le sens. Donc, la Thaïlande…

— J'y vais depuis longtemps, vous saurez. Je suis associé à un projet humanitaire pour rebâtir la région du tsunami et aussi pour soutenir les jeunes. Ça fait plus que dix ans que j'allais là. J'y étais avant le tsunami ! C'est du travail humanitaire que je fais, c'est pas pour me droguer. Pis j'essaie justement de les arracher à la prostitution. J'en reviens pas que vous disiez ça. Vérifiez ! C'est le contraire de profiter que je fais. Je peux vous donner toutes les références.

— Et nous les accueillerons avec sympathie.

— Tu devais partir quand, Gilles ?

— Je pars le 21.

— Bien ! Alors nous nous revoyons sans faute jeudi à neuf heures. C'est bien cela, Vicky ?

— Mais j'ai plus rien à vous dire, moi !

— Le problème, c'est que ça ne dépend pas de vous, mais de nous. N'est-ce pas, Vicky ? Et, entre nous, ça la fout mal de ne pas se présenter quand un officier de police réclame votre présence. Ça vous a un petit côté louche… Et puis, votre pote Philippe y sera. Vous ne voulez pas rater une réunion avec ce profiteur et cet abuseur d'enfants, j'en suis certain. Maintenant que nous connaissons votre zèle à les éliminer, et ce, jusqu'en Thaïlande, ça risque d'être amusant de le voir se débattre, non ? »

Gilles est comme un boxeur mis K.O. Il tient encore sur sa chaise, mais de stupéfaction désespérée.

Vicky referme son calepin d'un coup sec et l'invite à sortir. Il ne se fait pas prier.

Dès qu'ils sont seuls, Patrice sourit : « Je meurs de faim. Venez, on va bouffer.

— Vous savez que Philippe va m'appeler dans quinze minutes ? Tout de suite après le beau petit compte rendu que Gilles va lui faire.

— Laissons-les mariner. Vous le mettrez sur répondeur. Il a l'habitude, si j'ai saisi la nature de vos rapports ? Il me tarde de le rencontrer, cet homme. »

***

Ils en sont au potage quand le téléphone de Vicky sonne : c'est Suzie qui confirme les dates de remplacement du prof malade. C'était quelques semaines avant le suicide d'Andréane. En se référant aux matières des jours concernés, elle a vu que les maths étaient données la veille du jour « théâtre ». Donc, le metteur en scène devait venir le lendemain.

Vicky rapporte ces faits à Patrice et elle lui rappelle que le frère *pusher* d'Alexandre avait déjà fourni plusieurs élèves. C'est bien beau de terroriser Gilles, c'est même agréable, mais ils ont tout en main pour prouver qu'Andréane avait touché à la drogue sans l'aide de son metteur en scène. Même Hugo, son frère, le lui avait confirmé : Andréane avait fumé du pot.

« Je ne sais pas si j'y mets de la mauvaise foi, Vicky, mais Caron ne me branche pas. Il peut facilement avoir initié la petite, question de la rendre accro, sans pour autant avoir toujours assisté à ses défonces.

— Pourquoi ? Ça y donne quoi ?

— Est-ce que je sais, moi ! Quand il ne restera plus que ça à tirer au clair…

— Je vais vous dire une chose à propos des drogués : ils sont rarement généreux. Le partage du stock, ça se fait pour une seule raison et c'est que ça rapporte quelque chose. C'est toujours une sorte de troc.

— Bien. Trouvons-le, ce quelque chose.

— Vous savez que l'association humanitaire dont a parlé Gilles existe sûrement ? Et qu'il en fait partie depuis longtemps, comme il a dit ? Y est tarte, mais pas au point d'inventer ça.

— Et alors ? Voilà un travailleur humanitaire qui sait aussi nuire à ses commettants. Ce qui s'est également déjà vu.

— Je sais qu'il est agréable à soupçonner et même à terroriser, Patrice, mais essayons de nous priver de ce plaisir et regardons les faits. Deux suicides. Le premier est celui d'une enfant qui ne va pas bien, qui échoue dans toutes les matières et qui se drogue. Difficile de prétendre qu'on l'a poussée en bas du toit. Si elle était en manque ou complètement partie, ça pourrait expliquer son geste. Mais rien dans le rapport d'autopsie ne nous permet de prétendre ça : pas de blessures défensives et zéro facteur intoxiquant. Ariel l'a vue. Elle a vu ce qui s'est passé. Elle en a conçu une culpabilité folle. Elle a pu aussi se dire que si la petite avait réussi son audition, elle n'aurait pas sauté. Ariel a du cœur, c'est une fille douée, sensible, elle ne se remet pas de ce qu'elle a vu, elle trouve cela intolérable. Elle se tue. Deux suicides. Pas d'intention criminelle. Beaucoup de petits ratages, si vous voulez, de l'incompétence, je suis d'accord, de la négligence même, mais rien pour enquêter encore pendant des jours. »

Le téléphone vibre sur la table. Vicky l'éteint.

Patrice sourit sans rien dire. Il attaque son plat principal en parlant d'Isabelle Gosselin, cette mère effarée à l'idée que sa fille ait été victime d'un meurtre maquillé en suicide.

« Je ne conteste pas que s'enfiler un tube de Valium soit vraiment de l'ordre du suicide. Mais laisserez-vous filer quelqu'un qui a saccagé la vie de cette jeune fille ? Cette vidéo est tout de même déchirante à regarder, non ? Sincèrement, Vicky, je peux toujours concevoir que la petite Tanagra ait commis un suicide : sa vie foutait le camp. Mais Ariel ? J'avoue que j'ai du mal.

— Voyez-vous si c'est drôle : pour moi, le plus suspect des suicides, c'est celui d'Andréane. Elle, on pouvait la pousser. Elle, on pouvait être directement responsable de sa mort et la déguiser en suicide.

— Le fait d'Ariel ? Je ne dis pas intentionnellement, mais accidentellement ?

— Écoutez, c'est quand même difficile de croire qu'une culpabilité aussi forte survienne juste parce qu'elle a assisté au suicide.

— Et quoi ? Elle a cru que personne ne lui prêterait foi ? Qu'elle serait accusée de meurtre, même si c'était accidentel ? Parce que s'il y a assistance, c'est de l'ordre du faux pas, d'un geste non criminel ? Éliminons la volonté de tuer, vous êtes d'accord ? Bon. Ariel est exemplaire, elle cristallise en quelque sorte la réussite. Andréane est tout le contraire. Petite, menue, elle a pu tomber si Ariel l'a repoussée lors d'un échange vif ou même colérique. Et la colère venait d'Andréane, sortie furax du bureau de la directrice.

— Disons juste qu'elle était frustrée, pas contente d'elle. Elle fait quoi quand ça arrive ? Elle ne peut pas vraiment se sauver, elle ne veut pas retourner en classe… elle se roule un petit joint. Pour aller mieux, se sentir moins poche, plus légère…

— Fort bien. Elle allume son pétard et voilà la première de la classe qui se pointe.

— Non. Je pense que, même frustrée, même fâchée avec le monde entier, Andréane a quand même obéi aux règles : elle est allée allumer son joint dehors. Sur la terrasse où c'est moins risqué de se faire prendre. C'est là qu'Ariel l'a vue. Et si elle a compris qu'elle fumait de la dope… je suis certaine qu'elle est sortie lui parler, essayer de savoir ce qui n'allait pas. Son père l'appelait sa mère Teresa.

— Ça colle. Tout comme le résultat de son intervention est prévisible : Andréane la repousse. Ariel réagit et se défend. Elle est plus costaud, elle mesure mal sa réplique et du coup, un déséquilibre s'ensuit et c'est la chute. Ariel panique, appelle police-secours et se ronge en silence… quoi ? Trente-deux mois ? C'est possible, vous croyez ? Sans piper mot à quiconque ?

— Souvenez-vous des filles tout à l'heure, Patrice : leur mépris pour Morgane qui a osé aller bavasser à Nathalie Dubuc. Souvenez-vous d'Assam à qui j'ai demandé de parler parce que je ne veux pas qu'il finisse comme Roméo. Je dis pas qu'ils ont des secrets épouvantables, mais je pense qu'ils les gardent tellement cachés et qu'ils sont tellement mal avec ce poids-là que ça les pousse à faire des gestes démesurés à nos yeux d'adultes capables de *dealer* avec nos échecs.

— Ça se tient, alors ? Ariel a donc probablement été partie prenante dans le suicide d'Andréane. Ça colle à son caractère et c'est ce qui l'aurait poussée à se mutiler pour finir par se tuer ?

— Pensez-vous vraiment qu'on peut dire ça à des parents ? Le père d'Ariel, Jean Crête, ne voulait pas du tout que j'enquête. Même s'il comprenait sa femme de le demander à Brisson.

— Il n'en voyait pas la nécessité ? C'est le type sur la vidéo, ça ? Alors quoi ? Il savait sa fille mal en point ?

— Non, Patrice... Il savait que c'était trop tard. Que toutes les raisons du monde ne lui ramèneraient pas sa fille. Et que toutes les excuses ne l'excuseraient jamais de n'avoir pas vu sa détresse.

— Comment voulez-vous ? C'est une splendeur sur cette vidéo... elle était exquise, cette gamine.

— Je pense que c'était son dernier cadeau à son père bien-aimé.

— Taisez-vous ! C'est atroce. Comment est-ce possible de se détruire alors qu'on est si douée, si lumineuse ?

— C'est exactement ce que sa mère se demande. Je crois que son père sait que sa fille lui a donné ce qu'elle pouvait et que, pour continuer, elle avait besoin d'une aide que personne ne lui a apportée.

— Il n'y a aucune anomalie détectée après le premier suicide, c'est bien cela ?

— Non. Tout est clean et rien ne nous permet de remettre en question les conclusions des enquêteurs ou du labo. »

Le téléphone vibre de nouveau. Patrice lève un sourcil : « Votre passé se fait insistant. »

Vicky éteint et range l'appareil. Du bout de sa fourchette, elle sépare les restes dans son assiette : les légumes d'un côté, la viande de l'autre. Il l'observe dessiner un grand cercle sur le pourtour de l'assiette : « Un sou pour vos pensées ? »

Elle pose sa fourchette : « La tristesse d'Assam. Tellement dure à supporter. J'ai ressenti la même chose quand j'ai rencontré Jean Crête.

— Et ?…

— Rien ! J'ai juste eu peur qu'ils se tuent. Les deux. C'est niaiseux, mais c'est ça.

— Vous pensez qu'ils nous cachent des choses ?

— Tout le monde cache des choses, Patrice ! De là à se tuer, y a une marge. Non, c'est pas un secret de coupable que j'ai senti, c'est de l'amour. Et chez Assam, c'est tellement profond, tellement digne pour quelqu'un de si jeune…

— Vous savez, on se goure en croyant qu'il faut être adulte pour aimer vraiment. Les gosses aiment dans un absolu inquiétant, quasi dangereux. Et notre premier amour… celui-là, on ne l'oublie pas. Jamais. Vous croyez qu'Assam aurait eu de meilleures chances s'il n'avait été musulman?

— Ça a rien à voir. Je pense pas. Même les filles n'ont pas fait de remarque sur sa religion, y ont juste parlé de sentiments. Celui qui jouait Benvolio aussi d'ailleurs.

— Vous croyez que le metteur en scène a voulu illustrer ce qui, dans une version d'actualité, peut séparer des amoureux: l'islam versus le catholicisme pour illustrer les Capulet et les Montaigu?

— Gilles Caron? Vous parlez de Gilles Caron, celui qui n'est pas capable d'enligner deux phrases sensées? Je pense pas que ce soit à sa portée, non. Pour réussir un coup pareil, faudrait qu'y réfléchisse. Ce qui n'est pas à la veille de lui arriver!»

Patrice rit de bon cœur. Il adore quand elle mord.

***

Philippe n'a pas du tout la réaction qu'avait prévue Vicky. Au lieu de s'inquiéter, de chercher à lui parler tout de suite, il se montre intrigué et lui annonce qu'il est disponible pour la rencontrer dès qu'elle le souhaite. Le message est du Philippe pur jus: un ton de flirt et une grande insouciance.

Le second message est beaucoup plus intéressant. Elle le fait écouter à Patrice.

«Vicky! Qu'est-ce qui se passe avec Gilles? Tu joues à quoi? Y est à l'envers, ça se peut plus. Bon, y veut que je confirme qu'il travaille avec l'équipe humanitaire "Rebâtir Phuket". Je confirme. Officiellement. Définitivement. Je te garantis que c'est vrai. Lâche-le un peu, O.K.? J'ai d'autre chose à faire que répondre à ses appels de panique. Tu sais comment y est? Pas capable de se calmer. J'ai très hâte de te revoir... même si c'est avec le paquet de nerfs de Gilles.»

«C'est qu'il assure ses arrières, notre metteur en scène! Il a couru chez son maître. Il n'est vraiment pas net, le couillon. Ce besoin de prouver ses dires...

— C'est pas le courage sur deux pattes, mais c'est pas assez pour le traiter de pédophile drogué ou drogueur non plus.

— Vous me faites quoi, là? Vous baissez les bras? On laisse tomber? Parce que si je dois me joindre à vous jeudi matin, y aurait intérêt à saluer Brisson par avance. Vous me voyez débarquer à la Sûreté sans préavis pour un interrogatoire avec votre ex? Ça la fout mal...»

Vicky ne dit rien, perdue dans ses pensées. Patrice agite une main devant son visage: «Hé ho!

— Est-ce qu'on a besoin de les rencontrer, finalement?

— C'est vous qui voyez. Quoi qu'il en soit, nous rentrons à Montréal: l'alerte orange est levée. Nous avons une petite fenêtre météo pour nous permettre de partir sans encombre. Tout va pour le mieux. Le temps d'y être, vous aurez le loisir d'y réfléchir en paix et vous m'aviserez du planning. Ça alors, Vicky! La tête que vous faites! Qu'est-ce qu'il vous en coûte de revoir ce type! Inouï. Je ne vous connaissais pas si peu d'attaque.»

Elle le renvoie préparer son bagage et se concentre sur le sien. Son bureau est dans un tel désordre qu'elle met une heure à tout ranger, trier et jeter. Elle n'a pas la technique de Patrice avec ses fiches, mais cette fois les petits papiers se sont multipliés.

Elle prend le iPad d'Ariel et l'ordinateur auquel elle n'a pas encore touché. Elle reste pensive en caressant la couverture. Si son génie de l'informatique n'a rien trouvé d'autre que l'horaire de répétitions privées dans la tablette et trois dossiers aussi vides qu'ils en avaient l'air, à quoi pourrait servir de lui apporter l'ordinateur ? Est-ce que ce sera seulement utile ? Peuvent-ils trouver autre chose ? Mathieu Laplante est un surdoué pour tout ce qui touche les codes, les secrets informatiques. Lui fera-t-elle perdre son temps ?

Elle prend son cellulaire et l'appelle. Il est d'excellente humeur, en train de lire chez lui, même si la tempête est terminée. Ce n'est pas le genre de zélé à se précipiter au bureau dès que les routes sont libérées. Il lui raconte qu'elle a raté le party le plus plate qu'il a vécu depuis qu'il est à l'emploi de la Sûreté. «Coupures budgétaires, Vicky, on a eu droit à deux verres de vin même pas bon. T'as tellement bien fait de *foxer.*»

Elle essaie de savoir si le iPad qu'il a étudié risque de contenir d'autres secrets que ce qu'il a déjà trouvé et si l'ordinateur pourrait éventuellement s'avérer plus riche. Mathieu est catégorique : « Je l'ai *stripé* ton iPad ! Mais l'ordi, c'est pas pareil, c'est rempli de recoins pour faire des cachettes.

— Ça serait mieux ?

— On pourrait s'amuser… en tout cas, moi, je pourrais. Surtout si tu me dis ce que tu cherches.»

La question est bonne et mérite réflexion, Vicky en est convaincue. Est-ce qu'un *Pro-31* accompagné d'un canari et un *Roméo* ne contenant qu'une réplique suffisent à se remettre à chercher ? Elle s'accorde le temps de terminer son sac avant de se décider. Quitter Québec veut dire rappeler Isabelle et lui annoncer le peu de résultats concrets obtenus. Vicky le fait en se préparant à argumenter de pied ferme.

Mais c'est une journée triste, sans combativité pour Isabelle. Vicky n'a aucune bataille à mener parce que la mère d'Ariel est sans forces, comme si la tempête avait usé ce qu'il en restait. Elle répète qu'elle s'en doutait, que jamais elle ne saurait ce qui a brisé sa fille.

« Vous rentrez quand, Vicky ?

— Demain matin, par le premier train.

— Vous allez voir Jean ? Vous lui avez dit que vous partiez ?

— Non, pas encore. Pourquoi ?

— Dites-lui. Il a confiance en vous. Ne partez pas sans lui parler. Il est tellement seul. Je m'en fais pour lui.

— Et il s'en fait pour vous.

— C'est le résultat de plusieurs années de mariage. Ça a du bon… La vidéo de son anniversaire vous a aidée ?

— À voir à quel point Ariel était splendide et talentueuse, oui. Ça brise le cœur.

— Je l'ai pas regardée. Jamais. Peut-être qu'un jour…

— Un jour, Isabelle, je ne sais pas quand, mais un jour ça fera moins mal.

— Dans quinze ans, quand j'aurai vécu autant d'années sans elle qu'avec elle... peut-être. Merci, Vicky. Si jamais vous en apprenez davantage, appelez-moi. Je ne le ferai pas, vous m'avez accordé beaucoup de temps et je vous en remercie.»

Vicky ne sait pas si cette enquête lui a donné une crainte généralisée du suicide, mais elle n'est pas du tout rassurée.

Alors que Patrice voulait convier Suzie Brault à dîner avec eux pour la remercier de son aide, celle-ci prend les devants et les invite plutôt à passer chez elle pour un repas sans façon. Son appartement n'est pas très loin, rue Sainte-Angèle dans le Vieux-Québec.

Vicky aurait bien voulu travailler et Patrice a vraiment envie de s'amuser et de jouer au touriste. Il est ravi d'avoir l'occasion de découvrir un intérieur québécois. Vicky suggère un compromis : elle offre l'apéro au bar du Château Frontenac, ce qui ajoutera un lieu mythique au voyage de Patrice, et elle le laisse dîner ensuite chez Suzie.

«En tête-à-tête ? Ça ne va pas ? Vous me lâchez sans crainte, maintenant ?

— Décevant, han ? Je veux pas vous empêcher de vous amuser. Je suis pas votre préfet de discipline, Patrice.

— J'en déduis que cette enquête est terminée à vos yeux.

— Et aux vôtres ?

— J'attends de voir la bête... votre ex à Montréal ! »

Elle le pousse hors de sa chambre. Et, pour avoir l'esprit en paix, elle appelle Jean Crête.

***

Vicky pose le MacBook d'Ariel sur le bureau de Mathieu Laplante qui la gratifie d'un sourire victorieux : « J'aurais dû gager !

— Dis surtout pas ça à Brisson !

— Ah bon ? Je pensais que la mission était venue d'en haut ? C'est ce qu'il a laissé entendre.

— Oui pis non. Ce bout-là, j'aime mieux le garder pour moi. Tant qu'on n'a rien, on dit rien, O.K. ?

— Je cherche quoi en particulier ?

— Dans le iPad, t'as trouvé un horaire et trois dossiers vides ou vidés. L'horaire, c'est fait. Les trois dossiers, y en a un qui est clair, et celui de *Roméo*, même si y a juste une citation, ça me va, à moins que ça te mène plus loin que prévu quand tu l'auras testé. Je veux dire plus loin que la citation. L'autre, *Pro-31* avec une sorte de canari, ça m'intrigue. Essaie de fouiller. Mais si tu trouves d'autre chose qui te semble intéressant, tu te gênes pas.

— Quand même… autre chose, genre en lien avec des recherches Internet, ou des films visionnés ou des jeux achetés ? Tu veux savoir ses scores ou avec qui elle joue ? Son Facebook, courriels, toute ?

— Je sais pas trop quoi te dire… Peux-tu suivre ton instinct une fois que les deux dossiers mystères seront analysés et éclaircis ? »

Mathieu prend l'ordinateur : « Par chance que c'est pas une antiquité ! As-tu encore le mot de passe ou je dois le chercher ? »

Elle lui donne le mot de passe et elle voit l'instrument s'allumer avec en fond d'écran une photo de Pénélope, Kim et Ariel. Le trio infernal en pleine rigolade.

Mathieu sourit : « C'est laquelle ? »

Vicky indique Ariel. Mathieu hoche la tête : « Crisse de belle fille… Des fois, on se demande ce qui a pu leur passer par la tête pour faire des niaiseries de même !

— Je compte sur toi pour ça, Mat.

— Avant Noël, bien sûr ?

— Bien sûr ! »

* * *

Martin est tout content de la retrouver… et pas mal moins content d'apprendre que l'ex est au programme du lendemain. Vicky se moque de lui et de ses craintes insensées : ce n'est certainement pas aujourd'hui, alors qu'elle est heureuse et amoureuse, que Philippe risque de la séduire.

« C'est pas comme s'il était un amour de délicatesse, un homme adorable, Martin. C'est un gars pas mal centré sur lui, tu sais. Disons que j'ai fait le tour de ses charmes. Si jamais t'as dans l'idée de partager les tiens avec d'autres femmes, je te le dis tout de suite, c'est non et c'est sans appel. Pas de pardon.

— Arrête avec ça ! C'est pas mon genre, pis tu le sais. Toi, par contre, tu sais que ton Français sympathique te trouve pas mal au boutte ? Y s'essaye ou pas ?

— Y s'essaye en masse, mais pas sur moi. Veux-tu savoir pourquoi ? Y te connaît. Y sait qu'il a aucune chance.

— Parce qu'y est trop vieux ?

— Y serait tellement content de t'entendre, lui qui te trouve plein de qualités! T'es pas mal cheap, Martin.

— J'fais valoir mes avantages. J'en ai pas de trop.

— Toute une guerre, la conquête de la femelle, han? Viens ici, mon beau *buck*, je vais signer ta victoire. »

***

« Bonjour, Vicky. »

On ne peut pas dire que les années ont eu un effet dévastateur sur Philippe Gauvreau. Dans la pièce, pourtant de dimensions normales, il a l'air d'un géant. Un géant fasciné. Ses yeux ne lâchent pas ceux de Vicky. Il est en avance. Il a l'air de l'avoir trouvée sans peine puisque personne ne l'a accompagné. Vicky se dit que la réceptionniste doit être encore au café… ou elle est stupéfiée d'avoir croisé la star.

« Salut. »

Il sourit, le traître! Il sourit, heureux d'être là, de la voir. Heureux de ce contact si intime qu'elle n'arrive pas à ramener à un autre niveau, malgré son « assieds-toi » un peu sec auquel il n'a pas répondu.

« T'as pas changé… ou plutôt, t'es encore plus trippante.

— Gilles est pas là ? »

On dirait qu'il va la manger. L'expression « dévorer des yeux » prend tout son sens avec lui. Il a un hochement de tête agacé : « Inquiète-toi pas, y s'en vient. Tu sais que t'as du pouvoir, Vicky ? Je veux dire pas seulement sur moi. Tu l'as terrorisé, le pauvre.

— Y doit avoir une conscience trouble. Tu veux un café? J'allais en chercher.

— Attends! On n'a pas beaucoup de temps. Pars pas.

— Philippe, je suis pas ici pour toi.

— Moi, oui. Seulement pour te voir. Te parler.

— Ah! Arrête avec tes grands airs, tu m'énerves!

— C'est toi que je veux voir, Vicky. Si t'aimes mieux plus tard, quand tes questions de police seront posées, ailleurs qu'ici, c'est comme tu veux. Une fois au bout de dix ans, c'est pas trop demander, je pense? »

La porte s'ouvre sur Patrice, très surpris de trouver l'endroit occupé: «Oh! pardon! »

— Non, non, Patrice, entrez! »

Elle s'empresse de faire les présentations et de sortir, les laissant se débrouiller avec la conversation. Quand elle revient, Gilles n'est pas encore arrivé. Au bout de dix minutes à échanger des banalités sur la météo, Philippe s'énerve et il l'appelle. L'entretien est très bref et le ton de Philippe excédé: il n'attendra pas encore une demi-heure. Il referme son appareil et ne prend pas la peine de les éclairer davantage. Il fixe Vicky avec des yeux moqueurs: «Dites-moi, monsieur Durand, elle a le droit de me soumettre à la question, même si elle est encore ma femme? C'est permis?

— Ne vous bilez pas, c'est moi qui poserai les questions.

— Elle pourra vous dire si je mens… avec moi, elle ne se trompe jamais.

— Philippe! T'es pas drôle!

— O.K., j'arrête. Même si c'est vrai pour le mensonge… Je ferai comme tu veux, Vicky. Je suis à ta disposition. »

Et effectivement, il arrête les sous-entendus et les phrases à double sens. Il est charmant, rieur, aussi léger que possible. Comme Gilles ne se montre pas, Patrice suggère que Philippe leur trace un portrait des deux jeunes femmes.

« Jeunes filles, vous voulez dire ? Elles avaient douze ans quand j'ai travaillé à l'école. »

Il est précis et sa description des fillettes est surprenante. Ariel avait un talent réel, mais selon lui, la musique allait l'emporter. Chose certaine, quelle que soit la branche choisie, c'était une artiste assurée. Il n'a aucun doute. Pour Andréane, il ne sait pas si son enthousiasme et sa flamme auraient diminué d'ardeur... comme ce semble avoir été le cas quand Gilles a pris le relais.

« C'était une petite lumineuse, un vrai lutin, mais avec de la grâce. Elle essayait tout ce que je suggérais, et à fond. Une très bonne improvisatrice... un peu moins bonne en interprétation. Mais encore, je dis ça, c'est pas juste : c'est surtout qu'elle me guettait tout le temps du coin de l'œil, qu'elle cherchait mon approbation. Si j'avais le malheur de rire à une de ses répliques, c'était assez pour qu'elle arrête tout. Fallait que je me retienne de rire. Elle était adorable.

— Vous étiez sensible à son admiration ? »

Philippe ose à peine comprendre la portée réelle de la question de Patrice. Il jette un regard étonné à Vicky et revient à Patrice, très posé : « Est-ce que je sentais son admiration ? Oui. Est-ce que j'y étais sensible au sens d'en éprouver un plaisir quelconque ? Non. De la rechercher ? Non. Je vais être très clair, monsieur Durand : les petites filles ne m'excitent pas. L'admiration des femmes me plaît et j'y cède volontiers, pour ne pas dire que j'essaie de la provoquer.

Celle des enfants… il n'y avait rien de troublant dans celle d'Andréane. Elle était entière, intense, et ce qu'elle imaginait dans sa jolie petite tête avant de s'endormir, je n'y ai jamais pensé. Parce que ça ne m'intéresse pas. Et ça, vous pouvez le vérifier auprès de Vicky.

— Sans vouloir vous contredire, et nous l'attendrons pour confirmer, votre ami Gilles nous a laissé entendre que la chose ne vous laissait pas indifférent.

— L'admiration des enfants ? Cout donc, lui ! Y a-tu essayé de me faire passer pour un vieux satyre ?

— Plutôt pour un homme attiré par toutes les expériences sexuelles envisageables.

— Ben "envisageables" pour moi, ça n'inclut pas les enfants. — Il se tourne vers Vicky — Tu peux quand même pas avoir de doutes là-dessus ? Je t'ai assez fait chier avec mes histoires.

— Non, j'ai pas de doutes. Mais Gilles a l'air d'en avoir. »

Philippe ne peut réagir parce que Gilles arrive à ce moment précis. Alors qu'il craignait les questions des enquêteurs, c'est Philippe qui le talonne pour obtenir des éclaircissements sur ses allégations. Caron n'est pas loin de paniquer : il bégaie, balbutie, et finit par avouer qu'il a dit n'importe quoi sous la pression. Patrice essaie de reprendre le contrôle de l'interrogatoire, mais la colère de Philippe n'est pas discrète et la peur de Gilles Caron lui fait dire tout et son contraire. Il ne cesse de répéter qu'il n'a pas prétendu ça, qu'il ne se souvient pas… une vraie cacophonie s'installe. Vicky les observe en silence, fascinée.

Chacun des protagonistes se révèle avec force : Patrice s'acharne à relever les contradictions, Philippe essaie d'y voir clair entre les provocations de l'enquêteur et les faibles dénégations de Gilles. Et ce dernier a plus l'air d'un noyé qui se débat que d'un accusé crédible. Tel qu'il se présente, on ne peut le croire capable de la moindre initiative, qu'elle soit meurtrière ou secourable.

De toute évidence, Philippe n'a pas peur. Et il ne s'agit pas de l'interprétation grandiose d'un personnage : jamais, à aucun moment, il ne perd sa superbe ou ne s'inquiète de ce que Gilles répond. Ses réactions de surprise face aux prétentions molles de Gilles sont d'une indéniable authenticité. Vicky en vient à se demander si elle n'est pas biaisée.

Elle met fin à la pagaille en se levant. Ils s'arrêtent tous pour la regarder.

« Wo ! C'est mal parti, notre affaire. On s'entend pas. Moi, en tout cas, je vous entends pas. Non, attendez ! C'est une enquête officieuse sinon je ne serais pas là à questionner des gens que j'ai bien connus. Je n'aurais pas le droit de le faire. Je vous demande votre aide, je ne vous accuse pas. Patrice Durand va vous poser des questions et j'espère qu'on obtiendra des réponses. Si elles sont aussi contradictoires qu'elles ont l'air de vouloir l'être, je ferai le tri et on vous reviendra. »

Gilles est déjà debout, l'air outragé : « Si c'est volontaire et amical, j'ai rien à faire ici ! Tu m'as obligé, Vicky. Tu disais que j'avais pas le choix ! T'étais même pas supposée être là ! C'est tellement malhonnête de ta part. Je vais avertir tes supérieurs. T'es en plein conflit d'intérêts, penses-tu que je le sais pas ? Philippe et moi, on va faire du bruit avec ça. Tu te penses tout permis parce que t'es dans police ? Ça va faire, les abus !

— Depuis quand tu parles pour moi, Gilles ? Penses-tu vraiment que je vais "faire du bruit" comme tu dis ? Vicky est honnête. Elle nous demande de l'aider, tu peux pas accepter ça ?

— Tu vois rien, han ? Tu vois pas ce qu'elle essaie de faire ? Elle veut te faire passer pour celui qui a provoqué un suicide. Pis si c'est pas toi, c'est moi. Ça y prend un coupable, pis ça va être un de nous deux. »

Philippe se tourne vers Vicky : « Tu penses ça ? Si j'ai provoqué un suicide, Vicky, je ne m'en suis pas rendu compte. Ça m'excuserait pas, mais c'est ça pareil.

— Si j'ai le droit de m'en aller, moi, je m'en vais. »

Gilles Caron est toujours debout, trépignant, et Patrice s'empresse d'aller lui ouvrir la porte : « À votre aise. Nous prendrons donc uniquement la déposition de monsieur Gauvreau. Il pourra nous dire tout ce qu'il pense de vos allégations. Et nous en déduirons tout ce qui nous apparaîtra raisonnable… sans autre collaboration de votre part.

— Entre Philippe Gauvreau pis moi, de toute façon, vous allez le croire lui !

— Gilles, c'est pas le temps de nous péter une crise d'ego. Viens t'asseoir pis arrête de jouer les divas insultées. »

Philippe regarde ostensiblement sa montre et poursuit, alors que Gilles est toujours devant la porte tenue ouverte par Patrice : « C'est quoi le problème, Vicky ? On peut-tu en finir ?

— Quand on a posé des questions à Gilles sur Andréane Sirois, il a laissé entendre que t'avais un faible pour elle.

— C'est vrai. »

C'est dit sans aucune hésitation, simplement. Gilles Caron en a la bouche ouverte. Il revient vers la table et Patrice referme doucement la porte.

Philippe sourit : « Ben quoi ? C'était un boute-en-train, cette enfant-là ! Elle voulait que je la remarque et je l'ai remarquée *all right*. Ça veut pas dire que j'avais envie de sauter dessus. Vous êtes pas tordus au point de penser ça ?

— L'as-tu approchée autrement qu'en metteur en scène ? Tu l'appelais la "petite Tanagra", non ?

— Vicky, crisse ! Depuis quand signer un poster avec "ma petite Tanagra" est devenu un signe de pédophilie ? À ce compte-là, je lui ai fait des avances quand je lui ai écrit des mots d'encouragement !

— Vous dites ? Vous lui avez écrit ? Vous avez entretenu des liens d'ordre privé avec Andréane ?

— Gilles vous l'a pas dit ? C'est lui qui me l'a demandé ! Le poster, c'était une surprise pour sa fête, c'est ça, Gilles ? Les lettres… je sais plus trop. C'était quand, donc ? Pour ce que je me rappelle, tu trouvais qu'elle traînait de la patte et qu'elle boudait parce que tu m'avais remplacé. C'est toi qui les as apportées. Tu dirais quoi ? Trois, quatre lettres ? »

Un silence impeccable suit. Surpris, Philippe se tourne vers Gilles : « Ça te fendrait-tu de le confirmer ?

— Je… Je me souviens pas… Peut-être… me semble… Oui, ça me revient vaguement… »

Philippe se lève. Sa stature dépasse de beaucoup celle de Caron qui a l'air de se ratatiner en le voyant approcher. Sans un mot, Philippe se détourne de lui, extrêmement troublé.

Il s'adresse à Patrice et Vicky, ignorant Gilles : « Je sais pas ce qui se passe ici, mais ma pédophilie se résume à ça : un poster géant signé et deux ou trois mots d'encouragement, le tout très gentiment demandé par l'amnésique Gilles Caron. J'ai écrit aux parents d'Andréane quand elle est morte. De mon propre chef, parce que je trouvais cela terrible. J'ai envoyé la lettre à l'école. Ils l'ont sûrement fait suivre parce que j'ai eu une réponse. C'est tout. Merci de m'avoir démontré que les amis ne sont pas toujours ceux qu'on pense. Ah oui, une dernière chose : j'ai aussi écrit aux parents de la petite Ariel qui s'est tuée dernièrement. Ça, c'était encore à la demande expresse de mon cher ami Gilles qui va vaguement s'en souvenir… peut-être, si on est chanceux ! Tu sais où me trouver, Vicky. Monsieur. »

Il sort, sans un regard pour Caron.

Ahuri, pétrifié, Gilles a l'air de comprendre enfin ce qui vient de se passer. Il frappe un coup de poing sur la table, devant Vicky qui sursaute.

« Tu vois ce que t'as faite ? Tu vois comment t'es, ma tabarnak ? »

Il part en claquant la porte.

Vicky attend, sans broncher. Ce que Patrice conclura sera la base de ce qui lui reste à faire, elle le sait. Elle ne peut pas se fier à ses propres émotions.

Patrice interrompt l'enregistrement : « Quel triple con ! C'est pas possible d'être aussi con. Pas possible !

— Caron?

— Bien évidemment! L'autre… qu'est-ce qu'on lui a mis comme bourre-pif! Il n'est pas près de s'en remettre. Vous avez le chic avec les mecs, Vicky, ils sont classe. Votre ex-mari n'a rien à se reprocher, j'en jurerais.

— On fait quoi? Gilles part demain pour son bénévolat en Thaïlande. Qu'y soit lâche pis menteur, ça fait pas de lui un meurtrier ou un pédophile.

— Ça reste à voir. Allez! On a du boulot!»

***

Mathieu a passé un bon moment à fouiller l'ordinateur d'Ariel… sans parvenir à percer tous ses mystères. Il est un peu dépité de l'avouer à Vicky. Il essaie de lui expliquer ce qui ne fonctionne pas: «Ton *Roméo* avec sa réplique, c'est pas une adresse courriel mais un dossier complet, même si c'est comme vide. Y avait du stock là-dedans. Inutile de te dire que l'adresse IP est fermée. J'ai quand même réussi à trouver un code qui mène à un forum français… qui est fermé, lui aussi. Cul-de-sac. Ça a sûrement servi à de quoi, mais j'arrive pas à sortir un mot. Rien! C'est lavé à l'eau de Javel. L'autre, *Pro-31*, est encore plus bizarre. En fouillant comme un malade, je suis arrivé à un code hyper compliqué qui m'amène à des places très difficiles d'accès. Bon, jusque-là, c'est compliqué, mais décodable. La toute première fois que j'ai attrapé un lien, il m'amenait aux Pays-Bas. Ça, c'était hier à… dix-sept heures vingt, juste avant de partir. Je l'ai-tu regretté de pas avoir continué sur ma piste? Ce matin, en arrivant, je m'y remets: fermé. Tout est fermé, blindé, inattaquable. Comme si le code et sa destination avaient jamais existé.

— Bizarre…

— Non : c'est plus que ça ! C'est pratiquement une preuve qu'on a trouvé de quoi, qu'on était dessus. Ça me fait chier, tu peux pas savoir. Je l'ai perdu ben raide. En rentrant aux Pays-Bas, c'est comme si j'avais déclenché une alarme générale qui a tout bloqué.

— Les deux ont été fermés hier soir ?

— Ou ce matin de bonne heure… attends : cette nuit à trois heures du matin pour le *Pro-31*.

— Et l'autre ? *Roméo* ?

— Ça, c'est plus vieux… le 16 novembre, le mois passé. »

Vicky n'a aucun mal à situer ce moment : le jour du *surprise party* d'anniversaire de Jean Crête et la veille de la mort d'Ariel. Si *Roméo* concerne bien celui qui jouait le rôle, elle peut l'appeler pour vérifier.

« Y a autre chose, Vicky… Est-ce que tu sais c'est quoi, Tor ?

— Comme dans "avoir ses torts" ?

— Bon, je t'explique. Tu vois l'icône violette avec l'oignon ? Ça c'est Tor, un routeur anonyme qui te permet d'échanger de pair à pair, sans passer par un réseau officiel, du genre capable de t'identifier. Ou te suivre. C'est la porte parfaite pour toutes sortes de trafics, de conversations, d'échanges. C'est totalement anonyme. Tu peux être sûr que personne peut te rattraper. Ça utilise plusieurs réseaux, ça passe partout dans le monde, ça transite d'un pays à l'autre et ça perd ceux qui voudraient remonter jusqu'à toi. Ton adresse IP, t'as rien qu'à déconnecter ton ordi et c'est parti en fumée. C'est lent, parce que ça passe par plein de serveurs et y en a pas un d'indexé. Très pratique pour échapper à la surveillance, à l'indexation, aux espions. Quand tu rentres là, t'es dans le *dark Web*. Y en a d'autres que Tor, mais bon, c'est pareil. Cette fille-là, elle était jeune, elle avait l'air en santé… J'ai vu qu'elle a fréquenté des sites pornos… Hard. Elle a passé du temps dans un forum pédophile. Pas de la petite bière d'ado qui veut savoir des détails *hot* là… du pas beau. Des affaires que même moi, je peux pas regarder. Pis elle l'a fait plus qu'une fois.

— Des affaires comme ?…

— Comme des cochonneries maniaques. Du gros plan. Des enfants… des vrais p'tits, du stock pour vieux câlices pas capables de bander sur une vraie femme. Je sais pas pourquoi ça l'intéressait… mais elle y est allée pas mal. Chaque fois cachée, pis ben cachée. Pis à côté de ça, t'as des *games* super de son âge… méchante joueuse, d'ailleurs. Des courriels normaux, des dessins, des vidéos ben drôles. Comme si elle avait une deuxième vie secrète. Elle a jamais partagé les cochonneries. Jamais elle a parlé à personne de ses recherches. J'ai regardé partout, Vicky… Ah oui : y a quelqu'un qui jouait avec elle, un vrai génie celui-là. Un petit rusé… Assam ! Ça te dit de quoi ?

— C'est probablement *Roméo*, l'adresse fermée.

— Ah oui ? Y en avait deux d'abord ?

— Une sorte de code ?

— Ou une correspondance d'amoureux… quand tu veux pas que ça se sache, tu sais. Comme quand tu trompes ta blonde.

— Non, je sais pas ça, Mathieu. Pis je veux pas le savoir.

— C'est pas très grave. Ils étaient peut-être à leurs débuts. Quand t'es jeune, ça te gêne quand les autres rient de toi. Assam… musulman ? Ariel avait peut-être peur de la réaction de ses amies ?

— Ben non ! Tout le monde le savait. Je l'ai même pas trouvé si gêné… juste un peu. Discret surtout.

— Écoute, je sais pas trop, mais comme *gamer* y est imbattable. Je voudrais pas jouer contre lui. Y m'aurait en dix minutes ! Vicky ?

— Oui… je pensais à *Pro-31*… Comment on ferait pour retrouver le lien ?

— Bouché ! Tu peux pas le trouver. Y a disparu. Demande-moi pas si j'ai essayé. Je suis désolé.

— Toute cette enquête-là est de même. Jamais de preuves, juste des suppositions. Merci quand même, Mathieu. Tu me donnes les sites dégueulasses qu'elle a regardés ?

— Regarde pas ça à matin, Vicky, tu vas te rendre malade. »

***

Patrice Durand est catégorique : impossible que ces recoupements soient des hasards. Impossible qu'Ariel Crête ait fouillé des sites pornos pédophiles par pur vice ou par propension personnelle. « Elle cherchait, tout comme nous cherchons. Et elle est arrivée assez loin, vous pouvez m'en croire. Plus loin que nous. C'est trop chiant de se voir claquer la porte si près du but ! »

Il fulmine en marchant de long en large. Elle devine qu'il a envie de fumer et que ça augmente sa frustration. Ils n'ont rien pour empêcher Caron de prendre son avion le soir même. Ils n'ont rien de suffisant pour l'obliger à répondre à leurs questions ou même à leur donner son ordinateur, probablement rempli de photos et de vidéos compromettantes.

« Vous avez des potes aux douanes ? On pourrait le fouiller et trouver une bricole… quitte à glisser un pétard dans sa poche.

— Wo ! Patrice ! On n'est pas dans une série américaine. Les douanes sont fédérales. Je connais personne.

— Qu'est-ce que j'aimerais le pincer, cet enfoiré ! Il faut trouver, Vicky, nous n'avons pas tiré sur toutes nos ficelles, c'est pas possible !

— Bon, arrêtez de marcher pour commencer. »

Il s'assoit, considère les papiers étalés sur la table : « Le fumier !

— On arrête ça, Patrice, on réfléchit ! »

Il tripote les papiers, les déplace, mais il n'arrive pas à penser, il est trop hors de lui. Il n'en sort pas depuis qu'il a vu une partie des sites qu'Ariel explorait. Vicky a vite compris que voir ces « pioupious » de l'âge de sa fille être abusés le révulsait. Il est d'ailleurs livide.

« O.K., Patrice, on commence avec Andréane. Douze ans, mais l'air plus jeune. Belle cible pour Caron le prédateur. Elle n'est pas du tout attirée par lui. C'est Philippe, son idole. Caron joue au gentil, lui apporte ce qu'elle veut : la preuve que "ses sentiments" sont partagés. Je le dis avec des guillemets. Ensuite ? On imagine facilement que Caron n'a pas attendu son consentement pour passer à l'action. Il lui offre de fumer et, une fois la petite ramollie, il en abuse. Je sais. On n'ira pas dans le détail. Mais — et ça, j'y tiens — on explique enfin le changement brutal de caractère, la chute des résultats scolaires, la hargne, la colère impuissante d'Andréane. Drogues et abus, c'est exactement le résultat que ça produit. Et, en mars 2005, à bout, démoralisée, elle saute en bas du toit. Et Ariel a vu.

« Allons-y doucement. Quoi qu'elle ait vu, que ce soit Caron qui discute et la petite qui saute ou Caron qui la pousse, peu importe pour l'instant, Ariel détient une information capitale. Et elle se tait. Pourquoi? Caron avait-il un pouvoir quelconque sur elle? Elle s'est crue assez forte pour le coincer elle-même? Le faire chanter? Pour obtenir quoi? Pas des notes, elle les avait. Pas de l'argent, il n'a pas un sou, sa carrière est en chute libre, il tourne à peine deux pubs par année. Caron n'a pas pu lui faire miroiter une rencontre avec Philippe, parce que ce n'était pas son trip. Je vois deux possibilités: Caron l'avait déjà coincée physiquement et il pouvait jouer avec ça, il pouvait salir sa réputation. Ou alors… c'est un peu tiré par les cheveux…

— Dites toujours, au point où on en est!

— Il a fait pitié. Il l'a suppliée. Il a fait appel à sa générosité. Tout le monde le dit: Ariel avait un bon cœur, c'était une fille qui ne disait jamais de mal de personne, la mère Teresa de son père. Caron a exploité ces prédispositions. Et quand il veut, il peut. On l'a bien vu avec Philippe.

— Dites donc, vous ne pourriez pas passer un coup de fil à votre ex pour qu'il lui mette un poing dans la figure? L'écrabouiller juste ce qu'il faut pour l'empêcher de prendre son foutu avion. Philippe ne devrait pas être trop difficile à convaincre, non?

— Ça vous soulage de jouer les durs, Patrice? J'essaie de trouver un moyen légal de stopper Caron.

— En quoi ? Huit heures, max ? Je rêve ! Ou plutôt, vous rêvez. Allez-y, continuez. Il joue le faux cul, ce qui est tout à fait à sa portée. Et alors quoi ? Ariel reste bien sagement en classe et elle finit par se supprimer plutôt que de le dénoncer ? Généreuse en diable, la petite ! Elle n'était pas con, cette fille. Elle s'est trompée de cible à ce point ? Trente-deux mois, Vicky !

— Bon, O.K., on reprend.

— Attendez. Quoi qu'il m'en coûte, je reviens à votre première hypothèse… est-ce possible qu'Ariel soit tombée amoureuse de ce trou duc' ? L'idée seule me révulse, mais si elle l'a bouclé, si elle est même retournée à ses ateliers… elle a quitté le violon pour le théâtre. Et pourtant, votre ex misait sur la musique pour elle. Elle consent à des répétitions privées dont elle n'a nul besoin… théâtralement parlant. Et quoi ? Elle se tue parce qu'il la refuse ? Ou qu'il s'est joué d'elle ? Allez savoir… Elle était trop bien pour lui, mais est-ce qu'il s'en est soucié ? Je ne pense pas.

— Ou trop grande. Elle n'avait pas du tout l'allure d'une petite fille. Ariel, c'est le contraire de la Tanagra. Très grande. Presque femme.

— C'est pourtant vrai. Donc, il n'en veut pas… mais il se tient à carreau avec elle, en espérant qu'elle ne moucharde pas. Le salaud ! Il a joué sur les deux tableaux. Vous le saviez, vous, qu'il s'éclatait avec des mioches ?

— Du tout. Jamais rien vu qui me permette d'avoir même un petit soupçon. Je l'ai jamais vu avec une femme-enfant ou quelque chose d'approchant.

— Imaginez ! Si vous n'avez rien vu, Ariel n'était pas de taille, la pauvre.

— Quand je l'ai connu, il n'était pas aussi mou qu'aujourd'hui. Il s'est détérioré avec l'âge. Bon, revenons à Ariel. Si cette hypothèse tient, pourquoi est-ce qu'elle se tue ? Parce qu'il lui annonce que c'est terminé ?

— Difficile à gober, tout de même. On ne se tue pas pour un minable pareil. Même folle dingue de lui…

— Elle l'a quand même fait. Elle a liquidé ses dossiers, incluant *Roméo,* elle a célébré son père et elle s'est tuée. Elle avait vu Caron quand ? Attendez, le jeudi 15 novembre. Répétition privée. L'avant-veille de sa mort.

— Il lui a dit quoi ? Qu'a-t-il été chercher pour la désespérer à ce point ? Quel merdier, ces conjectures !

— Non, c'est peu probable qu'elle ait été amoureuse de lui. Je pense à Assam… il aurait dit quelque chose sur Caron… On fait fausse route, Patrice. On ne se met pas dans les bottes d'Ariel.

— Je ne saisis pas le lien avec Assam : en quoi son amitié aurait-elle empêché Ariel d'en pincer pour Caron ? Il a été très clair, ses sentiments n'étaient pas partagés.

— Mais ils étaient proches. Très proches. Ils ont joué je ne sais plus combien de parties ensemble. Ils avaient leur courriel privé. Il l'a embrassée, c'est confirmé. S'il avait su pour Caron et Ariel, si elle avait été désespérément amoureuse de lui, il aurait fait quelque chose. Combien de fois il a dit qu'elle avait confiance en lui ? Ça se peut pas qu'il n'ait pas deviné ! Ce serait le genre à consoler Ariel d'une peine d'amour. Et à nous dire qu'une personne avait mal agi envers elle, si c'était le cas.

— Donc, pas de grand sentiment amoureux entre Ariel et Caron. Ça me soulage, voyez-vous. Ça ne collait pas, à mes yeux.

— Ben moi, je vais vous dire où ça ne colle pas : Ariel qui va sur des sites pornos. Pourquoi ? Pas pour s'exciter quand même ?

— Bien sûr que non ! Pour comprendre. Pour saisir la nature du lien entre Andréane et Caron, ce qui a merdé, ce qui s'est vraiment passé. Elle l'a peut-être même fait pour se prémunir, pour ne pas tomber dans le panneau. Allez savoir, elle se croyait certainement en mesure de le neutraliser. Elle fourbissait ses armes en explorant ces sites.

— O.K... ce site fermé hier... en lien avec *Pro-31*... pourquoi *Pro-31* ?

— Prof ? Prof numéro 31 ?

— Oui, ça se peut... et l'oiseau ? Le canard ou la perruche jaune à côté ?

— Quand nous n'aurons plus que ça à décoder... On s'en tape du canard, Vicky !

— On revient au site retrouvé par Mathieu, alors. Il transitait par la France et les Pays-Bas... Qui s'occupe de l'informatique, chez vous ? Votre Mathieu à vous, il ne pourrait pas essayer de voir puisqu'on a la référence ?

— Ludo ? Attendez... vous croyez que ce qui est fermé ici serait resté ouvert sur mon territoire ? C'est possible, un truc pareil ? Ce serait quand même balèze ! »

Il est déjà à composer un numéro sur son cellulaire. Vicky lui tend ses notes et l'interminable code. Patrice discute un moment, transmet le code, reprend les notes de Vicky et finit par dire qu'il lui envoie tout ça par mail. Que ça urge. Priorité absolue.

L'attente est si angoissante que Vicky va chercher des sandwichs pour faire quelque chose.

À son retour, elle trouve Patrice en ligne.

« Attends ! Attends, Bernard, ma collègue arrive ! Je te mets sur haut-parleur. Vas-y ! Bernard est le chef de la Section des crimes informatiques. Je te présente Vicky, Bernard.

— Bonjour, Madame. Comme je le soulignais à Patrice, cette référence est bien connue de nos services, mais nous n'avions pas sa source. La première utilisation venait de la Thaïlande. Pour résumer et j'essaierai de ne pas rendre la chose trop technique, les réseaux de ce type sont construits de façon indétectable. Généralement, nous perdons le fil après deux pays. Trois max. Ils sont très raffinés, très forts, et ils savent se protéger en changeant constamment de pays. Ce code a été analysé, suivi par nos services et nous l'avons abandonné il y a six mois. C'est un réseau que nous croyons d'origine danoise. Son point de chute est Anvers, toujours selon nos sources, mais ce pourrait tout aussi bien être Londres. Il nous manquait trop d'éléments pour poursuivre. Il y en a tant, vous savez… nous devons choisir ceux qui présentent les meilleurs aspects. Votre apport nous permet une relance.

— Mais il est fermé !

— Oui, votre filière l'est. Mais elle est partie intégrante d'un réseau où on trouve des victimes que nous avons taguées afin de les identifier en espérant pouvoir…

— … Excusez-moi, mais un réseau de quoi ?

— De matériel porno juvénile! Photos, vidéos, adresses où trouver son bonheur, échanges de sujets, contacts sûrs, et relais hyper sécuritaires. Ces gens-là feraient d'excellents espions. Ils savent brouiller les pistes. Le matériel est précieux et très lucratif. Le trafic est intense et tout ferme très rapidement en cas de danger. Nos infiltrés ont un mal de chien à suivre. La clientèle est affamée de nouveautés et l'internet est un paradis pour ce genre de commerce.

— Dis donc, Bernard, je peux te faire gagner du temps: j'ai le nom du type qui alimente le réseau d'ici.

— Ben voyons, Patrice! On le sait pas, ça! C'était une recherche d'Ariel, son ordinateur à elle.

— Une femme? Voilà qui est encore plus rare! Rarissime, même! J'en ai très peu vues.

— Non, elle ne faisait pas partie du réseau, elle l'espionnait je pense.

— Alors là, si elle est arrivée sur ce code, c'est qu'elle est branchée et bien branchée. M'étonnerait qu'elle n'y trouve aucun profit. Les femmes sont encore plus coriaces parce que, souvent, elles n'ont aucun attrait pour l'aspect sexuel. Elles n'ont que les avantages pécuniaires en tête. Alors que la plupart des mecs s'adonnent à la consommation effrénée.

— Écoute, vieux, Ariel avait quinze ans et elle est morte. Suicide.

— Putain! Et cette gosse avait trouvé le code? C'est une surdouée ou alors… Suicide, tu dis?

— Oui. Quoi? Bernard?

— À vue de nez, tu vois… non. Non, laisse tomber.

— Tu nous fais quoi, là, Bernard ? On piétine depuis des jours. Tu pourrais pas l'ouvrir un peu ?

— Elle a probablement provoqué la fermeture côté canadien en cherchant du matériel dont elle était partie prenante. À quinze ans, tu vois, les jeunes se rendent compte que ce qu'ils ont fait quelque temps auparavant et qui leur semblait sans gravité peut soudain prendre un aspect moins jojo. Elle a voulu rattraper le coup, et tout ce à quoi elle est arrivée, c'est perdre son lien. Ça, c'est pour les futées qui essaient de s'en sortir. Mais si elle s'est tuée…

— Et dis-moi, vous pourriez remonter le lien, de votre côté ? Voir ce qu'il contenait ?

— On peut essayer, mais l'alerte est donnée. Il faudra jouer de prudence. Ce n'est pas gagné. Si tu savais comme tout disparaît rapidement dans ces forums.

— Tu nous tiens informés, Bernard ? Sans faute ?

— Sûr ! Et merci ! »

Ils se taisent, soupesant la valeur de ce qu'ils ont appris. Vicky avertit aussi Mathieu des développements. Il promet d'essayer de voir du côté des crimes informatiques de la Sûreté.

Le silence est impeccable. Chacun essaie de trouver une théorie qui s'ajusterait à toutes ces pistes éparses. Vicky dessine une spirale dans son carnet de notes. « Je crois que c'est Caron qui a fermé le site, cette nuit. Il avait trop peur de ce qu'on risquait de trouver. Il a senti la soupe chaude.

— Ou il a plutôt donné l'alerte et on a veillé au grain depuis la France ou le Danemark. Qu'est-ce que j'aimerais mettre la main sur son ordinateur !

— C'est sûr qu'y a pas dû cacher ses activités ben loin…

— Même avec un parcours fléché, ce type n'est pas foutu de trouver son nez !

— Vous savez ce qui nous reste ? Assam. Il a aidé Ariel, j'en suis sûre.

— Aidé comment ?

— À chercher le réseau. À le trouver.

— Et il n'aurait rien cafté ? Il trouve sa Juliette en plein porno et, pas de souci, c'est toujours le grand amour ? Vous connaissez si mal les hommes ? Ou vous les croyez tous pervertis jusqu'à la moelle ?

— Elle a pu lui dire ce qu'elle voulait. Il n'a pas nécessairement visionné… bon, O.K. De toute façon, ce serait plus simple de prendre l'ordinateur de Gilles que d'essayer de convaincre Assam de *stooler* Ariel.

— Ça !… Je peux ? »

Il indique le sandwich qu'elle déballe et qu'ils mangent en réfléchissant. Patrice tapote rythmiquement sur le bord de la table. Il s'aperçoit qu'il l'énerve et cesse aussitôt.

— Vous avez son adresse ? Je pourrais braquer sa piaule… Impossible d'obtenir un mandat, évidemment ?

— On a quoi ? Un site fermé sur l'ordinateur d'une morte. Rien qu'expliquer à Brisson comment Caron est sérieusement suspect, ça prendrait deux heures. Imaginez ce que ce serait pour obtenir une autorisation à saisir son ordinateur auprès d'un juge qui ne connaît rien à l'affaire !

— Et maintenant que Philippe est furax contre son pote, inutile de lui demander la moindre assistance.

— Quelle assistance?

— Il entre chez Caron et il pique le truc!

— Vous êtes bon, vous! On peut pas prendre en preuve du matériel volé! Il faut un mandat. Ça se fait chez vous?

— Non, pas ça, Vicky. Mais du style je t'emprunte ton truc et hop, je m'aperçois que c'est louche, je le refile à mon ex qui est à la fine pointe de l'informatique… une série de hasards, quoi!

— Drôlement organisés comme hasards.

— La clé est dans ce bidule, nous sommes d'accord?

— La clé de notre théorie encore bancale est dans l'ordinateur *si* il n'a pas tout effacé, *si* il a filmé ou enregistré Andréane ou Ariel avec cet appareil. Bref, *si* il a effectivement produit du matériel pédophile.

— Attendez: il a tout de même échangé avec le réseau et ça, on peut le prouver. On s'en fout de la caméra, son film coquin a sûrement transité par son ordinateur.

— *Si* il a offert son stock à la vente, oui.

— Mais enfin! S'il n'a rien fourgué dans ce réseau, s'il ne l'a consulté que pour savoir où aller baisouiller sans problème, il n'y a aucune raison de le boucler. Soyons logiques, Vicky! Ou il est mouillé jusqu'au cou ou on n'a rien à foutre de ce nullard.

— Fatiguez-vous pas, Patrice: même si on avait une théorie qui se tient, on ne pourrait pas la vérifier. »

Elle est tellement contrariée qu'elle maltraite l'enveloppe cellophane du sandwich, la triture, en fait une boule: « Êtes-vous certain que Philippe Gauvreau est à exclure? Qu'il n'est pas suspect?

— Vous perdez votre jugement, Vicky ? À moins qu'il nous ait offert une master class, il est clean selon moi. Même sa lettre aux parents, vous l'avez confirmée pour l'adresse, elle a été réexpédiée depuis l'école. Et, si vous me permettez de me montrer rustre, ses incartades sexuelles le rendent assez peu susceptible d'avoir une double vie avec des mômes, que dis-je, une triple vie puisque tromper sa nana est son sport de prédilection. Il y a des limites à la performance soutenue !

— Assez clean pour l'informer de choses que nous gardons pour nous ?

— Ça reste à voir… À quoi songez-vous exactement ?

— J'ai pensé à quelque chose pour récupérer l'ordinateur. »

Aux yeux de Patrice, le plan est la première bonne nouvelle de la journée.

***

Philippe ne leur cache pas que l'entrevue de la veille ct l'attitude de Gilles l'ont énormément ébranlé. Depuis, il remet en question beaucoup de choses. En écoutant Vicky, il a du mal à ne pas l'interrompre. Il est stupéfait, presque incrédule. Quand Vicky se tait et attend sa réaction, il se lève, tourne en rond dans la pièce. Patrice a un mouvement pour ajouter quelque chose, mais Vicky lui fait signe d'attendre.

Quand Philippe parle enfin, c'est sous le coup de l'émotion, sourdement : « Quand la petite s'est tuée, il y a un certain temps, c'est Gilles qui me l'a appris. Il était tellement nerveux, tellement paniqué que ça soit arrivé que j'ai dû le rassurer. C'est moi qui l'ai calmé ! Moi ! Pis là, tu me dis qu'y serait peut-être responsable? Cette enfant-là, c'était la joie de vivre sur deux pattes. Une petite comique pleine d'énergie qui imitait tout le monde. Elle était tellement petite! Y aurait pu la jeter en bas du toit d'une seule main… Peux-tu au moins me jurer que c'est pas ce qu'il a fait?»

Vicky hoche la tête, désolée. Elle ne lui a transmis qu'une partie de leurs doutes, ce qui leur paraissait nécessaire pour le décider à devenir un témoin collaborateur qui se servira de ses liens avec Caron pour les aider à le coincer. Mais elle a affaire à un esprit plus vif que celui de Gilles.

«Et Ariel? La grande violoniste? Il l'a poussée à se tuer, elle aussi?

— Indirectement, oui. C'est ce qu'on croit.»

Elle le voit pincer la racine de son nez. Elle le connaît assez pour revoir dans ce geste sa façon de lutter pour ne pas éclater. C'est un geste qu'il a dans la vie quand il est au bord des larmes, mais jamais elle ne l'a vu l'utiliser dans son métier. C'est un mystère pour elle, ce don pour séparer les deux mondes.

Il se rassoit devant eux: «O.K. *shoot!* Tu veux quoi?

— La seule preuve, s'il y en a une et si notre hypothèse se vérifie, est dans son ordinateur. Il part ce soir. Il l'apporte avec lui. J'ai pensé… que tu lui offrirais une sorte de réconciliation. Tu vas le reconduire et…

— … je le câlice sur le bord de l'autoroute en souliers et sans bagages? Pis j'apporte son ordi ici?

— Non, ça c'est la solution de Patrice. Tu échanges son ordinateur. Nous t'en donnerons un qui sera… disons préparé à nous tenir au courant de ses activités s'il l'utilise.

— Attends : tu le laisses partir ? Il prend son avion ? On va le perdre ! Y reviendra jamais se faire arrêter.

— On peut pas le perdre. Pas avec la géolocalisation. Pas avec l'ordinateur qu'on lui donne.

— Ben voyons ! Y est poche, mais pas tant que ça ! Y va s'en apercevoir.

— Oui, peut-être… mais trop tard, une fois parti. Et là, en Thaïlande, il va vouloir avertir le réseau que c'est dangereux, qu'y faut se méfier, que quelqu'un a deviné quelque chose. Qu'il est pisté. Mon plan, c'est de miser sur son manque de jugement. Même s'il sait que son ordinateur a été placé dans nos mains, il va faire quoi, rendu en Thaïlande ? Il va avertir sa gang. Il a fermé le site, mais il va leur dire de se tenir tranquille, de ne plus le contacter. Il va être loin, il va se sentir en sécurité. Penses-tu que l'hôtel où il est a des ordinateurs pour les clients ? Sais-tu où il descend ? Attends, j'appelle Mathieu pour cette partie-là.

— Fatigue-toi pas, Vicky, Gilles "descend" nulle part. Y a pas une cenne. Y va chez des habitants qui lui louent une sorte de hutte. Ça doit être l'équivalent d'un garage. Et encore !

— Ah ! Il a opté pour le forfait aventure chez l'indigène ! De mieux en mieux !

— Vicky… je peux pas le faire. J'ai pété une coche avec Gilles, hier. Y me croira jamais revenu à de meilleurs sentiments.

— Allons, vous êtes un acteur, un grand acteur si j'en crois Vicky, inventez quelque chose ! Vous pouvez y arriver. Vous êtes notre dernière carte.

— C'est vrai, ça ? T'as dit que j'étais un grand acteur ?

— T'as tellement besoin d'être rassuré là-dessus ! Voyons, Philippe ! Je t'apprends rien, quand même ! »

Il est déstabilisé par tout ce qui arrive depuis deux jours, Vicky le constate. Elle s'en veut de foncer comme un bulldozer alors que Gilles était, la veille encore, le plus vieil et le plus grand ami de Philippe. Elle tend la main, touche la sienne : « Je suis désolée, Philippe. Je sais que c'est gros à encaisser, que c'est beaucoup te demander. C'est ton grand chum…

— … C'était. Si ce que tu dis est vrai, c'était. Mais j'espère un peu que tu te trompes, qu'il a juste… mais on peut pas "juste" abuser d'une enfant, han ?

— Non. »

Il serre sa main, la regarde avec tristesse : « Il y a dix ans, quand t'es partie, c'est lui qui m'a ramassé à la petite cuiller.

— Il devait être heureux de parler contre moi.

— Non, jamais. Pas un mot contre toi. — Il sourit — Il voulait pas se faire casser la gueule. Appelle ton gars d'ordinateur. Je vais trouver quelque chose pour jouer le réconcilié qui a exagéré. »

Ce qui facilite les choses, c'est que l'ordinateur de Caron lui avait été offert par Philippe. Mathieu trouve donc la même marque modernisée et y installe les « espions » dont il a besoin.

Par mesure de sécurité, il demande la permission de trafiquer aussi le téléphone de Philippe pour savoir quand Caron le joint, par texto, téléphone ou courriel.

Philippe reprend son portable avec une grimace : l'idée d'être suivi à la trace lui déplaît beaucoup. Mathieu part à rire : « Je peux le faire sans vous en parler, vous savez ! Y en a plus de vie privée de nos jours, oubliez ça ! C'est super facile de piéger les gens. Mais j'ai pas touché à votre vie privée, juré, juste ce qui concerne les adresses IP de Caron. Enfin, celles qu'on connaît parce qu'il sait comment en changer… Si je vous espionnais, ma blonde me le pardonnerait pas. »

Sa franchise lui vaut un autographe pour son amoureuse qui « trippe pas à peu près » sur le bel acteur.

« Ça va faire passer un peu mieux les heures supplémentaires de ce soir… Tu t'es aperçue que les vacances de Noël commençaient à dix-sept heures, Vicky ? Pourquoi je pense que tu vas vouloir que je regarde l'ordi du gars dès qu'on va l'avoir ?

— Excellente idée, ça… Je pensais pas que tu l'offrirais, Mathieu. »

Mathieu n'a pas du tout l'air déçu. Il devait aller acheter le cadeau de Noël de la belle-mère et cette excuse lui convient parfaitement, parce que courir les magasins le déprime.

« Non, non, t'as le temps, Mathieu. On a un bon deux heures à attendre… »

***

Martin trouve que le retour de Québec est pas mal mouvementé. Comme il a lancé ses invitations pour la fête du 31 décembre, il en est aux projets culinaires. Une pintade au whisky est à l'essai ce soir-là, et il espérait voir ses convives rester au moins jusqu'au fromage.

Ils se montrent des cobayes ravis et satisfaits, mais dès que le texto de Philippe entre sur le téléphone de Vicky, ils partent en vitesse. Martin avertit Vicky qu'elle le trouvera fin soûl sur le sofa en rentrant. Les nouvelles fréquentations « professionnelles » de sa blonde lui donnant de l'urticaire, il se soigne au bordeaux. Patrice promet qu'elle ne rentrera pas très tard.

***

« Déjà ? J'ai même pas eu le temps de me soûler ! Oups !… Bonsoir, Patrice… j'ouvre une bouteille, je pense ? À vous voir la face, vous avez besoin d'un remontant. C'est pas le succès escompté, c'est ça ? »

Dépités, découragés, complètement flagadas, ils acceptent tout : le vin et la sympathie.

Au bout de trente minutes, Mathieu a déclaré forfait : l'ordinateur avait reçu une douche à l'acide ou presque. Pourtant, en voyant le fond d'écran, ils avaient frémi d'excitation : une photo splendide d'Ariel, les yeux levés probablement vers Roméo dont on n'apercevait que la main. Une photo de scène, une photo d'interprétation, c'était évident. Magnifique. Ils l'avaient montrée à Philippe avant de lui demander de sortir, le temps d'effectuer leurs recherches.

« C'est qui ? » avait demandé Philippe. Il ne l'avait pas reconnue et s'était montré très étonné des changements survenus en deux ans sur cette enfant devenue femme.

Après, ils avaient été de déception en déception. Le code du réseau trouvé dans l'ordinateur d'Ariel ne pouvait même pas être décelé. Aucun doute ne subsistait : Gilles Caron savait effacer ses traces avec brio.

Une fois Mathieu parti, ils avaient fait un rapport succinct à Philippe qui s'était inquiété : s'étaient-ils trompés ? Gilles pouvait-il être innocent ? Pourquoi la photo d'Ariel en fond d'écran ? Pour les narguer ? Les confondre ? Par fascination amoureuse ?

Patrice avait été inébranlable : on ne nettoie pas un ordinateur comme ça quand on n'a rien à cacher. Les mensonges de Gilles, sa façon d'orienter leurs regards vers Philippe dès qu'il s'agissait de petites manipulations de la vérité le rendaient fortement suspect si ce n'est coupable.

« Vous savez, ce n'est pas parce qu'il aide à rebâtir Phuket qu'il ne se paie pas de retour. C'est ce qu'il est convenu d'appeler un "retour sur investissement". »

Philippe ne sait plus, il est ravagé par le doute : « C'est fou, mais quand je vois son fond d'écran, ça ne me fait pas pédophile. Pas du tout. Pourquoi c'est pas la photo de la Tanagra si c'est là-dessus qu'il trippe ? Je veux dire Andréane ?

— Parce qu'elle est morte. »

Philippe fixe Patrice avec stupeur : « Mais elle aussi, non ? C'est quoi, là ? On est dans le champ pas à peu près… »

Vicky est bien d'accord. Quelque chose cloche. Si cette photo est tout ce qu'ils ont pour prouver les agissements malhonnêtes de Caron, ils ne sont pas très avancés. Peut-être que l'ordinateur recèle encore des secrets, c'est son seul espoir.

Philippe hoche la tête : « Tu sais bien que non, Vicky. Ton gars l'aurait vu… On s'est fait avoir. Ce qui me surprend, c'est que Gilles ait su comment nettoyer un ordinateur.

— On l'a peut-être aidé. Qui l'aurait reconduit à l'aéroport si tu l'avais pas fait?

— Je sais pas. Il aurait pris l'autobus, je suppose… en trouvant ça trop cher.

— Qu'est-ce qui t'achale, Philippe? De l'avoir floué?

— Trahi, tu veux dire? Oui pis non. Y m'a trahi *all right* en essayant de me faire passer pour un pédophile. On l'a toujours su que Gilles était pissou. C'est pas nouveau. C'est pas le courage incarné… ça me surprend pas, ça…

— Mais?… Qu'est-ce qui te surprend?

— Ben franchement? Le cul. Y a jamais été ben fort sur le cul. Comme pas allumé, tu le sais. Une des seules choses de ma vie qu'il a jamais saisie, c'est mes histoires. De cul, faut ben le dire. Lui, ça y est jamais arrivé de pas pouvoir se retenir, de pogner en feu. Y rêvait. Y aime ça s'imaginer des affaires, mais rendu avec la fille, c'est comme si c'était moins drôle, moins excitant. Y est pas sexuel. Y est pas là-dessus. Je l'ai même cru impuissant. Combien de fois ses histoires de cœur ont planté? Pas capable de passer à l'action, tu le sais…

— Justement: les enfants, c'est moins débandant qu'une femme…

— J'veux ben, mais pourquoi c'est une femme qui est sur son écran? Une femme qui joue l'amoureuse avec des yeux un peu suppliants, implorants… pourquoi? Y s'imaginait quoi, devant ça? Que la fille le suppliait lui? Y a de quoi qui marche pas, Vicky. C'est pas son genre, ça…

— Permettez? Et si tout se jouait dans la dépendance, dans l'attitude suppliante, précisément? Ce pourrait être suffisant pour lui donner une impression de contrôle, de force virile ou de domination. Pour autant que le sujet soit inoffensif, incapable de l'humilier ou de le freiner. Ce n'est pas un homme flamboyant, tant s'en faut. Est-ce qu'il n'aurait pas pu à votre contact, et sans vouloir vous accabler, ressentir une sorte d'exaspération devant ses maigres succès ? Tant professionnels que personnels, d'ailleurs. Un malaise qui n'aurait fait que s'amplifier devant l'essor de votre carrière ?

— Jaloux ? C'est sûr que quand il me voyait refuser des contrats, ça le mettait en maudit. Y comprend pas que je dise non. Mais ça... y est pas dans ma peau pis y a pas mes horaires. J'y demande pas de comprendre.

— Est-ce possible que les mortifications se soient multipliées et que seuls les enfants ou les très jeunes filles lui donnent l'impression d'être enfin admirable ? Enfin célébré et désiré sans limites ?

— Possible, oui... Ce qui m'énerve, c'est que c'est pas certain. Et tant que c'est pas certain, c'est abusif, c'est terrible de lui faire ça. Dans mon esprit en tout cas. Parce qu'être soupçonné de pédophilie, même une demi-heure, c'est plate en crisse.

— C'est tout à votre honneur de ne pas chercher à lui rendre la monnaie de sa pièce.

— Ben, si vous voulez mon avis, l'arnaque de ce soir, c'est la monnaie de sa pièce. Pas de quoi être fier.

— Attends avant de dire que c'est pour rien. Moi, en tout cas, je te remercie de l'avoir fait. Que ce soit pour l'accuser ou l'innocenter, t'as agi. Et ça nous aide... même si on est sous le coup de la surprise. On avance quand même. Je te remercie, Philippe.

— Tu me remercies et ça finit là, Vicky ? T'es pas sérieuse ? Monsieur, je peux vous demander cinq minutes seul avec elle ? »

Patrice s'exécute galamment, le sourire appuyé devant l'air contrarié de Vicky. Il estime que ce n'est quand même pas l'enfer : pas comme s'il la laissait en tête-à-tête avec Caron !

Pour se venger, elle ne lui révèle absolument rien de l'aparté avec son ex, même quand, délaissant les allusions, il le lui demande carrément.

« Vous saurez rien, Patrice ! Ça vous apprendra. Je vous offre un seul choix : venir finir la bouteille avec Martin et moi ou rentrer à votre hôtel.

— Vous savez que vous êtes une des rares personnes de ce pays à ne pas commettre l'erreur des deux choix ?

— Patrice, on a eu assez de cul-de-sac comme ça pour ce soir. Lâchez la sémantique ! »

Ils finissent plus que la bouteille. Ils essaient de célébrer les vacances de Noël qui commencent, le départ de Patrice pour New York le lendemain, leur propre emménagement dans le Nord… l'entrain est variable et laborieux.

Patrice les fait rire en leur décrivant le futur époux de son ex-femme. Il en rajoute pour la galerie, mais le plein aux as qui se promène à travers le globe risque de lui causer des problèmes majeurs pour voir sa fille. « Qui va casquer ? Il ne lui offrira sûrement pas un avion pour ses dix ans. Et si je veux voir ma mioche… Bon ! Tant qu'il choisit New York ou Montréal, ça me va. Mais s'il décide d'aller investir son fric de merde à Sydney ou à Hong Kong, là, je suis baisé. Ne me reste plus qu'à m'esquinter en heures sup.

— Pourquoi vous la gardez pas à Paris ? Toute sa vie est là depuis sa naissance. Si sa mère a les moyens de son mari, qu'elle se déplace, elle.

— Parce qu'en France, Vicky, les pères sont rarement les gardiens des enfants. C'est alterné ou, si ce n'est pas à parts égales, c'est souvent la mère qui en a la charge principale. Les pères assument pécuniairement, ils les voient et s'en chargent une partie du temps, mais de là à obtenir une garde entière... Je ne suis pas dans le reproche, notez : je dois quand même admettre que la chose m'embêterait. Je ne suis pas Martin, moi, mes talents culinaires se limitent au croque-monsieur. Amélie risque de ne pas apprécier. Sans parler de mes horaires... le boulot bouffe tout mon temps !

— Ben voyons, Patrice ! C'est des excuses, ça ! Au moins, pensez-y. Je vois bien que vous avez jamais envisagé de le faire. »

Patrice se tourne vers Martin : « Elle est formidable quand il s'agit d'un témoin, mais vraiment, quand il s'agit de notre pomme, qu'est-ce qu'elle est chiante, non ? »

Martin sourit : « Oui. Surtout quand elle a raison. Pis le pire, Patrice, c'est qu'elle a souvent raison.

— Oui, bon, je vais vous laisser, moi. Vous avez mieux à faire que de régler les détails de mon divorce.

— Courageux mais pas téméraire, han Patrice ? Quand est-ce que vous serez à Montréal avec votre fille ? On pourrait la voir, cette future orpheline de père ?

— Vous n'allez pas dans le Grand Nord ?

— Le Nord, Patrice. C'est pas mal moins loin. Et on revient pour la maman de Martin et la mienne.

— Nous serons de retour le… 27.

— Appelez-moi, on va essayer d'arranger quelque chose.

— Quitte à promettre de ne pas parler boulot devant ma fille. »

Martin est infiniment d'accord.

Il est très tard et Vicky veut absolument ranger et même organiser une partie des bagages pour être en mesure de prendre la route assez tôt vers « le Grand Nord » et « la sainte paix ».

Quand elle doit s'activer autant, c'est que quelque chose la chicote, Martin le sait. Il s'attaque à la cuisine pendant qu'elle remplit son sac de voyage.

Quand elle prend son attaché-case, elle entend Martin protester : « On revient le 25, Vicky. Tu pourrais pas laisser ça ici, juste pour couper un peu le rythme ? Essayer d'être en vacances ? »

Elle promet qu'à leur retour, elle enfermera son ordinateur dans le placard, mais que les éléments de l'enquête sont frais à sa mémoire et qu'elle doit les noter au risque de les oublier.

Martin fait sa face du gars qui n'en pense pas moins, mais il ne dit rien. Il la rejoint, la prend dans ses bras : « Vas-tu en parler ?

— De l'affaire qui vient de foirer ?

— Non. Du gars qui a joué l'espion… et que t'as refusé de voir pendant dix ans après l'avoir beaucoup vu pendant neuf ans.

— Martin ! Tu t'en fais pas avec ça ? Avec Philippe ?

— Tu sais que même maman a capoté quand elle a su que tu le connaissais ? Tu sais que ta cote a grimpé de dix points au moins ? Imagine ce qu'elle dirait si elle apprenait que c'est encore ton mari…

— Tu y as pas dit ?

— Es-tu folle ? Des plans pour qu'elle se réjouisse : je pourrais plus la menacer de t'épouser.

— Je vais divorcer.

— Tiens !… Bonne nouvelle. Alors ? Ça s'est passé comment ?

— Tu y tiens vraiment ?

— Si je revoyais Brigitte, moi, tu voudrais pas savoir comment ça se passe ? Pis c'est pas une star, elle…

— Martin… je m'excuse. Pas de farce, j'ai pas réfléchi à ça. J'étais sous le coup de notre échec avec Caron. Ça s'est passé… mieux que je l'espérais. Il a été très correct. Je veux dire, pas de faux regards attendris. À mon avis, y regrette beaucoup, mais y se connaît. Il sait que ça aurait jamais marché avec une fille comme moi.

— Et toi ?

— Moi ? Je me suis trouvée chanceuse de t'avoir dans ma vie. C'est tellement fini avec lui, Martin, tellement vraiment fini. J'ai aucun regret. Si tu savais comme je suis bien.

— Y a rien réveillé ?

— Je me suis souvenue de comment je l'aimais et de comment je me sentais impuissante avec cet amour-là. Pis, pour moi, l'amour devrait pas avoir un effet aussi triste. Je comprenais pas pourquoi je ne lui suffisais pas. C'était décourageant de vivre avec lui. Pas possible de regretter toute la peine que j'avais, même si on a eu de très beaux moments. Je suis vraiment désolée de ne pas t'en avoir parlé avant.

— Tu pouvais pas : Patrice était là. Il l'a trouvé comment ?

— Y a pas échappé à son charisme… mais moi, j'y avais déjà goûté et j'avais trouvé ça un peu amer finalement.

— Finalement, oui ! »

***

Une fois passées les sorties de l'autoroute qui mènent aux centres d'achats, Martin peut enfin accélérer. Quand le cellulaire de Vicky sonne, il l'avertit que si c'est le bureau, ils ne feront pas marche arrière. Les vacances sont officiellement commencées.

Mathieu n'a pas pu s'en empêcher, lui. Un samedi matin au bureau, Vicky se dit qu'elle n'est pas la seule à avoir été vraiment frustrée, la veille au soir.

« Vicky, j'ai pris une petite heure pour vérifier certaines choses. Tu sais quoi ? Il s'est servi de l'ordinateur. Il a repris contact ! Il a envoyé une alarme au réseau. Direct au Danemark, cette fois. C'est bien le gars qu'on cherchait. On s'est pas trompés. »

Elle est tellement soulagée ! Mathieu lui dit qu'il garde l'ordinateur à l'œil et il promet de l'informer si quelque chose s'ajoute. Mais il en doute. Caron est sur ses gardes, il se sait piégé, probablement surveillé. Il a protégé le réseau, mais il devra répondre de ses actes. Même s'ils n'ont rien de vraiment tangible à lui présenter comme preuve.

«Pour l'instant», se dit Vicky qui remercie Mathieu et essaie de ne pas trop s'en faire avec les preuves à trouver. Tout est de cet ordre dans cette affaire qui n'en est pas une. Des suicides qui pourraient être des meurtres, un pédophile qui pourrait fournir du matériel sans nécessairement être amateur, un réseau qui pourrait être international...

Martin la voit taper sur son minuscule clavier de téléphone. «Vicky...

— Juste avertir Philippe qu'on n'a pas fait ça pour rien. Et j'appelle Patrice. Et après, c'est Noël, promis!»

La conversation avec Patrice dure longtemps. Ses collègues de Paris ont eux aussi intercepté le message d'alarme venu de Thaïlande. Ils essaieront de suivre la trace et de remonter la filière. Son pote Bernard n'était que louanges devant leur stratagème. Vicky se montre plus réservée, elle. Tant qu'ils ne sauront pas exactement le rôle de Caron dans les deux morts, elle sera insatisfaite et cela, même si leur intervention permet de démembrer un réseau pédophile international.

Ils discutent longtemps et Vicky termine en rappelant à Patrice qu'il y a deux familles qui vont affronter Noël comme une épreuve parce que leur fille est morte. Pour elle, rien ne sera réglé tant qu'elle ne saura pas ce que ces filles ont traversé.

Quand elle éteint enfin son téléphone, Martin lui demande si elle va arriver à être en vacances un jour. Un texto qui entre l'empêche de mentir.

C'est Philippe que la nouvelle a soulagé d'un énorme poids. Il écrit que trahir et abandonner un ami lui avait été beaucoup plus difficile que de trahir et abandonner une amoureuse. Il en conclut qu'il doit être une sorte de monstre.

Elle lui répond qu'il a moins d'amis qu'il n'a d'amoureuses.

Sa dernière réplique tient en un seul mot : *Amie ?*

Elle répond : *Oui* et coupe le son du téléphone.

Les vacances commencent enfin.

* * *

La maison est magnifique. La dernière tempête l'a littéralement enrobée de poudreuse et les conifères ploient sous la neige. Ils découvrent chaque pièce avec stupéfaction : tout, absolument tout dans cet endroit est conçu pour le confort et le bonheur douillet.

Ce n'est que vers dix-sept heures, alors qu'ils savourent un Morey-Saint-Denis devant le feu que Vicky se souvient à qui ils doivent cette félicité : « Tu ne m'as pas dit comment s'est passée l'opération de la petite fille ? La fille de celui qui avait loué ce paradis…

— Ils attendent encore… lundi, si tout se déroule comme ils l'espèrent.

— Le 24 ? Y a des médecins qui opèrent le 24 décembre ?

— Ah ! Tu pensais être la seule à travailler pendant les vacances ? Ben non ! Les médecins qui veulent sauver des petites filles au cœur amoché font comme toi : y comptent pas leurs heures.

— Sauf que moi, je les sauve pas, Martin. Elles sont mortes quand j'arrive.

— O.K., mettons ça de même : si tu détruis un réseau international de pédophilie, tu sauves combien de petites filles ?

— Aucune idée.

— Pense à toutes celles que t'as peut-être sauvées, ou celles à qui on ne brisera pas le cœur en les utilisant. Ça va te remonter le moral.

— J'ai pas le moral à terre !

— Ben non : tu viens de passer trois heures à taper sur ton ordinateur.

— Là-dessus, y a une grosse heure à envoyer des vœux et à répondre à ceux qui m'ont écrit.

— Dont Philippe, le converti ?

— Converti ? À quoi ?

— À la Sûreté ! Le grand acteur met ses talents au service de la Sûreté. Vois-tu comme ça fait bien en première page ?

— Non. Ça se saura pas. C'était confidentiel.

— Brisson ? Si Brisson le sait…

— Y le sait pas, pis y le saura pas. Tant qu'on a rien, ça reste secret. De toute façon, c'est Noël et Brisson est pogné avec son ex-blonde qui trouve qu'il l'a pas beaucoup aidée.

— C'est pas tout le monde qui sait négocier avec ses ex !

— Dis plutôt qui sait fuir ses ex !

— On va fuir tout ce qui n'est pas nous deux, O.K. ? »

Elle lève son verre : « C'est exactement ce qu'on fait ce soir. »

Mais c'est une demi-vérité, et elle le sait. Parmi les courriels de vœux auxquels elle a répondu se trouvait une longue épître de Suzie Brault qui relatait la réunion des profs, les réactions des élèves à son passage et aux entrevues privées de l'hôtel. De toute évidence, Suzie trouvait un peu difficile la période des Fêtes en célibataire et la fin de ses activités « policières ».

Comme prévu, Gilles Caron avait annoncé qu'il ne reviendrait pas à Québec... pour des raisons professionnelles, sa carrière ayant pris un nouvel essor. Vicky sourit à l'expression : le nouvel essor est demeuré bien confidentiel, aucune annonce publique le concernant n'étant venue à sa connaissance. La directrice a dû trouver encore que son école était un tremplin artistique extraordinaire, surtout pour les profs.

Dans sa réponse, Vicky avait fourni fort peu de détails sur la poursuite de l'enquête, n'ayant rien de certain à ajouter.

Pénélope et Kim lui ont écrit des vœux très fantaisistes, drôles et elles ont toutes deux terminé leur courriel avec la pensée qu'elles auront toujours pour Ariel... et la tristesse de ce Noël sans elle. Isabelle, la mère d'Ariel, lui a aussi envoyé un mot pour la prévenir qu'elle se rendait en France chez des amis pour dix jours « essayer de quitter le lit et la chambre de ma fille dont je ne sors plus depuis un mois. »

Rien de Jean Crête.

Rien d'Assam, en dehors de la note de Suzie le concernant.

Assam m'évite, je crois. Je n'enseigne pas à son niveau, mais je sais reconnaître un élève qui fait un détour. Il n'a pas aimé la rencontre à l'hôtel. Je pense qu'il garde précieusement ses souvenirs avec sa Juliette.

Vicky trouve que les hommes sont bien discrets et cachottiers dans leurs attachements. De Patrice qui se tourmente pour l'avenir de sa relation avec sa fille jusqu'à ce si jeune Assam d'une fidélité exemplaire, d'une dignité presque froide qui précisait : « J'aimais Ariel, pas Juliette. » En voilà un qui ne risque pas de confondre le rôle avec l'actrice !

La première nuit dans un nouvel endroit est toujours étrange : Vicky se réveille souvent en se demandant où elle est. Son premier réflexe est de se croire encore à l'hôtel à Québec. Puis, elle se souvient et se rendort en mettant son nez dans l'épaule de Martin.

Vers cinq heures du matin ni l'épaule ni le dos de Martin n'agit sur son sommeil. Elle se lève sans bruit et descend s'installer sur le canapé du salon, face aux braises mourantes du feu. Elle n'allume pas, elle ne veut pas travailler, elle veut profiter de ce moment où la nuit plie bagage, où la lune dispense encore une clarté blafarde. Elle fixe la neige sur les sapins derrière la fenêtre. Elle ne distingue pas les arbres, seulement le blanc laiteux sous la lueur de la lune. On pourrait croire que la masse neigeuse tient toute seule, portée par la nuit. Et quand l'aube arrivera, tous les mirages deviendront de simples réalités explicables, sans magie aucune.

Le contraire de sa vie où la simple réalité laisse traîner pas mal de mirages, pas tous agréables, mais quand même inexplicables. Elle repense à la vidéo d'Ariel, ce panorama de beauté et de fantaisie intelligente réalisé si peu de temps avant sa mort. Jean Crête peut bien se promener comme un mort-vivant. Entre cette vidéo et le suicide, il devrait tellement y avoir au moins un avertissement. Un petit signe de la main, un appel, même muet. Quelque chose.

« Elle a vu. » Même si Ariel a été témoin du pire, même si elle a vu quelqu'un pousser Andréane, comment cet instant a-t-il pu durer trente-deux mois avant qu'elle ne s'en désespère ?

Si c'est son identité sexuelle qui la troublait au point de l'acculer au suicide, a-t-elle seulement essayé de la confirmer avant d'agir ? Elle a bien embrassé Assam, elle a perdu sa virginité, pourquoi la question serait-elle restée sans réponse ? Et si elle a trouvé une réponse, c'était avec qui ? À qui a-t-elle offert son corps marqué, mutilé ? Son corps que le ou la partenaire n'a pas vu... est-ce possible de profiter d'une jeune fille sans voir ces marques ? De courir à son plaisir sans faire attention ? Oui, malheureusement, Vicky sait que c'est possible.

Ariel trouvait l'expression sexuelle violente... qui lui a dit cela ? Kim ou Pénélope, peu importe, mais le film montrait des scènes *hot* et Ariel n'avait pas aimé. Trop violent. L'ardeur sexuelle assimilée à de la violence.

La veille de sa mort, le dossier *Roméo* et le *Pro-31* ont été vidés et rendus irrécupérables. Et ce n'était pas d'elle qu'il s'agissait, mais de liens avec des consommateurs de porno juvénile. Quelqu'un a donc agi ce jour-là, avec ou sans lien avec ce qu'Ariel a décidé ensuite. Mais c'est un hasard trop gros pour le qualifier de hasard. *Roméo*... alors qu'elle répétait cette pièce. Roméo qui n'est pas Assam, même s'il s'agit de son rôle.

L'avant-veille de sa mort, une répétition « privée » avec Gilles Caron. Pour dire quoi ? Faire quoi ? Et Assam qui l'a aussi vue la veille... Assam qui essaie d'accepter de perdre son amour, même s'il ne comprend pas pourquoi.

De guerre lasse, Vicky se lève et va chercher son ordinateur. Elle y trouve un courriel envoyé par Caron que Philippe lui a transféré à trois heures du matin.

Furieux, grossier, vindicatif, Gilles le traite de tous les noms et promet — à lui et à la salope de la Sûreté — une poursuite en règle pour vol et violation de la vie privée. S'ensuit un discours tellement violent que Vicky en reste saisie. D'accord, ce n'est pas agréable de se faire duper. D'accord, ils ont mal agi. Peut-être même que s'ils avaient trouvé quelque chose de compromettant, ils ne pourraient l'utiliser contre Caron. La substitution a beau avoir été effectuée par un ami, la police n'avait pas de mandat pour fouiller l'ordinateur. Mais c'est à croire qu'il ne sait pas qu'ils n'ont rien trouvé. On dirait aussi qu'il a consulté un avocat et qu'il leur sert une resucée de tous les recours qui sont à sa disposition.

Pourquoi? Mathieu aurait-il mal fouillé? Non, elle en est certaine.

Alors quoi? Elle ne voit qu'une chose : quelqu'un, mis au courant par Gilles, lui est tombé dessus et lui a servi avec beaucoup de violence et de détails tout ce qu'il risque et qu'il a fait risquer au réseau en se laissant berner aussi stupidement. Si elle décode bien, ça se gâte de toutes parts pour lui. Le réseau va le lâcher. Philippe l'a lâché. Il se retrouve isolé, au bout du monde…

Elle écrit à Philippe de ne rien répliquer pour l'instant et lui demande la permission de transmettre le tout à Patrice.

Elle n'attend pas de réponse avant onze heures puisqu'il était encore debout à trois heures du matin.

Elle ferme son ordinateur : une aube pâle se dessine par la fenêtre. L'arbre est maintenant nettement découpé et ses branches sombres chargées de blanc sont bien visibles. Il n'y a pas d'incohérences dans la nature, tout se tient. Elle devrait le savoir et s'en souvenir quand elle enquête.

***

Partie en raquettes pour prouver à Martin qu'elle se considérait en vacances, Vicky s'est quand même munie de son téléphone. Quand il sonne, elle allait s'enfoncer dans un sentier longeant une rivière à moitié gelée.

C'est Jean Crête, toujours aussi attentif : « Je vous dérange ? Vous êtes essoufflée. »

Elle a beau jurer que c'est un parfait timing, il lui demande de le rappeler quand son excursion sera terminée. « Comme vous savez, rien n'est urgent pour moi. Prenez votre temps, admirez le paysage, on se parlera tout à l'heure. »

Elle suit ce conseil à la lettre.

Quand elle le rappelle, Martin n'est pas encore revenu des pentes de ski.

Jean Crête a beaucoup réfléchi depuis qu'il a appris que sa fille se mutilait. Il a essayé de revoir ses souvenirs et de détecter les signes qu'il n'avait pas captés. Il a une certitude : quand Ariel a laissé le violon, en janvier de cette année, elle n'allait pas bien. Et à l'été, elle n'a plus porté de bikini. Il se rappelle avoir vu une coupure sur sa cuisse en septembre, alors qu'ils faisaient le gazon ensemble, et elle lui avait dit qu'elle s'était accrochée en sautant une clôture. Il a dressé une liste de ces petits détails et il est prêt à la lui envoyer... si c'est utile à quelque chose, ce dont il doute quand même.

Vicky essaie de savoir si en mars 2005, après le suicide de la petite Andréane, il a remarqué des signes de dérapage.

«J'en parle même pas! Tout a dérapé quand Andréane s'est tuée! Tout! Ariel était complètement sous le choc, elle ne mangeait plus, elle pleurait, elle riait à peine. On est allés à New York à Pâques pour la distraire, on la lâchait pas, Isabelle et moi. Mais je dirais qu'en septembre, ça avait l'air d'aller mieux. Encore un "on aurait dû" quoi! Elle allait pas tellement mieux, finalement, elle savait juste comment nous rassurer.

— Arrêtez, Jean, ça sert à rien de vous taper dessus. Juste comme ça, vous souvenez-vous de sa réaction quand Ginette Soucy a été remplacée comme metteur en scène, en janvier de l'an passé?

— Déçue. Comme tout le monde. Elle l'appelait le Carré-Rond. Le metteur en scène. Ça a l'air que ça y prenait du temps à se décider. C'était pas méchant, là…

— Non, je sais. Y avait jamais rien de méchant ou d'agressif chez Ariel.

— Oh! Elle avait son cheval de bataille, comme tout le monde…

— Ah bon? Lequel?

— L'injustice, les malhonnêtetés, le mensonge: ça la rendait folle. Elle avait de quoi se choquer avec les politiciens qu'on a. Elle m'a presque fait un procès quand j'ai défendu mon ministre qui coupait des budgets promis en période électorale. Mais c'était ma job de défendre mon ministre! Ariel m'a obstiné, c'est pas croyable. J'ai eu du mal à le défendre, d'ailleurs.

— Vous retournerez pas travailler pour lui?

— Certainement pas. Ariel avait raison : défendre des menteurs, c'est comme être menteur. C'est devenir menteur.

— Bref, jouer leur jeu, c'est devenir comme eux ? C'est un peu sévère, non ?

— Elle avait quinze ans, Vicky. Si on n'est pas intransigeant à quinze ans, on ne le sera jamais. Elle avait raison : c'était un mensonge planifié, son budget.

— Vous allez devenir intransigeant à cinquante ans ?

— Je vais faire très attention de ne pas participer au mensonge. C'est le minimum auquel je puisse m'engager pour honorer ma fille. »

Quand elle raccroche, Vicky contemple sa note encadrée de plusieurs traits de crayon sur son calepin : *Défendre des menteurs, c'est devenir menteur.*

Jusqu'où Ariel Crête est-elle allée pour apprendre cela ? Si elle a défendu Carré-Rond, comme elle l'appelait, elle l'a fait comment ?

En gardant la seule confirmation qu'elle a obtenue lors de son enquête, Vicky essaie de construire une suite logique des choses.

Caron est en lien avec un réseau international de pédophilie.

Consommateur ou fournisseur ? Ou les deux ? Elle l'ignore. Ce qu'elle sait, c'est que ce marché fonctionne au troc : je te passe celle-là, laquelle tu me donnes ? Est-ce comme avec la drogue où le consommateur finit souvent par trafiquer pour se fournir et se faire assez d'argent pour assouvir des besoins de plus en plus dévorants ?

A-t-il utilisé ces deux fillettes pour ses besoins de consommateur ou pour fournir le réseau? Une seule? Ariel a-t-elle commencé à se mutiler pour stopper un usage abusif de son corps ou pour exprimer une autre souffrance? Celle d'être devenue menteuse? Quel choix cornélien s'offrait à elle? Dénoncer Caron? Dénoncer quoi? Ce qu'il lui a fait ou ce qu'il avait fait à Andréane? Ou les deux? Au moment de l'automutilation presque certaine selon son père, Ariel avait déjà des formes féminines prononcées, elle était grande... trop grande pour des pédophiles? Trop femme? Philippe ne l'a pas reconnue quand il l'a vue en fond d'écran sur l'ordinateur de Caron. Alors quoi? Caron était fasciné par quoi? Les enfants ou les actrices douées? Il s'imaginait devenu Pygmalion? Si la présence de la photo d'Ariel indique un sentiment ou une attirance amoureuse, alors cet homme n'est pas pédophile. Il fournit un réseau. Il a trafiqué Andréane. Probablement pas Ariel.

Et s'il n'est pas pédophile, c'est l'argent qui l'intéresse et non le troc.

Elle note: *voir revenus déclarés de Caron.*

Elle est certaine que ses « revenus d'appoint » ne seront pas déclarés. Alors, s'il vit près du seuil de la pauvreté, selon les registres du ministère du Revenu, c'est qu'il tirait des fonds d'une activité illicite. Sinon, comment aurait-il payé son billet d'avion qui va chercher dans les quatre mille dollars certain? Le réseau? Encore des choses à vérifier... si ce n'était pas un dimanche 23 décembre, elle pourrait espérer obtenir des réponses rapidement.

Martin la trouve endormie devant le feu éteint, le calepin reposant sur sa poitrine.

***

Cher Patrice,

Je sais : vous êtes en vacances et vous avez autre chose à faire que de ressasser de sombres crimes impliquant des enfants. Mais je vous connais : vous êtes aussi incapable que moi de mettre le travail de côté. Je suis certaine que Caron et ses crimes vous ont suivi à New York. Tout comme ils me hantent ici. Vous me manquez, Patrice. J'aurais besoin de discuter avec vous, de ramener le problème à ses vraies dimensions en comparant mes hypothèses aux vôtres. Même en me faisant rabrouer parce que je m'écarte de la logique cartésienne... si française et si utile pour moi.

Je vous laisse le choix : mes réflexions sont dans le document ci-joint. Vous l'ouvrez, si cela vous convient. Sinon, on s'en reparle à votre passage à Montréal. Dites-moi seulement si je dois attendre vos commentaires pour aujourd'hui ou dans quelques jours. Merci et bon séjour.

V.

P.-S. : Je mets un 20 $ que vous l'ouvrez tout de suite !

Ma réflexion est basée sur le peu de certitudes dont nous disposons.

Les voici : Gilles Caron est en lien avec un réseau puissant et étendu de porno juvénile. Sur son ordinateur, l'écran d'accueil présente une photo d'Ariel interprétant Juliette.

Mes questions sont plus nombreuses que mes réponses.

Ce dont je suis convaincue, c'est qu'il a nourri le réseau avec ses propres productions mettant en scène Andréane et ensuite Ariel.

Séparément ou ensemble? Je dirais séparément, surtout si on considère la difficulté de persuader les filles. Et j'ajouterais la force qu'elles auraient eue ensemble contre lui.

Était-ce des œuvres d'art, des productions bâclées ou raffinées, difficile de le savoir. Je pencherais pour la version maison à peine décorative. Mais la scénographie n'est sûrement pas ce qui intéresse les consommateurs de ce genre «d'art».

Je crois que les «répétitions privées» d'Ariel étaient des moments de tournage. Et que le dernier tournage a été traumatisant à tel point que le suicide lui est apparu comme son seul recours. La honte d'avoir prêté son corps (j'irais jusqu'à croire que la mutilation plaisait à Caron, nourrissant je ne sais quelle perversité chez certains amateurs. Je vais avoir la nausée à évoquer les personnes qui s'adonnent à leur sexualité en visionnant de tels films!) la honte, donc, l'empêchait de se tourner vers ses parents ou ses profs pour obtenir de l'aide. Chercher de l'aide signifiait se dénoncer comme partie prenante à une telle activité et non seulement dénoncer Caron.

Pourquoi, comment ces deux petites sont-elles tombées dans le piège de Caron? Voilà un point à éclaircir de toute urgence. Avec quoi manipule-t-on des enfants? L'argent? Caron n'en a pas assez pour payer. Sans compter qu'il est mesquin. Les deux filles ont des parents assez fortunés pour répondre à leurs besoins et surtout pour les envoyer dans une des écoles les plus chères de la province.

Je commencerai avec Andréane. Très jeune, influençable, il lui a offert de « s'amuser » en fumant un joint. Petit à petit, il a proposé d'autres jeux, soutenus par différentes drogues dont sûrement du GHB ou tout autre relaxant puissant qui lui a permis non pas de la violer, mais de la filmer sans problème. Seule ou avec lui ? Je laisse la case en blanc. Nous verrons. Chose certaine, la petite ne se souvenait de rien, ce à quoi sert en partie la drogue. Une fois enclenché le cercle vicieux de la dépendance aux hypnotiques et des séances filmées qui allaient avec, si Andréane se révoltait ou refusait, il lui montrait ses œuvres d'art en la menaçant de rendre la chose publique ou même de les envoyer à la directrice ou à ses parents. La petite n'a pas réfléchi à ce que cela signifiait pour lui, l'une des trois options devait suffire à la terroriser, à la faire taire et à assurer le pouvoir de Caron.

Pour Ariel, la chose est moins simple à expliquer. Je ne la crois pas aussi vulnérable à la drogue ou même au chantage. Aucun témoignage ne corrobore une telle hypothèse. Ce sur quoi tous s'entendent, c'est sa générosité, son altruisme. Je pousse un peu en allant dans cette direction, mais c'est la seule que je vois. Elle a offert de remplacer la petite Andréane auprès de Caron. Son but était de la sauver du désespoir, de l'aider à reprendre pied en la sortant du pétrin. Et cela, sans rien dénoncer, ce qu'Andréane n'aurait probablement pas supporté. Je crois très possible qu'Ariel ait obtenu les confidences d'Andréane, puisqu'elle s'en souciait et surtout, qu'elle ne jugeait jamais personne.

Donc, c'est Ariel qui va négocier avec Caron. Pourquoi accepterait-il ? Parce qu'il en a assez des sautes d'humeur d'Andréane, il est tanné de ses crises et surtout, il a peur qu'elle finisse par faire des vagues. Andréane ne voulait plus rien savoir de l'école ni de personne. Ne lui restait que sa fierté, un filet de respect pour elle-même, et Caron, qui ne connaît rien au respect, craignait que cette digue saute et que son petit commerce soit dénoncé. Ariel est plus stable et cause moins de problèmes. Sans compter que c'est de la nouveauté dans un monde qui en est avide. Et j'ajouterais qu'elle ne coûtera rien en investissement de drogues, ce qui constitue un autre avantage.

Survient le suicide d'Andréane : comment a réagi Ariel devant l'échec de son sauvetage ? Coincée par Caron qui refait le coup du chantage de l'exposer sur la place publique, elle continue, défaite et déprimée au-delà de tout.

Que s'est-il passé ensuite ? Ariel a sûrement essayé de s'en sortir. Elle a vu que Caron commençait à la trouver de son goût. A-t-elle joué le tout pour le tout ? A-t-elle prétendu qu'elle l'aimait aussi et que laisser circuler ces films les salirait tous les deux ? C'est une vision très romantique. Mais on l'est à quinze ans. Je crois Caron assez stupide et cupide pour se croire amoureux et continuer tout de même l'exploitation de l'objet de son amour. Montrer son trophée devait lui sembler la chose à faire. Il peut même avoir cru la célébrer en l'exposant à des yeux affamés. C'est exactement le genre d'acteur à confondre l'adulation du public avec l'amour véritable. Et à désirer follement ce « prestige » sans jamais l'obtenir. J'imagine aisément que les commentaires élogieux des pervers comblés qui échangent sur ces forums le ravissaient. Qu'il croyait enfin tenir un filon de célébrité. Il a peut-être même défendu le bien-fondé de son attitude mercantile auprès d'Ariel… qui a compris que le piège se refermait et qu'elle n'échapperait jamais au réseau pédophile. Je refuse de croire qu'elle ait pu être vraiment amoureuse de Caron parce qu'elle l'appelait «Carré-Rond» selon son père. Je crois qu'Ariel a été l'otage de son souci de l'autre, de son intégrité et de sa bonté. À elle, Caron pouvait faire pitié, il pouvait manipuler son altruisme pour qu'elle cède. Ariel a perdu sa virginité avec Caron, j'en suis certaine. Elle l'a offerte pour obtenir son ticket de sortie du réseau. Elle s'est fait avoir sur toute la ligne et elle a pris la seule issue définitive qu'elle voyait. Celle qu'Andréane avait utilisée avant elle.

Beaucoup de questions demeurent en suspens, j'en suis consciente. Mais si de votre côté, vous pouvez fouetter vos services — avec Ludo ou Bernard — et tenter d'obtenir les œuvres d'art de Caron, ce serait plus qu'essentiel si on veut avoir un levier pour le piéger. Pour l'instant, c'est lui qui parle de poursuivre Philippe et la Sûreté.

De mon côté, je peux tenter d'obtenir un mandat, mais si on l'a, je suis certaine à 100 % qu'on ne trouvera rien chez lui. Il est parti en ne laissant aucune trace de ses exploits derrière lui. Aucune preuve avec ces deux filles. Ni avec aucune autre, s'il y a lieu. Je vais effectuer une recherche pour ses revenus, les rentrées d'argent, les dépenses par cartes de crédit, mais c'est Noël et ce sera long.

Je vais bien sûr alerter nos propres services de crimes informatiques, ils ont beaucoup de gars qui jouent à l'amateur. On va raffiner la demande avec des photos des deux petites pour retrouver le matériel encore en circulation.

Voilà où j'en suis dans mes réflexions. Merci de m'indiquer si quelque chose est digne d'être creusé là-dedans.

V.

La réponse de Patrice est adorable.

Très heureux de votre mail. Vous me manquez aussi, Vicky. Je cogite et vous reviens dans l'heure.

***

Aujourd'hui, ça fait cinq semaines et deux jours depuis la dernière fois que je l'ai vue.
C'est beaucoup plus dur que je pensais.

Quand elle lit ce message d'Assam, Vicky se précipite pour répondre. Le cœur battant, affolée, elle craint terriblement le «plus dur» qui fait écho au «trop dur» d'Ariel. Elle est infiniment soulagée de l'atteindre et de planifier un Skype avec lui.

Sur l'écran, ses yeux sombres sont tellement tristes, tellement blessés que la tâche de le tenir de ce côté de la vie apparaît impossible à Vicky.

Laissant de côté l'enquête, les questions, les secrets même, elle ne se préoccupe que de cette peine qui ne peut jamais s'exprimer. Comme par mimétisme avec Ariel, elle écoute et ne relève rien qui serait de l'ordre de l'enquête. Elle est là pour lui, pour le garder en vie, pour lui tenir la main le temps de traverser le torrent. Pendant qu'Assam lui parle, elle n'a qu'une obsession: l'entendre lui, et le soutenir. Les morts, même si c'est son métier, les morts devront attendre.

Ils restent en ligne près d'une heure. Elle réussit à le faire sourire, à le faire parler de ses efforts pour devenir l'ami d'Ariel, de sa fascination pour elle, de ses regrets. Ils parlent de Noël qui n'est pas une fête musulmane, mais que ses parents célèbrent pour le plaisir. Assam n'a aucun esprit religieux, ses parents ne sont pas pratiquants. Elle réussit même à le pousser à se moquer d'elle avec son ignorance des coutumes musulmanes. Avant de le laisser, elle lui demande d'appeler ses amis, de ne pas rester seul. Mais c'est le temps des Fêtes, et chacun est dans sa famille… c'est Noël, un des jours les plus cruels pour ceux qui sont seuls. Assam a une famille, mais il est orphelin ce soir. Elle le voit bien. Alors, au moment où il la remercie, elle a l'idée de lui demander un service afin de le garder concentré sur un projet. « On m'a dit que t'étais un génie en informatique. Je voudrais bien avoir ton talent, mais je suis poche. Après Noël, si je te montre un fichier apparemment vide, pourrais-tu m'aider à l'ouvrir et voir ce qu'il contient ? »

Il se moque d'elle, ne la croit pas vraiment : ou il est vide, ou il contient quelque chose. L'informatique, c'est pas de la magie. Il promet.

« Assam… les yeux dans les yeux, promets aussi que tu ne te feras pas de mal. »

Il promet. Et elle le croit. Parce qu'ils ont assez échangé pour qu'elle sache que cet enfant qui a une peine d'adulte est digne de confiance. Ils se donnent rendez-vous pour le lendemain. Juste pour se souhaiter « Joyeux Noël ».

Elle sait aussi que, quel que soit le secret qu'Ariel lui a confié, ce n'est pas lui qui le trahira. Quitte à en mourir.

Martin la regarde arriver en lui faisant de gros yeux : « Bon ! As-tu réglé ton enquête ? »

Elle s'étend sur lui, écrasant le magazine qu'il lisait : « Non. Mieux que ça ! »

Elle lui explique qui est Assam et son lien avec l'affaire.

« Et pas un instant t'as essayé de savoir quelque chose pour avancer ? Alors que t'es certaine qu'il détient des éléments indispensables ?

— Regarde, Martin, je voulais qu'il reste en vie, point. Les filles, je peux plus rien pour les aider…

— C'est quand même étonnant.

— Quoi ? Que je me montre humaine ? Pleine de compassion ? T'es pas gêné !

— Non… mais que tu aies mis l'enquête à off… J'obtiens pas ça, moi !

— Ah ! Mais lui, c'est un nouveau kik. Toi, t'es du vieux stock incrédule… »

Il apprécie le compliment à sa juste valeur, surtout qu'il la trouve enfin légère et joueuse comme il l'aime.

***

Vicky,

Le filon d'Ariel me semble à creuser. Aussi improbable que cela puisse paraître pour le commun des mortels, cette humanité salvatrice cadre parfaitement avec ce que l'on sait d'elle. Cependant, votre chrono laisse à désirer. Je placerais son intervention à la mort d'Andréane. Et j'irais plus loin que vous : ce type était sur le toit et Ariel l'a vu, comme elle l'a si bien dit à sa copine Pénélope. L'ennui, c'est qu'elle n'a pas précisé la nature de ce qu'elle a vu : suicide, non-assistance à personne en danger, meurtre ? Nous pouvons élaborer le scénario de notre choix, nous n'avons aucune preuve autre que celle de l'acteur principal, Caron. Et il va la boucler ou en profiter pour salir celles qui ne peuvent plus le contredire. Voilà qui serait digne du personnage : je le vois d'ici nous expliquer qu'il s'est précipité pour éviter le pire et que la petite en a profité pour sauter. Toujours le rôle du héros, de l'abusé, du martyrisé !

Bon, cette option nous bloque pour la suite : si Ariel effectue un chantage auprès de Caron, pourquoi multiplier les rencontres ? Pour obtenir quoi ? Que peut-elle espérer d'un pauvre type pareil ? Voyez-vous, de deux choses l'une : ou c'est elle qui mène le bal ou c'est lui. Et l'hypothèse de l'amour naissant... je ne sais pas ce que vous aviez bu, mais c'est bon pour les midinettes, ce genre de truc bidon, c'est indigne de cette nana, ce serait à pleurer qu'elle tombe pour un nul pareil. Lui, je veux bien : il est assez con pour tout confondre. Mais elle ? Qu'avons-nous entendu qui nous incite à une conclusion aussi fumeuse ? Rien. Par contre, je vous suis totalement sur sa faculté à pardonner, à croire à la rédemption. Allez, c'est Noël, soyons généreux : Ariel a peut-être marché dans le discours de Caron, ses arguments, ses excuses. Voilà qui est plausible. Et personne ne l'aura jamais aussi bien traité, ce puant. Alors, il tombe raide pour elle. Il échafaude des plans sur la comète, il s'exalte. Et quoi ? Elle a quinze ans, elle sait quel sale type il est et n'a aucune envie de se taper ce butor. Bien malin (ou maline, je compte sur vous) qui trouvera la cause du désespoir d'Ariel. J'avoue qu'il n'y a rien dans ce qui précède pour justifier un suicide. Il faut donc s'en remettre au premier scénario : cet homme a coincé les deux gamines qui ont réglé le problème de la même façon.

Qu'est-ce que je le travaillerais au corps, ce Caron à la con!

Pour répondre à vos questions : oui, mes potes français sont sur le coup et essaient d'obtenir le matos de notre négociant de fillettes. Aussi simple que de trouver une aiguille dans une botte de foin. Parce qu'une fois livrées, ces images peuvent faire le tour du monde en un rien de temps. Où l'a-t-il fourguée, son œuvre d'art ? Parce qu'il a sûrement gardé ses archives quelque part... Philippe ? Son excuse universelle depuis le début ? À vous de voir. Vous êtes mieux placée que moi pour explorer ce secteur.

Excellente idée d'éplucher les comptes et la provenance des fonds dont dispose cet éternel figurant. Et je note sa pingrerie, cela peut servir, les grippe-sous étant souvent obnubilés par le fric.

New York est agréable, mais pas suffisamment pour me distraire de l'enquête. Le 25, après les fiançailles de Madame mon ex, je récupère Amélie et ce sera enfin Noël. J'espère que vous arrivez à prendre du bon temps.

Saluez Martin de ma part,

Patrice.

Philippe Gauvreau n'est pas du tout surpris de recevoir l'appel de Vicky, et il avait également eu des doutes concernant les boîtes laissées par Gilles dans son garage.

« J'ai tout ouvert, Vicky, tout regardé. Rien ! Des vieilleries qu'il gardait, je sais même pas pourquoi. J'ai eu envie de tout sacrer aux poubelles, mais je te connais... tu vas vouloir vérifier que j'ai rien raté. »

Elle le rassure, ce n'est pas parce qu'il est mauvais détective, mais il y a des trucs qu'il ne connaît pas et qu'un criminel rusé connaît, lui.

« Un criminel rusé ? Gilles ? Tu veux rire de moi ? »

S'il n'a jamais soulevé le moindre doute sur ses penchants pédophiles, s'il a pu tourner des films pour ces criminels consommateurs et s'adonner à un commerce aussi illicite sans que Philippe n'en ait le plus léger soupçon, Vicky estime qu'il est rusé. « Tu sais, il joue le pauvre gars sans moyens pour détourner l'attention.

— Ça marche parce que, même là, j'ai de la misère à te croire. Le seul commerce illicite que je lui connaisse c'est le pot, le hasch, l'ecstasy, la coke, des affaires de même. Et il en vend pour s'en payer.

— Le GHB ? Ce qu'on appelle la drogue du viol ?

— Ouais… ça a pu y arriver d'en avoir…

— Toi ?

— 'Tu folle ? Penses-tu que j'ai déjà dopé des filles pour baiser ? Franchement !

— Moi, je crois plus rien, Philippe. Je demande. Et je vérifie.

— Ben non : comme tu t'en souviens peut-être, j'aime quand y a de l'action. Alors, une fille effouèrée pis ramollie par la dope, non merci. »

Vicky sourit. Elle a en effet souvenir que Philippe aime bien quand ça dépeigne. Les draps défaits, ce n'est pas assez pour son appétit.

« Vicky… »

Oups! Le ton est gêné, mal à l'aise. Elle se redresse, tire son calepin de notes et met son téléphone sur mains libres: «Quoi?

— Je... j'ai passé de l'argent à Gilles. Pas mal. Je pense qu'y a trempé dans un deal de dope. Parce qu'y me l'a remis assez vite.

— Quand? Combien?

— Deux, trois ans. Dix mille. C'était pas la première fois, mais c'est la première fois qu'y me demandait autant et surtout, qu'y me le remettait aussi vite.

— Ce qui t'a fait penser à un deal de dope.

— Ben oui... la mise de fonds que tu regagnes tout de suite en revendant le stock.

— Tu connais ses contacts? À qui y vendait? Des acteurs, des metteurs en scène?

— Ben là... tu vas pas me demander de *stooler* les plateaux de tournage? Je veux ben t'aider, mais j'aimerais ça travailler encore un peu. Qu'est-ce que ça te donnerait? Ça a rien à voir avec les petites pis ses films de cul.

— O.K., je comprends. Finalement, sans son trafic, y aurait pas de quoi vivre, Gilles?

— Y l'a pas eu facile, on va dire. Mais c'est un métier de même: t'es *hot* un bout de temps pis après, tu peux sécher des années.

— Pis quand t'as moins de talent, comme Gilles...

— Tu vends du pot! Pis tu tournes des pubs débiles en te déguisant en lapin ou ben en rat. Y l'a faite.

— J'sais ben... Le garage, c'est pas fermé à clé?

— Oui, pis non. C'est généralement fermé, mais Gilles a la clé.

— Donc, y a pu venir fouiller dans ses boîtes sans que tu le saches?

— Évidemment! C'est ses boîtes après tout.

— T'as rien remarqué qui aurait été dérangé, bousculé, mal refermé?

— Rien à part ce que moi j'ai fait pour fouiller.

— Tu sais que son œuvre complète peut tenir sur une clé USB? C'est gros comme rien.

— Écoute, Vicky, tout ce que je peux te dire, c'est de venir voir par toi-même. Je me suis forcé, même les vieux DVD de ses apparitions dans des séries télé, je les ai vérifiés.

— Tu les as visionnés? Tous?

— Je les ai mis dans le lecteur pour être sûr que c'était pas autre chose. Viens pas me dire que tu vas regarder ces niaiseries-là d'un bout à l'autre?

— Pas moi, mais un agent va le faire. Quoi d'autre? Dans les boîtes?

— Des cossins, des vieux manteaux — oui, j'ai vérifié les poches — sa collection de chemises de soie qui attendent que ça revienne à mode, les lampes de sa mère — y en a une que t'aimerais, d'ailleurs — avec un set de figurines en porcelaine tellement laides que c'est pas croyable, un paquet de lettres qui venaient toutes de sa mère avec un autre paquet de ses réponses. Je peux pas te dire comme c'est ennuyant. Crisse de vie plate!

— Bon, j'irai voir ça après Noël. Peux-tu fermer à clé? On sait jamais…

— Ben oui, tout à coup qu'y a un agent de La Havane qui vient récupérer les microfilms pendant le réveillon de Noël !

— On sait jamais, Philippe ! C'est juste que la gang de complices en arrière de lui, y sont pas mal plus avisés que Gilles Caron.

— La gang de pervers, tu veux dire ?

— Non : ceux qui nourrissent les pervers et qui font du gros cash.

— Les cyniques !

— Exactement ! Quand tu dis deux, trois ans pour le prêt, c'était avant qu'il te remplace à l'école ? Juste avant ? Ou après ?

— Euh… avant me semble. Je peux vérifier avec la comptable. Mais pas aujourd'hui. C'est Noël, si t'as remarqué.

— Tu fais quoi ?

— Québec, comme d'habitude. Ma sœur Bernadette pis ses filles. Toi ?

— Mon amoureux… pis ma mère le jour de Noël… comme d'habitude. »

∗∗∗

Elle ne peut s'empêcher d'avoir une pensée pour tous ceux qui n'auront pas ces bonnes vieilles habitudes à Noël, ceux qui auront à se blinder pour passer à travers ce moment « crève-cœur » comme le disait monsieur Sirois.

Sans réfléchir, elle appelle l'hôtel : si monsieur le directeur est là, elle veut lui souhaiter bon courage.

Il est étonné de l'entendre : « Vous travaillez un dimanche ?

— Non, c'est un appel privé. Parce que je me souviens de vos propos sur ces dates difficiles à traverser. Je voulais vous dire que je pense à vous et à votre famille.

— Vous êtes trop gentille. Vous savez que cette année, je dois aussi me priver de l'appel qu'Ariel me faisait toujours à cette période ? Vous la remplacez et c'est une belle surprise.

— Ariel ?

— Oui, la petite Ariel Crête qui appelait pour dire qu'elle n'oubliait pas Andréane. Elle l'aura fait à l'occasion de deux Noël avant… de la rejoindre. Excusez-moi, je suis ému. »

Sa voix a flanché, effectivement. Vicky parle un peu pour lui permettre de reprendre contenance. Elle conclut en demandant des nouvelles de son fils Hugo, pour orienter la conversation vers un sujet plus léger. Mais monsieur Sirois revient à ses préoccupations.

« Je suis heureux de vous en entendre parler parce que je voulais vous demander… je ne sais pas si vous parlerez à nouveau à mon fils ou si nous nous reverrons, mais je vous ai confié une chose que je ne voudrais pas voir répétée à Hugo.

— Bien sûr. Je vous écoute.

— J'ai dit à mon fils que son écharpe de laine, celle qu'elle lui avait piquée ce matin-là, je l'avais mise dans le cercueil d'Andréane. Et à vous, j'ai dit la vérité : je n'ai jamais pu rapporter à la maison ses vêtements ensanglantés. Je les ai jetés. Mais Hugo ne le sait pas. Et je ne veux pas qu'il le sache.

— Ce n'est pas un gros mensonge.

— Pour mon fils, c'est un détail qui importe énormément. Il ne faut pas négliger les symboles, vous savez. À ses yeux, ce foulard, c'était sa protection, son amour. Et ça calmait son chagrin de le savoir avec elle. »

Vicky n'a aucun problème à lui promettre de ne jamais divulguer cette information à Hugo.

La pièce qui lui sert de bureau est charmante. Donnant sur les bois, c'est une chambre d'amis pour enfants avec des lampes-carrousels, des couettes aux couleurs tendres sur les deux lits et des murs décorés de tous les mythes des contes pour enfants. Winnie l'ourson, dodu et sympathique, occupe un coin de la pièce, assis sur une minuscule berçante. Elle prend le jouet en pensant à la fille de Patrice qui l'aime tant.

Martin la surprend et se moque de ses passe-temps... qu'elle essaie de déguiser en travail.

Le cellulaire de Vicky vibre sur la table : « Brisson ! O.K. tu viens me crier que la cuisine est en feu dans trois minutes ? »

Elle ne laisse pas beaucoup de temps à Brisson qui ne veut que lui souhaiter un excellent repos « bien mérité » et un temps des Fêtes joyeux. Il est lugubre, le pauvre.

Elle se hâte d'enfiler manteau, tuque et foulard, poussée par Martin qui s'impatiente.

Elle s'arrête brusquement, saisie, le foulard dans les mains.

« Vicky ! Hou-hou !

— Martin... est-ce qu'on met son manteau et son foulard avant d'aller se jeter en bas d'un toit ?

— Excuse-moi ? On va juste marcher dans… la petite ? La petite s'est habillée ?

— Avant d'aller se tuer… Ben voyons ! Elle est partie chercher ses affaires dans sa case pour remonter après. Pas de bon sens, ça… Elle serait descendue s'habiller pour sortir, pour fuir, aller ailleurs. Pas pour se tuer. Tu fais pas un détour pour te tuer au chaud. Si t'en fais un, c'est pour écrire un mot, laisser une note.

— Elle avait peut-être déjà son manteau sur le dos ?

— Non, elle est passée de sa classe au bureau de la directrice. Dans les vingt minutes qui séparent le bureau du toit, elle s'est habillée pour sortir. Elle avait pas l'intention de se tuer, Martin. C'est pas un suicide.

— On l'a aidée, tu penses ? Ou carrément jetée ?

— Quelqu'un lui a demandé de l'accompagner sur le toit. Elle s'habille, elle y va. Ça a dégénéré et fini par le saut.

— Un meurtre… qui ?

— Pas Ariel. Elle était pas habillée non plus pour sortir. Elle allait chercher son violon. Caron. Il aurait pu lui donner rendez-vous dehors. Il a attendu qu'elle s'habille normalement, comme quand on sort au mois de mars. Et il a sûrement de quoi à se reprocher, sinon il aurait dit qu'il était là quand elle s'est jetée en bas. Comment je pourrais prouver ça ?

— Viens ! On va se rafraîchir les idées dehors. »

***

Le 24 au matin, alors que Martin profite des pentes de ski désertées au bénéfice des magasins et de la quête du cadeau de dernière minute, Vicky dispose de deux heures de travail.

Suzie Brault est surprise et ravie de l'entendre : sa veille de Noël a des allures de veillée funèbre, son ex ayant choisi le 23 décembre pour dégarnir l'appartement des dernières choses qu'il y avait laissées. Il a une passion pour certains peintres contemporains et les murs sont « pas mal blancs, maintenant », comme le dit Suzie.

Vicky se demande à quoi il a pensé de tout enlever d'un coup et Suzie l'assure qu'elle préfère cela à un long processus où elle devrait sans cesse revenir à la rupture. Elle avoue qu'il lui a offert de garder un des tableaux, mais comme il est signé de l'artiste avec laquelle il est parti…

« Non ?!

— Je l'inventerais pas. Il est certain qu'on est faites pour être amies. Les gars sont comme ça, trouvez-vous ? Ils aiment deux femmes et c'est assez pour qu'ils trouvent qu'elles ont des points communs.

— Alors qu'elles n'en ont qu'un, finalement.

— Je vais essayer d'oublier mon point commun avec elle. Patrice est parti chercher sa fille à New York ? »

Vicky trouve intéressante la tournure de la phrase et le changement de préoccupations tout en espérant que Suzie sache à quoi s'en tenir avec la « distraction Patrice ».

Elle oriente la conversation sur ce qui l'intéresse. Elle veut revenir au jour de mars 2005, quand Andréane a sauté. Son but est de poser ses questions sans que son interlocutrice devine ce qu'elle cherche. Elle lui demande même l'autorisation d'enregistrer leur échange, ce qui lui est accordé sans hésitation.

Suzie est catégorique : les gens sont sortis comme ils étaient, sans se couvrir. Elle revoit avec netteté les chaussures dans la neige, le chemisier de la directrice. Il n'y avait que le personnel ambulancier de couvert. « Et Andréane, bien sûr.

— Bien sûr… Elle portait quoi ?

— Manteau bleu foncé et foulard rouge. Par plaques, le manteau avait l'air mauve avec le sang. C'était horrible.

— Réfléchissez bien, Suzie : personne d'autre n'était couvert ?

— À part ceux qui arrivaient à l'école, je veux dire certains profs qui commençaient plus tard.

— Comme qui ?

— Sylvain, en éducation physique. Line… Caron, et un autre qui s'appelle… je sais plus. C'est un technicien de laboratoire de langues. Jeune, la face marquée par des boutons, je sais plus son nom. Lui, y était tellement surpris, y avait l'air d'une statue.

— Caron, lui ?

— Y faisait semblant de se rendre utile. Y a touché les jambes de la petite pour les remettre droit et l'ambulancier l'a poussé assez fort pour qu'y tombe assis dans la neige. Tu parles d'une idée aussi… On touche à rien quand des professionnels sont là !

— Il venait d'où ?

— Je sais pas. Je suis arrivée après tout ce monde-là, moi.

— Et Ariel ?

— Quoi ? Si elle y était ? Bien sûr que non !

— Vous a-t-elle rejoints ? Est-elle sortie ?

— N…non. Je l'aurais vue et je l'aurais protégée. C'est pas une chose à voir. Une chance qu'on cachait Andréane en formant un cercle autour parce que tous les élèves étaient aux fenêtres. »

Tous témoins, se dit Vicky, tous capables de confirmer que Caron était habillé… alors qu'il leur a dit qu'il était dans le théâtre.

Elle remercie Suzie qui ne voit pas trop en quoi elle a aidé puisqu'elle avait déjà parlé de ce moment.

« J'allais vous écrire, Vicky. À vous et à Patrice. J'ai parlé à Nathalie Dubuc après la réunion de l'école. »

Vicky met un petit temps avant de situer la responsable du soutien aux élèves et elle se reconnaît : moins elle aime la personne, plus il lui est difficile de la replacer.

Suzie continue. Elle n'est pas parvenue à percer le secret de son allégeance sexuelle, mais elle a découvert qu'elle aimait bien Caron.

« Attendez… sexuellement ?

— Non. Ben… on n'a pas parlé de ça, bien sûr. J'ai juste fait comme si ça m'intéressait de casser mon nouveau célibat. Et elle a marché. Elle trouvait que Caron était un bon candidat.

— Ce qui ne nous dit pas si elle couche avec la directrice.

— Non. Mais on a jasé pas mal longtemps… et la directrice est venue nous rejoindre en demandant à Nathalie de la suivre, qu'elle avait à lui parler. Je peux vous jurer que c'était pas professionnel ce qu'elle avait à lui dire. Elle avait l'air d'une fille qui protège son territoire. Elle était pas mal moins inquiète quand Nathalie jasait avec Caron. J'attendais qu'il la lâche pour lui parler et ça duré pas mal longtemps. Jamais madame Pouliot n'est intervenue. Tout à coup, Nathalie me parle cinq minutes et bang, la directrice a quelque chose d'urgent à discuter. Disons que c'est spécial…

— Qu'est-ce qu'elle avait à raconter à Caron ?

— Aucune idée. Ils riaient. Ils s'entendent plutôt bien, c'est évident.

— Une complicité amicale ou vaguement amoureuse ?

— Oh, je dirais amicale. Caron est pas tellement dans le style amoureux. À moins que ça soit dépité. Je trouve que dans le rôle du gars éconduit, y serait bon.

— Effectivement… Pensez-vous que Nathalie aurait pu ne pas parler des mutilations d'Ariel pour protéger quelqu'un ?

— Caron ?

— Par exemple…

— Y a rien à voir là-dedans ! Ariel se les infligeait, ses blessures. Je pense que la mort d'Andréane a à y voir, pas Caron.

— Je suis d'accord, mais au-delà de ça, pourquoi Nathalie n'a rien dit et n'a pas cherché à rencontrer Ariel ?

— Parce qu'elle a regardé son dossier, elle a vu ses notes et elle s'est dit que le rendement était trop bon pour s'inquiéter. Comme 95 % des profs qui n'ont pas assez de bras pour régler tous les problèmes qui se présentent. Pourquoi s'en inventer ? C'est ce qu'elle s'est dit. Ce qui ne l'excuse pas, évidemment. La directrice a fait un discours là-dessus à la réunion. Très clair, assez courageux : elle a dit qu'on ne pouvait pas se déresponsabiliser devant la mort d'Ariel. Elle nous a demandé de bien réfléchir, de faire un bilan précis de notre conduite et de l'ajuster si on découvrait des lacunes.

— Mais pas d'aller lui en parler ?

— Pas jusque-là, non.

— Elle n'est pas vraiment inquiète : Ariel s'est suicidée et elle n'a rien à y voir ?

— Elle sait que quelque chose lui a échappé, mais quoi ? On n'a rien trouvé pour Ariel. Pour Andréane non plus. Dieu sait si je m'en suis voulu.

— Une dernière chose, Suzie : qui a vidé les cases des deux petites après leur mort ?

— Celle d'Andréane, c'est son père et son frère qui sont venus chercher les choses que j'avais réunies pour eux. Celle d'Ariel, c'est son père.

— Vous y étiez ? Pour Ariel ?

— Non, c'était pas mon élève. Je pense que c'est la directrice qui y était. C'est son rôle.

— Y avait quoi, dans la case d'Andréane, vous le savez ?

— Son sac d'école, son lunch, des livres. Le poster de Philippe Gauvreau dédicacé, ses mitaines… pis des cossins, des affaires qu'on garde on sait pas trop pourquoi. Rien d'intéressant. À part, euh…

— Oui ?

— Un sachet tout petit qui contenait des champignons séchés. Très peu. Vraiment pas beaucoup.

— Et vous l'avez jeté, c'est ça ?

— Je voulais pas que ses parents les trouvent. Qu'est-ce que ça aurait donné ? Elle était pas *stone* ce matin-là, je peux le jurer. Elle était dans ma classe trente minutes avant de sauter. Le sachet avait aucun rapport. Pourquoi ajouter à leur peine ?

— Parce qu'à douze ans, elle connaissait la drogue, c'est ce que ça veut dire.

— Vous me trouvez idiote d'avoir jeté ça ? Je voulais les épargner.

— Je sais.

— C'était stupide, je le vois bien. C'était aussi stupide que Kim ne dise pas qu'elle a vu Andréane complètement partie.

— Au moins, vous, c'est arrivé après sa mort. Vous auriez agi autrement si ça n'avait pas été trop tard.

— Essayez pas de me déresponsabiliser, comme dirait madame Pouliot. Ça les aurait peut-être aidés à comprendre son geste. L'enfer est pavé de bonnes intentions. J'en avais et Nathalie Dubuc en avait probablement aussi quand elle s'est tue à propos des mutilations. Je m'en veux, maintenant. J'ai l'impression de faire partie d'une gang de malfaiteurs sans le vouloir.

— Le silence peut jouer un rôle, mais pas toujours… Arrêtez de vous inquiéter avec ça. Et passez un beau Noël, malgré tout. »

Stimulée par ces nouvelles informations, Vicky envoie un long courriel à Patrice pour lui donner le fruit de ses réflexions.

Sans sauter aux conclusions à savoir s'il y a eu meurtre ou négligence, la certitude que Caron était présent et qu'il n'a ni empêché «l'accident» ni déclaré sa présence sur les lieux, tous ces éléments jouent en sa défaveur et laissent entrevoir une culpabilité. Elle est à peu près certaine qu'Ariel a ensuite confronté Caron avec ce qu'elle a vu. Chantage? Crédulité qui irait jusqu'à une participation à ces vidéos? Impossible. Elle termine en disant que la suite repose sur ses neurones puisque les siens sont à sec.

Vicky finit son quart de travail en vitesse avant de se mettre à cuisiner. Elle écrit à Mathieu Laplante qu'il devrait probablement orienter les recherches des cybersurveillants vers des produits incluant un personnage du nom de Tanagra. Ça pourrait donner des résultats.

Assam a répondu à son court message : leur conversation de la veille lui a fait du bien. Ce qui apparaît enfin encourageant à Vicky.

Un dernier mot pour Jean Crête et elle se met à couper ses précieux champignons non pas psychédéliques, mais succulents.

***

La magie de la maison opère : c'est leur premier réveillon en tête-à-tête depuis qu'ils se connaissent et ils sont merveilleusement bien dans cet environnement douillet. Comme ils ne sont jamais parvenus à arracher un seul 24 décembre aux griffes d'Hélène, la mère de Martin, ils savourent leur bonheur.

«Elle faisait quoi, ce soir, ta mère?»

Martin ajoute une bûche au feu. Pour leur pique-nique de luxe, ils se sont installés à la table basse, face à la cheminée.

Tout y est disposé : le champagne, les verrines, le foie gras et autres réjouissances culinaires qu'ils dégustent lentement, en paix.

Martin l'embrasse : « Tu veux vraiment parler de ma mère ? Elle célèbre dans sa famille… en regrettant son coup de bluff, j'en suis sûr. Elle voulait court-circuiter les traditions ? Elle va endurer les conséquences et l'an prochain, à cette heure-ci, on sera chez elle au lieu d'être ici heureux, tranquilles.

— O.K., t'as raison, on n'en parle pas. Ni d'elle, ni de ma famille, ni de ma job : on va être mal pris !

— Ben oui, pas de sujets de conversation, toi… juste le feu, la bouffe…

— … toi pis moi… la misère noire, Martin ! Dire qu'y a du monde en talons hauts et petite robe à paillettes, la bedaine serrée et le sourire forcé !

— À des partys où on se chicane à cause de la politique.

— Paix aux hommes de bonne volonté… sais-tu que ça exclut pas mal de monde ?

— Mais pas toi. Approche que je te souhaite joyeux Noël…

— Le champagne va tiédir.

— Je sais bien ! On vit des drames effrayants, nous deux ! »

***

« J'ai fait des recherches sur vous… »

Il a l'air pas mal fier de son coup, Assam.

« Alors ? Je devrais trembler ?

— Vous êtes pas mal forte. Vous avez réussi des enquêtes difficiles.

— T'as fouillé loin à ce que je vois.

— J'avais rien d'autre à faire.

— Ah bon ! C'est pas parce que c'était intéressant ! »

Quand il sourit, Assam a l'air de son âge — un jeune homme séduisant et sensible. Ils se parlent sur Skype avec régularité. Pour Vicky, ce moment lui semble alléger la peine d'Assam et surtout lui offrir une occasion de parler librement. Ses parents sont à mille lieues de connaître l'ampleur de sa tristesse. Mais Vicky ne sait pas combien de parents réussissent à évaluer vraiment ce qui se passe dans la tête et le cœur de leurs adolescents. Ce n'est pas de la mauvaise volonté, un manque d'amour ou d'intérêt, elle n'a qu'à penser à Jean Crête pour s'en persuader, c'est que les ados ont leur vie, leur système de valeurs, leurs codes à eux, et qu'ils essaient d'exécuter une manœuvre de détachement du pouvoir parental qui est à la fois essentielle et périlleuse. Et cela exige son lot de secrets. Pas facile de devenir grand. Pas facile d'être pris d'assaut par une sexualité dévorante et des sentiments puissants… et quelquefois contradictoires.

« Pourquoi vous enquêtez sur sa mort ? »

Elle a l'impression de passer un examen très difficile. « Il y a des gens — dont moi — qui ne comprennent pas ce qui est arrivé. Qui veulent savoir la vérité.

— Qu'est-ce que ça va donner ? Elle va être morte pareil. »

Le même raisonnement que Jean Crête ! Ils ont perdu l'objet de leur amour, alors le monde peut faire ce qu'il veut, courir à sa perte, perpétuer l'injustice, se salir et s'avilir, ce n'est plus leur problème ? Vicky lui sert ce qui était le mantra d'Ariel : « Parce que protéger des menteurs, c'est devenir menteur. »

Comme il la regarde, cet enfant-adulte ! Comme ça lui est difficile de prendre une décision. Elle essaie de l'aider : « La vérité, c'est ce que je devrais arrêter de chercher. Me contenter des conclusions auxquelles on est arrivés. Croire ce qu'Ariel voulait qu'on croie. Mais au fond de moi, je cherche la même chose qu'elle : protéger ceux que les menteurs blessent. Protéger ceux qui sont comme Andréane. »

Elle se tait et le laisse réfléchir en silence. Après un long moment, il murmure : « Elle m'a demandé de lui faire confiance autant qu'elle avait confiance.

— Et tu ne veux pas la décevoir ? Je comprends… Tu savais qu'elle allait mourir ?

— Jamais ! Si j'avais su !

— Tu te l'expliques, maintenant, cette mort-là ?

— En partie. Pas vraiment.

— C'est dur de continuer à avoir confiance quand la personne se suicide, trouves-tu ? T'es pris entre la confiance en ton jugement à toi et celle que tu lui as promise… »

Il fait oui de la tête, les yeux rivés aux siens. Vicky avance prudemment. Elle ne sait même pas ce qu'elle cherche : « Elle avait un plan, Ariel… elle essayait de changer les choses… Ça ne s'est pas passé comme elle pensait, peut-être ?

— Je sais pas. Probablement. Mais je sais pas.

— Et si ce que tu sais m'aidait à expliquer sa fin, qu'est-ce que tu déciderais ?

— Ça dépend… voyez-vous, faudrait que je comprenne avant… avant de vous le dire.

— Oh boy ! Tu lui as vraiment fait confiance, Assam ? Tu es en train de me dire que tu as fait quelque chose sans savoir comment elle utiliserait ton service ? Sans savoir à quoi tu jouais, finalement ? C'est ça ? »

Il hoche la tête affirmativement, presque pris de vertige.

Vicky continue : « Tu pourrais m'aider, mais tu ne sais pas si tu le veux ni si tu possèdes un élément fort. Tu ne veux pas la trahir. Mais si je le devinais, tu pourrais me faire un signe de la tête et je comprendrais sans que tu le dises ?

— Ce serait enfantin : ou je me tais ou je le dis. »

Vicky reçoit la leçon en plein front. Elle ouvre les deux mains et attend, ayant vraiment envie de lui montrer que, cette fois, elle a compris. Qu'elle attend patiemment sa décision et qu'elle la respectera.

« Je sais qui est derrière *Roméo*. »

Vicky, le cœur palpitant, attend la suite. Elle doit faire un tel effort pour laisser le silence régner que ses oreilles bourdonnent.

Tout ce qu'Assam ajoute est : « Ça change quelque chose ?

— Oui.

— Quoi ?

— C'est le dossier vide que je voulais te demander de débloquer. C'est toi ? *Roméo* ?

— Non. C'était elle. Ariel. Un nom de code, si vous voulez. Et aussi un alias… qui menait ailleurs. Je ne peux pas vous dire où.

— *Roméo* a été fermé la veille de sa mort. Par toi ?

— Oui.

— Tu l'as fermé sans te douter qu'elle mourrait ?

— Oui.

— Tu le savais, toi, à quoi ça servait et où ça allait ?

— Elle m'a demandé d'avoir confiance. Je l'ai juste aidée à naviguer. Et à fermer après.

— T'as pas regardé ? Même après ? T'as pas regardé, Assam ?

— Elle avait raison de me faire confiance. »

Elle ne le croit pas ! Si près du but ! Si près de savoir. Encore une frustration. Elle doit réfléchir, ordonner ses pensées.

« Une dernière question, Assam, et après, je te laisse tranquille : peux-tu récupérer ce qu'elle a cherché quand elle était dans *Roméo* ? »

Le sourire aux dents parfaites, le sourire plein de fierté : « Elle m'a demandé de le rendre muet. Il l'est pour tout le monde. J'ai fait exactement ce qu'elle m'a demandé.

— Je voudrais bien t'avoir dans mon service, Assam. Je t'engagerais tout de suite.

— Ça vous aide ou pas ?

— Je le sais pas. Pas sur le coup. Il faut que je réfléchisse. Fermé en novembre… ouvert quand ? Tu le sais ?

— En octobre.

— De cette année ?

— Oui. Y a deux mois et demi. »

Vicky ne cache pas sa surprise. Elle le remercie de son aide… tout en soulignant qu'Ariel avait vraiment trouvé un allié impeccable.

Le jeune homme semble extrêmement content de sa conversation et il lui donne rendez-vous pour le lendemain.

Il laisse une Vicky troublée et pas mal déstabilisée.

***

En plaçant ses lettres payantes sur la case qui compte double, Martin ricane : pour une fois il est en passe de planter Vicky au scrabble.

Elle réagit à peine à l'énoncé du score.

« Pourrais-tu essayer de faire semblant que tu perds malgré tes efforts ? »

Elle le regarde sans comprendre qu'il se réfère au jeu : « Comment tu le sais ? Si personne arrive à pincer Caron à l'international, on n'a rien de solide contre lui. Du circonstanciel qu'un bon avocat va tasser les doigts dans le nez. »

Martin n'en revient pas : quand elle se met à tourner en rond dans une affaire, y a rien pour la distraire.

« Gagner parce que l'adversaire est distrait, c'est pas gagner non plus. On arrête. »

Devant l'absence de réaction, il s'inquiète : « C'est grave, Vicky. D'habitude tu te débats un peu, tu fais comme si tu voulais continuer.

— Tu penses vraiment qu'elle a ouvert un compte *Roméo* pour aller visiter des sites pornos ?

— Ça fait trois fois que tu poses la question ! Ma réponse est toujours la même : oui ! Je sais pas pourquoi ça l'a pris tout à coup, pourquoi elle s'est pas décidée avant ni pourquoi elle voulait "voir" si elle était dans ces films-là… si elle y était ! Ça doit déjà être assez pénible à jouer…

— Donc, elle cherchait quelque chose… et ce qu'elle a trouvé l'a découragée.

— Si c'est vraiment les réseaux pédophiles avec les vidéos et les photos dégueulasses, je la comprends. À mon âge, je serais pas capable de regarder ça. Imagine à quinze ans, quand en plus tu risques de te voir en pleine action !

— Elle est allée vérifier quelque chose et ça a pas marché. Ou elle a été coincée, empêchée de continuer par Caron ? Il l'a peut-être menacée ? C'est pas la moitié de sa force, ça, les menaces…

— T'as dit qu'il était amoureux d'elle.

— Ce genre de gars-là, je pense pas que ça les arrête beaucoup. Si tu vends un petit film porno et qu'on t'en réclame un autre encore plus salé, plus cochon… même si t'aimes ton actrice, tu te dis que c'est juste pour cette fois-là, pour faire une passe d'argent.

— Je suis prêt à croire n'importe quelle bassesse de la part des pédophiles. Mais ça t'avance pas. Y arrive quand, Patrice ?

— Demain. Mais il est avec sa fille. En vacances.

— J'en connais une autre qui est en vacances de même.

— O.K., je vais essayer de changer d'air. Je m'excuse.

— J'ai une proposition à te faire. Nos amis arrivent le 31. On invite Patrice à venir ici avec sa fille et le soir, une fois la petite couchée, vous vous adonnez à votre obsession. Comme ça, sa fille et moi, on risque d'avoir des loisirs. Et ils repartent le 30, avant l'arrivée des autres.

— Ben voyons donc! Pis toi, là-dedans? Patrice va en excursion de traîneau à chiens de toute façon. C'est déjà réservé.

— Quand?

— Sais plus. Non, Martin. On fait pas ça. On sait même pas si la petite est gâtée, pas endurable ou difficile… Et puis, c'est nos vacances, notre moment à nous deux. »

Martin sourit, quand même content d'entendre qu'elle veut protéger leur intimité.

« Si Patrice est aussi distrait que toi, je donne pas cher de son futur droit de garde. À cinq ans, sa fille comprendra pas pourquoi elle joue avec un zombie.

— J'ai pas joué en zombie, je t'ai laissé gagner. Veux-tu la preuve?

— Bon! Enfin, je te retrouve! »

Il la bat à plates coutures.

***

Alertée par Martin, Vicky remarque dans ses nombreux échanges avec Patrice qu'il est effectivement heureux d'être avec sa fille mais quand même distrait par l'enquête qui n'a pas abouti.

Elle se demande si Martin n'a pas raison: ce serait idiot de gaspiller ce temps précieux avec sa fille alors qu'il l'a si peu avec lui. Elle lui envoie un message pour l'informer qu'elle cesse de chercher pour le moment, que les vacances seront bénéfiques à leur réflexion et que, de toute façon, cette enquête privée n'est pas une urgence. Plus personne n'attend de résultat, même pas Brisson. Même pas la mère d'Ariel partie en Europe.

Quand son cellulaire sonne, dix minutes plus tard, elle s'attend à devoir argumenter ferme.

« Vicky? C'est Mathieu. Je sais, c'est congé, mais on a trouvé de quoi. Merci pour ta note à propos de Tanagra, c'était génial… Vicky? Je te dérange?

— Non. J'écoute, Mathieu. Je suis là.

— C'est sur un forum. Un échange assez malade. Le genre d'obsédé qui veut retrouver son bébé chéri… tu peux pas imaginer comme ces gars-là sont *twistés*. Méchante gang de malades dans tête. Je pense qu'y ont autant de fun à parler de ce qu'ils vont faire qu'à le faire. Té cas. Notre Roméo se meurt pour sa Tanagra…

— Roméo?

— Tu sais ben que c'est pas son nom! Pis des *Roméo*, y en a une pelletée, ma fille!

— Continue.

— Y se meurt pour sa petite merveille. Y l'a vue rien qu'une fois, y l'a chouchoutée, c'est la sienne, ça y prend. Y possède tout ce qui a été tourné avec elle. Y a-tu d'autre chose, s'il vous plaît? Ça braille pas à peu près. Pis ça finit par mettre un prix. Là, c'est fou comme y en a qui s'en souviennent, comme Tanagra était au boutte, parfaite, cochonne pis toute. On dirait des piranhas qui se jettent sur un morceau de viande rouge. Pis ça se bat, ça s'obstine: moi, je te jure que c'est la tienne, j'ai trois vidéos. Pis moi, j'en ai quatre. J'ai celui où a fait ci pis ça. L'escalade, ma fille. Les prix montent. Y a comme une mise à l'enchère. Un vrai beau tchat !

— Ben là… *Roméo* l'a eue ou pas ? Sa Tanagra ?

— Devine combien ?

— Envoye-moi le dialogue. Donne-moi un lien. Pas sûre de vouloir savoir le prix.

— Huit mille ! Y a un malade qui est rentré dans le forum à un moment donné, ça s'est mis à grimper, ça se battait. Y promettait qu'il était le seul à pouvoir le négocier. Que c'était un fichier encrypté. Que personne avait ça. Garanti que c'était unique. Impossible à copier ou transférer. Dans le genre : ça se transfère à tes risques et périls, *man*, si ça sort de ton ordi, t'es infecté, tu perds toute. Du stock exclusif, ou pas loin : y sont trois à l'avoir, *that's it* ! Pis ça se vante, pis ça en met… Qui c'était, tu penses ?

— Elle a payé ?

— Y a pas de fille là-dedans, Vicky ! *Roméo* a demandé une preuve avant de cracher. Je le comprends-tu, tu penses ? Huit mille pour des vidéos à peine torchées, mal éclairées pis qu'y durent cinq minutes. Ça fait cher la seconde. Y a des crisses de limites. Là, tiens-toi bien : c'était qui le malade, tu penses ?

— On l'a-tu eue, sa preuve ? On le sait-tu ? Comment ça pouvait être exclusif ?

— T'es ben drôle, toi ! On s'en sacre-tu ! On a la confirmation du réseau. On a le nom de Tanagra. Pis on sait que Caron était dans le forum. Son code est là. Le code que tu nous as donné. C'est lui qui a faite grimper la vente à huit mille piastres.

— Attends : y voulait acheter ou vendre ?

— Vendre ! Y disait qu'y avait tout ce qu'y faut, la collection Tanagra complète. Exclusive.

— *Roméo* a payé ?

— Non. Ça c'est le bout qu'on comprend pas : la transaction a fouerré. Exactement comme si c'était la cybersurveillance qui avait infiltré le forum. Tout à coup, tout a fermé. Bang ! Y ont peut-être eu peur d'avoir été *stoolés*… Caron a tout fermé aussi. Peux-tu demander à Patrice si ses chums français ont essayé une descente ? Ça pourrait être eux autres, le *Roméo*. Ça ressemble vraiment à de l'infiltration super clean.

— La date ?

— En novembre. Attends… le 15 pour le prix final du gars, le *Roméo*. Et fermé le 16.

— C'est pas la cybersurveillance, Mathieu. C'est elle. C'était Ariel Crête.

— Han ? La petite qui s'est tuée ? L'ordinateur que j'ai fouillé avec un *Roméo* étanche ? Pour quoi faire ? C'est un cowboy du web ? Dans le genre justicier… Je veux dire, ça pouvait pas l'intéresser ce stock-là. C'est de la grosse saloperie.

— Tu peux m'envoyer le forum ? Comment t'as fait si c'est fermé depuis novembre ?

— Tanagra. Ton filon. C'est pas le seul forum où ce nom-là est écrit. Très très recherchée, la petite. Y sont nombreux à en parler, mais c'est comme une légende : personne l'a vraiment vue. Huit ans, "la petite", pis je t'épargne les détails. C'est en recoupant chaque personne qui a écrit ce nom-là que j'ai fini par tomber sur *Roméo*, un autre qui voulait acheter, pis un autre… pis le reste. On a travaillé fort, ma fille. Y sont tellement accros des fois que ça nous a aidés. Être aussi maniaques, ça les rend imprudents. Parce qu'ils veulent pas perdre leur lien avec la chouchou. C'est de même qu'on les pogne. Sinon, on aurait rien. Y s'appelle *Minou doux 12* celui qui bandait sur Tanagra avec *Roméo*.

— Tais-toi!

— Si tu veux lire le forum, t'es mieux de t'endurcir un petit peu.

— Avez-vous trouvé des vidéos?

— Rien! On en parle, mais on la voit pas. D'après moi, c'est du collector. Le genre d'affaires réservées aux gros pleins qui veulent être certains de pas laisser de traces. Tu sais ben: ça se vend cher parce que c'est unique pis surtout parce que c'est du sûr, avec un code encrypté qui fait qu'on l'obtient avec des sécurités étanches, dans le style daté et limité avec un code long de même… si tu parles à Patrice, t'appelles ça le "chiffrement", parce qu'y saura pas de quoi y s'agit. Mais ton Caron est celui qui négociait. Pis y laisse pas sa place. Méchant rapace.

— Si je t'envoie une photo d'Andréane Sirois, tu pourrais me dire si ça la décrit ce que tu as lu?

— Je peux essayer, mais c'est le genre de délire dur à décoder. Ça peut être n'importe qui parce qu'avec leurs yeux, toute devient sale.

— C'est quoi, l'histoire d'infecter l'ordi?

— Une façon de rendre ton fichier pas mal épeurant à transférer: le "cheval de Troie", que ça s'appelle. Ce que tu vends contient de quoi qui infecte tout ton système quand tu veux bouger le stock. Méchante menace. Ça fait peur quand tes petits trésors peuvent disparaître. Surtout au prix qu'y les payent. Avec ça, c'est plus dur à faire circuler. La valeur devient intéressante quand ça se promène pas partout.

— Mathieu... as-tu pris un peu congé ou pas?

— Quand on tombe sur un filon de même, Vicky, quand on voit à quelle vitesse ces gars-là ferment toute pis souvent, je te dirais que le congé prend le bord. J'avais perdu mon premier lien, pas question que ça m'arrive deux fois sur la même affaire. »

Cette fois, c'est elle qui appelle Patrice après avoir parlé à Martin.

***

Amélie Durand est adorable. Blonde, délicate, un visage fin où les yeux bleus de son père brillent d'intelligence joyeuse, elle babille, pose mille questions et se montre enchantée de tout.

Convaincre Patrice après les derniers développements apportés par Mathieu a été facile.

Ils s'en tiennent rigoureusement au plan de match de Martin : pas un mot sur l'affaire avant qu'Amélie ne soit couchée, bordée, le visage collé contre Winnie et profondément endormie.

Finalement, la présence de la petite fille allège l'atmosphère et leur permet enfin d'avoir une vraie journée de vacances. Ils vont tous glisser ensemble l'après-midi. Amélie charme tout le monde. Martin est le premier à craquer et c'est mutuel, ce qui n'étonne pas Vicky : son amoureux a le tour avec les enfants. Les jumeaux de sa sœur l'adorent et deviennent des anges avec lui — ce qui constitue un exploit.

Après avoir bu « le meilleur chocolat chaud au monde », Amélie observe avec fascination Martin en train de cuisiner. Elle a traîné une chaise sur laquelle elle grimpe pour arriver à tout voir et elle commente chaque étape avec cet accent qui amuse tant Martin, surtout quand elle prononce son prénom.

« Dis papa, tu sais le faire, ce truc ? » revient souvent, et le papa en question doit avouer son incompétence.

Gentiment, Amélie déclare que les gens qui travaillent Quai des Orfèvres s'occupent surtout d'arrêter les brigands.

Quand Vicky lui propose de préparer un dessert, elle s'y met allègrement et fait valoir ses talents de pédagogue : « Tu veux essayer, papa ? Doucement… Les œufs, papa pourrait se débrouiller, non ? C'est hyper simple… »

Elle est ravie et proclame qu'ils ont tous vraiment bien travaillé.

Ce soir-là, après son bain, quand elle revient dans le salon vêtue de sa longue robe de nuit blanche, les cheveux qui cascadent sur ses épaules, les deux hommes sont si attendris qu'elle obtient « un petit moment encore avec eux pour regarder le feu ».

Une jolie musique joue sur le iPod de Martin et elle se met à danser autour de Winnie qu'elle a traîné au salon. Elle tournoie devant le feu, rieuse, ravie, et Vicky se dit qu'on peut se damner pour une petite fille si exquise.

Elle voit Martin la soulever, elle entend le rire franc et le « encore ! » qu'elle crie dès que la musique change. Amélie est bien sûr tout à fait capable de remettre la chanson : à deux pouces sur le iPod, elle y parvient sans aucune difficulté. Elle ne doit pas encore aimer l'opéra et les grandes voix comme son papa.

Elle réclame un bisou de chacun avant d'aller dormir. L'histoire racontée par son père ne dure pas très longtemps, mais elle s'endort avant la fin, la main dans celle de Patrice.

Quand il redescend, Patrice les remercie pour cette journée exemplaire et mémorable : jamais il n'aurait pu offrir une telle joie à sa fille sans eux. « Vous savez ce qu'elle a dit ? "Je les aime bien, tes copains." Je suis d'accord avec elle. Pour moi, le Québec, c'est avant tout ce côté chaleureux, sans chichi que vous avez. Vos paysages sont super, mais qu'est-ce que vous, vous êtes sympas ! »

Il est ému, Patrice. La présence de sa fille coupe toute arrogance chez lui, il n'est plus qu'attention et affection en sa présence. Martin remplit les verres d'un bordeaux bien dense : « Quand vous voudrez, Patrice : c'est le genre d'invitée qu'on adore. Elle est merveilleuse, votre fille.

— Ne me demandez pas de formuler la moindre critique : je suis totalement d'accord avec vous. »

Martin trinque en déclarant qu'il est mûr pour le tutoiement. Vicky et Patrice se regardent, un peu surpris, déstabilisés : ils sont tellement habitués à se vouvoyer qu'ils sont convaincus de ne pas parvenir à changer cette manière.

« Vous faites comme vous voulez, les gars, mais moi, je reste au "vous".

— La seule fois où vous m'avez dit "tu", c'était pour me houspiller. Je discutais et vous vouliez que j'agisse, vous vous rappelez ?

— Non, pantoute. Mais je vous crois sur parole. »

Martin leur propose d'aller travailler pendant qu'il s'occupe de ranger la cuisine. Mais ils n'ont tellement pas envie de replonger dans l'univers triste de la fin des deux petites de Québec qu'ils le secondent sans hésiter.

Finalement, il est pas mal tard quand ils s'installent à contrecœur dans une chambre d'ami avec leurs notes et leur dossier.

Patrice empile ses feuillets : « Je ne sais pas pour vous, Vicky, mais qu'est-ce que c'est glauque, cette histoire ! Vos dernières trouvailles m'ont soufflé. Je vous avoue que si j'étais les parents de ces gosses, je ne voudrais pas apprendre ce que nous savons pour tout l'or du monde. Quand Ariel se métamorphose en Roméo pour acheter du matos porno dont sa copine est la star… avouez que c'est pénible.

— Vous la pensez quoi ? Amoureuse ? Déviée ?

— Vous savez que 50 % des pédophiles connaissent leur tendance avant la puberté ? Et qu'ils n'arrivent jamais à s'en défaire, quoi qu'ils tentent ? Ça demeure leur ressort sexuel toute leur vie.

— Attendez, Patrice : vous pensez vraiment qu'Ariel, la fille lumineuse, joyeuse, talentueuse qu'on a vue sur la vidéo est pédophile ?

— Pas vous ? Prête à casquer des milliers de dollars pour mettre la main sur la collection Tanagra ? Je ne dis pas que ça me réjouit, remarquez, mais les faits sont là : elle s'avoue indécise quant à son orientation sexuelle, elle se montre gentille à l'égard d'Andréane, malgré l'avis de tous et particulièrement de ses copines qui ne la tiennent pas en haute estime, et quand elle est témoin de ce qui lui arrive — et je veux bien traiter cette mort d'accident malheureux — quelle est sa première réaction ? Elle se précipite chez le complice et fait copain-copain avec lui ! Qu'elle ne coure pas chez la directrice, d'accord, la chose est hyper probable. Mais que son père que vous décrivez sensible, ouvert et aimant, que ses amies ou ses profs les plus top comme Suzie Brault ne reçoivent aucune confidence ? Aucune mise en garde, aucune inquiétude ? Alors là, ça déconne grave. La seule personne qu'elle privilégie, la seule à qui elle accorde sa confiance, c'est Caron et non pas Assam qui n'a rien pigé de ce qui se passait. Caron qu'elle a vu sur le toit en position plus que douteuse, je le répète. Le type qu'elle sait être en lien avec la mort de cette môme. Et notez que je me montre circonspect : je n'accuse pas Caron. Je ne souligne que les recoupements avérés.

— Et si vous étiez moins circonspect ?

— Je dirais qu'elle a cru manigancer pour que Caron ne se méfie pas d'elle, qu'elle a tenté le tout pour le tout dans l'espoir de venger la mort de son "coup de cœur". Elle a voulu se faire justice elle-même et elle a été prise à son propre jeu. Je crois que si elle avait le code de Caron pour le réseau, c'est qu'elle en connaissait un bout sur ce salaud et qu'elle thésaurisait ses preuves en vue de le neutraliser.

— J'aime mieux ça. Donc, c'est pas de la pédophilie. C'est une fille sûre d'elle qui veut s'occuper d'un meurtre qu'on a déguisé en suicide. Elle est pas obligée d'être amoureuse ou pédophile pour y arriver !

— Mais Vicky, pourquoi se tuer, alors? Si elle est parvenue à ses fins? Pourquoi ne pas dénoncer Caron? Elle met la main sur la collection, elle obtient un prix qui constitue une preuve et bang, toute la filière est fermée. Si son but était vraiment de jouer la détective de série B, elle ne se serait pas tuée. Son suicide fout en l'air toute la théorie de justicier. Ce n'est pas de gaieté de cœur que je le dis, mais ces répétitions privées, elles avaient pour but d'amadouer le suspect, vous en convenez? Que savons-nous de ce qui s'y passait? Rien. Vous m'accorderez qu'on ne menace pas quelqu'un pendant deux ans. Sa naïveté et ses sentiments ont sûrement joué, je ne dis pas, mais il l'a couillonnée grave, notre pédo à la con.

— Et ils ont fait quoi pendant ces séances, à votre avis?

— Alors là, nous avons le choix: ou ils se sont fait plaisir en matant la fameuse collection, ce qui consolait Ariel tout en la soulevant de honte et de dégoût… d'où l'automutilation. Ou Caron a obtenu des gâteries en filmant à son insu. Ou alors — mais je sais que c'est horrible — les mutilations ont été exécutées pour le bénéfice d'un tournage. Ce genre de trucs S&M semblent très prisés dans le monde des pédos.

— Alors expliquez-moi pourquoi elle se mutilait toute seule dans les toilettes de l'école? Sans caméra pour capter son talent?

— Est-ce que je sais, elle y a pris goût, elle ne pouvait s'empêcher d'y revenir. C'est ce qu'elle a dit, si vous vous souvenez. Écoutez, Vicky, ne me faites pas ces yeux, je ne dis pas que ça me réjouit, mais cela demeure plausible, non?

— Faut être logique, Patrice: ou elle est pédophile et elle n'offrira aucune gâterie à un vieux monsieur, ou elle est homo et c'est encore moins probable. Si elle a un levier avec

Caron, si elle peut le faire chanter, pourquoi elle le perdrait tout à coup? Pourquoi ce serait elle qui deviendrait l'objet du chantage?

— Parce qu'elle s'est tuée, Vicky! Voilà qui change toute la donne. J'ignore quel était son plan, mais elle s'est pris un râteau. Alors, elle s'est tuée. De honte, fort probablement. Honte d'avoir été flouée par Caron, honte de s'être soumise à lui… est-ce que je sais? Jusqu'où est-il allé avec elle? Jusqu'où était-elle disposée à aller? Elle aurait commis le même genre de suicide qu'Andréane et je me battrais à vos côtés pour que Caron en porte la responsabilité. Mais ce suicide est indubitable. Et ça fout en l'air son innocence.

— Pourquoi? Être abusée par un vieux crisse fait pas d'elle une coupable!

— Parce que pendant deux ans, elle croyait mener le bal et elle s'est cassé les dents sur plus fort qu'elle. Allez savoir ce que ce pervers a trouvé pour la rendre complice, pour lui démontrer que si elle le balançait, ce serait se montrer aussi ensablée que lui. Ça ne m'étonnerait qu'à moitié d'apprendre qu'il possède des éléments incriminant cette gosse. Une petite assurance qu'il a pris soin de mettre de côté en cas de pépin.

— Vous m'étourdissez, Patrice! Depuis quand vous la croyez consentante à la pédophilie?

— Vos dernières trouvailles, Vicky! Que serait-elle allée trafiquer sur ce site, sinon?

— Vérifier qu'elle n'y était pas, c't'affaire! Vérifier que l'assurance qu'elle aurait négociée avec Caron est valide, que ce n'est pas elle qui est vendue aux enchères.

— Pour être vendue, il faut avoir participé au matos. Et pourquoi chercher Tanagra si elle veut savoir pour sa pomme?

— Pour connaître ce que ça vaut. Comment peut-elle négocier sa sortie si elle ne sait pas combien ça coûte? Je travaille à la Sûreté et je le savais pas, Patrice! Elle avait quinze ans.

— D'accord, c'est possible. Comme il est tout aussi possible que les vidéos de Tanagra soient — il hésite, presque gêné — soient des duos. Que sa découverte de son homosexualité provienne d'une participation quelconque...

— Wo! Wo! Patrice! Vous capotez avec ça. C'est à croire que se poser une question ferait d'elle une pédo! Enlevez ça du portrait, ça nous mélange et nous empêche de raisonner logiquement. Ariel ne pouvait pas être une pédophile mafieuse à la tête d'un réseau dont Caron était l'exécuteur, O.K.? Peu importe son orientation sexuelle.

— Il est certain que, présentée de cette façon, l'hypothèse devient extrêmement fragile. À ma décharge, mon collègue Bernard m'a fortement ébranlé en me décrivant les horreurs quotidiennes dans lesquelles il navigue. L'internet autorise une telle licence, une telle débauche, c'est profondément perturbant. Et les enfants exposés sont de plus en plus jeunes. Je n'arrive pas à comprendre qu'on puisse visionner ces horreurs pour poursuivre leurs auteurs, alors imaginez pour en tirer une jouissance! À mes yeux, c'est dément, ça dépasse l'entendement. Depuis que le mot "pédophilie" a été prononcé, je suis devenu suspicieux avec Amélie, je me méfie de chacun. C'est carrément hors de proportions, j'en suis conscient, mais ça me fiche la trouille.

— Je viens de la rencontrer, Patrice, et j'y ai pensé. C'est normal, je suppose, c'est signe qu'on n'est pas devenus désensibilisés par notre métier.

— N'ayez aucun doute, ce ne sera jamais votre cas.

— Même si je m'aventure sur un site pédophile ?

— Bon, moquez-vous… Reprenons, d'accord ? Ramenez-moi dans le droit chemin. Vous avez bien tiré quelque chose de sensé de vos découvertes ?

— Quand j'ai compris qu'elle était prête à acheter la collection, je me suis demandé pourquoi, bien sûr. Je crois qu'elle voulait retirer le personnage de Tanagra du circuit. Elle a probablement cru que c'était ce qui avait poussé Andréane au suicide. Comme Ariel était quelqu'un d'intègre, elle a voulu blanchir la mémoire de la petite, la mettre à l'abri des prédateurs qui l'avaient détruite.

— Qu'est-ce que ça pouvait changer pour Andréane ? Elle est morte, sa réputation est foutue, mais qu'est-ce qu'elle s'en tape, maintenant.

— Je pense qu'Ariel ne supportait pas d'avoir rien vu. Qu'au moins, les écœurants ne bandent plus sur le cadavre de son amie.

— À ce prix ? C'est du pognon, tout de même…

— C'est pour ça que *Roméo* a été fermé : elle ne pensait pas l'acheter elle-même. Elle exigerait que le principal responsable le fasse : Caron. Oublions un instant avec quel levier son chantage fonctionne. Comment se défend notre gros zéro quand elle lui apprend que Tanagra est encore disponible ? Il prétend qu'il va l'acheter et il s'arrange pour que tout ferme. Le réseau est alerté et hop, impossible de retrouver la filière. Ils sont partis, comme les insectes quand on soulève une pierre.

— Ce n'est pas un détail sans importance, Vicky. Si ce sans-le-sou est prêt à investir huit ou dix mille dollars dans une transaction, il faut que le levier de la petite soit costaud. Et comment a-t-elle pu croire que ce metteur en scène à la noix disposait de tant de fric ?

— Philippe m'a dit qu'il lui avait déjà prêté autant. Et ce n'était pas son premier prêt.

— Obligeant, le copain. Et il remonte à quand, ce prêt ?

— Y a deux ans, à peu près.

— Dommage.

— Ben oui : on aurait eu notre preuve.

— Et Ariel ne serait pas morte, vous êtes bien d'accord ? C'est l'échec qui a causé ce deuxième suicide ?

— Oui, mais il faut déterminer la nature exacte de l'échec.

— Et par là, la nature de l'entreprise. Si ce que vous suggérez tient la route, Ariel devient une sorte de Don Quichotte qui se bat toute seule contre un puissant réseau international qui n'en est pas à ses premières armes et qui dispose d'un disciple dévoué en la personne de Caron. Un disciple qui a exécuté un coup d'éclat avec Andréane — éclat aux yeux des pédophiles, entendons-nous, puisque la renommée de la collection est immense. Réglons ce premier suicide : il est simple à mes yeux. La petite allume l'œil de Caron qui ne croyait pas tomber sur un tel pactole dans son atelier. À douze ans, elle en fait beaucoup moins. Il l'attire dans ses filets, la drogue, en abuse et, quand elle sort des vapes, il lui montre ses œuvres d'art et, pour qu'elle la boucle, il menace de les divulguer. La voilà piégée. Sans défense, elle s'enfonce et, excusez le jeu de mots, se défonce pour y arriver. En moins de deux, elle devient asociale, vilaine et agressive. On la fuit. Elle est furax et probablement accro à la saloperie que lui fournit Caron. Elle ne voit qu'une porte de sortie : quitter cette école. Son père est d'accord et lui demande de terminer l'année en cours. Nous sommes en mars. Ou elle n'en pouvait vraiment plus ou Caron lui a fait la démonstration qu'il ne lâcherait pas son lucratif joujou aussi facilement. De deux choses l'une, soit il lui annonce que sa fuite ne changera rien, soit il pige que ses besoins de came sont urgents et qu'il la tient. Quoi qu'il en soit, il la croise au sortir du bureau de la directrice et lui demande de le rejoindre sur le toit-terrasse. Elle y va sans se méfier puisqu'il n'est absolument pas question d'une séance artistique en ce lieu. Elle est clean, nous croyons Suzie qui en a témoigné. Et là, patatras, la petite fait le grand saut.

— Non, Patrice, je crois que Caron a contribué. Et que c'est le levier d'Ariel pour la suite des choses.

— Il aurait tué la poule aux œufs d'or ? Vous rigolez ? C'est un abruti, je veux bien, mais à ce point ?

— Il a eu peur. Je ne sais pas ce que la petite lui a dit, mais je pense qu'elle lui faisait peur. Il a dit qu'elle n'était pas gentille, qu'elle était désagréable avec lui.

— On le serait à moins, remarquez.

— Donc, il a un mouvement brusque — voulu ou non — et Andréane tombe. Sur l'étage de la terrasse, à l'intérieur, Ariel passe pour se rendre au cubicule de répétition et voit ce qui se passe. Elle n'entend rien. Elle voit seulement les mouvements. Mais elle comprend vite que Caron ne révèle pas qu'il était sur place. Qu'il est un témoin direct. Elle en conclut qu'il a mauvaise conscience ou qu'il a peur. J'ai ressorti ses horaires de répétitions cachées. On en a quatre avant la fin du semestre de la mort d'Andréane. L'automne suivant, Ariel ne retourne pas en théâtre. Ensuite, en janvier, c'est Ginette Soucy qui enseigne et elle s'inscrit. Désistement de Ginette et retour de Caron : deux répétitions privées. Semestre suivant, pas d'inscription. Puis, en janvier cette année, deux répétitions privées. C'est en septembre de cette année avec *Roméo et Juliette* que les répétitions se multiplient : cinq au total. Ma conclusion ? Elle a voulu rencontrer et s'expliquer avec Caron après le suicide d'Andréane, d'où les quatre répétitions. Je crois que ce qu'il a dit l'a convaincue. Elle l'a cru. Elle ne retourne pas en théâtre, tout va. Puis, en janvier, c'est Ginette. Tentée par cette actrice, elle s'inscrit. Et là…

— … Rebelote : notre champion figurant revient sauver le spectacle au débotté. Que se passe-t-il ? Vous avez bien une idée ? Vous n'avez pas tracé tout ce chemin pour rien ?

— Là, j'avoue que j'extrapole à partir du fond d'écran de Caron : cette photo d'Ariel.

— En Juliette, je vous stipule.

— Oui… mais, bon, O.K., vous démolirez mon affaire quand je l'aurai exposée. Et si c'était Caron qui se met à courir après elle ? À la trouver de son goût ? À vouloir la séduire ? Elle va avoir quinze ans, elle a changé, s'est allongée…

— … et n'est plus du tout intéressante à ses yeux ! C'est votre ex qui en pince pour les gazelles.

— Justement ! Je pense que Gilles a vu le prototype qu'aime Philippe et qu'il s'en est approché pour cette raison. Je ne sais pas si on peut fournir du matériel de pédo sans l'être, mais je suis certaine qu'il a essayé de séduire quelqu'un que Philippe aurait désiré. Comme pour se prouver que lui aussi, s'il le voulait, il pourrait attraper une gazelle. Tordu, han?

— Continuez…

— Elle ne marche pas. Elle le trouve collant, elle l'appelle "Carré-Rond", ce qui en dit long sur l'estime dans laquelle elle le tenait. Puis, en septembre arrive le personnage de Juliette et là, Caron s'enflamme : il se prend pour Roméo, assimile sa difficulté à conquérir Ariel à la différence d'âge, multiplie les rencontres privées et finit par la violer puisqu'elle refuse de céder. C'est là qu'elle ne croit plus un mot de tout ce qu'il lui a dit et qu'elle revient en arrière avec Andréane.

— Bon, d'accord, elle peut revenir en arrière sur la question du suicide, mais certainement pas avec la Tanagra. Elle n'en sait rien de cette histoire de pédo. Et si vous croyez que Caron s'en est vanté, vous vous gourez. Vous êtes à mille lieues des subterfuges qu'exige ce trafic. Il est peinard, le mec, il n'ira pas risquer sa planque pour sauter une gonzesse, surtout s'il n'est pas porté sur la chose, comme vous avez dit. Il s'agirait de Philippe et, déjà, j'hésiterais à écarter l'hypothèse. Voyez-vous, il faut choisir : ou il est accro au stupre ou il l'est au fric. Et vous penchiez cul pour Philippe et fric pour Caron. Vous voulez changer votre mise?

— Non. Vous avez raison. J'arrête pas de prêter à l'un les caractéristiques de l'autre. Pareil pour les filles. Andréane avait perdu gros. Ariel n'avait rien perdu… à part sa virginité.

— Ce qui s'inscrit dans le cours normal des choses.

— J'ai hâte de vous voir dans dix ans quand Amélie va arriver dans le cours normal des choses!

— Ne me dispersez pas! Dans vos rapprochements, j'aime assez la prise de la gazelle pour se prouver sa virilité. Caron n'est pas de taille face à son pote, et il frappe un grand coup. Probablement pour se réconforter après ses échecs amoureux. Et, soyons généreux, pour éloigner de sa conscience les images pornographiques qu'il a quand même tournées.

— Sa conscience, Patrice? Avez-vous vu ses vidéos, vous?

— Deux photos. C'est tout ce que mes collègues ont dégotté. Et c'est amplement suffisant en ce qui me concerne.»

Patrice se tait et Vicky attend patiemment. Il soupire, se lève et s'étire: «Je suggère une petite pause. Il est quand même deux heures du mat.

— Patrice…

— Je ne dirai que ceci: si Ariel a vu un seul de ces clichés, elle a pu se muer en Don Quichotte et tout risquer pour récupérer ces images dégradantes.

— Elle est allée jusqu'où, Patrice? Jusqu'à coucher avec lui?

— Écoutez, Vicky, je ne la connaissais pas, cette petite Tanagra, je ne savais pas qui elle était et j'aurais tué le type qui a pris ces photos et les a vendues. Et notez bien que je ne suis pas Don Quichotte! Alors Ariel, la mère Teresa de son papa, la joyeuse et dynamique gazelle de la vidéo, elle a sûrement offert plus qu'une turlutte pour que la minuscule fillette ne soit plus jamais vue dans cet état. Et, sincèrement, je crois qu'il est normal de se taillader si ces images l'ont hantée et qu'elle n'a jamais mouchardé. Ce type, Caron, je retire ce que j'ai dit: il n'a aucune, mais aucune conscience. Laissez-moi aller voir si Amélie dort bien.»

Il sort aussi rapidement que si les images insupportables qu'il veut fuir s'affichaient sur les murs de la pièce.

Vicky se jure de ne jamais ajouter cette panoplie à son musée des horreurs.

Elle trouve Martin endormi devant le foyer, bien calé, là où elle-même avait fini sa première nuit au chalet. Elle se penche, l'embrasse avec douceur. Il frémit et n'ouvre pas les yeux. « Ça y est ? Les méchants ont perdu ? On peut aller dormir ?

— On peut, oui. Les méchants attendront. Viens. »

Elle s'arrête devant la chambre aux lits jumeaux : Patrice est lové contre sa beauté blonde qui dort profondément. Pour une fois, ils ont chacun un puissant réconfort pour chasser les abominations qui peuplent leur travail. Elle lui chuchote qu'elle va dormir et lui recommande de gagner son lit, qu'ils s'y remettront demain.

Il lève des yeux d'homme ébloui, les mêmes yeux que ceux de Jean Crête sur la vidéo quand il regardait sa fille adorée. Les yeux d'un père profondément aimant et déterminé à protéger cette extraordinaire petite vie qui est venue gratifier et donner un sens à la sienne.

Elle ne sait pas si son père à elle l'a jamais aimée autant, mais elle sait qu'aucune femme, jamais, ne recevra autant d'amour de Patrice. Tout comme Ariel de Jean Crête.

***

Le soleil paresseux de décembre est loin d'être levé quand Vicky descend s'offrir un café. Comme toujours quand une enquête la tourmente, les heures de sommeil sont hantées de courses aveugles, de portes fermées et de personnages monstrueux.

Elle n'a pas avalé une seule gorgée que Patrice arrive, l'air dépité : « Je constate que nous avons la même prédisposition au sommeil profond. »

Ils vont se réinstaller au bureau.

« J'ai repensé à ce truc de l'amoureux éperdu qui donne le rôle de Juliette à sa dulcinée pour se rêver en Roméo… C'est possible si on tient Caron pour ce qu'il est, un faible, un geignard qui dégouline d'auto-apitoiement, un acteur moins que moyen qui ne pige pas ce que le public trouve à son pote qui vole de succès en succès, un minable qui arrondit ses fins de mois en vendant des enfants soumis à des sévices sexuels. Est-ce vous ou Suzie qui m'a dit qu'il éprouvait tant de fierté pour cette mise en scène qu'il y avait convié Philippe ?

— Moi.

— Considérez à quel point l'univers de Caron est centré sur cet homme : le type de femmes de Philippe, c'est pour lui — et vous êtes témoin qu'il a essayé de vous tâter — les grands rôles de Philippe, ce devrait être pour lui. Le pognon de Philippe, encore à lui. Jusqu'au poster signé de Philippe qu'il a offert à Andréane. Il y a là des éléments qu'il ne faut pas négliger… dont cette fascination pour Ariel dans le rôle de Juliette. Gilles Caron a tout effacé, parfaitement nettoyé son ordinateur de la totalité de ce qu'il contenait de compromettant. Il y laisse Ariel. Délibérément. Pourquoi ? Pour nous confondre, nous induire en erreur ? Ou parce qu'il était incapable de "deleter" cette photo ?

— Il pouvait la garder ailleurs. La transférer. Pensez-vous vraiment qu'il a jeté le matos porno, comme vous dites ?

— Sûrement pas ! À voir le délire des amateurs de Tanagra, il a planqué son trésor bien au frais. Pourquoi le liquider ? Vous avez vu le prix ? Et c'est sans effort, tout est filmé depuis longtemps. La petite est morte depuis plus de deux ans. Peu importe, d'ailleurs, elle serait trop vieille pour être fascinante à ses yeux, maintenant. Je parle des yeux du commerçant, bien sûr.

— Quand vous parlez de Philippe, vous pensez à une fascination homosexuelle ?

— C'est probablement sous-jacent, allez savoir ce qui excite une merde comme Caron. Mais de là à passer à l'action… il n'aura jamais assez de couilles si vous voyez.

— Je vois, oui. Philippe a des affaires laissées par Gilles Caron dans son garage. Il a eu une inquiétude… Il a tout examiné et n'a rien trouvé.

— Sait-il seulement comment chercher ? Pas son job, à mon avis. Vous devriez y jeter un œil. Et ce prêt me turlupine. Si vous obteniez la date exacte, ce serait bien. Vous pourriez mieux baliser les activités illicites de Caron.

— Je sens que vous faites vos bagages, Patrice.

— Hé ! J'ai charge d'âme, comme vous savez. Mais pas que. J'avoue que je ne serai pas fâché de m'éloigner des basses œuvres de ce couillon.

— On peut l'arrêter pour quoi ? Possession de matériel pédophile ? Faut le trouver avant… On peut l'identifier sur les réseaux. Comme acheteur, pas comme vendeur puisque la transaction a foiré. Pour meurtre ou non-assistance à personne en danger ? C'était Ariel, notre clé, et elle est morte.

— Il vous reste à lui faire cracher le morceau en garde à vue… ou ce qui en tient lieu ici.

— C'est pas moi qui pourra l'interroger, Patrice, je le connais. Tant que c'était pour tâter le terrain, ça allait. Mais là, j'ai pas envie que notre preuve soit contestée.

— Dommage. Vous êtes la seule à le percer aussi solidement. Vous contrôlerez de derrière la vitre.

— Vous pensez que Caron manipulait Philippe comme il le voulait ?

— Je l'ai cru, oui. Mais Caron est un tel chieur, c'est difficile d'imaginer pareille volte-face. Il n'est pas foutu de mettre un pied devant l'autre sans trébucher. Qu'il fricote un petit commerce de came bon marché comme l'ecstasy ne m'étonne en rien, mais le coup du pédophile vendeur sur réseau international me rend un poil suspicieux. C'est ma nature, notez…

— Moi aussi… Pas assez fort, pas assez brillant… Peut-être qu'en Thaïlande il a trouvé une équipe de soutien ? Pour apprendre, pour se former.

— Ou ici ? Il était vachement bien nettoyé, son ordinateur. Et Bernard à Paris m'a promis que, question traces, il était nickel. Il savait y faire, le nul.

— Il a dû rencontrer son Assam. »

Elle lui explique le sens de sa phrase et surtout, l'aide qu'Assam a apporté à Ariel dans le personnage de *Roméo*.

Patrice n'arrive pas à croire qu'Assam a vraiment tout effacé, tout détruit de l'enquête d'Ariel. Il doute énormément qu'il n'ait jamais jeté un œil sur ce qui fascinait tant son amoureuse.

«Un, c'était lui, l'amoureux. Pas elle. Et deux: est-ce qu'un peu de respect est si surprenant, Patrice?»

Il préfère ne rien répondre à cela. À chacun ses illusions, voilà sa devise.

Vicky comprend le silence: «Vous savez ce que je pense? Maintenant qu'il est en maudit contre Philippe qui m'a aidée contre lui, Gilles va s'arranger pour qu'on trouve quelque chose de compromettant chez lui. Il n'a pas l'argent pour le poursuivre comme il l'a écrit, mais il a le stock pour le tuer dans l'œil du public. Vous savez ce qui arrive à quelqu'un d'accusé, qu'est-ce que je dis, de soupçonné de pédophilie?

— Il pourra dire adieu aux rôles de séducteur ou de mari fidèle. D'une pierre deux coups: Caron va réaliser son rêve, il va foutre en l'air cette carrière qu'il envie tant et se disculper. La vache!

— Philippe va devenir un pestiféré…

— Bien vu. Vous avez tout intérêt à débusquer l'endroit où ce gros nul aura planqué ses preuves.

— Il l'a fait juste avant de partir, j'en suis sûre.

— Comme de bien entendu, il possède une clé de chez Philippe? Appelez-le, dites-lui de ne toucher à rien, que nous allons… que vous allez chercher vous-même. Si ça se trouve, Caron va couler gentiment le renseignement à la première personne qui l'interrogera. Il ira même jusqu'à trouver un peu étrange que vous ayez protégé un tel salaud. Attendez… il pourra aller jusqu'à ruiner votre carrière en prétendant vous avoir offert le renseignement. Merde! Serait-il intelligent?

— Non: envieux, jaloux et coincé.

— Bien évidemment, Philippe n'a rien trouvé au garage, ce serait trop simple. Possède-t-il un coffre ? En a-t-il donné le code à Caron ? Ce serait trop idiot. Il faut se magner, Vicky. Il faut mettre la main sur ces preuves… et les retourner dans les cartons de Caron !

— Aye ! Manipuler des preuves, vous êtes pas sérieux ? On est deux, Patrice, on a votre parole et la mienne contre ce que Caron pourra prétendre. Et au poste, on a l'enregistrement de la rencontre d'avant Noël. Et j'ajoute qu'on a aussi la surprise réelle de Philippe devant les insinuations de Gilles.

— C'est un acteur ! Qui le croira ? Le match n'est pas gagné, loin de là… Une découverte pareille serait extrêmement incriminante et vous le savez. Dans son métier, le doute est aussi ravageur que la certitude. Philippe aura de gros soucis si une telle chose survient.

— Je peux pas lui dire ça ! Il va chercher avant que j'arrive et nous faire perdre les précieuses empreintes de Caron.

— Mais enfin, Vicky, réfléchissez ! S'il s'est cassé le cul pour piéger son pote, il aura mis des gants, voyons ! Il suit les séries télé, cet enfoiré. Même ma mère mettrait des gants !

— Alors, il y aura aucune empreinte et ça aussi, c'est une preuve que Philippe a rien à voir là-dedans. Pourquoi vous dites que "je" cherche ? Je peux pas aller là toute seule ! Je suis sa femme… Ben, y est encore mon mari. Vous comprenez ce que je veux dire !

— Raison de plus pour planquer ce qui appartient à Caron chez Caron. Vous lui rendez la monnaie de sa pièce et vous avertissez vos agents de l'endroit où chercher.

— Oh ! Arrêtez, Patrice ! Je ferai jamais une chose pareille et vous le savez. C'est criminel.

— Aussi fiable et honnête qu'un Assam.

— Vous viendrez pas ?

— J'ai une petite fille qui compte sur son papa pour se rendre dans un endroit où on se promène en traîneau tiré par des chiens. Vous ne voulez pas être responsable d'une déception de cette envergure, quand même ? Remarquez que ça me désole de rater cet épisode... »

Martin frappe un coup léger et passe une tête dépeignée dans l'embrasure : « Café ? Vous savez que vous êtes pas mal bruyants ? Vous avez réveillé la maisonnée. »

Amélie se glisse dans la pièce et s'installe sur les genoux de son père : « Tu sais quoi ? J'ai trouvé Martin et j'ai dormi près de lui parce que tu n'étais plus là. »

Martin confirme que les désertions sont gravement punies avec Mamzelle Amélie : quand le lit est vide, elle va voir ailleurs !

***

Comme Amélie règne sur le cœur de son père et qu'elle en fait à peu de choses près ce qu'elle veut, l'horaire prévu de la journée est bousculé. Alors qu'ils devaient partir le matin même pour s'offrir le « forfait aventure », Amélie estime qu'ils n'ont pas épuisé les plaisirs du « château des neiges », comme elle appelle la maison. Ses phrases les plus dangereuses commencent toutes par « Tu sais ce qui serait bien, mon papa ? », ensuite la proposition passe toujours.

Martin n'a aucun problème à aller faire de la planche à neige avec Amélie qui affirme qu'elle a été initiée aux sports d'hiver. Il jure qu'il ne la quittera pas des yeux, qu'il s'assurera de la sécurité totale de la pente et même qu'il tombera avec elle « si ça se trouve ».

Et Vicky promet de rapporter une longe de veau pour le souper.

Philippe n'attendait pas du tout l'équipe qui débarque chez lui : deux techniciens de scène de crime, Mathieu Laplante qui s'assoit devant l'ordinateur — qui a reçu au préalable les soins des préleveurs d'empreintes — Vicky et Patrice.

Il est abasourdi de comprendre que Gilles aurait pu essayer de l'incriminer. Furieux, il veut mettre la main à la pâte, chercher. Vicky a du mal à le convaincre que deux personnes sont totalement exclues de ces recherches et ce, au risque de faire fonctionner l'arnaque de Caron : lui et elle.

Il l'accompagne dans la cuisine, inquiet de tout ce branle-bas.

« Dites, vous avez un coffre-fort ou un endroit sécurisé pour vos objets de valeur ?

— Non, j'ai pas de diamants et pas de *bundle* de cash.

— Alors un endroit pour des bricoles à valeur sentimentale ?

— Pourquoi ? Vous voulez lire mes lettres, maintenant ?

— Philippe, crisse ! On est là pour t'aider ! Tu te rends pas compte du cadeau de confiance qu'on t'offre, aujourd'hui ? Ça veut dire que si on trouve une clé USB remplie de fichiers compromettants, on est certains que c'est Caron qui les a mis dans tes affaires, et non pas toi qui les as enregistrés ou achetés. Tu devrais savoir que c'est toute une chance qu'on te donne.

— O.K., O.K., par ici.»

Son bureau est une pièce lumineuse dont les fenêtres à carreaux anciens sertis de plomb réfractent les rayons du soleil en mille éclats. Mathieu est assis au bureau et tape à une vitesse folle sur le clavier.

Sur les murs, des photos de toutes dimensions représentant Philippe dans différents rôles. Sur les étagères de la bibliothèque, plusieurs trophées retiennent les nombreux livres placés sans aucun ordre apparent et mêlés aux documents reliés. Philippe indique une armoire: «Je suppose que je devrais mettre des gants. C'est là-dedans.»

Il revient à la cuisine avec Vicky. Un technicien est en train de fouiller le congélateur. Dégoûté, il propose d'aller dans le garage fouiller le stock de Caron.

Vicky est certaine que rien d'important ne se trouve là, mais elle accepte pour soulager Philippe du stress de voir sa maison inspectée dans ses moindres recoins.

Elle examine les affaires de Gilles et s'étonne, comme Philippe, d'y trouver autant de choses sans valeur. Philippe a au moins la satisfaction de n'avoir rien raté en cherchant lui-même.

Ils allaient remonter dans la maison quand Vicky montre une porte: «Le cellier? J'avais oublié que tu l'avais fait construire ici. J'envoie quelqu'un et je te promets qu'on n'ouvre pas les bouteilles.

— Y a quelque chose qui t'intéresse là-dedans…

— Je sais que t'as des bouteilles ben rares, Philippe, mais c'est pas le temps de fanfaronner.

— Non! C'est quelque chose qui t'attend depuis que t'es partie.»

Elle n'aime pas ça. Elle ne veut pas aborder le sujet de leur union, de ses bons ou mauvais moments, de son départ.

Il sort une clé et ouvre la porte. Là, contrairement à la bibliothèque, un ordre parfait règne. Il s'agit d'un endroit totalement étanche, ventilé, humidifié, faiblement éclairé, un endroit parfait pour les trésors qu'il contient. Vicky se souvient des sommes folles que Philippe a investies dans ce cellier.

« C'est ici ton coffre-fort, Philippe. Les objets de valeur dont parlait Patrice sont ici. Attends qu'il voie ta collection de Château d'Yquem ! »

Tout au fond, des caisses en bois aux noms évocateurs de domaines et châteaux. Philippe les désigne : « Tes affaires, Vicky. Celles que t'es jamais venue chercher après ton départ. Peux-tu croire que j'ai jamais pu les jeter ou m'en débarrasser ?

— Non ! Touches-y pas, Philippe ! Regarde bien : y a-tu quelque chose de déplacé, tu vois une différence avec ce que c'était la dernière fois que t'es venu ici ?

— Tu penses à Gilles ? Y a pas la clé. Personne a la clé.

— Combien tu gages que dans ces boîtes-là, y a une clé USB ?

— Comment y aurait fait ? Y pouvait entrer dans le garage, mais pas ici. Surtout pas après ce qui est arrivé à la Sûreté ! T'as pas idée de ce qu'on s'est dit après. Y aurait fallu qu'il la cache y a longtemps, quand j'y faisais confiance… et que je l'envoyais chercher des bouteilles.

— Laisse les gars fouiller. On parlera après. »

La clé est dans la seule boîte qui ne porte aucune poussière ou empreinte. Ni celles de Philippe, ni celles de Gilles. Comme le dit Patrice : « Impeccable ! Pas la moindre trace de manipulation sur un truc pourtant susceptible d'être touché. »

Mathieu la glisse dans son ordinateur portable et cherche la date de la dernière consultation : avril 2005.

Philippe sursaute : « Attendez ! Ça fait pas tout ce temps-là que c'est chez moi ?

— Ça se peut, Philippe. À moins que tu n'aies passé ton temps à aller fouiller mes affaires, comment tu l'aurais su, tu penses ? C'est l'endroit rêvé pour cacher son stock. »

Philippe a un mouvement de recul et Vicky comprend, à voir le dégoût se peindre sur son visage, que Mathieu a ouvert un fichier et que l'image qui est apparue est probablement dégradante ou offensante. S'il fallait une preuve pour innocenter Philippe, ce sursaut de répugnance ne pouvait être joué : « S'il vous plaît ! »

Il recule et va se planter devant la fenêtre.

Vicky le rejoint : « C'est elle ? La petite que tu appelais Tanagra ?

— Ça lui faisait plaisir. J'ai jamais pensé à mal, tu le sais. Elle… — Il saisit Vicky par les bras — Comment ça se fait que Gilles est malade de même pis que j'ai rien vu ? Comment ça se fait, Vicky ? Dis-moi que tu l'avais deviné, que c'est pour ça que tu l'aimais pas ! As-tu vu la photo ? Peux-tu croire qu'on fasse subir quelque chose d'aussi horrible à une enfant ? Une minuscule petite fille ? J'ai vu une seule photo et j'ai l'impression que je m'en remettrai jamais. Mais comment on peut être assez dérangé pour bander là-dessus? C'est pas du vice, c'est de la torture, calvaire!»

Mathieu Laplante retire la clé, la glisse dans un sachet: «Y en a des centaines qui s'excitent sur des images de même. C'est même pas les pires, ce que vous venez de voir. Mais avec ça, on en a assez pour l'inquiéter et même aller perquisitionner chez lui.»

Philippe est très amer: «Fatiguez-vous pas, y aura rien de compromettant chez eux. Juste des photos de sa mère et des affaires de bon garçon fiable.»

Il se laisse tomber dans un fauteuil, profondément affecté par la preuve qui était dirigée contre lui et surtout par la preuve que des années d'amitié ne lui avaient pas permis de déceler la vérité à propos de Gilles. Il lève la tête brusquement et regarde les deux inspecteurs: «Je vous remercie. Vicky, comment je peux vous remercier? J'ai l'air de pas me rendre compte, mais je sais que tu viens de me faire confiance et de me sauver... d'un enfer. Que vous venez tous de me rendre un immense service.

— Ne vous bilez pas, c'est son honneur qu'elle a sauvé puisque le bidule était dans ses cartons.»

Mais Philippe ne rit pas, il est vraiment terrassé.

C'est un des technos qui rangeait son matériel qui sauve l'ambiance: sa femme ne croira jamais que c'est chez le grand acteur qu'elle admire tant qu'il a passé son après-midi. S'il osait, il demanderait un autographe.

Philippe fait mieux: il prend une photo avec le technicien et lui signe une preuve formelle et vraiment reconnaissante de sa présence chez lui.

Vicky refuse l'apéro qu'il leur offre, elle est pressée de retourner dans le Nord pour retrouver son ambiance de vacances. Dès qu'il entend «longe de veau», Philippe insiste pour qu'elle choisisse des bouteilles dans le cellier. «Ce que tu veux, Vicky, prends le cellier au complet. Je te dois plus que ça.»

Pendant qu'elle refuse et s'obstine, Patrice descend calmement chercher deux bordeaux d'un excellent millésime: «Vous ne savez pas encore que cette femme est incorruptible, Philippe? Et vous l'avez épousée! — Il exhibe les deux bouteilles — Je cède, question de vous mettre à l'aise et parce que je ne suis pas officiellement sur le coup!»

Philippe enlace Vicky et murmure à son oreille: «Merci mon bouledogue.»

Elle se dégage: «Touche à rien des choses de Caron ou des miennes, O.K.? On va peut-être pouvoir l'appâter avec ça.

— Comment?

— Laisse-moi réfléchir... mais ferme tout à clé et je te rappelle... Ça va aller? Pas trop à l'envers?

— Si tu t'en occupes, alors ça va. Devine si je te fais confiance...»

Une fois en route vers le Nord, Patrice soupire: «Je n'ai quand même pas osé m'emparer de ses premiers grands crus classés. Je me suis rabattu sur les seconds. Qu'est-ce que j'aimerais voir la tronche que Caron va tirer! Attendez de le voir s'écrouler quand il va piger que nous le tenons jusqu'à la moelle. Et c'est quoi, ce truc d'appâter le gibier?

— Je me disais qu'après les scènes et la lettre de Gilles, Philippe pourrait lui répondre qu'il a profité des vacances et de leur chicane pour faire place nette, que son garage est vide, qu'il a tout jeté, que Gilles ne se donne pas la peine de venir récupérer ses affaires. Dans le style : fini le passé, même les affaires de Vicky, j'ai enfin réglé ça, je m'en suis débarrassé. À quelque chose malheur est bon, je me suis payé la liquidation du passé. Comme tu m'as appris, garder des reliques, c'est toujours décevant. J'ai tout jeté et j'en suis soulagé. Vous voyez le genre ?

— Putain ! Sa fortune et sa défense aux éboueurs ! Génial !

— Fuck ! J'ai oublié !

— Quoi donc ?

— Appelez Philippe, Patrice, demandez-lui la date exacte de son gros prêt. »

* * *

Amélie leur fait une démonstration détaillée de sa « fouille » — elle dit le mot avec une évidente gourmandise, trouvant le vocable beaucoup plus probant que « chute » ou « dégringolade ». Elle est tombée, mais en douceur et sans se blesser, elle rassure son père : « Et tu sais quoi ? Martin aussi, il est tombé. Il est tombé en amour ! »

Elle rigole et répète l'expression qu'elle n'avait jamais entendue auparavant.

Martin confirme et estime qu'elle ressemble à son papa, finalement, avec son intérêt pour le glossaire québécois.

« Et toi, papa, tu t'es bien amusé avec Vicky ? »

La bouteille de *Château Léoville Las Cases* est largement entamée et Amélie dort depuis un moment, non sans avoir exécuté tous ses trucs et facéties afin de retarder le moment de se mettre au lit, comme le dit Patrice.

« Elle m'a confié être tombée en amour avec toi, Martin.

— C'est pas mal réciproque. Elle est tellement attachante.

— Qu'est-ce qu'on est bien chez vous…

— C'est pas vraiment chez nous, Patrice, c'est loué. Mais vous avez raison, on est bien. »

Martin lève son verre : « Et à ce propos : la fille du collègue qui nous a refilé le château est sortie des soins intensifs aujourd'hui.

— Oh Martin ! Ça, c'est une bonne nouvelle ! »

Ils expliquent à Patrice ce qui les a amenés au « Château des neiges ». Patrice raconte ensuite les évènements de la journée et les découvertes qu'ils ont faites. Martin est scandalisé d'apprendre que Caron avait camouflé ses atrocités dans les affaires de Vicky… et que ses effets soient encore chez son ex.

« Quand je pars, Martin, je pars vite. Pis je laisse tout en plan. »

Il trouve quand même étonnante la fidélité à rebours de Philippe, cette sorte de dévotion, une fois la dame passée. « Pas capable de te traiter comme du monde quand t'es là, pis pas capable de se débarrasser de tes affaires une fois que t'es partie. Tu comprends quelque chose là-dedans, toi, Patrice ?

— Il y a des types comme ça qui ont toujours un métro de retard.

— Ou qui savent pas vivre ce qu'ils prétendent ressentir, Patrice. Mon ex était pas capable de résister à la tentation, y voulait rien manquer, comme un enfant. Pour lui, y avait rien de mal là-dedans, c'était à moi de m'adapter… et à moi de le croire parce que lui se croyait.

— En tout cas, il t'en doit une pis une grosse. Imagine la nouvelle, toi! Les caméras, les gros titres, la carrière qui prend le bord…

— C'était le rêve de Gilles, je pense : voir Philippe se planter d'aplomb.

— Non, mais quel enfoiré, ce type! Je rêve de le coincer… mais c'est pas demain la veille. Quoique… votre plan n'est pas mauvais, Vicky. Vous vous le réservez pour le retour de Thaïlande de notre héros? »

Vicky expose son plan à Martin… qui doute quand même que Gilles Caron soit assez fou pour s'entêter et retourner chez Philippe : « Dans son esprit, Vicky, c'est pas lui le traître, c'est Philippe Gauvreau et son succès et ses conquêtes et son argent. Alors que ton ex a tout ce qu'il désire, il lui laisse des miettes et il ne le défend pas quand tu l'attaques!

— Encore une belle victime! Ben moi, c'est aux petites que je pense, à ce qu'elles ont enduré.

— Attends, Vicky : il a photographié et filmé la première seulement? Pas les deux? C'est ce que j'ai compris… Le suicide de la première me surprend pas, mais pourquoi l'autre? »

Vicky explique à Martin où ils en sont dans leurs réflexions. Patrice n'a aucune envie de passer sa dernière soirée en leur compagnie à fouiller l'inconscient de types tordus et il le dit carrément. Martin est tout à fait d'accord. Il est ravi d'apprendre qu'il ne s'endormira pas sur le sofa en attendant Vicky qui travaille avec son invité.

Quand le texto de Philippe produit le son carillonnant sur le téléphone de Vicky, il est déjà une heure du matin. Vicky prend son téléphone : « Je pense qu'on n'est pas les seuls à avoir bu du bon vin ce soir… »

Le texto contient une phrase mélancolique et un renseignement précis : *Les 10 000 tomates ont été prêtées le 28 avril 2005 et il m'a tout remis le 2 mai de la même année. J'aurais dû m'en souvenir. C'était le soir de la première pour l'équipe du film et la maison était pleine. Je recevais toute la distribution pour marquer le coup. Repose-toi. Bonne et merveilleuse année à toi.*

Un silence règne dans le salon où seul le feu émet des crépitements. Comment remettre 10 000 dollars dans un laps de temps aussi serré ?

Ils sont d'accord, avec un commerce illicite quelconque : drogue, porno, tout est possible. Caron achète en gros et revend encore plus cher au détail. Très rapidement. Il fait des affaires d'or. En avril, Tanagra est morte depuis un mois. Les perspectives de revenus de Caron sont donc du passé.

Martin demande encore pourquoi la deuxième élève n'a pas subi le même sort que la première et ils répondent tous deux parce que c'est elle qui le faisait chanter, ayant vu quelque chose de compromettant lors de la mort d'Andréane.

« Et elle n'a jamais rien dit ? Elle voulait de l'argent, c'est ça ? C'est pour ça qu'il a dealé son gros coup de cash en avril ? Pour payer ? Et après, tu dis qu'ils sont restés amis et que le vieux cochon s'est pas essayé ? Pendant deux ans ? Pis le même gars a caché son précieux stock dans tes affaires chez Philippe sans penser que la petite devenait une complice de crime en se taisant ? Ben voyons donc ! Rien qu'au bout de trois mois, si elle essayait de l'accuser, il pouvait dire qu'il l'avait vue, elle, pousser sa copine. Comment elle aurait pu rester crédible après deux ans de silence ? Ça marche pas. C'est lui qui la tenait, pas elle. Ben quoi ? Faites pas cette face-là. Vous y avez pensé, c'est sûr ! »

Patrice émet l'hypothèse du prof amoureux qui désire des rencontres avec l'objet de sa fascination.

Martin n'en revient pas de sa candeur : « Un gars de même qui a pratiquement martyrisé une enfant de douze ans, y a même pas besoin de la tuer pour que je pense que tomber en amour est pas dans ses moyens. Jaloux, envieux, possessif, O.K. Amoureux ? Jamais de la vie ! Tu y crois, toi, Vicky ?

— Je pense qu'Ariel avait un levier et j'ai cru que c'était le coup du voleur volé, oui. Mais t'as raison… Caron pouvait pas agir par amour. Seulement par intérêt.

— Me semble, oui. Imagine-le : il vient de tuer ou d'aider à se tuer celle qui lui rapportait une fortune et une autre fille vient lui dire qu'elle l'a vu faire, qu'elle va le dénoncer. Y dit quoi ? C'est un pissou, Vicky, pas un courageux, ce gars-là ! Il l'empêche de parler avec quelque chose… l'argent ? L'argent de son commerce dégueulasse ? Ça serait tellement…

— Non, Ariel a jamais pris d'argent, je le jurerais. Patrice ?

— Bien évidemment. Cette fille n'était habitée d'aucune forme de cupidité. C'était la compassion incarnée, une véritable Don Quichotte.

— Alors il a fait quoi, votre trou de cul? Devant la générosité de cette fille, alors qu'il ne peut pas l'acheter, qu'il peut pas être amoureux, il a fait quoi pour la forcer à se taire? Il l'a menacée? Dans le style: tu me fais ça, je te fais pire?

— Pire comme quoi, Martin? Pire comment? S'il l'a tuée, qu'est-ce qui est pire?

— Attendez, Vicky: ce type se sert de tous ceux qui l'entourent, il les pollue, leur prête ses vices. Il a sans doute essayé de convaincre Ariel qu'elle porterait la responsabilité du matériel porno et que ce serait sa parole contre la sienne. Sa version perso est qu'Andréane s'est tuée à cause des films qu'elle a consenti à tourner et non pas poussée par lui.

— Ben là, Patrice, pousse égal: depuis quand une Don Quichotte de douze ans ferait des films pornos avec ses amies? Ariel était pas responsable des films!

— Non, attendez les gars, vous allez pas du bon bord: est-ce qu'Ariel avait la moindre idée de ces films-là? De ces images-là? Non. Elle va voir Caron pour lui demander d'expliquer ce qu'elle a vu. Elle est pleine de bonnes intentions. Elle est troublée, elle veut comprendre, elle est certaine qu'il y a une explication. Gilles Caron manœuvre pour qu'elle sache qu'il y a pire que la mort, que son amie a commis des erreurs graves, compromettantes, qu'il essayait de la convaincre d'arrêter un certain trafic pour ne pas qu'elle s'enfonce dans le cercle vicieux qui détruirait son avenir. Il se présente comme un sauveur. Un gars qui fait tout pour ne pas accabler les parents de cette petite fille perdue. Et ça marche. Ariel ne dit rien. Et un mois plus tard, il lui remet les images de Tanagra qu'il a rachetées. Ce qui prouve ses dires.

— Et vous croyez vraiment qu'elle a maté ces horreurs sans moufter ? Allons donc ! Vous n'êtes pas foutue de les regarder, Vicky ! Et vous croyez qu'Ariel aurait pu ? Qu'elle n'aurait pas cherché le pervers qui en était responsable ?

— Ben là, Vicky, si c'est lui qui a le stock, pourquoi emprunter pour l'acheter ?

— O.K., je suis peut-être un peu soûle, mais je dirais qu'il a surtout voulu avoir la preuve qu'il a racheté le stock. Pour ne pas passer pour le producteur auprès d'Ariel. C'était quoi votre question, Patrice ?

— C'est du délire, on a trop bu vous avez raison… Si Ariel apprend l'existence des œuvres d'art de Caron… elle apprend du coup la cause du suicide. Et pourquoi voudrait-elle obtenir un tel matériel ? Elle est crédule, je veux bien… »

Martin se lève, agite la bouteille vide : « J'en ouvre une autre ? Armagnac ? Tisane ?…

— Au point où on en est, allez, armagnac !

— *My God !* Les théories vont être solides…

— Ne soyez pas rigide, Vicky : du chaos surgira la lumière.

— C'est de qui, ça ?

— De moi ! Qu'est-ce que vous croyez ? »

Ils trinquent et tombent en contemplation devant le feu. Patrice se parle à lui-même davantage qu'aux autres : « Il n'empêche qu'il a réussi à la bâillonner. Et à l'inciter à se mutiler. Puis à se tuer. Ce salaud est une abomination.

— Comme je ne suis pas capable de me mettre à sa place, Patrice, je vais me mettre à celle d'Ariel. Si elle a arrêté le théâtre après le semestre où Andréane s'est tuée, c'est parce qu'elle était rassurée. Je veux dire, elle avait eu ses réponses. Son père m'a dit qu'il croyait que ses mutilations avaient commencé cette année. Disons qu'elles sont le signe de son inquiétude. Et en même temps, les répets privées recommencent avec Caron. Le *peak*, c'est ce semestre avec *Roméo et Juliette*. Quelque chose a changé dans son esprit. Quoi? Elle a découvert que Caron avait menti?

— Dites plutôt qu'il l'a roulée dans la farine! Que son fatras de raisons, c'était du bidon et qu'il se faisait un paquet de fric avec sa collection Tanagra.

— Et si elle s'était tue pour ne pas que ces images soient montrées? Jamais plus? Si effectivement, pour protéger la petite Andréane, elle avait exigé de Caron qu'il lui remette la preuve que le stock était retiré du réseau pour de bon?

— Ben là, Vicky, qu'est-ce qui empêchait Caron de continuer de son bord? Y se doutait que c'est pas elle qui irait sur les réseaux de pédophiles pour vérifier!

— Elle l'a fait, Martin. Elle l'a fait, avant de se tuer. Avec un pseudo nommé *Roméo*. Et elle a *betté* sur Tanagra jusqu'à 10 000 piasses. Et c'est Caron qui vendait.

— Comment elle a pu savoir qui c'était, le vendeur? Ils utilisent pas tous des faux noms?

— Son code. Elle l'avait. Depuis quand? Ça, faudrait demander à Assam. Elle avait le code de Caron. Disons qu'il lui remet vraiment le stock Tanagra en avril 2005, après la mort de la petite. Avec la preuve d'achat. Elle garde ça sans jamais regarder dans les sites pornos. Puis, elle a un doute.

Elle demande à Assam de l'aider à aller sur le *dark Web* sous un pseudo, *Roméo*. Elle lui fournit tout : la preuve d'achat, le code, le nom de Tanagra. Assam se débrouille pour lui donner ce qu'il faut pour infiltrer le réseau et essayer d'acheter la collection… puisque c'est le nom qui circule.

— Comme vous y allez, Vicky ! Je veux bien croire à la complaisance d'Assam et à sa totale discrétion, mais s'il a ouvert les fichiers, s'il a installé Tor ou GigaTribe pour elle, s'il a fréquenté un tant soit peu ces endroits anonymes où tout est permis, il n'aura jamais aidé sa bien-aimée à aller se balader sur un site pareil ! Faut pas charrier. Et votre "elle a un doute" est bien utile, mais il sort d'où, ce doute ? Par magie, un beau matin, un doute l'assaille ? Et quoi encore ?

— O.K., c'est pas fort. On va mettre ça sur l'armagnac. »

Martin, complètement affalé sur le divan, les pieds posés sur la table basse devant lui, s'adresse au plafond plutôt qu'à eux : « Traitez-moi de cynique, mais je m'imagine facilement notre bel écœurant se dire que le danger est passé et qu'il est temps de rentrer du cash. »

Dégoûtés, les deux autres ne disent plus rien.

Martin se redresse : « Ben quoi ? Ça vaut tellement d'argent, j'en reviens pas ! Huit, dix mille Vicky ! Penses-y ! Peux-tu l'imaginer renoncer à un commerce pareil ? Ben plus payant que la drogue. Pis quand t'as le filon, c'est moins dangereux de se faire pogner. Si c'est pas sur Ariel, y s'est essayé ailleurs. Sur une autre. Pour renouveler son stock. Je suppose qu'Ariel avait comme l'œil ouvert, surtout si c'est Don Quichotte, comme vous dites. Qu'est-ce qui l'arrêtait, Caron ? Y est à l'abri de toute : d'un bord, il a caché la preuve de la première infraction dans tes affaires chez Philippe, de l'autre, Tanagra est morte. Restait Ariel et il l'a eue avec je sais pas quelle promesse, la pauvre, mais elle l'a cru. Y est dans pouponnière, y a jamais eu autant de candidates pour ses petits films. Non ?

— Crisse, Martin… t'as raison ! Pourquoi pas profiter de l'école ?

— Attendez. Il faut tout de même débusquer l'actrice et elles sont un peu mûres pour l'emploi. On les prend de plus en plus jeunes dans ce milieu. Andréane était une exception due à son gabarit gracile.

— Tu veux dire quel âge ? Dix ans ?

— Bernard, mon collègue, m'a certifié que la fourchette idéale se situait entre cinq et huit ans.

— Tabarnak ! Excusez-moi, mais c'est mon coup de grâce. Je vais me coucher.

— Non, Martin, t'es en train de relancer l'enquête, tu peux pas partir !

— J'ai le regret de vous dire que je suis le gars le plus platement normal qui existe : j'ai une sexualité infiniment ordinaire, basée sur l'hétérosexualité et avec des femmes de mon âge… ou légèrement plus expérimentées. Aucune attirance pour le *kinky*. Ça m'écœure et ça me dépasse. On a bu du bon vin, on a bien mangé, mais ma digestion ne supporte pas les visions d'horreur. Bonne nuit, Patrice. Et je t'en prie, mets ta merveilleuse fille à l'abri de tes preuves dans cette enquête.

— Et comment ! Bonne nuit, Martin. »

Vicky soupire, découragée : « J'ai l'impression qu'on s'en sortira jamais. Et vous partez demain… qu'est-ce que je vais faire sans vous ? »

Martin est à mi-chemin dans l'escalier, il s'arrête et se penche vers le salon : « Prendre des vacances, peut-être ? » Et il continue de monter en souriant.

« Quoi qu'il en soit, Vicky, il n'est pas question de rancarder les parents d'Andréane sur les utilisations dégradantes que Caron a perpétrées sur leur fille. Vous ne pouvez pas davantage expliquer à Isabelle que sa splendide ado a fricoté avec les bas-fonds de la pédophilie pour sauver l'honneur de sa copine. À mon avis, votre problème central est le suivant : vous arranger pour que Caron se rende, avoue et demeure en dehors des caméras, parce qu'un procès risque de faire plus de mal que de bien. Étaler les photos que vous répugnez à regarder ferait un tort considérable à ces parents endeuillés. Même Ariel sera touchée, c'est inévitable.

— Et son père va aller tuer Caron. Vous pensez que Gilles a essayé de la séduire ?

— Trop grande, trop âgée… et je dirais trop combative malgré tout.

— Malgré sa mort ? On n'a pas avancé beaucoup cette fois-ci, Patrice.

— Allons donc demander à Brisson ce qu'il en pense. Nous avons tout de même ébranlé un réseau qui s'étend partout dans le monde. Et mes collègues n'en ont pas terminé avec cet aspect des choses. De toute façon, notre grand artiste pédophile est hors circuit et dans les grandes largeurs. Ce n'est plus Ariel qui tente de le freiner, c'est vous. Vous avez de quoi l'abattre. Allez ! On y va ! »

Il se lève et sourit en voyant Martin redescendre : « Vous l'avez trouvé ? Mimi, n'est-ce pas ? »

Martin tend à Vicky le dessin qui était déposé sur son oreiller : Amélie a esquissé une immense pente de neige avec une petite fille blonde tombée avec sa planche à neige presque sur la tête et, tout à côté, un homme par terre qui se tient la tête à deux mains. De la tête s'échappent des cœurs de toutes les couleurs. C'est signé et le « 5 ans » d'Amélie est impeccable.

« Elle est très fière de sa chute. Finalement, elle adore tomber. Et elle tombe pour toi, Martin. En amour, comme il se doit.

— Vieux dégénéré : elle a cinq ans ! »

***

Une fois Patrice et sa fille partis, la seule personne qui distrait Vicky de ses vacances est Suzie Brault.

Elle lui envoie un courriel pour lui raconter qu'elle n'a pas su si Nathalie Dubuc couchait avec la directrice, mais que si ses soupçons se confirment, ce serait plutôt Vicky qui aurait une touche. Nathalie a rappelé Suzie après Noël, apparemment pour jaser de tout et de rien, mais elle revenait souvent sur l'enquête et surtout sur Vicky : qui elle était, qui elle fréquentait, comment elle s'en tirait avec l'enquête et ce qu'elle cherchait vraiment.

Pour Suzie, cette soudaine sympathie amicale avait tout de la curiosité intéressée puisque jamais Nathalie ne s'est vraiment souciée d'elle ou de ses activités. Seul le côté actif de sa participation à l'enquête intriguait Dubuc. À tel point que Suzie a menti sur le fondement réel de son implication et surtout sur ses écarts à la règle disciplinaire imposée par la directrice. Elle a laissé sous-entendre une attirance pour le détective français, prétendant avoir l'air de s'en mêler pour des raisons privées. Elle termine son courriel sur ce que lui a répondu Nathalie : « Lui ? Pas sérieuse ? Y est vieux, non ? Tu serais mieux avec Gilles Caron. Il est beaucoup plus gentil et plus riche que tu penses. »

Quand Vicky appelle Suzie, celle-ci répond en claironnant qu'elle se doutait que son courriel ne resterait pas sans suite. Elle a bien tenté de savoir d'où proviendrait cette fortune et Nathalie a dit « un héritage » sans préciser. Vicky essaie de préciser sur quoi portait l'intérêt de Nathalie et surtout sur qui : Andréane ou Ariel ?

« Pas un mot sur Andréane. Juste Ariel. Elle m'a dit au moins deux fois "C'est un suicide, non ? Qu'est-ce que ce serait sans ça ?" Franchement, Vicky, je l'ai trouvée un peu bizarre.

— Qu'est-ce qui peut bien l'inquiéter ?

— Sais pas. J'ai pas trop poussé, je voulais la laisser aller. Je jouais celle qui comprend pas trop…

— Et elle marche ?

— Au boutte ! Elle se pense pas mal hot. Très bonne estime d'elle-même, celle-là.

— Et comment vous pourriez vous intéresser à Caron s'il n'enseigne plus à l'école ? Son départ est officiel, non ? Il habite Montréal, elle ne le sait pas ?

— Elle dit que c'est un ami, qu'elle pourrait nous mettre en relation. Qu'il s'est déjà montré intéressé.

— Ah bon ? Vous aviez vu ça ?

— Pantoute ! J'ai même dit que je pensais qu'il les aimait plus jeunes pas mal… Elle a répondu que s'il y avait quelque chose de sûr et certain, c'est que les petites jeunes qui courent après les acteurs ne l'intéressaient pas. "Tellement pas son genre, les groupies…" et elle avait l'air de la fille qui le sait de source sûre.

— Votre impression?

— Elle me passait un message. Trop appuyé. Pour que je le transmette à qui je pouvais dans l'enquête.

— O.K. C'est fait… même si je ne vois pas pourquoi cette fille s'inquiète de la vie amoureuse de Gilles Caron. On dirait une entremetteuse.

— Ce sera pas assez pour que je le trouve intéressant. Il serait riche comme Crésus que j'en voudrais pas.»

***

Le 2 janvier, une fois leurs invités repartis vers la nouvelle année à vivre, Vicky termine un rapport final destiné à elle-même plutôt qu'à Brisson ou Isabelle puisqu'ils ignorent qu'elle persiste dans son enquête. Elle entend Martin passer l'aspirateur et vaquer à leurs bagages pendant qu'elle clôt son enquête.

Elle n'écrit pas une ligne. Elle regarde la neige tomber doucement, son écran d'ordinateur passe en mode attente et elle pianote sur le bureau, insatisfaite.

Bien sûr, elle peut écrire un rapport et justifier pas mal de choses. Elle peut recenser et prouver de nombreux points extrêmement incriminants pour Gilles Caron. Son affiliation à un réseau international de pédophiles est démontrée, sa fabrication d'images pornographiques infantiles et le commerce de celles-ci ne fait aucun doute. Il est encore en Thaïlande, mais on le suit de près. Il le sait sûrement, il a été averti avant même de partir. Son temps de gloire est menacé, sa business aussi. Il croit encore posséder une preuve contre Philippe et contre elle. C'est d'ailleurs le seul avantage des enquêteurs sur lui. Elle sait à quel point il est envieux et haineux envers Philippe. Mais elle ne peut rien prouver.

Elle ouvre son courriel et consulte les vœux du Nouvel An envoyés par Patrice qui passe un temps fantastique avec sa fille. À la toute fin, il a écrit : *Et méfiez-vous des connards qui savent que jamais votre humanité ne percera à jour leur inhumanité.*

Patrice n'est que reconnaissance pour l'amitié dont Martin et elle ont fait preuve, comme si c'était rare ou exceptionnel. Il s'attache à eux, elle le constate à chacune de leurs rencontres. « Mais pas que », comme il dirait. À eux deux, mais aussi au Québec.

Quelque chose dans ces vœux la touche et l'alarme en même temps. Elle s'en veut de n'avoir pas pu regarder les images dont Caron a fait commerce. Les images d'Andréane. La pornographie lui est déjà rebutante, cette entreprise de pouvoir sur l'autre ou de soumission à l'autre à travers un certain avilissement, cette reddition totale au fond de laquelle se trouve la jouissance sexuelle, elle ne comprend pas. Qu'un adulte se laisse traiter comme du bétail à faire jouir, ça le regarde. Mais qu'on contraigne un enfant, qu'on profite de l'ascendant qu'on a sur lui pour l'entraîner dans une violence et une subordination inimaginables, tout cela pour quoi ? Pour permettre à des impuissants de rêver qu'ils dominent enfin, alors qu'ils sont dominés par leur peur et leur abjection. Le but final est-il de jouir ou de se croire supérieur et dominant ? Pas étonnant que toute cette cochonnerie repose sur l'argent. Rien à voir avec le sexe, tout à voir avec ce que ces hommes ont dans leurs poches. Mais si on met une kalachnikov dans les mains d'un enfant pour servir la nation ou des principes fumistes qui empruntent tout ce qui est respectable pour gagner en crédibilité, pourquoi se priver et ne pas utiliser un autre enfant pour gagner un peu plus d'argent, toujours un peu plus ?

Caron est plus riche qu'il n'en a l'air, voilà ce que Nathalie Dubuc a prétendu. Et dans son esprit, il s'agissait d'un charme supplémentaire. Une raison d'être attirée par lui. Le fond de sa poche, et non pas ce qu'il a dans la tête. Le fond de sa poche, peu importe ce qui dort au fond de son cœur.

Vicky se lève, marche, essaie d'aller au bout de sa pensée. Elle est mécontente, désappointée. Elle a cinquante ans et jamais, pas un seul instant, elle n'a deviné les goûts pervers d'un homme qu'elle a fréquenté, qu'elle a vu avec des compagnes, avec qui elle a discuté. Rien. Jamais elle n'aurait dit cela de lui. Jamais un doute, pas la moindre suspicion.

Est-elle si pourrie comme détective ou est-il si pervers, si fourbe, si bon acteur, finalement ? Que Philippe ait marché, c'est compréhensible : au théâtre, il doit croire son partenaire et ses répliques s'il veut être crédible à son tour. Et puis, c'est son ami. Mais elle ? Elle n'est tenue de croire personne sur parole ! Elle a marché parce que quoi ? Parce qu'il était l'ami de son mari ? Mais où avait-elle mis son sens critique ? Ne pas l'aimer était une chose, mais prêter foi à tout ce qu'il dit…

Est-ce que le fait d'être incapable de regarder la prostitution des enfants la rend inapte à déceler ces goûts chez les clients ? Que se serait-il passé si la collection Tanagra avait été découverte chez Philippe, dans ses affaires à elle ? Philippe aurait porté l'odieux du doute tout le reste de sa vie et ce serait suffisant pour tuer une carrière, même talentueuse. Il n'y a pas un don d'acteur pour résister à la suspicion pédophile. Philippe aurait été mort comme acteur. Et elle sait, du fond de son corps, d'expérience, elle sait qu'il n'est pas pédophile. Ne serait-ce que parce qu'il n'y avait aucune dimension de pouvoir absolu dans leur sexualité. Esclave du plaisir, de la tentation, du frisson, oui, esclave de l'érotisme, de l'attirance pour les « interminables guibolles qui mènent à la source divine », comme il disait, d'accord. Esthète et facile à ravir, elle le croit. Mais Philippe avait bien assez de pouvoir sur les femmes sans chercher à les avilir ou à les brutaliser. Sans avoir à affirmer continuellement que c'était lui, le maître. Il n'avait aucune mégalomanie dans le sexe, elle peut le jurer.

Caron, lui, n'a d'ascendant sur personne — à part sa mère. Et encore ! C'est probablement l'inverse.

Vicky est certaine qu'il a une obsession — amoureuse ou non, sexuelle ou non — pour Philippe. Et que cette obsession s'est muée en rancœur au fil du temps. Pour finir par devenir la cause de tous ses déboires : professionnels, amoureux, personnels. Cela le rend-il pédophile ? Non…

Pourquoi ne parvient-elle pas à se persuader de la pédophilie active de Gilles Caron ? Elle est convaincue de sa lâcheté, de son manque d'envergure, de sa vanité démesurée, de sa pingrerie et de sa neutralité sexuelle, toutes choses susceptibles de le mener à faire commerce de ce qui est le plus dégradant en ce monde. Mais jouir des images qu'il fabrique ? Non. Jouir de l'argent qu'il obtient enfin, ça oui. Manipulateur davantage qu'acteur, voilà ce qu'elle croit.

Toujours à s'imaginer qu'au fond, c'est lui qui mérite le premier rôle. Lui qui devrait obtenir le gros cachet. Lui qu'on a dépossédé, frustré, privé de ce qui lui était dû.

Ce n'est quand même pas rien de chercher à compromettre un ami qui vous prête de l'argent sans questionner, qui vous trouve de l'emploi sans vous humilier, qui vous soutient sans cesse, qui fait preuve d'une confiance… aveugle, le mot est cruellement juste. À croire que la confiance de Philippe justifiait le sentiment de Caron d'être sous-évalué par les gens du métier. Cela justifiait-il sa conviction d'être un homme supérieur qu'on s'entête à traiter avec mépris ? L'ignorer était le mépriser.

Alors quoi ? Il a décidé de se venger en attaquant des enfants ? Des préados sans défense, inexpérimentés et crédules. Il s'est dit je vais tous les berner et ils verront bien que j'étais plus et mieux que ce qu'ils ont cru ? Je serai riche et ils pourront toujours courir ? Et si on cherche un coupable, je rabaisserai jusqu'à la déchéance totale le roi qui me fait de l'ombre ? Celui qui se réjouit en m'humiliant, en me faisant la charité de ses restes.

Quand a-t-il commencé à éprouver ces sentiments ? Quand Gilles a-t-il viré capot et décidé que son tour était venu ? Qu'il ne pouvait plus endurer le statu quo ? Elle ne sait pas, elle l'a perdu de vue depuis trop longtemps. Chose certaine, quand il a remplacé Philippe à l'école, quand il a essayé de prendre le relais pour la mise en scène d'une pièce qu'il n'avait pas choisie, avec des acteurs qu'il n'avait pas sélectionnés, la frustration a dû monter d'un cran.

Qu'a-t-il fait ? Outre constater qu'il décevait tout le monde, à commencer par sa troupe d'acteurs. Il a enragé en silence. Il a serré les dents et agi comme s'il n'était pas un deuxième choix et comme si c'était formidable que tout le monde aime autant Philippe. Il a même offert un poster à Andréane. Signé de Philippe. Et deux lettres quémandées à un Philippe complaisant… dont il a feint de ne pas se souvenir. Alors qu'elles ont dû coûter tellement cher à son orgueil. Peut-il avoir décidé de punir Andréane pour une admiration qui l'humiliait, lui ? Peut-il avoir désiré lui montrer qui était le maître ? Et le fait que cette démonstration l'enrichisse la rendait-elle plus acceptable à ses yeux ?

Vicky s'assoit, met de côté toutes ses notes pour le rapport. Elle décide de suivre ses convictions, quitte à prouver ensuite ce qui sortira de l'exercice.

Elle ne croit pas Gilles Caron consommateur de pédophilie ? Très bien. Il ne l'est pas. Il en fabrique, froidement, sans bander. Sans dégoût non plus. Il cible la Tanagra de Philippe, celle qui lui voue un amour infini. La délicate Andréane est victime de son physique, mais surtout de son amour pour Philippe. Qui sait si Caron n'a pas réalisé ses premières photos « pour faire plaisir à Philippe » et que ce plaisir a été confirmé par un petit mot écrit par l'acteur tenu bien sûr dans l'ignorance de l'usage réel de ce mot ?

Puis, l'escalade a commencé : les photos ont un succès fou, les forums d'échanges où les désirs sont exposés sans fard s'excitent, décrivent volontiers ce qu'on lui ferait subir. Et Caron s'exécute. Tout est là, dans ces dialogues d'une perversité insoutenable. Caron sait où trouver de la drogue, il sait que le GHB entraîne une soumission et une perte de mémoire. Il a d'ailleurs sûrement été dérangé par l'interprétation du *Nocturne* de Kim le jour où, la drogue administrée, il pensait réaliser une œuvre d'art. Il a certainement débuté sa carrière dans le soft, un petit joint, un peu d'ecstasy, de l'inoffensif pour avoir du fun. Ou pour se donner le courage de concevoir ses scénarios. Et de les réaliser.

Vicky passe ensuite au suicide d'Andréane. Depuis que son frère aîné, Hugo, a révélé qu'elle avait préparé son lunch ce matin-là, Vicky n'y croit plus.

Désaxée, brûlée par la drogue, par le besoin et le manque, la petite était devenue asociale, renfermée, à la fois colérique et indifférente. Pour Caron, elle devenait dangereuse à cause de ce je-m'en-foutisme qui le menaçait. Le fournisseur de drogues est toujours susceptible d'être dénoncé par quelqu'un en manque. Et Andréane n'avait pas les moyens de s'acheter elle-même son stock. Ses besoins devenaient sans doute trop pressants.

Vicky fait un effort pour ne pas s'égarer, pour rester dans la logique de Gilles.

Il se voit en victime. Il se voit donc obligé de sacrifier Andréane. Elle est une bombe, un vrai problème à manœuvrer de toute façon. L'occasion se présente — qui sait si la petite ne l'a pas menacé de tout révéler — il la saisit et la pousse.

Secoué, troublé, dérangé par la brutalité du geste qu'Andréane l'a forcé à poser, Caron essaie de se calmer, de se construire une défense et de finir par se convaincre que Philippe est en partie responsable de cette dérive. Que, sans lui, rien de tout cela ne serait survenu.

Et puis arrive Ariel. Il la connaît, la trouve bonne. Jolie aussi, sans doute. Elle a du cran, de l'énergie et de la vivacité, toutes choses susceptibles de plaire à Philippe et… qui manquent cruellement à Gilles. Quand il la voit, il pense comment Philippe n'en ferait qu'une bouchée.

Est-ce qu'elle le menace, l'accuse, le confronte ? Non. Elle prend rendez-vous parce qu'elle veut lui demander des éclaircissements sur ce qu'elle a vu. Elle ne peut soupçonner aucun geste malveillant, méchant ou assassin parce qu'elle est confiante et bonne. Pas chez un prof, pas dans son entourage. À la télé, d'accord. Pas dans sa vie.

C'est une généreuse au grand cœur. Quelqu'un qui ne sait que prêter de bonnes intentions aux autres.

Comment réagit Caron ? Il suit le tempo : elle le rassure avec sa foi en ses bonnes intentions, l'inspire. Il invente un autre but à ses gestes : il s'agitait, l'agrippait pour la retenir, pour empêcher le geste fatal. A-t-il été jusqu'à prétendre qu'il avait honte de son échec à la sauver ? Jusqu'à prétendre s'être tu parce qu'il était inconsolable de n'avoir pu éviter le pire ? S'est-il laissé rasséréner par Ariel ? Pourquoi pas ? Cette honte-là, Gilles ne la connaît pas, mais il savait l'affecter. A-t-il abordé à ce moment-là le côté « vie cachée parce qu'horriblement honteuse » d'Andréane ? A-t-il prétendu vouloir l'épargner, elle, mais aussi ses parents, et même sa réputation posthume ? Peut-être pas au premier rendez-vous, mais sûrement après. Il a probablement inversé les faits : la drogue et le besoin ont conduit Andréane aux gestes les plus sordides, les plus répréhensibles. Il essayait de la convaincre d'arrêter, et elle aura choisi la mort plutôt que la souffrance du manque. Il a sans doute pris des airs de confesseur pour ne pas dévoiler ses sources, mais quand il a compris le genre de commerce dans lequel elle était impliquée, il n'a eu d'autre souci que de l'en extraire. De force s'il le fallait. Et ça marche! Ariel le croit. Et parce qu'elle le croit, il se croit. Qu'a-t-il fait pour obtenir davantage? Il ne pouvait pas s'arrêter en si bon chemin. Et, une fois renseignée, Ariel n'a eu qu'un but — de cela, Vicky est convaincue — et c'est de retirer les images d'Andréane du réseau où elle s'était compromise.

Caron aime ces rencontres privées, il se sent revalorisé par la confiance absolue d'Ariel. Quel bien ça lui procure d'être aussi fiable, d'avoir enfin le rôle du sauveur. Le héros. Le premier rôle tant espéré.

Il persiste donc dans sa version de l'histoire et promet d'être celui qui arrachera chaque photo, chaque vidéo aux mains usurpatrices des profiteurs. Seulement, ça coûte des sous. Il n'en a pas. Ariel n'en a pas. Il lui demande même ou alors il l'incite à proposer de remplacer chaque élément par un autre. Mais cette fois, sachant Ariel trop mûre, trop femme pour atteindre les prix de la Tanagra, il se contente, il prend les photos que lui désire, celles qui excitent son sentiment de toute-puissance. Et il se prend au jeu. Si Ariel recule, si elle ne veut pas baisser sa culotte, il n'insiste pas. Il va doucement, il fait durer le plaisir. Et, au bout d'un mois, il emprunte à Philippe pour obtenir la preuve qu'il a racheté la collection Tanagra. Il en garde plusieurs copies dont une qu'il revend dans l'heure. Et quand il remet les documents à Ariel, il lui propose de les détruire ensemble, parce qu'il ne veut pas risquer de ternir son image en permettant à Ariel d'entrevoir un profil moins romantique que ce qu'il a présenté.

Vicky est certaine que les photos d'Ariel sont suggestives, inoffensantes, à peine sexuellement ébauchées. Genre agace plus que provoc. Elle se rappelle les photos de David

Hamilton, de ces jeunes filles entourées de brume, à la sexualité évoquée, à peine esquissée. Ces photos qu'avait Gilles à l'appartement que Philippe et elle empruntaient au début de leurs amours.

A-t-il vendu les photos d'Ariel ? Elle jurerait que non. Il les a gardées pour lui, pour son usage personnel. Il s'est même cru amoureux, elle le jurerait. Et généreux. Ces moments passés avec Ariel à réparer en douceur les torts causés par des maniaques, il a même fini par croire qu'il n'était plus partie prenante de ce groupe. Dans le consentement d'Ariel résidait sa rédemption. Et voilà qu'Ariel le fuit ! Une fois le matériel détruit, elle ne s'inscrit pas au semestre suivant. «Son» semestre, celui qu'il doit gérer entièrement. Déception et sentiment de trahison.

Sa chance, c'est quand Ginette Soucy fait défection à l'école. Sa rage, sa rancœur, c'est de se rendre compte qu'Ariel s'était inscrite pour Soucy après lui avoir dit qu'elle allait en musique, qu'elle lâchait le théâtre. Gilles ne supporte pas quand on se détourne de lui, quand on le laisse tomber, tout ce qu'il juge de l'ordre de l'abandon. Et devient traître quiconque ne dit pas comme lui. Il n'obtient d'Ariel que deux rencontres privées ce semestre-là, ce qui ne lui apporte aucun réconfort. Vicky est certaine que pour Ariel, le sacrifice était trop lourd, que c'était trop cher payé, ce sauvetage d'Andréane. Elle a dû demeurer persuadée qu'il fallait y consentir pour restaurer la mémoire de la petite fille, lui redonner sa pureté, mais elle devait se sentir salie, mal à l'aise devant Caron.

Lui a-t-elle dit ? En s'excusant, en répétant que ce n'était pas sa faute à lui, qu'elle l'avait accepté dans un but précis, mais que jamais plus elle ne referait une chose pareille. Elle l'a sûrement remercié de son aide inestimable, lui a répété que sans lui, une terrible catastrophe serait survenue, mais que c'était terminé. Que fait Caron ? Il joue le jeu, semble comprendre et accepter, mais il reste déterminé à revoir la jeune fille consentante des photos, celle qui a fait de lui un homme remarquable… le temps — trop court — de récupérer les images dégradantes d'Andréane.

Le spectacle est mauvais, il n'y a qu'Ariel qui s'en sort. Ariel qui brille au firmament du talent et qui met en relief bien malgré elle son incompétence de metteur en scène. Il doit sûrement se battre pour revenir travailler après cet échec retentissant. Et là encore, dès qu'il est nommé responsable, Ariel ne s'inscrit pas.

La gifle. Le rejet. Le déshonneur. Le retour à la case des preuves de sa valeur, de son talent, de ses bonnes intentions.

Qu'a-t-il pour intéresser Ariel ? Rien. La seule fois où elle a bougé vers lui, c'était pour Andréane. Cette fois, ce n'est pas Philippe et ses petits mots ou son poster qui peuvent le sauver du désintérêt, c'est encore le fantôme d'Andréane. Mais ressortir la petite veut dire qu'il a triché. Ou qu'il a échoué à remplir sa promesse.

Ou alors… parce qu'elle n'est plus gentille, c'est avec des menaces qu'il la convainc de revenir vers lui ? Il peut prétendre n'importe quoi : qu'il a dû céder les photos à un réseau moins protégé qu'il ne croyait, qu'on le fait chanter pour ne pas les distribuer, qu'il doit payer, mais cette fois, pour elle, pour son honneur à elle.

Vicky est convaincue que c'est avec lui qu'Ariel a perdu sa virginité. Dans un consentement mitigé par la peur de voir les photos compromettantes devenir publiques. Ce qu'elle a tant voulu éviter à la famille d'Andréane, c'est la sienne qui risque de le vivre. C'est elle.

Gilles Caron a sûrement joué le tout pour le tout. Il monte *Roméo et Juliette*, elle sera son héroïne et il récupérera tout le matériel qu'il a fait avec elle pour lui offrir une preuve d'amour. Le croit-elle? Elle n'a plus treize ans. Elle en a quinze et elle doute.

Comment l'a-t-il convaincue? En dénonçant son meilleur ami à qui il aurait soi-disant vendu l'exclusivité des photos? En lui donnant la preuve ultime de son attachement et de son honnêteté en faisant valoir qu'après une telle confidence, plus jamais son ami Philippe ne lui parlerait...

Ariel a donc couché avec Caron «de son plein gré» pour récupérer des photos demeurées privées mais qu'elle a cru devenues publiques parce que Caron l'a prétendu.

En janvier, elle commence à se mutiler — résultat de sa souffrance. Tout a tellement l'air d'avoir été consenti pour le bien et elle se sent sale, dégoûtante. Et le sexe est violence à ses yeux. Elle dit douter de son identité sexuelle. Pas étonnant, si Caron fait passer un viol pour un service, du chantage pour de la séduction. De la manipulation pour de la collaboration. L'imbécile a même pu croire que l'initiation d'Ariel avait été une réussite.

Quand Ariel a-t-elle commencé à entrevoir l'arnaque de Caron et comment? Ses vérifications sont effectuées grâce à Assam. Mais qu'est-ce qui l'a conduite à vérifier? Comment sa confiance s'est-elle mise à vaciller? Par quoi? Une nouvelle tentative de Caron? Une proposition incohérente avec le personnage de sauveur qu'il avait affiché jusque-là? Vicky se dit que peu importe le déclencheur, le résultat est la vérification sur les forums sous le pseudo de Roméo. Et l'horreur de la découverte de la présence d'Andréane, du trafic de Tanagra et du mensonge de Caron. A-t-elle eu peur de se retrouver sur les sites? A-t-elle cherché et trouvé ses photos? Ou est-ce que le seul dossier d'Andréane lui a suffi pour comprendre qu'elle avait été abusée et trahie? Elle ferme le compte Roméo, elle sait que c'est Gilles Caron qui n'a pas tenu ses engagements, qui a même probablement gardé ou utilisé les photos. Elle a couché avec lui pour sauver l'honneur d'Andréane. Et cet homme ignore ce que le mot «honneur» veut dire.

Alors, vaincue, elle se tue?

Impossible aux yeux de Vicky. Encore plus inimaginable qu'elle soit passée à l'acte sans laisser un mot à quiconque, alors qu'elle est l'altruisme incarné.

Brisée, certainement. Accablée, dégoûtée, écœurée, sûrement.

Mais partir seule avaler des Valium dans un boisé? Sans dénoncer Caron? Sans protéger celles qui suivront puisqu'elle est convaincue que jamais Caron ne sera freiné dans son appétit que ce soit pour l'argent ou la porno? Encore impossible.

Vicky prend le téléphone, déterminée à en finir avec ce qui a toujours paru un non-sens à Isabelle Gosselin et Jean Crête: le suicide de leur fille Ariel.

***

Elle atteint Suzie Brault tout de suite: «Suzie, vous enseignez encore aux toutes petites de secondaire un, n'est-ce pas?

— Je suis titulaire de ce niveau, oui.

— Est-ce qu'il y a eu des demandes pour qu'une des élèves se joigne au spectacle de *Roméo et Juliette*?

— Oui, mais c'était pour une figuration : aucun texte à apprendre par cœur ni beaucoup de répétitions.

— Qui l'a choisie?

— Je sais pas. Je pense qu'elle avait montré son intérêt. Je ne pense pas que ce soit Caron, en tout cas.

— Pourquoi?

— Il n'est pas venu recruter dans ma classe.

— Et les auditions? Elle aurait auditionné?

— Non! Pas pour une figuration. Surtout que l'idée est venue une fois les répétitions commencées et même avancées. Vous voulez que je demande à Nathalie Dubuc?

— Pourquoi elle le saurait?

— Elle est sur le comité théâtre, rappelez-vous. C'est comme ça qu'elle connaît bien Caron. Je sais que l'idée est venue au metteur en scène plus tard, en montant ses extraits... ah oui : c'était pour illustrer que les seize ans de Juliette étaient mûrs à côté d'elle. En fait, elle changeait les décors, la petite.

— Vous avez une photo? Décrivez-la.

— Elle s'appelle Rosie, elle a douze ans, je vous envoie un scan de notre photo de classe. C'est la petite brunette de la première rangée. La deuxième à gauche en partant de moi. Elle a une barrette rouge dans ses cheveux qui sont très longs. Je peux vous demander ce qui vous arrive? Pourquoi cette question de la figuration?

— Non, parce que je vais avoir besoin de vous et de votre ignorance des faits et de ce que je pense. Vous comprenez ?

— Non, mais je vous fais confiance. Voilà, le scan est parti. L'avez-vous ?

— Oui, je vous rappelle, merci. »

Elle est toute petite, l'œil brillant et la chevelure bouclée. Du matériel de luxe pour le réseau, elle fait à peine dix ans.

Elle appelle ensuite Pénélope qui est ravie de l'entendre. Une fois échangés les vœux et les civilités, Vicky passe à ce qui la préoccupe : « Tu ne m'as pas parlé de Rosie, Pénélope.

— Ben quoi, Rosie ? C'est pas mon amie. C'était assez achalant qu'Ariel se prenne pour sa mère ! Depuis qu'elle répétait dans la pièce, fallait traîner Rosie partout avec nous autres. Pas cool… un bébé de douze ans, tu peux pas parler avec elle. On n'a pas du tout les mêmes intérêts. Surtout pour certaines choses…

— Mais Ariel y tenait ?

— A se prenait pour sa mère, je vous dis ! Pourquoi ?

— Pour rien, je me demandais, c'est tout. As-tu son texto, ou son courriel ? J'aimerais ça l'appeler. Ou plutôt, c'est quoi déjà, son nom de famille ?

— Carpentier. Pourquoi ça t'énerve de même ? C'est elle qui avait fait de la peine à Ariel, tu penses ?

— Non, sûrement pas elle ! Mais je te rappelle quand je le saurai.

— On dit ça…

— Oui, on dit ça, pis on le fait ! Bye ! »

Madame Carpentier est un peu surprise de l'appel de Vicky. Oui, sa fille faisait un peu de théâtre. Elle se montre réticente à parler jusqu'à la mention du nom d'Ariel dont la mort a étonnamment — selon elle — perturbé sa fille.

« Vous comprenez, le bruit du suicide circulait à l'école, on n'a pas pu empêcher qu'elle le sache. C'était épouvantable. Rosie n'arrêtait pas de pleurer. Mais avec Noël, on est arrivés à lui changer les idées. Elle l'aimait beaucoup. Elle a un rendez-vous avec la personne qui s'occupe du soutien aux élèves, une madame Dubuc, la semaine prochaine. Mais si c'est pas assez, son père et moi on va l'emmener consulter dans le privé. Le suicide, on joue pas avec ça. »

Vicky espère de tout son cœur que le soutien déficient de Dubuc ne sera pas mis à contribution. « Je pourrais lui parler ?

— Je préférerais qu'on ne la traumatise plus. Elle va mieux…

— Pas pour aborder le suicide, Madame, mais surtout pour parler théâtre. Et un peu d'Ariel…

— Oh ! Alors, je vous la passe. Je vous informe que je vais quand même écouter sur la ligne, si ça ne vous choque pas.

— Au contraire : votre souci vous honore, madame Carpentier ! »

Elle remercie mentalement Patrice et ses formules lénifiantes qui marchent à tout coup.

La voix de Rosie est flûtée, pleine de notes enfantines. Elle parle avec aisance, sans gêne aucune, et ses opinions sont arrêtées : « Samuel était très bon… il jouait Benvolio et je lui disais toutes ses répliques pour le faire rire. Celle qui jouait la nourrice était comique, mais c'était pas supposé. Assam m'a toujours aidée pour sortir la table avec la lampe : il me trouvait trop petite, mais j'étais capable toute seule. C'était vraiment beau, les scènes avec Ariel. Elle, c'était la meilleure. Tellement fine !

— Et le metteur en scène ?

— Y changeait d'idée. Ben, pas pour la table, là, fallait la sortir quand il disait "noir". Mais par exemple, supposons que monsieur Choquette ou Nathalie disait une sorte de remarque, ben là, ça changeait. On faisait autrement. Pas tellement moi, là, mais les autres.

— Et ils venaient souvent assister aux répétitions ?

— Ben… moi, j'étais pas toujours là, mais les enchaînements… vous savez c'est quoi ?

— Oui.

— Souvent, Nathalie venait.

— Tu la trouvais comment ?

— Achalante.

— Rosie ! Je pense que c'est un peu exagéré ça, non ?

— Non, non, madame Carpentier, j'admire beaucoup la franchise de votre fille. C'est une grande qualité à mes yeux. Pourquoi Nathalie venait voir les répétitions, Rosie ?

— Sais pas. Mais elle aidait pas beaucoup. Après elle, fallait recommencer.

— Et le metteur en scène la trouvait utile ?

— Non… Y l'endurait, je pense. Parce que quand elle partait, il faisait comme "fiou ! Bon débarras !" Mais y le disait pas, là !

— Il restait poli, mais il la trouvait achalante, c'est un peu ça, ton impression ?

— Ben oui.

— Ariel est devenue ton amie. Ça a commencé comment ?

— Tout de suite quand j'ai commencé le théâtre. Elle a tout de suite voulu être mon amie. Assam aimait moins ça, lui. Y voulait être tout seul avec elle. Il était comme Roméo : amoureux.

— Et sa Juliette voulait pas être seule avec lui ?

— Ouais… un peu. Mais faut pas y dire, Ariel voulait pas y faire de peine.

— Vous vous teniez compagnie, c'est ça ? Comme deux vraies amies ?

— Mais c'est mon amie ! Ben… c'était… »

La petite voix se casse et madame Carpentier n'attend pas les larmes pour interrompre la conversation.

***

Vicky examine ensuite attentivement les photos de l'enquête du coroner qui a conclu au suicide d'Ariel.

Le corps d'Ariel est recouvert d'une couverture et rien d'autre que son sac à dos n'est près d'elle. Elle cherche la liste des objets contenus dans le sac et trouve ce qu'elle n'a jamais pensé à vérifier : une bouteille d'eau de 500 ml pleine.

Comment avaler ses Valium si elle n'a bu aucune eau et qu'aucun thermos n'a été trouvé ? Avait-elle deux bouteilles ? Dans ce cas, qu'a-t-elle fait de la bouteille vide avant de s'endormir ? Rien n'a été trouvé près de son corps. Aucun flacon, Ziploc ou enveloppe pour contenir les médicaments non plus.

Vicky s'apprête à appeler Philippe pour savoir si Gilles était à Montréal le samedi 17 novembre, mais elle se ravise et téléphone plutôt à l'hôtel de Québec où Gilles a ses habitudes. Le titre « Sûreté du Québec » et le numéro matricule font des merveilles. Elle n'a même pas à s'expliquer auprès du directeur : monsieur Caron a séjourné du 15 au 18 novembre avec un départ vers midi le dimanche.

Vicky se demande pourquoi elle dormait au gaz à ce point-là. La réponse est toujours la même : difficile d'imaginer un meurtre aux Valium. Sauf si on se prend pour Roméo et qu'on dispose d'un philtre d'amour.

Elle rédige à une vitesse folle et envoie le tout à Patrice en lui demandant son avis… en soirée si possible, dès qu'Amélie sera au lit.

Génial ! Vraiment génial, Vicky ! Vous allez creuser chez Nathalie Dubuc ? Son incompétence a sûrement tout à voir avec la complicité. Aucune aide pour Andréane. Aucune alerte pour Ariel. M'est avis que cette école si bien tenue est en passe de devenir une planque pour pédophiles en quête de butin.

Deux questions : le petit jeune qui a fourni le Valium, alors ? Quand même étrange de payer des médocs pour son propre meurtre.

Les photos d'Ariel seraient où ? On met la cybersurveillance sur le coup ?

Vous êtes géniale. Je l'avais déjà dit, je crois. Tenez-moi
au courant.

Vicky devine qu'il trépigne d'envie de l'accompagner. Et
elle aurait bien besoin de son aide pour assener le coup fatal
qui prouvera sa théorie.

Elle commence par appeler le *pusher*, Alexandre. Il est
vraiment ennuyé et n'a aucune envie de parler. Il répète qu'il
a déjà dit ce qu'il avait à dire et que c'est tout.

« Très bien, j'envoie des agents vous chercher pour vous
accompagner au poste de police. Et votre grand frère si complaisant aussi, bien sûr. Pour trafic de substances illégales.
Et vous, pour…

— Quoi ? J'ai rien faite, moi ! Mes parents vont capoter !
C'est quoi, ça ?

— C'est une enquête policière et c'est pas un jeu-
questionnaire. C'est même pas pour te faire peur. C'est
urgent et je veux des réponses. C'est-tu clair ?

— Oui.

— Ariel Crête. La date exacte où tu lui as fourni des
Valium.

— Je l'sais-tu, moi ! Avant son suicide.

— Bon, O.K., le petit comique. Bye ! Les agents s'en
viennent.

— Attendez ! Attendez ! Je voulais même pas être drôle !
C'était avant. Ben avant. Comme… au début de l'année,
genre…

— Septembre ?

— Non ! La vraie année, pas la scolaire. Ça devait faire longtemps qu'elle y pensait.

— Elle a dit que c'était pour elle ? Elle a demandé quoi ? Des tranquillisants ? Des pilules pour dormir ? Quoi exactement ?

— De quoi de fort pour dormir. Trop stressée.

— Pour elle ? Comment tu es sûr que c'est elle qui l'a demandé ?

— C'est jamais pour eux autres, vous savez ben ! C'est toujours pour une sœur, un ami. Surtout pour la pilule du lendemain. J'ai jamais vu quelqu'un dire "c'est pour moi". Sauf pour du pot.

— C'était pour quoi, exactement ? Elle a demandé spécifiquement du Valium ?

— Sais pas. Me souviens pas.

— Tu vas creuser ta mémoire. Je te rappelle dans deux heures. Et tu réponds.

— Ben là !

— T'as tellement pas l'air de comprendre, Alexandre. Tu m'intéresses pas en tant que *dealer*, mais parce que t'as une liste de clients. J'ai besoin de ta liste pour autre chose que ce qu'ils t'ont acheté. Je veux savoir qui faisait affaire avec toi. Comprends-tu ça ?

— Pour faire quoi ?

— Es-tu capable de me donner la liste ?

— À peu près, oui… mais pourquoi ?

— Aucune importance. Ils payeront pas pour leur petit trafic et toi non plus. Ça devrait te suffire. Maintenant, je veux que tu me répondes clairement : dans le personnel enseignant, le personnel de direction, les adultes qui occupent des postes à l'école, qui sont tes clients ?

— Personne !

— Alexandre, ça va être moins drôle au poste, garanti. Surtout que tes parents vont devoir t'accompagner.

— Y en a peut-être eu, mais je peux pas le savoir. J'ai juste les noms des habitués, pas des occasionnels. Souvent, c'tait juste une commande au téléphone ou par Internet. Je mettais le stock dans une cachette où l'enveloppe de cash était déjà. Pas de nom, pas de rencontre. Ça a toujours marché de même. Si les profs voulaient de quoi, y pouvaient se faire passer pour n'importe qui, je l'aurais pas su. Sauf s'ils devenaient des habitués avec une commande régulière. Mais personne aurait fait ça. Ou ben ils l'auraient fait pour me pogner, pour éventer le truc. C'est pas arrivé… ça fait que non, y ont pas acheté.

— Ou ils ont acheté sous couvert.

— Cé que ça veut dire ?

— Sous un faux nom. Comment tu sais que c'était Ariel ? Tu l'as vue ?

— Ben non : parce qu'a s'est nommée et qu'y en a pas tant des Ariel.

— T'as reconnu sa voix ?

— Ben là ! Non ! Je l'ai crue, c'est toute.

— Qui t'as dans le personnel de l'école ?

— Juste un régulier : le concierge de soir. Juste du pot. Rien d'autre, jamais.

— Qui d'autre? Pour quel genre de stock?

— Du pot, du hasch, des speeds, des affaires de même…

— Nathalie Dubuc?

— Han? La psy? Elle viendrait pas me voir certain! Elle peut avoir ce qu'elle veut dans son métier, pas d'affaire avec moi. Pis j'aurais fait le gars qui vend rien, pas fou!

— Gilles Caron? Le metteur en scène de théâtre?

— J'en fais pas de théâtre…

— Alexandre… niaise-moi pas.

— Ça se peut, mais y s'est pas nommé si c'était lui.

— Y voulait quoi?

— Pot. Ecstasy… mais c'est peut-être pas lui!

— Ben oui… J'vais faire un deal avec toi, Alexandre: tu parles de cette conversation à personne. Même pas à ton frère. À personne. Tu m'envoies ta liste de clients et de produits fournis par Internet. Et moi, je parle de cette conversation à personne non plus.

— Pourquoi m'appeler si c'est pour pas en parler?

— J'ai besoin de savoir si je peux te faire confiance. Je suis ailleurs, Alexandre. Sur une autre enquête. Je vérifiais comment ça marchait pour toi pour appliquer ce que j'apprends sur une autre enquête. Similaire.

— Ah oui? Biz… Vous m'avez fait peur d'aplomb.

— Deal?

— Certain! Pourquoi la liste?

— Pour comparer avec une autre école. Leur liste est pas mal plus fournie je pense.

— Attendez que je vous envoie la mienne. Est pas mal bonne.

— Et tu me donnes le nom exact des produits, O.K. ? Y a du GHB, l'autre gars…

— Tout le monde en a. Ça s'appelle du "jus". Ça se prend avec des peanuts.

— Pardon ?

— On dit "peanuts" pour des speeds. Vous êtes pas au courant ? Vous allez avoir de la misère dans votre enquête…

— Merci, ça va me donner l'air plus cool… Je te dirai si tu bats l'autre école. Mais ça me surprendrait.

— Vous allez les arrêter ?

— Non, pas eux autres. Mon enquête, c'est pour un meurtre.

— Ah bon ! Rien à voir avec nous autres, ça. Vous aviez rien qu'à le dire en partant ! »

Son soulagement est garant de la liste. Et il sera minutieux, cette petite graine de bandit.

Vicky n'a aucun scrupule à mentir pour obtenir ses renseignements.

Elle se plonge dans l'étude de l'effet conjugué du Valium et du GHB.

***

Le 7 janvier 2008, pour la première réunion d'équipe de l'escouade, Vicky trouve Brisson bien ralenti. Mathieu Laplante et elle reçoivent les compliments d'usage pour la belle prise de fin décembre : la cybersurveillance, en collaboration avec l'équipe française, a réussi à faire planter tout un réseau de pédophilie contenant au-delà de cent cinquante mille fichiers, plus dégoûtants les uns que les autres. Brisson souligne «l'exceptionnelle collaboration française due à une entente tout aussi louable entre Patrice Durand et Vicky».

Vicky sourcille: elle ne croyait pas Brisson au courant de l'implication de Patrice. Quand elle demande à Mathieu si c'est lui qui en a parlé, elle reçoit un «Je parle pas trop souvent à Brisson, tu sais. Pis jamais pendant mes vacances. Y a rien que toi qui peux me déranger quand je suis en congé. D'ailleurs, ma blonde s'inquiète de nos relations…

— Toujours bon pour le couple, les blondes sur leurs gardes!

— T'as vraiment été mariée à cet acteur-là? J'en reviens pas!

— Ça reste entre nous?

— Brisson?

— C'est un peu spécial, Brisson: je l'ai connu il y a des années. Je venais de me séparer. Alors, il le sait.

— Pas en forme, lui. Pis c'est pas parce qu'il a travaillé.

— Je peux te demander encore quelque chose? Pour l'avenir de ton couple…

— Envoye!»

Elle lui tend la photo d'Ariel et lui demande de la «taguer», c'est-à-dire de rechercher de façon exhaustive tous les fichiers saisis afin de s'assurer qu'elle n'a fait l'objet d'aucun — en photos ou en vidéos — trafic. Mathieu promet d'essayer, mais à son avis, elle est trop vieille ou elle a l'air trop vieille pour ce genre d'amateurs.

« J'allais dire trop femme…

— Je veux être absolument certaine.

— Ça va être long, mais c'est dans machine, comme on dit. »

Vicky savait qu'elle devait rencontrer Brisson seul à seule, mais elle ne s'attendait pas à le voir camper dans son bureau, affalé sur le seul siège libre, c'est-à-dire le sien.

Elle ne veut rien savoir de ses confidences, mais s'il faut vraiment passer par là, elle préfère que ce soit dans le bureau vaste et lumineux de Rémy.

Il a passé des vacances atroces, il s'est chicané avec sa femme au sujet d'Isabelle qui, elle, le boude depuis l'affaire du rapport. Elle est rentrée d'Europe, il le sait, mais à part un « bonne année » plutôt sommaire, elle ne lui a rien dit de son séjour là-bas.

Prudente, Vicky ne laisse rien filtrer des nouvelles hypothèses sur lesquelles elle travaille : il est capable d'acheter une réconciliation au prix de l'échec de l'enquête. Pas question de l'informer. Mais elle doit se rendre à Québec et elle ne peut pas y aller seule, en partie parce qu'elle connaît le suspect. Elle veut que son coup soit impeccable et légalement irréprochable.

Elle n'écoute pas Brisson déblatérer contre sa femme, les femmes — ce qui inclut ses deux filles. Elle attend le bon moment pour intervenir et quand Rémy lui exprime sa reconnaissance pour son travail sur ce dossier confidentiel, elle saute sur l'occasion : « Tu sais, ça ne serait pas mauvais que je vérifie deux ou trois choses à Québec. Pour m'assurer que le réseau international n'avait pas une antenne par là… avec Mathieu, bien sûr. Tu connais mes talents informatiques ?

— Bien sûr, pas de problème. Inutile d'aller à Québec si c'est pour l'informatique. Demande-le-lui. Il va t'expliquer que les distances n'existent pas. Il peut se brancher où il veut en restant ici. »

Elle passe à son plan B : « J'ai aussi l'intention de voir Isabelle, d'essayer de lui faire comprendre notre point de vue, nos raisons. Si elle t'écoute pas, elle va peut-être être polie avec moi. Il faut que ça cesse, ces accusations. Tu as vraiment tout essayé…

— Tu crois que tu pourrais ?… »

La petite lueur d'espoir qu'elle vient d'allumer dans l'œil de Brisson est de très bon augure. Elle ne s'en veut même pas de le manipuler : « Je sais ce que tu ressens. J'ai moi-même eu à affronter Philippe et Gilles dans l'enquête. Mathieu a été très utile, très fort. Et je voudrais vérifier quelque chose dans les ordinateurs de l'école d'Ariel. Ceux qui sont offerts aux élèves dans la salle d'étude. Tu vas pas demander à Mathieu de faire le tour de leur matériel à partir d'ici ? »

Brisson ne dit rien de la facilité avec laquelle on peut visiter le contenu de tout ordinateur quand on a les bons codes. Il veut avant tout qu'Isabelle se réconcilie enfin : « Reviens avec de bonnes nouvelles, O.K. ?

— Promis. »

***

Malgré ou à cause du service rendu à Philippe en sortant de sa maison les preuves d'appartenance à un réseau pédophile, Vicky a du mal à échapper à sa reconnaissance. Quand elle lui parle, il s'arrange toujours pour détourner les sujets et l'inviter « en amis » à célébrer leur victoire !

Rien ne l'intéresse moins que ce genre de célébrations. Elle l'interroge plutôt sur ce qui la préoccupe vraiment : « Gilles a pas d'auto, je pense ?

— En plein ça ! Y peut se faire conduire partout parce qu'y prend pas l'autobus ou le métro. Y est tellement connu, comme tu sais, y a peur de devoir signer des centaines d'autographes !

— Mais il sait conduire ?

— Oui. Mal, mais il a son permis. Toujours utile pour un acteur.

— O.K. Maintenant, je veux revenir à Ariel. La photo en fond d'écran de l'ordinateur de Gilles, t'avais pas reconnu la petite à qui t'avais enseigné deux ans auparavant ?

— C'est vrai. Elle avait beaucoup changé.

— Tu l'avais jamais vue ?

— …

— En photo je veux dire.

— …

— Philippe, crisse ! Es-tu là ?

— Oui, mais je sais pas trop quoi te répondre… C'est une impression, pas une certitude.

— Je veux que tu me dises ce que c'est, même si c'est pas certain ou clair dans ta mémoire. Quand, comment t'as vu cette fille-là ?

— Je voudrais pas me tromper, tu comprends ? Parce que j'ai pas vu son visage vraiment. Juste son corps. Bon, je t'explique : c'est Gilles qui est arrivé avec une enveloppe qu'il m'a donnée "en cadeau" un peu avant Noël. Avant notre chicane, évidemment. Il pensait que ça m'intéresserait, que c'était mon genre de femmes.

— O.K… Envoye, finis!

— Je les ai regardées. C'est effectivement mon genre de femmes. De filles, plutôt. Mais comme je te dis, c'était le body, pas le visage.

— C'était comment?

— Artistique. Genre photo de pub, tu sais? Des belles grandes pattes sur le dossier du sofa, la bretelle descendue, la tête renversée avec les cheveux dans face. Un petit bout de bas-ventre. Ce qu'y faut pour te donner envie de plus. Et une autre, très belle, nuque exposée, dos nu, petite culotte blanche.

— Tu les as?

— Ben non: qu'est-ce que tu veux que je fasse avec? Baver dessus? C'est la fille que je voulais. Pas sa photo. Y m'a jamais dit que c'était Ariel. Ni qu'elle avait quinze ans. Pis y a jamais voulu que je la rencontre évidemment. Écoute, c'était début décembre. La petite était morte. Pas pour rien qu'y refusait de me la présenter. J'ai pas fait le lien avec sa Juliette. Pas sur le coup.

— Et qu'est-ce qui t'a fait allumer si t'as pas vraiment vu son visage?

— Son cou. Un cou long, fragile. De dos, c'était très beau.

— Et t'attendais quoi pour me le dire?

— C'est en te parlant, juste là, avec tes questions que j'allume! J'avais écrit une lettre de condoléances à sa famille! Penses-tu que je pouvais m'imaginer qu'y me présentait les photos d'une morte?

— Alors pourquoi t'offrir les photos s'il savait que t'es pas amateur ?

— Parce que trois jours plus tard, il voulait m'emprunter de l'argent. Tu le connais : y a pas un cadeau qui est un vrai cadeau avec lui.

— Il savait que tu les prendrais pas. Tes empreintes sont partout, sur chaque photo. C'est tout ce qu'il voulait.

— Les siennes aussi à ce compte-là.

— Oui : lui, le vendeur, toi, le consommateur qui a une grosse réputation à défendre. Plus un goût marqué pour la pédophilie.

— Calvaire ! Y m'haït donc ben ! J'aurais dû les prendre, c'est ça ?

— On va les trouver. En attendant, peux-tu m'écrire tous les détails dont tu te souviens et m'envoyer ça ? La date, les photos, où vous étiez… tout.

— Voyeuse…

— C'est ça. Tu me diras merci plus tard. »

Vicky imagine le doute qui l'aurait envahie s'ils avaient trouvé cette enveloppe dans la maison de Philippe. Gilles Caron est plus que haineux. Privé de son obsession, obligé de se séparer de sa Juliette, il est devenu vengeur et déterminé à sauver sa peau en sacrifiant celle de son meilleur allié.

Elle se demande encore ce qui a pu le pousser à une telle extrémité. S'il était fasciné par Ariel, pourquoi la tuer ? Elle devait représenter un danger énorme et imminent.

La panique doublée de sa veulerie ont fait le reste.

***

Suzie Brault se montre une adjointe hors pair : elle suit scrupuleusement les instructions de Vicky et ne pose aucune question. De plus, elle a eu la franchise de lui avouer qu'elle se mord la langue pour ne pas l'interroger.

À la demande de Vicky, elle confirme que Nathalie Dubuc possède une voiture : « Et une belle, à part de ça ! BMW décapotable. Moi, je donnerais cher pour la conduire. »

Vicky prend note en se demandant quel salaire peut bien être attribué à la responsable du « soutien aux élèves ».

Elle essaie ensuite de savoir si la petite Rosie fonctionnait bien à l'école, s'il y avait eu des changements de comportement dernièrement.

« À part la mort d'Ariel… C'est encore difficile pour plusieurs, vous savez. La directrice a beau essayer de nous coacher pour qu'on passe à autre chose, ce sont des inquiétudes qui reviennent souvent avec les enfants.

— Comme… ?

— Comme la même chose que quand Andréane a sauté : pourquoi ? Comme ce que vous leur avez dit dans votre conférence : le silence, ça aide personne.

— J'ai une mission délicate à vous confier…

— J'écoute.

— Pouvez-vous essayer de savoir ce qu'Ariel disait à Rosie ? Ses conseils, ses mises en garde, ses propos…

— Ah ! Mais je le sais ! Quand j'ai annoncé la mort d'Ariel, Rosie s'est mise à sangloter en répétant "mais qui va me protéger, maintenant ?" C'est ça qu'Ariel lui disait, qu'elle la protégeait. Imaginez comme Rosie s'est sentie trahie. Après "pourquoi", c'est "exprès" qui revient le plus souvent. Comment on peut faire exprès pour mourir, ça leur rentre pas dans tête. Et je les comprends. Mais je peux essayer d'avoir des précisions. »

Vicky la remercie et lui expose son plan de travail pour les prochains jours. Elle a besoin de Suzie, mais elle doit la mettre en garde : ce ne sera pas un jeu d'enfant et elle aura des risques à prendre. Elle peut refuser, Vicky lui jure qu'elle comprendra.

Suzie ne craint rien et elle s'engage à fond dans le plan.

***

Le lendemain soir, Suzie arrive à l'hôtel et tend une clé USB à Mathieu. Elle est ravie de sa réussite : « Ça a pris un peu de temps, mais j'avais prévu trois façons de la distraire. Si ça marchait pas avec la première, j'avais des excuses en masse. J'étais prête. »

Ils se taisent, le temps que Mathieu fouille le contenu de la clé. Vicky est tendue vers l'écran, même si elle ne voit rien.

« Bingo ! Tout est là, Vicky ! Tanagra au complet. Et le lien ancien avec le réseau. Et j'ai son pseudo à elle. *Pro-31.* Je vais pouvoir fouiller en masse. On va tout savoir. »

Vicky pousse un soupir de soulagement : elle ne s'est pas trompée.

Suzie n'en peut plus : « Allez-vous me dire ce qui se passe, maintenant ? »

Vicky grimace : « Pas maintenant, pas encore. Et c'est parce que j'ai besoin de vous pour autre chose. Vous avez dit quoi à Nathalie Dubuc ?

— J'ai fait comme prévu. Je suis allée dans son bureau, j'ai *spotté* son ordinateur, j'ai annoncé que j'avais du nouveau, que vous m'en aviez appris des belles sur Caron. Devinez si elle avait l'air intéressée ? J'ai proposé qu'on prenne un thé ensemble, le temps de lui raconter. Pis j'ai hésité, comme une fille qui perd confiance, qui ne veut pas commettre d'indiscrétion ou dire des choses compromettantes censées rester confidentielles… Et là, j'ai dit que j'allais vous appeler pour m'en informer et pour m'assurer que je pouvais en parler. Elle était sur ses pieds, prête à me retenir. Elle m'a juré que ça resterait entre nous. J'ai répondu O.K., mais on va dans mon bureau parce que je devais justement recevoir un appel de vous sur une ligne fixe. J'ai ajouté que je savais pas trop pourquoi, mais que c'était à votre demande. On part. Comme prévu, j'avais oublié mon cellulaire sur son bureau. Elle a dit elle-même, sans que j'aie besoin d'en parler : va le chercher, je prends deux thés à la cafétéria et on se rejoint à ton bureau. J'ai copié sur la clé, comme Mathieu m'a montré, j'avais l'impression d'être James Bond… pis après, zoup ! au bureau avec notre histoire de Caron.

— Vous avez enregistré ?

— Ben oui : plus long que nécessaire, même. Ça roulait déjà quand on est entrées. James Bond, je vous dis !

— En gros, sa réaction ?

— Elle s'en doutait. Elle avait surpris Caron un jour, l'air pas net, un peu mal. Elle le surveillait. Elle a même dit que pour l'argent, elle soupçonnait que l'héritage était une invention. Et elle a parlé d'Ariel. Elle a dit que si elle ne s'était pas suicidée, on en saurait pas mal plus. Que Caron était vraiment bizarre avec elle. Malsain. Je lui ai demandé pourquoi elle me le recommandait comme amant dans ce cas-là. Sa réponse : c'était pour se prouver qu'il était normal, qu'il avait pas de penchant pour les petites filles.

— Et vous aviez bien parlé d'un éventuel réseau de pédophilie ?

— Oui. Exactement. Deux fois plutôt qu'une. Et, chaque fois, Nathalie avait l'air profondément scandalisée, incrédule. Un peu dépassée, je dirais… »

Mathieu ne cache pas qu'avec ce qu'elle possédait dans son ordinateur, elle devait être une enfant de chœur, en effet.

***

La directrice Jacynthe Pouliot est malade, et ce n'est pas une excuse : la voix est enchifrenée, le souffle court et la toux profonde. Elle est chez elle avec une forte fièvre et elle ne peut en sortir. D'ailleurs, elle croyait cette investigation terminée et elle ne veut rien savoir de recevoir encore des enquêteurs. À plus forte raison chez elle et dans son état. La phrase est ponctuée d'une quinte de toux bien sentie.

Vicky sème son venin sans scrupules : « Votre école est sous haute surveillance, madame Pouliot. Ce que j'essaie de faire, présentement, c'est vous mettre à l'abri d'un scandale majeur.

— À cause du suicide d'Ariel ? Quel est le rapport ? Je ne vois pas.

— C'est ce que je voulais vous expliquer. L'enquête est avancée et nos soupçons très ciblés.

— Et ça concernerait l'école ? Mon école ?

— Exactement. Je ne vous dérangerai pas plus longtemps. Si jamais vous changez d'avis, mon collègue et moi sommes déjà à Québec. Comme vous voyez, des arrestations sont imminentes.

— Venez. »

Son appartement est dans le même immeuble que celui de Nathalie Dubuc. Madame Pouliot habite le penthouse. Mais ce n'est pas l'adresse comme la décoration qui frappe Vicky et lui confirme les liens étroits entre la directrice et son employée. Dans le salon, au-dessus du sofa, une splendide photo noir et blanc : le long dos nu d'une jeune fille qui remonte ses cheveux en dégageant sa nuque. La taille magnifique et un début de hanches à peine dévoilé, il s'agit de la photo parfaitement décrite par Philippe. Ariel Crête dans toute sa splendeur lascive. Vicky se demande si la directrice sait de qui il s'agit. Elle-même n'aurait pas reconnu la jeune fille si elle n'avait été au courant.

Mathieu Laplante qui accompagne Vicky ne cache pas son admiration. Il se dégage de la photo une sensualité pudique extrêmement attirante.

« Wow ! Vraiment beau, ça ! C'est de qui ? »

La directrice ne sait pas, c'est un cadeau.

Elle est pâle, cernée et manifestement très malade. Vicky se tient à distance.

Même diminuée, Jacynthe Pouliot attaque le problème de front : « Qu'est-ce que c'est que cette histoire ? De quel scandale parliez-vous ?

— Pornographie infantile. Un réseau important qui s'alimenterait dans votre école.

— Avec mes enfants ? C'est pas possible ! Je l'aurais vu. Je surveille ! Impossible ! Qui ça ? Comment ? Avez-vous des preuves ? C'est impossible ! »

Si cette femme ment, c'est qu'elle s'est trompée de vocation. Elle s'étouffe, tousse à en avoir les yeux pleins d'eau, se mouche rageusement et regarde Vicky avec sincérité : « Jamais une chose pareille n'a eu lieu chez nous. De quoi avez-vous besoin pour vérifier et éradiquer le soupçon ? »

Mathieu lui répond en détail : ils ont besoin d'un accès à tous les ordinateurs de l'école, professeurs et élèves inclus. Sans avertir quiconque. Le but étant évidemment d'éviter de perdre des preuves essentielles. La directrice veut bien, elle accorde tous les accès, mais le représentant syndical est tâtillon au possible, il va lui faire un grief, c'est certain. Il pourrait faire des manières, par pure rigidité.

Elle se lève, met son manteau : « Allons-y ! Je vais m'arranger avec lui. Vous aurez tout ce dont vous avez besoin. »

Le texto de Vicky vibre : Suzie Brault comme prévu. Un texto vide — donc, selon leur code, Nathalie s'est rendue dans son bureau. Probablement à l'affût des développements.

« Madame Pouliot, vous n'avez averti personne de ma venue ?

— Comment voulez-vous ? Je suis malade, enfermée ici… — Elle s'arrête soudain — Mais j'ai effectivement parlé à quelqu'un. Une personne de confiance. Très fiable. Je peux vous assurer que…

— … Nathalie Dubuc ?

— Pardon ?

— On n'a pas beaucoup de temps. Si vous voulez vraiment sauver votre école des gros titres qui lui feraient perdre sa réputation…

— Oui, Nathalie est passée pour voir comment j'allais. Je vous attendais. Je le lui ai dit. Je ne savais pas que c'était une démarche confidentielle. »

Mathieu trépigne. Vicky prend la directrice par le bras et l'entraîne.

***

Mathieu est aux anges : l'ordinateur de Nathalie Dubuc est parfaitement nettoyé. Et les manœuvres pour y arriver datent de la veille, à l'heure où lui-même étudiait la copie du contenu que lui avait apportée Suzie.

Par contre, l'ordinateur de celle-ci avait été piraté et contenait des documents inédits qui, tous, mettaient Ariel en scène. Il y avait même la photo qui trônait dans le salon de la directrice. L'ordinateur de madame Pouliot était indemne ainsi que ceux des autres professeurs.

Nathalie Dubuc s'est montrée extrêmement surprise d'être retenue avec la directrice dans le bureau de celle-ci. Quand elle voit Suzie Brault sortir, elle ne peut s'empêcher d'exprimer son étonnement : « Vous la gardez pas ? »

Mathieu sourit : « Quand vous travaillez vite, vous travaillez mal. Vous avez laissé des traces de votre passage dans l'ordinateur de Suzie, hier.

— Je comprends rien à ce que vous dites !

— J'ai le contenu de vos fichiers. Ceux que vous avez effacés.

— C'est faux ! Vous avez rien du tout. Et j'ai rien effacé. »

Vicky lui explique la copie obtenue la veille, alors qu'elle croyait encore se renseigner sur la marche de l'enquête et avant qu'elle ne décide d'agir sur « sa collection ».

Furieuse, complètement paniquée, Nathalie se tourne vers la directrice qui essaie de suivre le débat en se mouchant.

Violemment, elle l'apostrophe : « Dis quelque chose, toi ! J'ai jamais rien fait de mal !

— Bien sûr que non. C'est une erreur… »

Vicky ne les laisse pas s'obstiner : « Perdez pas votre temps à jouer l'insultée, Nathalie. On sait que vous avez négocié la collection Tanagra, que vous l'avez vendue à des particuliers très fortunés et très avides d'anonymat. Des gens haut placés qui auraient beaucoup à perdre si leurs pratiques déshonorantes étaient connues. On a les dates, les prix, tout. Vous avez joué de prudence en étalant les ventes, ce qui vous permettait de faire croire qu'il s'agissait de pièces uniques. Vous avez même moussé la renommée de la collection en faisant de temps en temps des demandes sur des forums sous le pseudo *Pro-31*. On sait que vous possédez les photos d'Ariel Crête et que vous en avez offert une à madame Pouliot. Votre ordinateur contenait des échanges très compromettants avec Gilles Caron et avec un réseau international de pédophiles. Et on sait qu'hier, vous avez sonné l'alarme pour un groupe qui est déjà devant les services policiers du

Danemark, des Pays-Bas et de la France. Ça fait un bout de temps qu'on vous suit à la trace. Et vous en laissez, des traces, malgré toute votre science et votre prudence.»

La directrice est verte : « Qui ? La photo dans mon salon… qui, avez-vous dit ? Ariel ? Nat ! C'est pas vrai ? Qui a fait ça ?

— Quoi ? T'a trouves moins bandante asteure que tu sais c'est qui ? C'est toi qui m'as demandé de la photographier ! — elle se tourne vers Vicky — C'est elle, la pédo ! Elle qui a des problèmes !

— Bon, ça suffit ! Mathieu, peux-tu emmener Nathalie dans le corridor et demander aux agents de l'escorter et de nous attendre dans son bureau ?»

Nathalie Dubuc dégage son bras que Mathieu tenait fermement : «Touche-moi pas, toi !»

D'un geste bref, Vicky va ouvrir la porte où deux agents sont postés. Ils passent les menottes à une Nathalie devenue cinglante. Elle hurle avant de sortir : «Si tu dis un mot, t'es finie ! Toute va se savoir. Toute ! T'as compris ?»

Jacynthe Pouliot est tétanisée. Son nez coule et elle ne se mouche pas, ce qui, aux yeux de Vicky, représente un état qui frise le coma pour cette femme.

Égarée, elle accepte le mouchoir tendu par Vicky et s'effondre, en larmes. Elle se redresse soudain : «Vous ne pouvez pas croire que j'aurais négocié des images pareilles…

— Madame Pouliot, je sais que vous avez une liaison avec Nathalie, que vous fumez en cachette, que vous êtes sévère, sauf avec Nathalie, mais vous n'êtes ni pédophile ni criminelle. Maintenant, vous allez répondre à mes questions.

— Je ne peux pas… Comprenez : si je dis quoi que ce soit, elle va briser toute ma vie. Tout ce que j'ai bâti, l'école, sa renommée, tout. Elle va dénoncer mon homosexualité et ça va être fini. Les parents sont épouvantables avec ça, ils confondent tout, ils pensent que parce qu'on est gaie, on est pédophile. C'est impossible de les raisonner, impossible. Ça va être la fin de tout ce que j'ai tant travaillé à construire. Ça a été tellement difficile après les deux suicides. Je ne pourrai jamais me remettre d'un scandale pareil. Nathalie a rien fait de mal, j'en suis garante. Elle est influençable, c'est vrai, mais elle a du potentiel. Vous ne l'aimez pas, je le sais. Mais elle n'est pas dans un réseau ou alors, ce serait sans le savoir.

— Vous avez le choix entre un scandale personnel et un scandale public, et c'est tout. Vous n'y échapperez pas. Votre école a été le lieu d'un commerce pédophile international. Andréane Sirois a fait l'objet d'une exploitation sexuelle dégradante et ses photos et ses vidéos étaient négociées par Nathalie et Gilles Caron à travers le monde grâce à un réseau très solide et très organisé. L'argent rapporté représente des sommes énormes. Pour la soumettre sans problèmes, la petite a été droguée à répétition et elle est devenue addicte. Ses rencontres avec Nathalie n'étaient pas pour la soigner, mais pour l'exploiter. Son suicide n'en est probablement pas un et Ariel Crête en a été témoin. Ce qui en a fait la suivante sur la liste. Mais elle a compris à qui elle avait affaire. Et elle a agi pour éviter que cela recommence. Elle était trop âgée pour constituer une marchandise échangeable, mais Caron est tombé fou amoureux d'elle. Il a faibli sérieusement et il a mis le réseau en danger. Parce qu'elle était brillante et que Caron a pris des risques en essayant de lui prouver son innocence, Nathalie n'a pas apprécié. Elle a agi. Le scandale de deux meurtres maquillés en suicides sera plus grand que la découverte de votre sexualité, croyez-moi.

— Non!... Nathalie a des preuves, des... des choses qui ne me montrent pas sous mon meilleur jour. Si c'est rendu public... je suis finie.

— Vous n'avez pas idée de quoi on parle, là? Que vous soyez dominatrice ou dominée dans votre chambre à coucher, on s'en fout. Mais que des enfants, vos enfants comme vous les appelez, soient attachés, bâillonnés, maltraités, photographiés, filmés dans des scénarios plus pervers les uns que les autres, que leurs petits corps mutilés soient exposés à travers le monde sur la toile des prédateurs qui les consomment en exigeant toujours plus et pire, ça vous paraît raisonnable en échange du secret de vos pratiques sexuelles? Deux filles ont été assassinées et ça ne pèse rien dans votre esprit? Qu'est-ce que ça vous prend pour l'amour? Je vous parle de meurtres, bon sang! Je vous parle d'abus, de violence et vous me répondez qu'on a des preuves de choses scandaleuses que vous avez faites chez vous et de votre plein gré? On les a tuées! Et vous voulez protéger cette femme? La défendre? L'aider à s'en sortir? Vous méritez de perdre cette école, ce serait même urgent que vous la perdiez.

— Ce n'était pas de mon plein gré! Je ne voulais pas... c'était pour elle, pour lui faire plaisir, pour qu'elle reste avec moi.

— On s'en fout tellement! Je ne veux pas le savoir! Allez-vous vous réveiller et vous préoccuper de quelqu'un d'autre que vous-même? »

Vicky ouvre son ordinateur portable et le place devant la directrice. La photo est la seule qu'elle a jamais regardée et elle a encore du mal à y arriver. Andréane, attachée, les yeux absents, légèrement révulsés qui peuvent passer pour des yeux égarés par une jouissance mais qui sont ceux d'une enfant dopée. Andréane nue, dans une position tellement humiliante que la directrice détourne les yeux : « S'il vous plaît... s'il vous plaît, non ! Demandez-moi ce que vous voulez. »

Vicky referme l'ordinateur.

***

« Vous n'avez pas le droit de me questionner. Vous êtes la femme du suspect principal. Vous vous pensez forte, mais moi, je sais qui vous êtes et ce que vous avez fait. »

Vicky observe le visage de Nathalie Dubuc. Elle paraît très déterminée, froide et quasi haineuse. Qu'est-ce qui a pu pousser cette femme à tant de cynisme ? L'argent est un puissant euphorisant, mais il faut quand même être habité d'un autre désir pour atteindre ce degré d'abjection.

Vicky lui énonce les mots rituels pour lui signifier son arrestation et ses droits et elle s'exécute dans la forme la plus rigoureuse et la plus réglementaire, Mathieu et un agent de police à ses côtés.

« Je n'ai pas besoin de vous interroger, soyez tranquille. Nous possédons toutes les preuves dont nous avons besoin.

— Vous allez croire une directrice qui satisfait ses petites habitudes vicieuses à même ses élèves plutôt que moi ?

— Je sais : vous êtes victime, vous ne vouliez rien faire, on vous a forcée. Devinez si je l'ai déjà entendue, cette défense-là ? Épargnez-nous les lieux communs. Taisez-vous.

— J'ai des preuves ! C'est Caron qui a tout organisé. J'étais obligée de me taire, mais j'ai rien fait.

— Il a parlé. Avant vous. Alors, on va le croire, lui.

— Du bluff ! Pensez-vous que je vais marcher dans votre petite *game* qu'on fait même plus à la télé ? Vous êtes pathétique !

— Votre idée de la clé USB pour m'incriminer : très bon. Très fort.

— C'est son idée ! Personne peut dire que c'est la mienne. Je savais même pas que vous étiez sa femme !

— C'est pour ça que vous m'accueillez avec "la femme du suspect principal" ?

— J'ai dit ça de même ! Caron va essayer de salir tout le monde pour justifier ses crimes. C'est un pervers qui dit du mal de tout le monde.

— C'est vrai que vous ne sortez pas très pure de son témoignage…

— J'étais pas sur le toit ! J'ai des témoins. J'ai jamais pu pousser personne.

— Mais vous l'avez poussé à la pousser si je puis dire.

— Y peut pas dire ça ! Vous pouvez pas croire ça ! Il est tellement lâche, y tient pas debout tout seul.

— Donc, je dois croire qu'il vous incrimine pour se disculper ?

— Ben là ! Certain que c'est ça !

— Vous allez avoir du mal à nous convaincre que c'est Caron qui a appelé Alexandre, le petit *pusher* de secondaire cinq en se faisant passer pour Ariel et qui a commandé des Valium qui ont été déposées dans une case non attribuée, la D-44. Et ce, des mois avant le supposé passage à l'acte d'Ariel. Ce qui signifie de la préméditation. Vous allez me dire que vous avez vos propres fournisseurs, infiniment plus fiables, plus discrets et moins susceptibles de parler au premier enquêteur venu... et je vous croirai. Mais seulement avec le délai entre votre combine d'achat de médicaments qui justifie le suicide d'Ariel et le temps mis avant d'exécuter votre plan, je peux aussi évaluer la difficulté que vous avez rencontrée pour convaincre Caron de mettre Ariel de côté, de l'éloigner définitivement. Revenons à vous. Vous avez travaillé fort, hier. Vous avez donné du soutien aux élèves, votre tâche principale. Vous avez rencontré la petite Rosie... et elle nous en a appris des bonnes sur vos méthodes d'approche. Sur votre technique de soutien, justement. Et dire que Caron n'est même pas là pour prendre le blâme !

— Je ne sais pas de quoi vous parlez. Rosie est une enfant qui a peut-être mal compris mon intervention...

— C'est pas grave... on a l'enregistrement complet et même les quelques petits médicaments à prendre en cas de "cœur gros". Ça ressemble à des aspirines et vous avez tellement bien fait de lui recommander de venir les avaler avec vous plutôt que seule ou avec maman. Il faut que les bonnes habitudes se prennent dès le départ, n'est-ce pas ?

— C'est du sucre ! Y a rien là-dedans ! Des placebos.

— C'est vrai… sauf pour une infime dose de relaxant qui peut, à la longue, créer une sorte d'envie d'y revenir. Vous n'alliez pas renoncer à votre commerce plein d'avenir maintenant qu'Ariel avait été neutralisée, non ? Votre clientèle si payante s'impatiente. Rosie, vous l'aviez dans l'œil dès son arrivée. Presque l'air aussi jeune qu'Andréane… mais elle était protégée et Ariel se montrait de moins en moins naïve. Elle avait du répondant, Ariel, c'était une combative. Et Caron avait du mal à ne pas lui céder… Il a bien failli se tenir debout cette fois.

— J'ai tellement rien à voir avec ça ! J'ai tellement pas idée de quoi vous parlez !

— Vous avez pourtant reçu le soir du 17 novembre. Chez vous. À votre appartement. Vous avez fait du temps supplémentaire pour régler un conflit en théâtre… Ça ne vous dit toujours rien ?

— C'est Jacynthe qui vous a raconté ça ? J'ai inventé une raison… Y a pas eu de réunion. Je la trompais.

— Et c'est exactement ce qu'elle a pensé. Vous aviez des projets pour la soirée et votre amie de cœur a été troublée par vos excuses pour disposer de votre temps. Elle s'avoue un peu possessive avec vous. Vous avez dû lui faire avaler deux ou trois écarts de conduite avec des partenaires masculins, et elle est restée méfiante. Elle a peur de vous perdre. C'est sa faiblesse. C'est ce qu'elle m'a dit.

— Elle va me perdre *all right* !

— Oh ! Elle à compris. Maintenant, elle a tout compris. Mais sur le coup, elle n'a pas compris. »

Le visage de Nathalie est tellement figé qu'il a l'air d'un masque. Elle ne pose plus aucune question. Tout son corps attend. Vicky sourit. «Elle est allée faire la paix avec vous vers trois heures du matin, cette nuit-là. Elle a voulu aller vous retrouver. Et elle vous a vue sortir avec un Caron titubant, fin soûl, bredouillant. Il répétait sans cesse "Oui, mais Juliette?" et vous avez répondu autant de fois que c'était nécessaire "Elle dort, inquiète-toi pas. Elle dort. Je l'ai couchée." Qu'est-ce qu'elle a pensé, votre compagne? Qu'est-ce qu'elle s'est imaginée? Qu'une Juliette était dans votre lit. Une autre femme, une jeunesse comme vous les aimez semble-t-il. Elle est même entrée chez vous et elle n'a trouvé personne. Vous aviez du GHB pour tout le monde ce soir-là. Et vous aviez raison: cette fois, le suicide avait l'air parfait. Rien d'aussi brouillon qu'avec Andréane et Caron. C'est tellement mieux de se charger des tâches délicates vous-même, n'est-ce pas? GHB plus Valium administré par la suite pour Ariel. GHB seul pour Caron. Votre BMW est sous analyse présentement. On va bien trouver un cheveu, quelque chose… parce que c'est pas facile de sortir une grande fille endormie de la voiture pour l'étendre dans le boisé et la laisser mourir là. Vous avez été chanceuse que Caron l'appelle Juliette, sinon, je crois que madame Pouliot aurait compris tout de suite. Et là, finie la job payante pour recruter des enfants.

— Vous devriez fouiller son appartement à elle! Vous allez la trouver moins crédible. Elle cache bien son jeu, madame la directrice.

— Voyez-vous, Nathalie, votre truc de dissimuler des preuves chez les témoins, ça peut marcher une fois, deux max. Mais vous avez abusé du système. Suzie Brault et son ordinateur complètement saturé d'images arrivées par miracle dans la matinée… là vraiment, c'est de l'abus. Vous nous prenez pour des imbéciles et ça, ça constitue un manque de jugement. »

Les agents escortent une Nathalie rigide, drapée dans une apparente stupéfaction vertueuse. Mais Vicky connaît le style : elle la voit en train de chercher frénétiquement sur quelle faiblesse de Caron elle va appuyer sa défense. Et, connaissant Caron, Vicky se dit que Nathalie va trouver.

***

Le verre qu'ils prennent devant la cheminée de l'hôtel est amplement mérité. Suzie Brault a enfin obtenu les détails de l'affaire. Mathieu n'est qu'admiration : il sait faire avouer un ordinateur, mais pas un témoin, comme sa collègue y arrive.

À eux deux, ils sont champions et Vicky ajoute que sans Mathieu qui a suivi presque toute l'enquête, elle serait bien embêtée pour le rapport : « C'est mon mari qui a été impliqué par Caron, alors la Nathalie Dubuc n'avait pas complètement tort en prétendant que je n'avais pas le droit de l'interroger. Ton rapport devra être très précis là-dessus, Mathieu : c'est toi qui as posé les questions. J'ai assisté sans dire un mot.

— Mon rapport ?

— Ça se peut que je t'aide à l'écrire. Brisson verra pas la différence. Parce que c'est une affaire énorme et qu'il va juste penser à s'en vanter.

— Moi, je vais la voir ! C'est vrai que Caron a avoué ?

— Je l'ai dit pour provoquer Nathalie. Mais je pense qu'il va être heureux de se vider le cœur. Un imbécile qui se pense amoureux en exploitant la fille, c'est assez triste. Il s'est sûrement opposé à ce qu'on vende les photos en s'imaginant qu'il devenait un héros. Je ne suis même pas sûre qu'il ait jamais eu conscience que sa complice le manipulait totalement et qu'elle avait l'intention de se débarrasser de lui. De l'éliminer dès qu'il serait trop lourd… Et il va l'être, trop lourd! Il rentre à Montréal, escorté par deux agents. On ne prend aucun risque de le perdre. Est-ce qu'il va nous donner ce qu'on veut? Quand il va s'apercevoir que le plan prévu est tombé à l'eau, que Nathalie a déjà été arrêtée… ça sera pas beau. Je ne l'imagine pas capable de tenir tête tout seul… »

C'est Suzie qui lui demande à partir de quel moment elle a pensé que Nathalie était le cerveau de l'organisation.

Vicky éclate de rire: « Quand j'ai compris qu'il fallait un cerveau, j'ai cherché ailleurs que Caron. J'avoue que les avances de Dubuc auprès de vous à Noël, son petit jeu pour devenir une alliée m'ont aidée. Mais la liaison entre elle et la directrice que vous avez devinée dès le début de l'enquête, c'était fort.

— Savez-vous, les filles, c'est la première fois que je vois une femme à la tête d'un réseau de pédophilie. Pas sûr que ce soit un progrès pour l'égalité des sexes, par exemple…

— Excusez-moi, Vicky, vous me répondrez si vous voulez, je ne veux pas être indiscrète, mais comment étiez-vous sûre que votre mari n'était pas impliqué? J'avoue l'avoir soupçonné sans vous le dire… »

Vicky ne dit rien, elle réfléchit. Suzie regrette déjà sa question et elle s'apprête à s'excuser quand la réponse arrive: « J'étais pas certaine. Du tout. Jusqu'à la fin, j'étais angoissée à l'idée de découvrir que, finalement, l'homme que j'ai connu et que j'ai aimé n'était pas du tout celui qu'il prétendait et que je croyais. J'ai vu la pauvre directrice s'effondrer tout à l'heure et je vous avoue que j'aurais pas voulu être à sa place... Et que j'ai eu peur d'y être.

— Ben voyons, Vicky! Tu l'aurais vu, tu t'en serais aperçue!

— Pas sûr, Mathieu... pas du tout, même. Avec le sexe, les cachettes sont blindées, comme dirait Patrice. J'aurais eu du mal à comprendre que je n'avais rien deviné, mais ça aurait pu être le cas. Laisse-moi te dire que ça doit être épouvantable, apprendre une chose pareille. De quoi devenir folle.

— Ben là, t'exagères! Tu aurais senti que quelque chose clochait...

— Tu sais quoi? Je pense que le fait que Philippe ne se soit jamais caché avec ses infidélités lui a rendu service. Il n'était tellement pas inhibé de ce côté-là que ça lui aurait été bien difficile de dissimuler d'autres sortes de tentations.

— Ça doit être pas mal dur d'y dire non ou d'y refuser quelque chose à lui...

— J'en suis la preuve vivante, Suzie!

— Et, tant qu'à être dans le domaine privé... il est reparti, Patrice Durand?

— Bon, moi les filles, je vous laisse placoter. Pour une fois que Brisson paye un hôtel de luxe, je vais monter à ma chambre! Je sais pas comment tu fais pour obtenir tes budgets, Vicky, mais lâche pas! On mange ensemble tantôt?»

Ils s'entendent pour se rejoindre au restaurant et célébrer sans Patrice, mais à sa santé.

***

Jean-Yves Sirois l'écoute attentivement, le visage sévère, glacé d'horreur. Vicky avance à pas mesurés, décrivant le minimum de l'enfer traversé par son enfant.

Quand elle a terminé, il confirme ce qu'elle a supposé : c'est pire d'apprendre tout ce qui est arrivé à Andréane que de la croire morte dans un mouvement de panique ou de peine. Il ne sait pas comment sa femme et son fils vont supporter une telle épreuve. Il ne sait pas comment il pourrait pardonner à l'homme qui a poussé délibérément sa fille après en avoir abusé de la pire des façons.

« Alors, attendez avant de parler aux vôtres. S'il n'y a pas de procès, s'il y a des aveux complets de Caron, on pourrait au moins épargner votre famille. Pas de la réalité du mal, mais au moins, il n'y aurait pas autant de publicité que s'il y avait un procès.

— Ces images de ma fille… elles circulent encore ?

— Ariel en a acheté et détruit… mais ils ont gardé des copies et même si la clientèle était très ciblée et qu'elle payait pour l'exclusivité, je pense qu'il y a eu un peu de "coulage". Ce sera très difficile de contrôler ce qui reste en usage, mais on va essayer. C'est presque impossible de nettoyer complètement le système. Mais on garde un œil sur tout ce qui circule et on a travaillé à répandre la rumeur que l'utilisation de ces images est hautement dangereuse : toute transaction fait plonger l'usager et son circuit. Ça devrait aider à rendre l'image de votre fille toxique pour eux. Vous vous doutez bien que ces gens-là n'aiment pas être en danger.

— Cette petite… Ariel, elle a payé parce qu'elle voulait protéger ma fille. C'est terrible. Mais en même temps, si vous saviez le réconfort que ça représente à mes yeux : je n'ai rien vu, rien fait, mais elle, elle a été là pour Andréane. Elle ne l'a jamais lâchée, jamais abandonnée. Elle a tenu sa main et elle a été bonne envers elle. Elle en a perdu sa vie…

— Ne vous accablez pas.

— Vous n'y pouvez rien. Je vais m'accabler jusqu'à la fin de mes jours. Le suicide provoque ça… mais le meurtre aussi. J'étais celui qui devait veiller sur Andréane. Un jour, elle m'a demandé ce qu'était le mal. Je lui ai dit que j'espérais qu'elle ne le sache jamais. Je lui ai dit que le mal ne viendrait jamais dans notre maison. »

Il se tait, submergé de chagrin, de dégoût et de colère. Vicky entrevoit avec crainte ce que sera sa rencontre avec Jean Crête.

Mais c'est Assam qui se présente, Assam qui a entendu les rumeurs d'arrestations, qui veut comprendre, savoir. Pénélope lui a répété le peu que Vicky a partagé, et il accourt à l'hôtel, dévasté à l'idée que ce qu'il a fait pour Ariel la veille de sa mort ait contribué à ce qu'elle se tue… ou soit tuée.

Vicky comprend que, tout ce temps, il a traîné cette culpabilité, cette incertitude qu'accepter de faire ce qu'elle demandait était peut-être la précipiter vers le désespoir.

« Elle m'a dit : "Il ne faut pas que quelqu'un puisse jamais savoir ce qu'il y avait dans *Roméo* ou dans *Pro-31*. Personne." Et même moi, je ne pouvais pas rattraper ce que j'avais détruit. Quand je lui ai remis son ordinateur, elle m'a dit merci et qu'elle devait y aller. J'ai cru après… comme si je l'avais aidée, vous comprenez, aidée à se tuer…

— Elle avait décidé d'arrêter un réseau à elle toute seule. Elle a failli les rendre fous, je pense. Elle a presque réussi. Elle n'a jamais pensé qu'ils pouvaient la tuer parce qu'elle ne se méfiait pas de la bonne personne, celle qui avait tué Andréane.

— Caron… Mais si je l'avais pas aidée, elle serait en vie, non ? Si j'avais pas cherché ce qu'elle demandait.

— Andréane Sirois n'avait pas d'Assam pour l'aider à décoder, elle n'avait rien vu du plan de Caron et elle est morte malgré tout. Si tu l'avais pas aidée, Ariel aurait quand même été tuée, mais aujourd'hui Rosie serait en train de changer, de devenir asociale, agressive, dépressive et la chaîne de l'exploitation continuerait. Tu as protégé les autres en aidant Ariel. Et je peux te dire que tu ne l'as pas désespérée. On l'a tuée pour la faire taire parce que jamais elle n'aurait abandonné, jamais elle n'aurait marché dans leurs mensonges et leurs combines. On l'a tuée, Assam. Au moins, ce n'est pas le suicide qui te paraissait si difficile à accepter et à comprendre. »

Vicky n'est pas certaine qu'Assam se voie jamais comme quelqu'un qui a aidé à neutraliser un réseau lucratif et criminel, mais au moins il va cesser de se croire responsable d'un suicide.

***

Elle trouve Jean Crête dans un coin réservé aux clients de l'hôtel. Il n'y a personne d'autre que lui, silhouette sombre dans la déco beige et lumineuse. Dès qu'il l'aperçoit, il referme son livre et l'observe sans rien dire. Elle soutient son regard. Elle ne sait pas pourquoi ces rencontres avec le père d'Ariel ont toujours cet aspect intime, un degré d'échange extrêmement peu souhaitable pour Vicky, mais auquel elle ne sait pas résister. Comme s'ils étaient alliés avant même de se connaître. Amis. Parce que cet homme est l'authenticité même. Et qu'il est attirant pour cette raison.

« Vous êtes venue m'achever ? »

Il sourit avec cette infinie tristesse qui hante son regard. Elle ne pourra jamais chasser ce que la mort d'Ariel a produit. Peu importe la façon ou les raisons, sa fille bien-aimée n'est plus et ne sera plus jamais. Son rire à elle a emporté pour toujours celui de son père.

Vicky revoit l'image de fin du numéro d'Ariel : Jean Crête heureux et tenant son bonheur à bout de bras.

« Elle ne s'est pas tuée. On l'a tuée. Elle a… C'est une fille courageuse, intelligente et menaçante pour des criminels qu'un réseau de prostitution a éliminée. »

Il pose une main sur son bras pour la faire taire.

Vicky voit bien qu'il avait raison : elle est venue pour l'achever. Il n'existe aucun père aimant qui puisse entendre les mots « prostitution-abus » sans éprouver l'envie de tuer. Il ne veut pas savoir si sa fille a été une héroïne ou une martyre, il ne veut pas empiler des faits qui prouvent qu'il ne pouvait rien empêcher, il la veut elle, vivante, dans ses bras. Il la veut protégée, comme elle-même désirait tant protéger les autres.

Peut-on survivre à tant d'impuissance ? À tant d'amour qui n'a pas pu percer à jour le danger dans lequel sa fille si sûre d'elle, si généreuse s'est lancée ? Les parents les plus aimants, les plus parfaits ne peuvent pas aller jusqu'au cœur de leurs enfants pour les protéger. Il faut les laisser vivre, les laisser courir vers le danger en espérant qu'on leur a donné assez d'armes pour se défendre et assez de doutes pour ne pas surestimer leurs forces.

«Vous aviez raison, Jean, ça ne change rien au fait qu'elle n'est pas là, qu'elle n'est plus là. Mais au moins vous savez que ce n'est pas mourir qu'elle cherchait, ce n'est pas le désespoir qui l'habitait. Elle voulait changer un certain ordre du monde, protéger les plus faibles. Et ça, elle l'a réussi.

— Combien?

— Combien quoi?

— Combien de plus faibles elle a protégés?

— Elle a sûrement beaucoup aidé Andréane, elle a essayé de la sortir du cercle vicieux dans lequel elle se débattait. Sans parvenir à savoir contre quoi elle se battait, justement. Ensuite Rosie, parce qu'à ce moment-là, votre fille avait compris les enjeux, le réseau. Et toutes celles que personne ne touchera parce qu'elle s'est rendue sur leur terrain et qu'elle a gagné.

— Vous voulez dire que ce soir, il y a un père qui va voir sa fille rentrer de l'école, faire ses devoirs, rouspéter ou s'obstiner, rire et l'embrasser avant d'aller dormir parce que ma fille est morte? Et ce père ne sait pas qu'il est plus que chanceux? Qu'il est béni des dieux? Parce que son amour dort dans son lit et que ni son cœur ni son corps n'a été mutilé… parce qu'Ariel est morte en protégeant des enfants qu'on ne savait même pas menacés?

— Oui. Oui, c'est ce qu'elle a fait… parce qu'elle ne protégeait pas les menteurs.

— Vous vous souvenez de sa phrase…

— Je me souviens de tout. Et vous allez faire pareil. Comme ça, Ariel aura une suite. »

Elle le dit, mais ce qu'elle lit dans les yeux de Jean Crête n'annonce pas une suite bien prometteuse.

« Je peux vous demander quelque chose, Jean ? Je voudrais que vous veniez avec moi rencontrer Isabelle et que vous restiez avec elle, le temps qu'elle absorbe le choc. Je sais qu'elle avait raison et que ça devrait la consoler, mais vous savez comme moi qu'avoir raison ne changera rien à l'ampleur de sa perte. Ce que vous dites depuis le début, c'est à son tour de l'apprendre aujourd'hui. Je voudrais qu'elle soit moins seule que vous l'avez été.

— Je n'ai pas été seul… vous étiez là. Je ne sais pas pourquoi, mais vous avez été là. Solidement. Sans juger, sans empiéter.

— Je ne sais pas non plus ce qui m'a pris d'être autant là… ni d'ailleurs ce qui me prend avec vous. Pas très pro, si vous voulez mon avis. »

Le sourire de Jean Crête a toujours le même charme : « Je crois que l'instinct protecteur de ma fille a forcé le vôtre… Si les anges gardiens existent, ils vous ont mise sur ma route. Et ils ont bien fait. Vous êtes la petite lueur qui empêche la noirceur de gagner.

— Et vous pensez que l'ange, c'est Ariel.

— Exactement. Parce que vous utilisez les mêmes arguments qu'elle pour me pousser à bouger vers sa mère… Venez, on va aller accabler Isabelle. Et je resterai près d'elle le temps qu'il faudra. Mais si vous parlez à votre ange conseiller, ne lui promettez pas que je vais rester toujours, d'accord ? »

***

Martin l'accueille avec un cioppino délicat, un sancerre bien frais et un nouveau dessin d'Amélie exécuté pour elle.

« Amélie avait le cœur bien gros de ne pas te voir à l'aéroport. Il a fallu tout arrêter pour qu'elle dessine son œuvre d'art. Elle a adoré son voyage, mais surtout le bout avec nous dans le château. Quand elle va revenir, elle compte rester plus longtemps. Tu as le bonjour et les félicitations de Patrice. Et ceci. »

Il pose une enveloppe devant elle.

C'est la photo d'une maison normande dans un cadre champêtre. Le style d'architecture ancienne rénovée avec un soin maniaque.

Vicky regarde Martin : « Tu sais c'est quoi ?

— Sa maison de famille. Enfin... celle des parents qu'il partage en alternance avec ses sœurs. C'est un "bon de séjour" quand on veut. À la condition de donner les dates d'avance. Je pense qu'il voulait nous remercier. Pas jusse pour le château, il va se battre pour la garde d'Amélie. J'ai l'impression que la nouvelle mariée va trouver son ex pas mal décidé à voir sa fille. Je le comprends, d'ailleurs. Il est même prêt à apprendre à cuisiner. »

Elle est presque endormie quand Martin murmure dans son cou : « Ça a passé proche de notre tête, ce coup-là, trouves-tu ? J'ai pas aimé ça que tu connaisses intimement les méchants brigands, comme dit Amélie.

— Un des deux, tu veux dire.

— Pas loin des deux. J'ai pensé que ça y était, que ça t'atteindrait.

— Demain, je vais arranger ça. Inquiète-toi pas. »

Il se soulève sur un coude : « Quoi ? C'est pas fini ?

— Y reste un détail à régler : mon divorce officiel. Recouche-toi ! »

***

Gilles Caron a été emmené immédiatement en cellule et depuis, il réclame Vicky. Brisson s'est arrangé pour que les interrogatoires se passent sans elle, mais Mathieu a la connaissance du dossier sans avoir le talent de sa collègue pour louvoyer entre les affirmations larmoyantes et confondantes de l'accusé.

Quand Vicky s'assoit devant lui et qu'il lui rejoue le coup de la victime de la méchante Nathalie Dubuc, du chevalier qui a tout fait — jusqu'à risquer sa peau — pour sauver Ariel, elle s'impatiente.

« Arrête ton cirque, Gilles. T'es pas au théâtre, ici. Y a pas de public. On a des preuves, ça arrête pas de s'accumuler. Et quand on en manque, Nathalie nous en fournit.

— C'est elle aussi la responsable ! Celle qui a tout manigancé. Celle qui est venue me chercher, qui m'a pratiquement obligé… Penses-tu que je savais dans quoi je m'embarquais ?

— Sûrement pas.

— Bon ! Tu vois ? Je suis pas un pédophile, tu pourrais peut-être leur dire ?

— T'es pas loin : elle avait quinze ans, l'élue de ton cœur. T'en as combien déjà ? Soixante ?

— Cinquante-neuf! Tu sauras qu'en Thaïlande, quinze ans, c'est des filles qu'on marie… Euh, qu'y se marient.

— Non, non, corrige-toi pas: "qu'on marie" était la bonne formulation. C'est pas parce que des cultures permettent des horreurs que ça devient des bonheurs. Une fille qu'on viole, c'est pas parce qu'elle crie qu'elle jouit.

— Je l'ai pas violée! Elle voulait. Elle me l'a demandé.

— Demandé ou négocié? En échange de quoi?

— Ça avait rien à voir. Je l'aimais, c'est tout ce qui compte.

— Tu te crois, c'est ça? Tu sais que tu l'as tuée?

— Non! Pas moi! Jamais. Jamais j'aurais pu. Jamais j'aurais fait ça. Elle s'est tuée. Et laisse-moi te dire que c'est pas à cause de moi. J'ai risqué ma peau pour elle.

— Risqué, oui. Elle, elle l'a laissée. Parle-moi du 17 novembre.

— Quoi? Elle s'est tuée et je sais pas pourquoi.

— T'as pas une petite idée? Ton réseau? Tes photos? Tes vidéos de la petite Tanagra? Tes menteries à propos d'elle, ça t'allume pas une petite lumière, ça, mon Gilles? Pas un maudit son de cloche? Tes rapports avec Nathalie Dubuc? Ariel savait tout. Elle voulait fermer ton petit commerce si lucratif… ça devait quand même pas te réjouir?

— Mais j'allais toute lâcher! Je négociais ma sortie avec Nathalie, justement. Pis c'était pas facile!

— Ben oui… C'est pour ça que t'as fait monter les enchères sur Tanagra le 15 novembre?

— C'était pour payer Nathalie ! Pour pouvoir partir, sortir du *deal*. Pour Ariel, justement. Pour pouvoir y prouver que j'étais clean. Libre. Les mains propres. Qu'on pouvait s'aimer.

— Ça aussi, t'as pensé que ça avait de l'allure, je suppose ? Tu y avais pas déjà vendu tout ce qui concernait Andréane ? Pis vendu cher…

— De quoi tu parles, là ? Jamais Ariel a payé les affaires d'Andréane.

— Les "affaires", oui ! Ça avait un prix, ces "affaires-là". Tu lui as remis des archives compromettantes seulement si elle posait pour toi. C'est pas payer, ça ?

— Mais c'était beau ! Ça pouvait même pas servir d'échange ! Rien à voir avec le stock pour pédos. Rien à voir avec ce qu'elle voulait récupérer. Les photos avec elle, c'était magnifique. Amoureux. Y avait rien à vendre là-dedans.

— Ah… je dis pas que t'as pas de talent, Gilles, je dis que t'as pas de cœur, pas de couilles, pis pas de génie. T'es débile si tu penses un instant qu'Ariel Crête a aimé ça, poser pour toi, être avec toi, baiser avec toi.

— Tu te trompes. Tu te trompes. T'es dégueulasse.

— C'est moi, la dégueulasse ? Sais-tu qui c'était le Roméo qui achetait ton stock de dégénéré ? Le sais-tu ?

— Comment veux-tu ! Y en a des dizaines, des Roméo. Pis ça se pense original !

— Ariel Crête. Demande-toi pas pourquoi la transaction a foiré, pourquoi elle a tout fermé. Parce que la preuve de ta malhonnêteté, elle l'a cherchée et elle l'a eue. »

Gilles est tellement estomaqué qu'il a l'air d'avoir gelé sur place. Elle le voit essayer péniblement de mettre ensemble ces informations. Elle entend presque les rouages de son cerveau grincer pour y arriver. Il déglutit, tend la main vers son gobelet d'eau vide.

«Dis-moi pas qu'elle s'est tuée pour ça... Elle a mal compris...»

Et il pleure! Vicky pourrait le tuer de ses mains tellement cette inconscience crasse la révolte. «Je pense que c'est toi qui comprends mal. Andréane Sirois, elle s'est tuée comment exactement?»

Gilles sursaute, court-circuité par le saut dans le temps: «Un accident plus qu'un suicide à mon avis.

— Elle faisait des problèmes et ça prenait une mauvaise direction, c'est ça?

— Exactement. Elle s'est mise à être agressive.

— Et tu l'as poussée en bas du toit. Et Ariel t'a vu.

— Non! C'est elle qui voulait se tirer en bas! J'ai essayé de l'empêcher, elle a fait un faux mouvement et elle est tombée.

— Ariel t'a cru quand tu lui as dit ça?

— Elle m'a jamais accusé. Elle voulait surtout comprendre. Pis moi, je voulais pas qu'elle pense du mal de moi.

— Alors tu lui as expliqué quoi pour arriver à tes fins?

— La vérité! Qu'y avait pire que la mort pour cette fille-là. Qu'elle avait pas mal de misère à s'arrêter pour la dope. C'est dur, le manque.

— Et tourner une vidéo S&M, c'est moins dur?

— Elle s'en souvenait pas… elle le savait même pas. Y a des produits pour ça. Demande à Nathalie, c'est son affaire, pas la mienne. C'est elle qui la préparait.

— Ben oui, ben sûr. Parle-moi de ta réunion du 17 novembre avec Ariel et Nathalie. »

Il ne comprend plus du tout ces sauts dans le temps. Il a l'air tellement hébété qu'elle claque des doigts devant son visage : « La réunion chez Nathalie, Gilles ! Celle où tu étais avec Ariel.

— Je me souviens pas ! Qu'est-ce que tu veux que je te dise ? Je m'en souviens pas. J'ai dû boire plus que je pensais… Je me rappelle de rien. Je te jure que c'est vrai. Imagine la peine que ça me fait, notre dernière soirée et je me souviens de rien !

— C'était quoi, ce party-là ? Tu es arrivé avec elle ? Tu l'as rejointe là ?

— On est arrivés ensemble. C'est Ariel qui voulait parler à Nathalie. Mais elle savait rien des histoires de vidéo. Ben, c'est ce que je pensais… Je te jure que j'ai jamais parlé de Nathalie. Jamais parlé de rien. Pis après… Je me souviens plus. Un *black-out*.

— Qu'est-ce que t'as bu ?

— Du champagne. Ben, pas Ariel. Elle a refusé, ça, je m'en rappelle. Nathalie est allée lui préparer du jus de canneberge avec du soda pour les bulles. Amer, c'est ce qu'Ariel a dit. Tu vois, des détails me reviennent. On a trinqué. Ben… Ariel a levé son verre et elle a dit : "Je bois à celles qui n'ont pas pu se défendre." Nathalie a été intriguée, elle a gentiment demandé à Ariel ce qu'elle voulait dire par là… Vraiment gentiment. Pas du tout agressive, je le jure. On a parlé un peu, j'en perds des bouts parce qu'après, toute s'efface.

— Sauf qu'Ariel a été trouvée morte dans le bois.

— Un cauchemar. Elle m'a pas laissé de mot, rien. Je te jure que j'ai pas compris.

— Oh! Elle en a laissé un.

— Ah oui? Tu l'as lu? Dis-moi…

— Je meurs pour celles qui n'ont pas pu se défendre. »

Vicky ne le laisse pas essayer de comprendre, c'est bien au-delà de ses capacités. C'est une masse informe, bardée de veulerie, de petitesse, un homme totalement inconscient des conséquences que ses actes provoquaient qu'elle a devant elle. Mais ce n'est pas parce qu'on manque d'envergure intellectuelle qu'on est moins responsable de ses gestes. À moins d'être diminué. Et chez Gilles, ce n'est pas le cortex cérébral déficient qui est en cause, c'est l'élasticité de sa conscience et son éternel sentiment d'être le jouet d'autrui, d'être la personne à plaindre, de détenir le monopole de la souffrance et de l'incompréhension.

Il avoue candidement s'être prémuni des éventuelles poursuites en cachant la collection Tanagra chez Philippe, dans ses affaires à elle, mais il n'y voit aucune malveillance, seulement une légitime défense provoquée par l'attitude agressive de Vicky lors du premier interrogatoire. Ce qui fait réagir Vicky : la clé USB datait de bien avant qu'elle le revoie et l'interroge. Mais il maintient ses théories fumeuses.

Chacun de ses gestes trouve une justification dans la responsabilité d'autrui, dans leurs manques et leurs menaces à son égard. Jusqu'aux sévices infligés à Andréane qui trouvent leur source dans les demandes sans cesse répétées des clients sur les forums d'échanges. «Ne pas avoir consenti à tout ce qu'ils demandaient» est la preuve de son humanité. De toute façon, c'est Nathalie qui passait la commande. C'est elle qui l'a abordé, qui lui a tout montré, qui l'a mis en contact avec le réseau, qui trouvait les enfants, qui avait sa liste de gros clients privés… il n'a rien à voir avec ces gens-là.

Tout est à l'avenant. Rien de ce qu'il a fait n'est vraiment de sa faute ou de sa responsabilité. Il n'a jamais eu de mauvaises intentions et il a toujours pris soin de dire à Andréane que si elle voulait de l'aide, il la lui fournirait.

«Quelle aide?

— Ben, tu sais ben! Plus d'euphorisants, une petite poffe, je l'ai jamais fait payer! Jamais!»

Vicky met fin brutalement à l'entretien, sinon, elle vomirait sur les mains molles et si blanches de Gilles Caron.

***

C'est dans le bureau d'un Brisson soulagé que Vicky rencontre de nouveau Isabelle Gosselin, venue apparemment se réconcilier avec son ancien amoureux.

Elle semble encore sous le choc des révélations du rapport et des poursuites intentées contre les deux personnes responsables du meurtre de sa fille.

La justice, ses délais, ses interminables reports et remises n'intéressent pas Vicky. Si elle suivait de trop près les conclusions réelles de ses enquêtes, elle risquerait de se démobiliser et elle le sait. Elle abandonne donc cette partie à ceux qui sont compétents : les avocats et les juges. Elle a mené l'enquête, rassemblé les preuves, à eux de conclure et de punir.

Mais Isabelle n'en a pas fini, elle. Elle désire récupérer les photos de sa fille, les vidéos s'il y en a, bref, tout ce qu'Ariel a offert à Caron pour obtenir en échange le matériel concernant Andréane Sirois. Isabelle veut tout ravoir, et elle veut surtout s'assurer que jamais, aucune utilisation des images d'Ariel « qu'elle soit admirative ou perverse » ne sera possible.

Vicky la rassure : Mathieu Laplante a fouillé partout, il a remonté le chemin informatique parcouru par les deux accusés et rien ne traîne sur le Net. Aucune de ces images n'a été négociée. Les seules photos en circulation étaient les tirages que Philippe a vus et la reproduction de la photo d'Ariel qui ornait le salon de Jacynthe Pouliot. Vicky promet d'essayer de récupérer les photos offertes à Philippe, mais ces preuves sont lourdes pour Caron et il les aura probablement détruites.

« On a fouillé, vous savez. Partout. Et deux fois plutôt qu'une. On n'a rien. Je pense que Caron les a brûlées. »

En le disant, elle sait que c'est faux. Elle est persuadée que de tout ce qu'il a fait dans sa vie, ces images sont ce que Caron voudra absolument conserver. Peu importe l'inanité de son âme, la stupidité de ses raisonnements, la vacuité de son cœur, cet homme se croit encore amoureux et il a certainement vendu très cher la reproduction qu'ils ont récupérée chez la directrice.

Quand Nathalie Dubuc avait été interrogée à ce sujet, elle avait levé un sourcil incrédule : « Ça ? J'ai rien à voir avec ça !

C'était bon pour les pères de famille vertueux. Y avait perdu la main, Gilles. Ou c'est qu'il s'offrait un extra comme le gros épais qu'il est. J'ai jamais fabriqué aucun matériel, mais lui… fallait entendre ses questions, ses suggestions de tournage! Un cave, même pas capable d'imaginer le minimum. Parler avec lui, c'était comme perdre son temps. Alors parler de lui ne m'intéresse pas. J'ai rien fait, moi! À moins que décrire ce que les pédos aiment et apprécient constitue un crime? Première nouvelle!»

Le mépris n'étant pas une preuve de vérité, Vicky avait cherché. Mais Nathalie était plus minutieuse que Caron. Moins prévisible et plus prudente aussi. Ils avaient eu toutes les peines du monde à retrouver des traces du passage d'Ariel dans la BMW de Nathalie. Seul un de ses longs cheveux s'était pris dans l'attache de la ceinture de sécurité de la banquette arrière. Tout était minutieusement exécuté avec elle : le GHB, des tranquillisants et des drogues diverses ont été retrouvés chez la directrice, dans la lingerie, sous les piles de draps et de serviettes. Et la pauvre Jacynthe ne savait évidemment pas d'où un tel arsenal provenait. Encore moins à quoi il servait. L'appartement de Nathalie ne contenait rien du tout. Mais évidemment, puisqu'elle possédait la clé du penthouse de sa compagne, ce n'était pas compliqué pour elle de s'y rendre se procurer ce dont elle avait besoin.

La quantité retrouvée dans son bureau à l'école pouvait, à la limite, passer pour un usage personnel… si on considérait que la dame était sujette à des problèmes nerveux, ce qui était loin d'être le cas, sa vigilance n'ayant jamais failli lors des interminables interrogatoires.

Personne n'avait trouvé aucune trace des photos d'Ariel. Néant.

Vicky croit que c'est Gilles, et lui seul, qui les détient. Comme il a obtenu une mise en liberté sous conditions en attendant son procès, il aura le temps de les cacher. Mais elle est persuadée qu'il ne parviendra jamais à les détruire. Elle se décide donc à jouer une dernière carte pour la tranquillité d'esprit d'Isabelle Gosselin et, bien évidemment, pour étoffer la poursuite.

Philippe Gauvreau est ravi de la voir… et très déçu de connaître la raison de leur rencontre. Signer les papiers de divorce, passe encore, mais rappeler Caron, jamais! Même pour ajouter une preuve au dossier, même pour l'accabler, Philippe ne veut plus jamais avoir quoi que ce soit à faire avec ce criminel qui se prend encore pour une victime et pour un ami trahi. Sans parler de l'amoureux inconsolable…

« Comment tu sais ça, Philippe?

— Combien de messages je *delete* par jour, tu penses? J'ai lu les premiers et ça m'a écœuré.

— Tu me les transfères, O.K.? Qu'est-ce qu'il veut?

— S'excuser, plaider son innocence ou sa stupidité, obtenir de l'argent pour se payer un hostie de bon avocat, choisis. C'est jamais de sa faute, et il va devenir le premier accusé sans fondement de l'univers. »

C'est long et ça prend beaucoup d'arguments et de charme pour obtenir la collaboration de Philippe. Il accepte parce que Vicky lui a sauvé la mise et qu'il ne l'oubliera jamais.

Tout comme Rosie lors de sa rencontre avec Nathalie, il porte un micro et il donne rendez-vous à Caron dans le hall du théâtre où il joue présentement. Comme l'endroit est désert à l'heure où Philippe s'y rend, les agents et Vicky peuvent s'y cacher facilement.

Vicky a une vue impeccable sur le visage dégoûté de Philippe quand Gilles Caron l'étreint, reconnaissant et geignard.

L'affaire est vite réglée : pour l'ampleur de la somme, il faut que ce soit les originaux et Philippe réclame également la carte mémoire de l'appareil avec lequel Caron a fait le travail. L'ordinateur, inutile de le demander, la police l'a déjà. Les paroles de Caron sont pathétiques : « Tu ne peux pas savoir comme je suis content que ce soit toi qui les aies. Ariel, c'est ma Juliette, c'est toute ma vie. C'est le plus grand amour qu'on peut imaginer. J'ai risqué gros pour elle, j'ai failli tout perdre. J'étais même prêt à tout perdre. Personne veut me croire, mais on était tellement proches, tellement complices. On s'aimait, Philippe. Si j'avais su que Nathalie avait ces plans-là, jamais je l'aurais laissée l'approcher. Je l'aurais dénoncée. Déjà que je lui avais dit que j'arrêtais, que je toucherais plus à rien... c'est ça l'influence de ma Juliette dans ma vie.

— Ah ouain ? Tant que ça ?

— C'est ce que j'ai eu de plus beau et de plus précieux, Philippe. De toute ma vie.

— Pis les photos ?... Tu les as vendues pas mal ou tu les as juste faites pour, je sais pas, comme un hommage à ton amour, peut-être ?

— En plein ça ! Un hommage. C'est exactement ça ! J'avais pas le cœur de les vendre. De toute façon, c'était trop beau pour le réseau de Nathalie, pour ses clients. C'est ce qu'elle a dit. Y a du monde connu, là-dedans. Pas de la petite bière. Si ça se savait, Philippe, ça ferait du bruit en masse.

— Tu les lui as quand même montrées ? Tu m'étonnes… me semble que c'est pas ton genre de négocier quelque chose d'aussi précieux à tes yeux…

— Tu peux pas savoir comme ça me console de t'entendre me dire ça ! T'es le seul qui me comprends. Au début, je les avais un peu faites en pensant au réseau. C'était avant… avant qu'on soit plus proches. Avant que je me rende compte de mes sentiments. De nos sentiments. Elle voulait les échanger contre le stock de la petite, pis j'ai accepté. Mais Nathalie a jamais rien voulu savoir de ces photos-là. Pas rentable pour elle. Pas pour ceux qui payaient gros, comme elle disait.

— Veux-tu me dire comment tu t'es associé avec une femme comme elle ?

— Nathalie ? J'étais dans le trouble, j'avais des dettes, des affaires de même. Sinon, j'aurais jamais fait ça. Pis elle a présenté ça comme de la mise en scène au début. Spéciale, mais esthétique quand même. Ma job à l'école dépendait d'elle. J'avais pas le choix. Pis elle, elle en voulait tout le temps plus. Sans payer pour la peine, évidemment.

— Évidemment !

— Moi, j'aurais arrêté avant… mais c'est dur quand t'as pas trop de travail en vue. Même avec juste 40 %, c'était payant.

— T'aurais pu venir me voir, non ?

— Tu m'avais déjà aidé pas mal. Pis c'est comme un engrenage, tu sais… avec ce qu'elle avait, les premières vidéos de la petite, Nathalie me faisait chanter. Elle me tenait solide… elle m'a obligé… J'étais comme coincé.

— Pas facile… Tu dois y en vouloir en maudit.

— Tu peux pas savoir ! Je la voudrais morte !

— Pourquoi tu témoignes pas contre elle ? Pourquoi tu te vides pas le cœur et la conscience ?

— Parce qu'elle dit que c'est moi qui a parti la business ! Parce qu'elle a des preuves contre moi. Ben, les vidéos pis les photos de la petite… des affaires de même. Plus des conversations… Y a eu des choses filmées. Disons que ça pourrait me caler… on m'entend, on me voit un peu. En tout cas, c'est possiblement compromettant.

— Avec laquelle tu t'es compromis de même ?

— La petite ! Tanagra. Jamais vu quelqu'un d'aussi plate. Je vas te dire de quoi, Philippe, c'est tellement malsain, ces affaires-là, ça t'entraîne sans que tu le saches.

— Où ? Ça t'entraîne où ?

— On vient mêlé. Comme confus, j'sais pas trop. C'était dur à faire pour moi, je suis pas comme ça, tu comprends ? Pédo. Nat poussait pour que je fournisse, la petite était tellement difficile, je fumais toujours avant sinon, j'aurais pas pu. Facile de perdre le contrôle dans ce temps-là. Pis Nathalie faisait dire ce qu'elle voulait à la petite.

— Comme quoi ?

— Que je profitais… d'elle, de la situation. Que je la touchais.

— Pas sérieux ? C'est pourtant pas ton genre, han ?

— Tellement pas! Mais une fois, elle me l'a demandé…
la petite. J'te jure qu'elle voulait en maudit. J'sais même pas
comment elle aurait pu s'en souvenir pour le dire à Nat.
C'est impossible qu'elle se rappelle de ça. Mais je l'ai fait.
Juste une fois. Nathalie peut me coincer. C'est ce qu'elle dit.
Sa parole contre la mienne, vu que la petite est morte.

— Et l'autre? Ton… amoureuse?

— Ça, c'était pas pareil pantoute. C'était beau, Philippe.
Propre, jamais filmé en plus. C'était notre histoire à nous
autres, rien à voir avec Nathalie pis ses cochonneries.

— Tu t'es jamais douté de rien? Que Nathalie pouvait
la tuer?

— Juliette? Je l'aurais jamais emmenée chez Nat si j'avais
pu me douter. Je comprends même pas comment c'est possible. Elle nous a drogués, mais après… On peut pas forcer
quelqu'un qui dort à avaler des Valium! On peut-tu?

— Ça a ben l'air que oui, puisqu'elle est morte. Tu lui as
pas demandé?

— Devine! La scène que j'ai faite! Je pensais qu'elle
s'était suicidée, moi…

— Mais après? Quand t'as su que c'était un meurtre?

— J'ai jamais eu de contact avec elle après, y m'ont arrêté
pratiquement dans l'avion! Tu pourrais pas le savoir, toi?
Demander à Vicky?

— Pense pas, non. On se parle pas tellement…

— Tu perds rien: c'est un visage à deux faces c'te fille-
là!

— Parlant d'hypocrisie… les choses que t'as cachées chez
moi… pas trop cool…

— Ben là! C'était dans ses affaires à elle! T'allais jamais là. Je les aurais repris, tu sais ben. Pis c'était une idée de Nathalie. Une sorte de sécurité: jamais rien garder chez moi. Toujours ailleurs, les preuves. Elle m'avait mis en garde contre Vicky, je l'ai pas écoutée. Je la pensais de mon bord.

— Vicky? De ton bord?

— Ben oui! On se connaît. Elle le sait que je suis pas un mauvais gars.

— Juste un peu naïf, c'est ça?

— Pas si naïf… mais je m'excuse si ça t'a choqué. J'allais pas bien dans ce temps-là, je pensais rien qu'à Juliette, à ce que j'avais perdu. Pis Nathalie était en crisse à cause du réseau qui pétait de partout. Elle me lâchait pas.

— Méchante malade, celle-là!

— À qui le dis-tu! Une vraie folle.

— C'est elle qui t'a demandé de pousser la petite? Tanagra?

— Es-tu fou, toi? Elle a failli me tuer! L'argent qu'on perdait, toi! Nathalie pensait qu'elle pouvait encore durer pour deux ou trois enregistrements. Elle la tenait solide avec la dope. La petite faisait ce que Nathalie disait. Tu veux tes bonbons? Passe l'audition! T'as poché? Prends ça, ça va te consoler! T'en veux encore? Va voir Caron pis je vas t'en donner. Toute marchait de même avec elle. Si tu savais tout ce qu'elle a dit contre mon projet de monter *Roméo et Juliette*, contre ma Juliette! Si j'avais pas eu l'idée d'aller chercher une petite de secondaire un pour la figuration, elle aurait bloqué la pièce. Elle voulait rien savoir du théâtre, fallait rouler pis renouveler le stock pour ses pédos qui avaient la langue à terre.

— Pis tu peux même pas la coincer, t'as aucune preuve contre elle ?

— Rien ! C'est sa parole contre la mienne.

— Ouais, ben… bonne chance !

— J'oublierai jamais ce que tu viens de faire pour moi, Philippe. Avec un bon avocat, je devrais m'en sortir. Pis je te promets une chose : quand ça va être en arrière de moi, quand je vais pouvoir me refaire, je vais te racheter les photos de Juliette. Parce que c'est ce que j'ai de plus beau et de plus précieux. »

***

C'est Patrice qui revient à la charge pour obtenir les détails de la preuve et les dernières nouvelles. Il appelle presque chaque jour. Vicky est à deux doigts de l'accuser de harcèlement quand, après son compte rendu des tentatives de Philippe, il insiste, traitant Nathalie Dubuc de « gros poisson à ne pas laisser filer ».

« Pensez-vous que je le sais pas, Patrice ? Elle est comme une anguille, votre gros poisson : impossible de l'accuser. Je veux dire en dehors du GHB qu'elle admet avoir utilisé "en quantité infime" selon elle.

— Votre metteur en scène a quand même perdu ses repères, non ? Les analyses d'Ariel en toxico, ça ne révèle rien ?

— Comme vous savez, le GHB a été détecté mais c'est surtout le Valium retrouvé dans son sang qui l'a tuée. Ou le mix des deux. Et Dubuc jure qu'elle a déposé Ariel bien vivante à deux minutes de chez elle sous prétexte que, "morte de honte", la petite ne voulait pas être vue par ses parents en ayant l'air soûle. Ce qui rend le cheveu d'Ariel trouvé dans sa voiture extrêmement cohérent. Cette femme est très habile, elle a une justification pour tout.

— Bien sûr, elle vous joue le coup de la pauvre victime qui n'avait que de bonnes intentions ! Et notre sale connard planait sur le sofa de la dame et n'est en mesure ni de confirmer ni d'infirmer. Il n'a vu que dalle.

— Exact ! Il a été livré à l'hôtel par Nathalie à trois heures du matin et le concierge l'a aidé à atteindre sa chambre et son lit. On n'aura rien de probant venant de lui. Même s'il rêve de charger Nathalie depuis qu'il sait que ce qui est arrivé à Ariel n'est pas un suicide.

— J'imagine aisément. Que reste-t-il contre elle ? Des broutilles ?

— Trafic de matériel porno pédophile, non-assistance à personne en danger, tentative de meurtre puisque le GHB pouvait aussi tuer Ariel, corruption, obstruction de justice et manipulation de preuves.

— Bon, c'est quand même costaud. Brisson doit ruer dans les brancards à l'idée de ne parvenir à accuser personne de ce meurtre.

— Y est pas du monde. Mais je peux quand même pas en inventer, des preuves !

— Dites-moi, Vicky, comme ça, à vue de nez, comment est-elle parvenue à ses fins ?

— Pas facile à deviner… Ariel devient somnolente, sans doute incapable d'avaler des comprimés sans s'étouffer. Mon impression, c'est que Nathalie Dubuc a dissout ou écrasé le Valium et le lui a fait avaler dans très peu d'eau pour éviter qu'elle s'étouffe, justement. Et après, elle se dépêche d'aller la déposer dans le boisé. Sachant que le Valium resterait dans son système, qu'elle meure du GHB ou des barbituriques, ça ne la dérangeait pas. D'après la toxico, elle avait deux fois la dose létale dans le sang. On n'a rien, Patrice. Même pas la provenance exacte des médicaments. Et c'est pas mon petit dealer qui a fourni ça.

— Quel merdier !

— Je vous le fais pas dire… Et Dubuc arrête pas de répéter qu'Ariel avait tellement honte d'avoir posé pour Caron que c'est sûrement la cause du suicide. D'une fois à l'autre, elle rajoute des phrases que la petite aurait servies à Caron le soir du 17.

— Et ce n'est pas cet abruti de première qui risque de la contrer sur ce terrain. Qu'est-ce qu'il doit râler…

— Pire : il prétend qu'Ariel était amoureuse de lui ! Que son sentiment était partagé. Aucune animosité entre eux, le bonheur parfait selon Caron.

— Putain ! On nage en plein mélo ! Il se croit, le mec ?

— Si vous saviez ! Il est décourageant de stupidité. Nathalie Dubuc a l'air de Machiavel à côté de lui.

— N'importe qui est un génie auprès de ce con. Elle l'a bien eu.

— Et elle est en passe de nous avoir aussi. Je me sens aussi impuissante qu'Ariel.

— Ne vous mettez pas martel en tête : elle va tout de même casquer pour le reste, elle ne s'en tirera pas indemne. »

Ce qui n'altère pas du tout le sentiment d'échec qu'éprouve Vicky.

***

Quand, cédant à une impulsion, Vicky appelle Jacynthe Pouliot, celle-ci se montre extrêmement aimable avec elle. C'est une femme humiliée, profondément blessée et reconnaissante du respect que lui témoigne Vicky qui répond du mieux qu'elle peut aux questions.

Elle se remémore méthodiquement le parcours du soir du 17 novembre, avec cette application maniaque qui la caractérise et son témoignage ne varie pas d'un iota. S'il s'agissait d'un autre témoin, Vicky en éprouverait des doutes.

Elle jure toujours les mêmes choses, se désole des mêmes bourdes et des mêmes manquements à ses devoirs. C'est quasiment névrotique, elle doit ressasser tout cela sans cesse. Cette femme s'en veut et elle en veut à Nathalie Dubuc, mais elle ne peut pas être d'un grand secours pour l'enquête. Vicky allait renoncer quand elle se rappelle une technique d'interrogation qu'elle n'a pas utilisée depuis longtemps. Au lieu de se concentrer sur la nuit fatidique, elle écarte le crime et oriente ses questions sur le dernier moment heureux que la directrice a passé avec Nathalie.

« C'était à Noël, bien sûr. Nous avons eu un beau Noël, malgré tout. Elle m'a offert… bon, vous savez pour cette photo, celle d'Ariel que je n'ai même pas reconnue. Je m'en veux tellement…

— … Restez à Noël, voulez-vous ? Quand le cadeau vous plaisait.

— Je n'étais pas la seule à être éblouie. Tout le monde l'était. On l'a même accroché tout de suite.

— Vous étiez nombreux ?

— Non, quatre. Deux couples… de femmes.

— De la famille ou des amies ?

— Aussi bien vous le dire : l'ex de Nathalie et sa nouvelle compagne. On s'entendait bien.

— Vous parlez au passé ?

— Disons que les derniers évènements ont jeté un froid. Je ne pense pas qu'on se revoie.

— Et la raison de ce froid ? C'est ce dont Nathalie est accusée ? Vous n'y êtes pour rien, pourtant.

— Non : c'est le contraire ! C'est parce que je suis contre Nathalie, que je ne l'ai pas aidée.

— Aidée comment ? En lui procurant un avocat ?

— Non… en la couvrant. En jetant le stock que j'avais chez moi, par exemple. Mais je ne le savais même pas qu'elle avait caché ça ici !

— Attendez : cette femme vous en veut de ne pas avoir dissimulé les preuves cachées par Nathalie en vue de vous faire accuser ? Elle vous en veut de ne pas être la criminelle, finalement ? Je le crois pas ! C'est ridicule !

— Elle était bouleversée. C'était juste après l'arrestation, elle ne savait plus ce qu'elle disait, je pense. J'ai compris qu'elle aimait encore Nat, malgré tout. Plus que moi j'arrivais à l'aimer. Sinon, pourquoi elle m'aurait traitée aussi durement ?

— Elle a été longtemps sa compagne ?

— Cinq, six ans… Mais faut pas croire que c'était le paradis non plus. Y avait pas mal de chicanes. Finalement, même si elle ne supportait pas ça, Nathalie a toujours eu des amoureuses jalouses.

— Vous avez eu beaucoup de chicanes, vous deux ?

— Trop souvent ! C'était des montagnes russes, notre histoire. Nathalie trouvait ça normal. Son ex aussi, d'ailleurs. La violence verbale pour moi, c'est très difficile à supporter. Karine ne laisse pas sa place, elle peut être très dure.

— Karine, c'est l'ex ?

— Oui. Et c'est fou, sa compagne, Josiane, est toute douce. Elle était très mal à l'aise à Noël quand elles sont parties.

— Pourquoi ?

— Une stupidité. Encore une. La dinde était… pas mangeable. Trop sèche, presque raide. Nat m'a engueulée devant nos invitées et j'ai répliqué, le ton a monté… nos invitées ont trouvé une raison pour déguerpir. Bref, la fête a mal fini. — Elle a un petit rire dépité — Nat avait raison en plus, c'était pas mangeable. »

Vicky sourit en se rappelant ses pauvres essais culinaires avant que Martin n'arrive dans sa vie : « Il faut l'arroser beaucoup…

— Si au moins elle avait admis qu'elle avait ses torts ! Elle arrêtait pas de venir m'emprunter mes affaires ! Je me suis brûlé le bras à essayer de ramasser le jus dans le fond de la rôtissoire. Bref, c'était pas un succès. Comme vous voyez, Noël non plus n'est pas un souvenir si heureux. Nos deux amies sont parties le ventre creux et Nathalie s'est précipitée chez elle pour bien me punir. Ai-je besoin de vous dire que la dinde a été jetée dans l'heure ?

— Mais ça s'est arrangé ?

— Avec une boîte remplie à ras bord de toutes les choses qu'elle m'avait empruntées, oui! Elle me l'a presque jetée à la tête. Je ne sais pas pourquoi on s'est tellement chicanées avec ça, mais ça illustre exactement notre mode de vie: un éclat, une guerre, un traité de paix. Et on recommence. Je m'aperçois aujourd'hui que je n'en pouvais plus. Je vais déménager dès que je trouve quelque chose. Je vis chez ma mère tellement j'ai peur du jour où elle va revenir dans l'immeuble.

— Vous avez changé les serrures de votre appartement, comme je vous l'ai suggéré?

— Oui, bien sûr, le jour de son arrestation.

— Elle a essayé de vous contacter?

— Non. Seulement son avocate. Pour vérifier certaines affirmations. Comme l'heure où je l'ai vue, le 17…

— … Je n'ai pas à savoir ça, madame Pouliot. Ça doit rester entre vous et l'avocate.

— Ah bon. Excusez.

— Mais si jamais quelque chose vous revient concernant cette soirée du 17 novembre, un souvenir bizarre ou un détail que vous n'avez pas remarqué sur le coup mais qui vous agace, n'hésitez pas à m'en faire part. Rien n'est insignifiant pour nous, vous comprenez?

— Je voudrais tellement vous aider davantage! Puisque je suis la traître, comme a dit Karine, aussi bien l'être pour la peine. Je parle de son ex et de notre dernière rencontre. Vous vous souvenez comme j'étais grippée ce jour-là en plus? Elle était là à m'engueuler et tout ce que je faisais, c'était pleurer et me moucher.

— Elle est venue chez vous ? Ce n'était pas au téléphone ?

— Elle n'allait pas se priver de voir l'effet qu'elle produisait ! Il était tard en plus. Quand je pense qu'elle est médecin ! Je serais tombée sans connaissance et elle n'aurait pas arrêté de hurler après moi.

— Vous voulez bien me donner ses coordonnées ?

— Oh mon dieu ! Pas pour empirer les choses ?

— De toute façon, cette dame ne semble pas en voie de se réconcilier. Et vous êtes quand même à l'abri chez votre mère. N'ayez pas peur, je veux seulement vérifier un ou deux détails. »

***

La docteur Karine Vincent a effectivement la langue bien pendue et fort peu d'amitié pour Jacynthe Pouliot.

Elle avertit Vicky qu'elle ne pourra pas compter sur sa complaisance à l'égard de la police pour lui permettre d'aggraver ses erreurs judiciaires en la laissant accabler une innocente qui n'a rien à se reprocher.

Vicky la laisse parler sans avoir à la relancer avec des questions : bavarde, acrimonieuse, Karine se montre absolument scandalisée des découvertes de Vicky.

Son enquête lui a permis d'apprendre que Nathalie Dubuc avait un autre réseau intéressant à part celui de la pédophilie : elle fréquentait cinq pharmacies où elle s'approvisionnait à tour de rôle en médicaments, tous prescrits par le même médecin : son ex, Karine Vincent.

En étudiant le détail des produits, dont un nombre signifiant d'ampoules injectables de Valium, Vicky met au jour le stratagème utilisé par Nathalie le soir du meurtre : la dose trouvée dans le sang d'Ariel avait été injectée en intramusculaire. Il est trop tard pour vérifier la trace de l'aiguille, le corps d'Ariel ayant été incinéré et rien n'ayant incité le légiste à rechercher une quelconque marque de piqûre. Mais grâce à cette provision d'ampoules injectables, l'hypothèse du meurtre se vérifie.

La jeune médecin a beau déblatérer allègrement contre les enquêteurs, Vicky est persuadée que ces manquements à l'éthique et cette collaboration au meurtre lui procureront de sévères limitations dans l'exercice de sa profession... une fois sortie de prison.

Cette preuve formelle libère enfin Vicky et son équipe de l'inquiétude de voir une véritable et très habile criminelle s'en tirer indemne. Nathalie Dubuc est cernée.

Épilogue

« Et elle l'a administrée comment, sa potion de Valium ? Mixée au GHB ? Ça devait avoir un sale goût, non ?

— Très amer, le GHB, Patrice. Caron a tout avalé sans broncher, mais il semblerait qu'Ariel a trouvé que les canneberges manquaient de sucre. Nathalie a ajusté son verre et je suppose que la petite l'a bu par complaisance, pour être polie.

— Des canneberges ? Connais pas !

— Je pense que vous appelez ça des cranberry. Vous êtes Français après tout…

— Non ? C'est pas vrai ? Vous êtes formidable ! Attendez que je serve l'appellation à mes potes… Déjà que je dis courriel, maintenant… Pas facile à implanter, votre terme.

— Attendez de voir ce qu'on vous prépare, Martin et moi. Un vrai trousseau de père de famille efficace avec le plus de mots québécois possible. Martin écrit ses meilleures recettes, celles qu'Amélie risque d'adorer.

— Ho là ! Doucement ! J'en suis à mes débuts.

— La prochaine fois que vous venez à Montréal, il y a un stage de cuisine qui vous attend.

— Vous essayez de me dissuader de revenir ?

— Quoi ? Ça vous tente pas ?

— J'y songe sérieusement, Vicky. Je pourrais vous surprendre.

— Vous rêvez d'essayer Brisson comme patron…

— Il s'est remis de ses émotions ? Son ex lui pardonne tout ?

— Je sais pas pour l'ex, mais il est ébranlé, notre Brisson.

— On le serait à moins, remarquez. Et puisqu'on est au chapitre des ex, votre superbe star qui vous doit une fière chandelle, il vous a remerciée dignement, j'espère ?

— Je reçois des fleurs chaque lundi au bureau… depuis trois semaines.

— Qu'est-ce qu'il est classe, ce type ! De vous à moi, vous pouvez bien me le dire, il pourrait toujours vous…

— Patrice Durand ! Vous êtes un groupie fini ou vous me connaissez si mal que ça ?

— Je vous taquine. Vous êtes trop maline pour tomber dans ce piège, voilà tout.

— Bon, la flatterie, maintenant ! Vous ramollissez.

— Du tout : j'essaie de vous rendre justice. Vous avez réglé une affaire que je qualifierais d'improbable et de désespérée.

— Avec votre aide.

— Je vous l'ai dit : nous formons une *team* d'enfer. Je vous laisse avant que votre ego éclate. »

Elle raccroche et a un regard aimable pour les renoncules qui s'épanouissent sur son bureau. Pour une fois, le solde de cet amour est tranquille. Pour une fois, elle peut enfin faire la paix avec ce passé qui appauvrissait tous les souvenirs de la passion qui l'a habitée. Elle effleure les pétales et éteint. Elle veut rentrer tôt, passer chez le traiteur et apporter un repas spécial pour Martin. Un repas de victoire. Faire la paix avec le passé a un effet surprenant sur le présent. Elle se rend compte que les peines d'amour perdu peuvent être lourdes à porter, mais que ce n'est jamais peine perdue… si on arrive à rééquilibrer son cœur.

Fin

Pour apprendre comment Vicky et Patrice se sont rencontrés
et ont travaillé ensemble : *Sans rien ni personne* (2007)
et *Mauvaise foi* (2013).

MARQUIS

Québec, Canada